紋章と時間

諏訪哲史文学芸術論集

諏訪哲史

国書刊行会

目次＊紋章と時間

序章

I　言語芸術について

Ⅱ　作家論・作品論

III　音楽・美術・その他

Ⅳ　自作について

装画
フランツ・フォン・バイロス

装幀
柳川貴代

序章

言語芸術論　音楽と美術の精神からの文学の誕生

書き下ろし・二〇一七年十一月

序――言語における三つの属性

みなさん、こんにちは。

いまからお話しするのは、僕が長年、まるで古い肌着のように愛し、ときにうとみ、また憎みつつも、宿命のように生をともにしてきた「ことば」、その芸術的表現であるところの「言語芸術」についてなのですが、……これまで読者として四十年以上ことばを読み、小説家として十年以上ことばを書いてきて、先の十月に四十八歳になったじぶんが、〈いま〉かんがえていること、さて、それをどんなふうに読者のみなさんにお話ししようかと思案しあぐね、いまだ逡巡のうちにありながら、結局、こうしていちかばちか、脈絡もかまわず、問わずがたりに語りはじめてしまいました。

この私論、先に主意からいってしまえば、次のようなことです。

言語芸術、とりわけ詩や小説などは、たしかに「書かれた文字のつらなり」としてのみ姿をあらわしながら、それらのことばは、なんらかの意味や内容さえ読む者に伝われば事足れり、としているかに一見みえます。けれども、言語芸術にしたしむ方々にはあたりまえすぎますが、じつはことばとは、そんなたんなる標識じみた、意味や内容だけを事務的に受けわたしするための道具ではまったくない、ということです。

ことば、言語芸術は、意味や内容である以前に、聴覚的な、いわば「音楽の精神」によってつくられています。

また、ことば、言語芸術は、意味や内容である以前に、視覚的な、いわば「美術の精神」によってつくられています。

言語芸術に魅せられる人々は、ことばを、音楽のように聴いています。たとえそれが紙のうえの文字や文章であろうとも、読む人の眼には、「聴こえて」います。

また言語芸術に魅せられる人々は、ことばを、絵のようにながめています。文字のかたち、並び、その線のながれ、また空白を、美術——絵画や造形芸術のように見ています。たとえそれが声に出されたことばであろうとも、聴く人の耳には、「見えて」いるのです。

① ことばとは**声**であり、音楽であり、たなびきです。
——ただし、それは「無時間・脱時間のなかの、架空の幅、持続、または謡い」です。

② また、ことばとは**文字**であり、図像であり、かたちです。
——ただし、それは「白紙のなかの、架空の軌跡、舞踏する身体の残像、碑銘」です。

もうひとつあります。いたって一般的なことですが、意味、です。

③　ことばとは**意味**であり、記号の力学のなかでのみ存在する物質性であり、重みです。

――ただし、それは「無重力のなかの、架空の重み、または位置エネルギー」です。

ふつう、この三つめの性質だけが、ことばの本性であり価値、とみなされています。言語芸術は、ことばをこの三つめの性質、つまり伝達の手段、標識としてのみ見たい人に、それなりの意味や内容をあたえてはくれます。ただ、言語芸術が読者のまえに、その真の力をあらわすのは、ことばがそこに担った意味を、それのみとして「正確に」受け手に送りわたすときではなく、そのことばの音や、形象や、意味が、隣接する「別のことば」の音や、形象や、意味と、はげしく衝突・反撥したり、逆に致命的にかさなり、混じり合ったりして、ことばどうしがそれらの異質性や同形性をきわだたせるときです。そのときことばが発動するのは、いわば核融合のような、忌まわしい、禁断の、悪魔的な力です。

もうすでに話が難解になりかけてきましたが、僕はきょう、言語芸術の力について、これら音楽性・造形性・意味性、という三つの側面、観点から、できるだけわかりやすく、平易なことばをえらぶようこころがけながら、みなさんにお話ししてみようとおもっています。

三つの側面を個々にかんがえていくまえに、そもそも僕がなぜ、詩や小説のことを最初からふつうに「文学」といわず、「言語芸術」などと耳慣れないことばで呼ぶのか、説明しなければなりません。それは、文学といういいかたが、同じ「表象」や「記号」の文化でありながら「ことば」ではない音楽や美術をはっきりと排しており、それらとの複合体である演劇や映画や歌曲、または漫画などの芸術をも外様にして、明確にふくまないからです。僕はほんとうのところ、演劇も映画も歌曲も漫画も文学であり、さらに音楽や美術さえも文学であるような地平で、ことばの芸術を語るべきだとおもっています。そのため、文学より広義の概念として「言語芸術」ということばをもちい、音楽や美術までを、ことばの運動の大きなエレメントとしてふくみこんだかたちで論じ、そのうえで「ことば」のもつ豊饒さが十全に意識された「文学」なるものを、この二十一世紀の前半に、つたなさはみずから承知しながらも、あらためて素描できないか、それをこころみたいのです。

前提として、すこしだけ、僕じしんのことをお話しします。

十年前、作家をはじめたときからたびたび喧伝されてきたように、僕はおさないころ、重度の吃音児でした。小学校五年生で、東北の仙台から、生まれ故郷の名古屋へ転校した際、その「なまり」と「どもり」の二重のさまたげのせいで、僕のことばは、ほとんど転校先の級友たちに通じませんでした。僕は、声の不能者でした。

でも、僕は反面、歌や音楽が好きでした。木立ちの葉ずれやさざなみ、町工場など、外界の音を聴くのも好きでした。歌ならどもらずに歌うこともできました。それなのに、僕の舌、咽喉は、歌ではないふつうのことば、日常のことばを、ふつうに発してはくれませんでした。

僕はことばから見放されたようにかんじて何度も絶望しましたが、片や、ふしぎなことに、おさないころからの僕の唯一のたのしみというのが、そのことばの図像的側面である文字、それらが書かれた紙のたば、つまり「本」のページをながめ、読むことなのでした。

ことばの聴覚の側、発声者としての「声」の世界には生きられない不具の自分が、しかし音楽や歌、音を聴くことは愛し、そして、おなじことばの視覚の側、「文字」の世界との絆はつよくあり、そこでなら生きることができる――。そんな愛と憎の両義的《アンビヴァレント》な引き裂かれが、いまの作家としての僕の、このいびつな言語観の形成に、よくもわるくも寄与しているといえるかもしれません。

だれにも口にしたことのない、このことばの世界にたいする僕の復讐とは、いわば静止した文字に安住しようとすることば、どもらないことばを、強いてどもらせ、文の意味、作品の意味そのものをどもらせ、ついにはことばを声の地獄へ、無意味の奈落へ突き落とすことでした。もとよりまっとうな了見ではありません。整然として動かない文字たちをいかにして動揺させるか。動かない意味たちをいかにして動揺させるか。そういう無益で孤独なあらがいの歴史、それが僕の半生だったのではないかと、いまはおもえるのです。

先の八月、僕はおよそ六年ぶりの小説集を上梓しました。『岩塩の女王』（新潮社）というタイトルで、六つの短編が収められています。この六篇を、僕はじつに一年半もかけて書きました。世にいう遅筆にも、それなりに限度というものがあるのでしょうが、あのころ、なにをどう足掻いても、これ以上多くは、また速くは、僕には書けなかったのです。

それは、僕じしんの体調や歩調や呼吸や動悸、なによりも長年の持病である躁鬱病の加減が、その時期には「そのような〈音調〉でしかことばを書かせてくれない」という無言の制約を、僕にあたえてくるからでした。このため、六篇の作品のことばは、バラバラな文体、息づかい、密度、世界観、においや、ことばの質感によって分離され、六つの稜角、そのそれぞれの隅へ、それぞれのあるべきすがたで吹き溜まりました。総体としてみたとき、読者はおそらく、そこに致命的ともいえる不統一、なにか雑然とした、とりとめのない印象をいだかれるのではないかとおもいます。

『岩塩の女王』の六篇を書いていた時期、僕にコンセプトの一貫性が不可能だったのには、こうした文体のうつろいやすさ、身体的な調子・拍子の、日ごとの定まりがたさといった、僕じしんにとってのっぴきならぬ理由がありました。じっさい、六篇のうちいちばん最後に脱稿した表題作「岩塩の女王」をいま虚心坦懐に読みかえすと、たいへん微妙な感触ながら、書き出しあたりの文章の呼吸と、宮殿の内部から末尾までの文章のそれとに、なんとはない変異、差異があります。文中における「た」止めが増え、息の長かった一文がしだいにみじかくなって、あたかも語り手が早めに文末を欲しているかにみえるのです。かろうじて、山上の一夜における夢幻的なイニシエーション、主人公におとずれる、その空間と時間の転換が、この僕じしんの文体のゆらぎを、さまできわだった瑕疵のようにはみせていないだけです。このように、「岩塩の女王」というみじかい一篇の、起筆と擱筆のあいだにあってさえ、わけもなく僕を不安にさせるところの身体的・心理的な「転調」、おおげさないいかたをすれば、ある「音楽的」な危機とでもいう変調が出来していたのです。

僕が十数年来わずらっている躁鬱病、「双極性障害」は、生涯をとおして完治困難とされる病です。この病について、精神病理学者の森山公夫は次のように書いています。

——まず第一に、うつ病も躁病もともに「孤立」と「生リズム障害（不眠）」にはじまる。第二に、うつ病では、関係・価値の「喪失」幻想による「空虚」のさ中から、その回復を求めての絶えざる「手遅れ的焦燥」が、ないしは絶望の挙句の「深淵への墜落」が、無限の連鎖をなす。他方、躁病では、関係・価値の「獲得」幻想による「悲壮な多幸」から、その獲得実現にむけての絶えざる「先取り的焦燥」が、ないしは歓喜の挙句の「天空への飛翔」が、やはり無限の連鎖をなす。そして第三に、この連鎖は悪循環をなし、さらなる生の「疲弊・興奮」を呼び、それにより事態はさらに悪化し、躁うつ病像が拡大再生産されてゆく。（森山公夫『躁と鬱』）

——人間精神におけるあらゆる変化は、死の時をのぞけば、決して「切断」ではなく、すべて「転調」である。正常から狂気への思路転換も同様に「転調」として見ることができる。（同前）

あるひとつの文体の現前とは、ひるがえれば、そのほかのあらゆる文体の不現前・不可能が、その場で、いやおうなく証し示されているということです。僕には、そのとき、その場で、あるひとつの音調・息づかいをしか、生きることができません。そこから解放されるとは、もうひとつの別の息づかいに移調、転調することです。この移行を恣意的、そして自在におこなうことは、すくなくともいまの僕にはできません。そのとき僕は、架空であるその不可避の音のながれのなかに身体ごと没入してしまっている、そういう無時間的・脱時間的なことばの真空を生きているのです。

意味——言語芸術における内容性

マーシャ　それでも意味は？

トゥーゼンバッハ　意味……ほら雪がふつてゐます。どんな意味があります？

チェーホフ『三人姉妹』にでてくるせりふです（湯浅芳子訳）。空を飛ぶ鳥はじぶんがなぜ飛んでいるのか、その「意味」など考えず、知りたがろうともしない、というトゥーゼンバッハ男爵の虚無主義に、三人姉妹の次女マーシャがくいさがる、有名な場面ですね。

この世の事象のすべては「理」にかなっており、なにごとにも「意味」があるはずで、世界のあらゆる運動に意味も目的もないなどということがありえるでしょうか——、そういうマーシャの気持ちは僕らにもけっしてわからないではありません。なんにでも意味づけをして安心したい。図解やたとえ話など、もっとも手っ取り早い手軽なやりかたで、ただちにわかってしまいたい。そして解決済にして安心して忘却し去りたいのです。その本には、ぜんたい、なにが書いてあるのか、どういう「意図」なのか、その「こたえ」はなにか、それを知りたがって、手近な解説のたぐいを読み、すぐに腑に落とそうとします。こういう異常なまでの拙速な効率主義、そして「意味」主義は、現代人のもつ悪癖のひとつです。まるで皮肉にも人間じしんのほうが人間性を捨て、人工知能的な機能主義をめざしてでもいるかのようですね。

かつて、作家で批評家のM・ブランショは、文学批評集『踏みはずし』に収録の一稿「マラルメの詩は難解か?」のなかで、「詩作品は、ただ詩作品としてのみ交換しなければならない」とみずからの持論を述べたうえで、以下のようなエピソード、シュルレアリスム詩人のA・ブルトンのおもしろいインタビューを紹介しています。

——「ずいぶん無作法な人物がいるもので、その男は、或るとき、現代のもっとも偉大な詩人〔サン゠ポル・ルー〕の作品がわれわれに示すイメージのいくつかに関する表を作った。そこには、こんなことが読まれたのである。『舞踏会の衣裳をつけた毛虫の明日』、これは『蝶』のことを言おうとしている。『水晶の乳房』、これは『水差し』のことを言おうとしている。そんなことはありませんよ、あなた。言おうとなんかしていないのです。これは信じていただきたいが、サン＝ポル・ルーが言おうとしたことは、彼が言った〔一字一句そのままの〕ことなのです。」

意味不明にみえることばは、きっとなんらかの謎かけであり、じっさいはすべてのことばにはこたえ、意味があるにきまっている――この詩の謎を、私めがわかりやすい表にして、ぜんぶ言いあててご覧に入れましょう――という、こんな恥知らずな俗物がいた、とブルトンは憤慨しているのです。サン＝ポル・ルーはたんに『舞踏会の衣裳をつけた毛虫の明日』と、あるいはたんに『水晶の乳房』と、それをけっして別のことばへ言い換えなどせず、一字一句そのままのすがたで読者に示したかっただけ、神に誓って『舞踏会の衣裳をつけた毛虫の明日』といいたかっただけなのだというのです。ブルトンのいうことがあまりにまっとうすぎて、おもわずその男に代わって謝ってやりたくなるほどです。でも、どうして人間というものは、病的なほどに「こたえ」や「意味」を欲しがるのでしょう。それはおそらく、「意味」の共有、「指示内容」の共有が、長い長い年月、群れとしての人間どうしをむすびつけ、安心させてきた、生態における歴史があるからです。

最古の人類、ここでは言語を持たなかったといわれる十万年以上まえの人類を想像してみればわかりますが、かれらは同類たちが、視覚・聴覚・嗅覚・味覚・触覚の諸感覚でとらえる事象を、「同じもの」として同定し、内容を共有できることをおたがいに知っていました。じぶんが眼で見る獲物の疾駆は、他人の眼にもおなじすがたと速さでうつり、じぶんが耳で聴く雷鳴は、他人の耳にもおなじとどろきをもたらし、じぶんが鼻で嗅ぐ血のにおいは、他人の鼻にもおなじ薫りをかんじさせ、じぶんがむさぼり味わう肉は、他人の舌にもおなじうまみを味わわせ、じぶんが手で触れる毛皮のやわらかさは、他人の手にもおなじ触りごこちをあたえるということを、いまだことばを持たぬ遠い時代の僕らの祖先たちはわかりあっていて、この「感覚の共有」および「物象の同定」という事態が、別々な個体であるはずの他人と他人のあいだに橋を架け、恐怖や快楽の共有を認知させ、おののきあい、笑いあいし、もって、非力で矮小な個々の人間たちは、大宇宙の夜空に組み伏せられるような切実なたましいを、これら「他者との感覚共有」というよろこびによって、かろうじて慰撫してきたのです。

　こうして意味の共有が、人間には、本能的に必要とされてきました。意味の欠落ほど、人々を不安な、地に足のつかないリアルで不気味な心持ちにさせる状況はありません。

　さきほど人工知能ということばが出たので、ちょっと話が脱線しますが、このごろは興味本位から、小説家などという変わった仕事をしている僕のような人間に、「AIも進化してきましたが、ところで、コンピューターには小説も書けるでしょうか」と訊いてくる方がいます。僕は、「けっして書けなくはないでしょう」とこたえています。「ただ、書かれたそれが、本質的な小説であるのかどうか、そこまではわかりません」と。

　なんでも小説創作といういとなみは、しばしば、「AIでもできないこと」の筆頭に挙げられたりしているそうです。けれど、そんなおおげさなことでなく、まず過去の小説作品の膨大なアーカイヴを入力し、蓄積させ、それを模倣するしかたを学ばせ、古典的な組み合わせ術《アルス・コンビナトリア》のテクニックをあたえてしまえば、通りいっぺんの素朴なレベルの創作くらいは早晩できるようになります。

　ただ、美学・感性学という視野のうえに立つとき、あらたな「感性」それじたいを発見する営為、読者に「いままでの読書ではかんじたことのない気持ち」を覚えさせるような、本来的な意味での「創作」が、ＡＩにできるかどうかまではわかりません。ＡＩに「さまざまな人間の欲望のパターン」を持たせることは、人の欲望のはたらきを観察させ模倣させればできるでしょうが、そこからまったく予期しえない新しい変異や倒錯、狂気や畏怖、愛や祈りや強迫観念、そして、それを起爆力とした真にクリエイティヴでうつくしい虚言、または詭弁を生み出せるかどうか。たとえば、『失われた時をもとめて』のスワンをさいなむような、ことばの裏切りや恋する相手の不在などによる逆説的な愛の喜悦を、プルーストのいう「外国語」、見慣れない文体で書き、それによって読者のなかに未知の感性を発見するのはそうとうむずかしいでしょう。要は、そうしたものをふくめこの先は、端的にいってＡＩに完全に自律的な「世界の読み」、つまり個性的な「批評」ができるかどうか、という次元の話になってくるのではないかとおもいます。「批評」のセンスこそ、ＡＩにも獲得しがたい特性なのではないでしょうか。

また、作家で哲学者のＧ・バタイユがくりかえし述べたような「エロティシズム」や「死」といった、僕らがどんなことばや記号や術《すべ》をもってしても、それ「そのもの」を表象することの不可能な、ある生の臨界、つまり「言語さえ敗北する場所」では、人間もＡＩもひとしくこうべを垂れるしかありません。が、しかし、そこで僕ら懲りない人間の、地団太を踏み、「なま」の叫びを発してあらがう、無益な抵抗の痕《あと》、ことばの足搔きのような懲りない作品が、ふしぎなことに、読む者の胸をしずかに打ってくることがあるのです。こうした不可能への「もの狂い」こそ、人間に固有の情況、出口なき不条理なのかもしれません。

そして、「病」です。自己という生じたいの「宿痾《しゅくあ》」。ここでいうのはむろん医学的な病理のことではありません。

「業《ごう》」といいかえてもいいでしょう。すなわち、どんなに成績優秀でりっぱな人でも宿命的に背負い込んでいる、のっぴきならぬ人間的な「暗愚」ですね。J・ラカンなら「ベティーズ（愚かしさ）」とでもよぶものです。本質的な小説には、かならずこれがあります。

「病」や「業」や「愚かさ」とは、ある種の欠陥であり不完全さですから、AIははじめからそんなものなど一顧だにせず、健全さと合理性の果てへ最短距離で進化してゆこうとするでしょう。かれらには、人間がするような愚かな「立ちどまり」や「後もどり」をする必要がないからです。しかし、逆に、立ちどまることができなければ、孤独や不安や病といった「焦燥」や「くすぶり」や「しこり」そのもの、そうした屈折の連続を生き、そのなかから発するあたらしい言語表現、ハッと人のこころを打つ表現は生みだせません。それがAIにもできるのかどうか、このあたりがひとつの分かれ目なのかもしれません。

本筋へもどります。ことばのなかの意味、そしてその表現という、この章の主題に関連してどうしても話さずには済まされない問題があります。それは「喩《ゆ》」の問題です。

J＝J・ルソーもその著『言語起源論』に、「はじめ、人びとは詩でしかものをいわなかった」（第三章）と書いているように、まだ文字がなかったころの人間のことばは詩、すなわち「比喩」から成り立っていました。太古はことばの絶対数がまだきわめてすくなかったこともあり、なんらかのことばによって別のなんらかのことば・意味を「喩え」て、暗示したのです。現代のように、ことばはまだそれほど細分化されておらず、この世のあらゆる事象について一対一であるような語彙の数（これは現代でも足りていませんが）、文法の緻密性も機能性もありませんでした。ですから古代人は、かぎられた数のことば、指し示したいものに「類似」していたり「隣接」していたりする別のことばを相手に投げ、「遠回り」をしながら、語る側の伝達したい内容を、聴く側の連想力・想像力・忖度力をたのみにして、本意を言いあててもらう方法をとったのです。文化人類学では、こうした原始的な「使い回し」や「圧縮」の工夫を、フランス語で日曜大工を意味する語、「ブリコラージュ」とよびます。これこそ、C・レヴィ＝ストロースのいうところの「野生の思考」です。

この「喩」のことばにおいて、意味やイメージの「類似」を利用するのが隠喩、「メタファー」です。「あなたは僕の光だ」というときの「あなた」と「光」、「氷の微笑」というときの「氷」と「微笑」は、ほんらいまったくことなる別々のものなのに、メタファーの作用によって詩的に接続され、語られています。

また、意味やイメージの「隣接」を利用するのが換喩、「メトニミー」です。「手が足りない」というときの「手」や、「お銚子もう一本」というときの「お銚子」、「俺の顔に泥を塗った」という場合の「泥」は、当然ながら「手」そのものが足りないのでも、「お銚子」そのものがほしいのでも、「泥」そのものが塗られたのでもなく、「手」は作業をする人の数が足りないこと、「お銚子」は容器でなく中身のお酒がほしいのであって、「泥」を顔に塗られたとは、つまりそのくらい人前で恥をかかされたということの喩えですね。

こうしたメタファーやメトニミーなどの「喩」のつらなりによって、太古の人間は少数のことばをユーティリティー、多目的にもちいて、世界を詩的な方法で表現し伝えようとしていたのです。比喩の問題にかんしては、つとに言語学者R・ヤコブソンが、いくつものたいへん示唆的な研究成果をのこしています。

そもそも、われわれ現代人の豊富な数のことばには、脈絡にそって直接的・機能的に意図や物語や内容を伝達しようとする「水平性」のベクトルと、それにたえず逆らい、メタファーやメトニミーを契機とし、類似や隣接の性質を利用して多層的にかさなりあおうとする「垂直性」のベクトルとがあります。後者は、ことばの受け手の水平的な、文字どおりに読もうとするまっすぐな進路を迂回させ、ときに中空へ吊しあげようとしたり、右や左に顔をのぞかせるけものみちへ誘いだしたり、ふいに足下の陥穽《かんせい》へ踏みはずさせようとしたりして妨害します。これが言語芸術における「詩」の作用です。

こうした、水平的でスマートな内容伝達のエコノミーを、垂直的な迂路へ導き出すよこしまな「詩」の力。しかし、そのふいの逸脱が受け手にあたえる不経済・不効率の真空のなかにこそ、すぐれて夢幻的・遊戯的な、広大な感覚の虚空、宇宙大のイメージの空き地があるのです。

こうしたことばの垂直性としての「詩」の力を発現させる手段こそ、冒頭にのべた言語芸術の三つの要素、すなわち①声、②文字、③意味であり、すこし順序が前後しましたが、この章ではあえて先に、もっぱら③の「意味」について語ってきました。

次章ではことばの「声」への浮遊感について、また次々章では、かたちとしての「文字」への没入感についてお話しします。浮遊も没入も、いずれも詩的時間としての「無時間」への飛翔、「音」と「像」という、ことばのふたつの「表層」（シニフィアン）を契機にした、「垂直性」へのふいの逸脱であり、それが本稿のもっとも中心的な主題となります。

本稿ではたしかに「意味」よりずっと多く「声」と「文字」に紙幅を割き、お話ししたいつもりですが、とはいえここでは最後に、意味と意味の衝突による詩的な異物感、その折り合わなさのなかから生じる「リアル」の重要性について、念をおしておきたいとおもいます。

かつて僕は大学時代、哲学科のカリキュラムにあった論理学の授業で、難解なB・ラッセルの思想にふれ、それに関連して、彼の思想の先駆をなした中央ヨーロッパにおける幾人かの論理学者たちを知りました。なかでも、プラハのB・ボルツァーノの「無対象的表象」（虚表象）という問題で例示された「丸い四角」だとか、グラーツ学派のA・マイノングの「木でできた鉄は辛《から》い」だとか、ワルシャワのA・タルスキの『「雪が白い」』という文言は、雪が白いとき、またそのときにかぎり、真である」という、強弁にしかみえない真理の定義は僕をいたく興奮させ、まるでダダやシュルレアリスムだ、と論理学の本筋をそれたところで感嘆したものでした。「木でできた鉄は辛い」の各要素、「木」「鉄」「辛い」ははじめからイコールでかかわりあう可能性をうしなった語たちです。しかしそれらがひとつのせまい構文のなかへ無理やりに押し込められ、同居させられているのです。ここでも不可能なかさね合わせとしての「喩」の力がはたらいているのですが、あくまで力は自動的にはたらいているだけで、語と語はその意味どうしをただ叩きつけあい、打ち鳴らしあい、こすらせあって、その語意的矛盾がショートし火花を散らせているのです。ここにおいては、個々のことばは、まるで質量や質感をもった金属のような、永遠に結合しあわない一種の「物質」になっています。このことをもって、僕は序の冒頭ちかく、意味とは「記号の力学のなかでのみ存在する物質性であり、重み」だと書いたのです。けれどもこの重みとは、秤で計測できるような現実の重量ではありません。それは「無重力のなかの、架空の重み、または位置エネルギー」なのです。「丸い」という語は、かたくなに「丸いという意味」でありつづけよう、そしてその固有の居場所を動くまいとするアイデンティティー、つまり語意の「位置エネルギー」をもっています。そのおなじ場所に「四角」という、いわば別種の、とうてい結婚不可能な語が嫁いできて、「丸い四角」というふうに力ずくでひとつに接続させられようとするのですからハレーションは避けられません。しかし、このハレーション、結合不可能な斥力《せきりょく》のただなかに、詩の力は顕現します。こうした状況こそ、意味と意味の衝突、その折り合わなさから生まれる、ことばの「垂直性」への逸脱です。

言語学者のM・リファテールは「文体」というものについて、「語連続のある要素に対して読者の注意を否応なく喚起する〈浮彫り〉の総称」と定義しています（『文体論序説』）。ここでいわれる〈浮彫り〉を、リファテールは「非文法性」と言い換えます。多様に理解することができる語ですが、僕はひとまず「異化」の概念にちかいものとかんじます。また、もしそれがことばの音やかたち、つまり表面への拘泥の感覚であるとするなら、R・バルトがその写真論『明るい部屋』で提起した「プンクトゥム」（写真のなかの、とるに足らない細部や地の肌理《きめ》そのものが、見る者をそれへ惹きつけすぎることにより、写真のごくふつうの見方であるストゥディウムの成立がさまたげられること、さまたげるもの）にちかいのかもしれません。いずれにせよ、文体における「非文法性」の介入をあえてゆるすとき、水平性の順調な思考のながれがふいに切断され、解釈が足止めされる地点に〈浮彫り〉、つまり垂直性への契機となることばの即物的《ザツハリツヒ》な異質さが、顔をのぞかせるということです。

現代人である僕らにとって、物語やメッセージ内容をストレートに前へ前へと着実に伝達しつづけることばの水平性、その健全さにもっとも貢献するのが「文法」や「統辞法《シンタックス》」とよばれる合理性です。しかし文法とは、まさに「慣《い》れの果て」に画定させられた母語《ラング》・国語の律、変転を禁じられ整頓されたことばの取り扱い説明書のようなものであり、そんな硬直した教科書に詩人はかたちだけの敬意を表しつつ、あとは適宜それを垂直に裏切ります。いうなれば、言語芸術にとって文法のしばりは裏切るためにこそある、ともいえるでしょう。

声――言語芸術における音楽性

――自然はアクセントや叫び声や嘆きの声を思いつかせる。これが考え出されたもっとも古い言葉であり、だからこそ最初の言葉は、単純で、方法的である以前に歌うような情熱のこもったものだったのである。（J＝J・ルソー『言語起源論』第二章）

――アクセント記号がやっと作り出されたのは、アクセントがすでに失われたときのことである。（同書第七章）

――韻文と歌と言葉は共通の起源を持つのである。（中略）リズムの周期的で拍子のついた反復、アクセントの旋律的な抑揚は、言語とともに詩と音楽とを生み出した。（中略）詩は散文よりも先に見いだされた。それは当然のことだった。なぜならば、情念が理性よりも先に語りかけたからである。（同書第十二章）

――哲学の研究と推論の進歩とは文法を完成させ、はじめは言語をあれほど歌うようなものとしていた、あの生き生きと情熱のこもった調子を、言語から奪い去ったのである。（中略）旋律はもはやそれほど話法に属さなくなりはじめ、知らず識らずのうちに別の存在となった。そして音楽は話し言葉からさらに独立するようになったのである。（中略）人びとは相手を説得する術を

修めて、感動させる術を失った。（同書第十九章）

人類の最初のことばが「喩」であったと同時に、いやそれ以前に、ある種の「歌」であったとする、思想家で音楽家でもあったルソーのこれらのかんがえは、テクスト主義・ポスト構造主義が全盛だった二十世紀後半、「音声中心主義」の代表格として、プラトンらとならんで批判の矢おもてにさらされましたが、二十一世紀のいま、ふたたび揺りもどしの気運にあり、とりわけこのルソーの主張は、自然人類学・認知考古学の分野において、イギリスのS・ミズンらにより科学の立場から追証されています。ミズンは、遠い太古のネアンデルタール人などの頭部骨格の解剖学的研究から、彼らの口蓋等の形状には、うなったりわめいたりする以上に、すでに歌う能力がそなわっていて、それが群れとしての連絡や、感情の発露としてあらわれたと主張しました（ミズン『歌うネアンデルタール』）。

そして、音楽とことばには共通の先駆体である「Ｈｍｍｍｍ」という音声的な表現体系が存在し、われわれホモ・サピエンスではそこから音楽とことばとが分離してそれぞれに進化したのにたいし、ネアンデルタール人では歌的なものとして一体化したそのままで「Ｈｍｍｍｍ」が進化したというのです（まるで軽快なハミングを模したかのようなこのふしぎなつづりの用語は、全体的 **Holistic**、多様式的 **multi-modal**、操作的 **manipulative**、音楽的 **musical**、ミメーシス的 **mimetic** のそれぞれの頭文字から名づけられました）。ことばを独立させ、さらに進化させるために、豊饒な音楽の能力を犠牲にしたわれわれホモ・サピエンスとことなり、ネアンデルタール人は宇宙的に壮大な「音のパノラマ」の世界に棲み、歌い、踊ることでコミュニケーションしたであろうとミズンはいいます。

さきほどお話ししたなかの「音声中心主義」批判ってなんだ、という方に、ものすごく簡略化して説明します。西洋思想の底流には、ギリシャ哲学のプラトンら以降、現在まで、ずっと、文字に書かれたことば（エクリチュール）より、声に出されたことば（パロール）のほうが、イデアや観念という超越的な完全性の側からみた場合、相対的にすぐれた「現前性」（直接性）をもち、つまりより真理に「近い」とする意識やかんがえ方が支配的であったため、それが、書かれたものとしてのテクスト、つまり「エクリチュール」を下位の存在とみなし、声の特権的な価値と力で抑圧してきた、として批判されたのです。じっさい、プラトンの師であるソクラテスは声を発しただけで文字をのこしてはいません（釈迦も孔子もイエスもそうですね）。彼の声を弟子のプラトンが書きとったということになっています。ですからプラトンじしんも、師の声、その刹那的なことばを風化させまいとしつつも、じぶんが師の「声」を「文字」という二重にへだたった位相へおとしめることで、かえって真理から遠ざけてしまったのでは……、そういう罪悪感があったかもしれません。

　このあたりの事情をごぞんじのみなさんは、先ほどらい、すでに哲学者のJ・デリダの名前を想起されていることでしょう。彼のフッサール研究である『声と現象』や、『グラマトロジーについて』などの初期の著作に、いまお話しした音声中心主義批判はおもに展開されていますが、これも初期の論考である『エクリチュールと差異』まで読んでくると、デリダの、それこそソクラテスを髣髴とさせる脱構築的な戦略は、たいへん魅力的な、つよい説得力をもってせまってくるので、この問題は単純に一筋縄ではいかないところがあります。これ以上のことは、みなさんに個別に文献を読んでいただくしかありません。ただ、すくなくともデリダにかんして、『エクリチュールと差異』の翻訳下巻に収録された、ふたつのA・アルトー論の見識には脱帽せざるをえません。つまり、僕がおもうに、あの「身体をともなった〈叫び〉の狂詩人」であるアルトー、文字の人であると同時に「身体」の人であり、「声」の人、「叫び」の人であるところのアルトーを、エクリチュールにかんする論考のなかに挿しはさんでくるやり方、いわば自身の主張じたいを脱構築するような自己批判の姿勢が、僕をいまだにデリダの影響下から追い出さない要因なのだろうとおもいます。そして、あとからお話ししますが、こうした書かれたもの、テクストじたいを地下から突き上げ、揺るがすものこそ、じつはアルトー的な「叫び」、「息」、そして「生」であり、物理的な空気振動である声そのものではない、いわば「声的《こえ》」な力（精神や内面などとはことなります）、不穏な、持続の力にほかならないのです。

本稿は「言語芸術論」ですが、これには「時間」についての考察が不可欠です。そのために「音楽」や「声」の話をしなければなりません。ただ、「声」からはじめる話の行き先は、じつは、次章で語る「文字」にあり、文字がはらむところの「脱時間」にあります。

僕の最終的にいいたい「声」や「時間」とは、科学的にはかることができる長さや振動そのものではなく、「声的なもの」の「力」であり、文字テキストのなかにふいにあらわれる生の「叫び」や「沈黙」であり、そうした危機・契機において、ことばじたいの跳躍の果てにあらわれる「時間のイマージュ」としての「無時間」「脱時間」という位相です。少々難儀なことですがやってみましょう。この章ではまず、ふつうの声、空気振動としての声についてお話しします。

太古、ことばは音楽であり、声だった。そうしたルソーのかんがえじたいは、感覚的にどこも突飛ではありません。そもそも、声よりは文字のほうが後から生まれたことを僕らはみな知っているからです。しかし、だからこそ、後進としての文字は、永く声に優位をあずけ、書かれたものは、いままさに発せられたものの現前性（このかんがえ方そのものがデリダにとっては誤りであり虚妄）に、つねに従属してこざるをえなかったという形而上学的なヒエラルキーの歴史があります。それゆえに、近現代における「テクスト」というフェーズの「発明」、書かれたもの（エクリチュール）は人から自在に批評・解釈されることによって、話されるもの（パロール）を、その創造的な性質において乗り越え、位階じたいを相対化しているという、読む行為を重視するかんがえが、思想の主流をしめるにいたったのです。

さきに申し上げておきますと、作家である僕じしん、基本的には、パロールを優位とするかんがえより、こうしたエクリチュールの可能性のなかにすすんで身をおき、他テクストとの相関性、その豊饒性の恩恵をうけながら、こうしてものを書いています。ですが、僕がかんじているのは、文字の痕跡としてのエクリチュールを解釈することのすぐれた科学性・客観性・創造性が、かえって、かつての「声」の野生の力、呪術的な力を抑圧し、ややもすると、僕らのエクリチュールじたいから、その音楽的な朗誦やゆらぎ、すなわち「謡い」の力を、なしくずし的に喪失させてしまっているかのようにみえる、ということです。

こうした「文字による声の抑圧」という、デリダ的な潮流への物言いともみえる感覚が、同時代の欧米の思想に伏流していたことを知ったのは、僕がまだ大学在学当時の一九九一年に日本で翻訳出版されたアメリカの言語学者W＝J・オングの著書『声の文化と文字の文化』を読んだときでした。この本は、拙速な読者をして、最終章にもうけられた応用としてのデリダ批判から、脱構築理論にたいするアンチ・テーゼのような解釈を誘引しかねないものでしたが、オングがいいたかった本意はごくシンプルで、つまり、文字をつかい、文字に思考を支配されて生きている読み書き（リテラシー）の時代のわれわれには、文字というものがいまだなかった遠い時代の人類の思考、声しかなかったころの思考（オラリティー）に回帰することはもう不可能だということです。それでもなおわれわれは、その二度ともどれない「一次的な声の文化」の思考に想いをはせ、この、文字による現代文明、不可逆的かつ偏向的なことばの時代に生きることの、いびつな、異常な状態をすくなくとも自覚だけはすべき、というのが、オングのなかばあきらめまじりのつつましい主張です。

こうしたかんがえは、じつは日本でも、はるか江戸の国学者である本居宣長において、古事記という、じっさいは「声」でしか伝承されてこなかった長い一連の語り・ことばを、外国の文字である漢字で書きとめた、きわめて変わった経緯をもつテキストを彼が研究するうえで、ごく個人的にではあれ、すでに抱かれていた感慨でした。代々、喉から耳へ、耳から喉へと伝承され、歌い、語りつがれてきた神々の伝説を朗誦し聴かせる「声」の人が稗田阿礼《ひえだのあれ》であるとするなら、他方、大陸から伝わった漢字を「表音文字」としてもちい、語られる口承神話を、木簡か紙に書きつけた「文字」の人が太安万侶《おおのやすまろ》でしょう。後世の、盲目の琵琶法師の謡った平曲と、それを文字に起こした平家物語の関係も同様ですし、西洋においては、ホメロスの叙事詩（口承にたずさわったすべての語り部が作者だともいわれます）の語り部と後世の記述者や、十二世紀の南欧で騎士道物語や恋愛物語を語っていたトルバドゥールたちと後世の記述者がそれに相当しますが、とくに古事記の成立とは、オングのいう声の文化《オラリティー》と文字の文化《リテラシー》の、古代日本におけるまさに分水嶺のような、ことばのパラダイムシフトを象徴するできごとだったのです。

――古《いにしへ》より文字を用ひなれたる、今の世の心もて見る時は、言伝《ことづた》へのみならんは、万《よろず》の事おぼつかなかるべければ、文字の方《かた》はるかにまさるべしと、誰《たれ》も思ふべけれ共、上古言伝へのみなりし代《よ》の心に立ちかへりて見れば、其世には、文字なしとて事たらざることはなし。これは文字のみならず、万の器も何も、古へには無かりし物の、世々を経《ふ》るまゝに、新《あらた》に出来つゝ、次第に事の便《べん》よきやうになりゆくめる、その新しく出来始めたる物も、年を経て用ひなれての心には、此物なかりけむ昔は、さこそ不便なりつらめと思へ共、無かりし昔も、さらに事は欠かざりし也。(本居宣長「くず花」)

――文字は不朽の物なれば、一たび記し置きつる事は、いく千年を経ても、そのまゝに遺るは文字の徳也。然れ共文字なき世は、文字なき世の心なる故に、言伝へとても、文字ある世の言伝へとは大《おおい》に異にして、憂きたることさらになし。今の世とても、文字知れる人は、万の事を文字に預くる故に、空にはえ覚え居らぬ事をも、文字知らぬ人は、返りてよく覚え居るにてさとるべし。(同前)

僕ら現代の「文字の思考」に染まった人間たちからすると、文字がない時代の人はなんと不便であったろうとおもってしまいがちですが、文字などないならないなりの文化がごくあたりまえのようにあって、別段なんのさしつかえもなかったのだ、と宣長はいいます。かえって、文字がある時代の僕らは、文字を従順な秘書のようにつかって、あらゆることを押しつけ、じぶんはたちまち忘れることをくりかえしているため、古代より「記憶」の能力において劣っていると自覚すべきなのです。オングの主張もこれとほぼ同じですし、日本でいえば、折口信夫もまた、「文字未然」の音声の豊饒な世界を研究した言語学者でした。

僕らは、「文字がまだなく、声しかなかった時代」の思考である「オラリティー」をうしない、その感覚を二度とはとりもどせません。それと同様、個人の歴史においても、かつて胎内に響きわたっていた母の声の記憶や、出生時の産声、乳幼児期の意味のない喃語《なんご》など、こうしたじぶんの「原初の声」さえ、じかにとりもどすことは困難なのです。

　精神科医で学者の中井久夫は、次のように書いています。

> ――言語リズムの感覚はごく初期に始まり、母胎の中で母親の言語リズムを会得してから人間は生れてくる。喃語はそれが洗練されてゆく過程である。さらに「もの」としての発語を楽しむ時期がくる。精神分析は最初の自己生産物として糞便を強調するが、「もの」としての言葉はそれに先んじる貴重な生産物である。成人型の記述的言語はこの巣の中からゆるやかに生れてくるが、最初は「もの」としての挨拶や自己防衛の道具であり、意味の共通性はそこから徐々に分化する。（中井久夫「「詩の基底にあるもの」――その生理心理的基底」『家族の深淵』）
>
> ――音調、抑揚、音の質、さらには音と音との相互作用たとえば語呂合わせ、韻、頭韻、音のひびきあいなどという言語の肉体的部分、意味の外周的部分（判示）や歴史、その意味的連想、音と意味との交響、それらと関連して唇と口腔粘膜の微妙な触覚や、口輪筋から舌筋を経て舌下筋、喉頭筋、声帯に至る発生筋群の運動感覚、音や文字の色感覚を初めとする共感覚がある。（中井久夫「訳詩の生理学」『アリアドネからの糸』）

　言語芸術の属性のうち、音、声、その旋律や拍子がもっている力ほど根源的な力はありません。W・ペイターは「あらゆる芸術は音楽にあこがれる」と書き（『ルネサンス』）、P・ヴェルレーヌも「なによりもまず音楽を」と書きました（『詩法』）。ショーペンハウアーも音楽を最上の芸術とかんがえ、ニーチェがひたすら音楽を愛したこともつとに有名です。

　この、音楽、そして声にかんして、精神分析学者のＪ・ラカンは晩年のセミネール、いわゆる「アンコール」において、ララング lalangue という（定冠詞 la と言語 langue が結合された造語）、じつに奇妙な概念を提示します。ララングとは、端的にいえば、伝えることには興味のない、「ただ発することそのものを快楽とする」ことばのいとなみです。ララングは、身体と声との原初的なエロティシズムをつかさどるもので、はじめ、天上から聴こえる音のように、母の鼓動や呼吸、意味以前の声など、音の反響する胎内から外界に出てきた胎児を、なお忘れがたい母胎として包み込もうとするもの、それがリズムやトーンなどの、謡いと沈黙の無時間の感覚世界の、ことばならざることば、つまりララングです。ララングは、母から脱しゆく成長過程で、名詞による片言の一語文（完語文）の時期を経て、言語＝ラングの習得のなかでしだいに忘れられてゆきます。しかし、このララングの痕跡ともいうべき感覚が、成人のなかにかろうじて沈潜しており、それが僕らの「おもての声」の韻律を、さらには「おもての文字」の並べ方を「御している」と僕はかんがえています。それは、意味からもっとも遠ざかった外部にある無意識層、大乗仏教の唯識《ゆいしき》にいうところの阿頼耶《アラヤ》識《しき》のような、最奥かつ不変の基底によりどころをもつ終わりなき「超時間的な音楽」であり、通常の時間のなかの一刹那のうちに夢のように顕現する「無時間」「脱時間」という架空の時間幅であると、僕はかんがえたいのです。

　謡う者から書く者へ移行した、近現代のすぐれた詩人や小説家たちのなかにも、こうしたうしなわれたはずの声や心音、リズムへの信頼をもちつづける例はみられます。僕の心酔する二十世紀ロシアの、三十六歳で死んだ詩人マヤコフスキーは、「詩の作り方」というパンフレットに、告白的にこう書いています。これはじっさい、書く者としての奥義です。

——私は身振りをしたり、ぶつぶつ呟いたりしながら歩きます——まだほとんど言葉がありません——この呟きを妨げないように歩みを遅くしたり、そうでなければ歩みに合わせて呟きを速くしたりします。こうしてリズムの構図が描かれ形が決まってきます。それが詩の基礎であり、詩のなかを繰り返し流れていきます。この基礎となる繰り返しのリズムがどこから来るのかはわかりません。私にとっては、それは音、物音、揺れの私の内部での繰り返し……私が音によって示す現象の繰り返しなのです。(R・ヤコブソン『言語芸術・言語記号・言語の時間』より引用)

……それにしてもラカンは最後、「無意識はララングでできており」、「言語もおそらくララングでできている」とさえいっています。おどろくべきことです。生前から構造主義哲学という客観的で科学的な思考の代表格とされてきた、あのラカンが、最晩年、なにゆえこうした、いわば、不可解な神秘主義的「迷妄」(僕は逆にたいへん鋭敏な直観だとおもっているのですが)のとりこになったのか、その事情に僕はとても興味があるのです。

おもえば、記号論的言語研究の二人の祖、アメリカのC・S・パースも、スイスのF・ソシュールも、あのきわめて科学的な思考のおおもとに、神秘主義的な感覚をもっていました。パースはもともと厳密な数学者・物理学者、そして記号論をおこした哲学者でありながら、W&H・ジェームズ兄弟と同様、E・スウェーデンボルグのオカルティックな照応理論から多大な影響をうけていましたし(安藤礼二『近代論』)、ソシュールが言語学と並行してとりくんでいたのは、有名なアナグラム(文字の並び換え術。カバラやピタゴラス学派など隠秘学のながれからくる）の研究でした（J・スタロバンスキー『ソシュールのアナグラム――語の下に潜む語』など）。これらは、ほんとうにふしぎなこと、そして重要なことにおもわれます。

とくにソシュールは、言語の恣意性、つまり犬が dog で神が god という音・つづりを持つのは、いつとはない時代に、だれともなく勝手に決められた偶然、恣意で、別段、犬が god で神が dog でもなんらさしつかえなかったし、日本語なら犬はイニでもエヌでも、なんなら「ネコ」でも困りはしなかった（その場合、ネコには別の名称が要りますが）というような性質を指摘した人です。その言語の科学者とでもいうべきソシュールが、アナグラムという、文字並びのなかにひそむ暗号的な法則や神秘主義に、晩年の学究余命をささげた事実は、ふつうにはちょっとかんがえがたいことです。

科学的といえば、精神分析学の確立者S・フロイトも、有名な初期の「ヒステリー」や「言い間違え」の研究のなかから、ことばの音やつづりの連関に着目し、患者の「無意識」をあぶりだす作業をおこないました。たとえば、有名な例でいうと、ある女性患者の記憶、高価な花の話の、「すみれの violet と強姦するの violate という二語の語形と発音との偶然的に著しい類似」に注意し、フロイトは彼女の無意識、その古層に、ある性的なコンプレックス、心的外傷をみようとします（フロイト『夢判断』）。

ことばの「意味」でなく音や文字など、あくまで表面的な「すがた」「あらわれ」（シニフィアン）の恣意性のなかになんらかの必然や因果関係をもとめる、これら言語学者たちの紙一重の「入信」には不可解さがあります。それこそが、ことばという「他者なるもの」の謎です。

——言語を獲得することによって人は、現実世界から「物質」を切り離し、想像力へと変容させることができる。意味的要因から音韻論的要因へと言語的様相を移動させると、「真昼の世界」の物質（指示対象）は、「闇夜の世界」の非実体的な詩的イメージ（音韻の等価性によって編成されるイメージ——意味）のなかに姿を変える。物質は想像力へと変容する。（P・クグラー『言葉の錬金術』 傍点部は原書ではゴシック表記）

もともと「離す」「放す」と同音の「話す」は、現実の物質世界から身を離し、イマージュのなかへ意識を放すことをふくんでいます。こどもがことばを獲得することとは、世界内にじぶんと同居する、自己か他者かも不分明な諸物質を、口唇的な音韻の体系に遂次分節してゆくことで、おのれをモノたちから引き剝がし、他者にしてゆく営為といえます。

しかし、かつて身から引き剝がしえた物質世界と、のちにことばという他者として再会する僕らは、その他者性に業を煮やすことになります。ことばが僕らを裏切るためです。

肉体から発せられる声、ひとたび話されたそのことばは、じぶんの肉体をみなもととしていながら、それでもなお、人はことばの完全な支配者にはなれません。ことばは他者だからです。おのれの口から吐かれるその新鮮な肉声でさえ、安直に自己＝主体を名乗る権利がなく、テクスト主義言語学において、肉声といえども、声はあくまでもだれかの匿名の声であり、ここにことばというものの一筋縄ではいかぬままならなさがあります。本居宣長をライフワークにした批評家小林秀雄も、研究の日々をふりかえり、この不如意を嘆じています。

――言葉の発生を、音声の抑揚という肉体の動きに見ていた宣長としては、私達に言語が与えられているのは、私達に肉体が与えられているのと同じ事実と考えてよかったのであり、己れの肉体でありながら、己れの意のままにはならないように、純粋な表現活動としての言霊《ことだま》の働きを、宰領していながら、先方に操られてもいる。（小林秀雄「本居宣長・補記」『本居宣長』）

ユダヤ教の祈禱であるゼミーロートやピーユート、天台の声明《しょうみょう》などがそうですが、匿名の複数者の、または神からくだされるところの他者なる声、そんなことばの「唱え」は、しぜん長い「朗誦」に、「朗誦」はさらに「謡い」へとなりゆこうとします。ここには、もしかすると、僕らがもどることのかなわぬ「一次的な声の文化」の残滓、体感的な記憶のなごりが作用しているのかもしれません。小林もいう、ことばを操りながら、ことばに操られてもいる、この不可抗力こそ、他者としての「声」のなせる業です。

かつて、謡いとしての動的な声が、静的な文字に書き留められたとき、僕らがうしなったもっとも大きなものは、時間、……文末を先へ先へと持ち越し、延長しつづける、時間の悠久性への「たわむれ」です。じっさい、吟詠とよばれる発声行為の99％は子音でなく、直後につながる母音の「たなびき」にほかなりません。日本の古典声楽、たとえば河東《かとう》節などにみられる「産字《うみじ》」の技法もそうですし、他にも、僕がおさないころ、民謡好きな父が仙台の家でえんえんと聴いていた「江差追分」など、「〽カモメのなく音に ふと目を覚まし あれが蝦夷地の山かいな」と、他にもヴァリエーションはありますが、基本たったこれだけのことを、コブシやゴロという超絶的な節回しを駆使し、数分の時間をかけ謡いあげるのです。ここでは詞の文句や意味などは、時間をたなびかせ、長びかせ、時間を詠じ、また吟じ、時間のながれそのものをかんじたい人間のたんなる「口実」にすぎません。子音の生滅は一瞬です。しかし子音のあとにたなびく母音は、かぎりない久遠を目指します。この持続、時間幅、奥行き、つまり「謡い」を、僕らは文字を獲得したさい、取り落としてきたのです。

「謡い」同様、僕らが失くしたものはもうひとつあります。それは「沈黙」です。たとえば白紙に文字をひたすら書きつけてゆく呪われた筆記者であるところの小説家は、白紙のうえにおいて、文字の唖《おし》であることがゆるされません。多作にしろ寡作にしろ、口を割られ、たとえ胃液しか出ずとも、沈黙を決め込み、口ごもることはゆるされません。いかなる寡黙者にも紙のうえでは饒舌者であるよう強いる、無粋な罪深い仕事なのです。ゆえに僕らは書く文字の奥に沈黙を込めようとします。

　僕らの生の時間のほとんどを占めているはずの沈黙。ねむりのなかの架空の無時間、文字や意識がそれじたいをむんずとつかまえることができない夢の時間も、やはり「沈黙」です。この架空の夢の時間幅を、ほかならぬ文字によってつかまえようとする不可能こそ、詩や小説という「文字の芸術」に託された、じつはもっともたいせつで本質的な仕事なのです。

「謡い」と「沈黙」は、僕個人にとっては「躁」と「鬱」の対にも近い不可避的なものですが、これに関連して、この章のしめくくりに、エクリチュールにおける「絶叫」と「絶句」についてお話しします。これらはいずれも、ことばの意味体系のなかでコード化されえない「非言語」であり、表象不可能性、いわば虚数としてのことば、ことばの断絶です。

　ことばというものが、詩という実験容器内で、意味と意味、声と声、文字と文字、そしてそれらどうしをも衝突させ、文章やことばの酷使の臨界にまでいたったとき、われわれ読者は蒼褪め、だれにもしられぬまま、ひとり底知れぬおののきをかんじます。その世界も作者も不在の場所で、絶叫し、また絶句するのは、読者である僕らのなかの孤独の時間幅であり、「声的なもの」です。こうした「絶叫」と「絶句」に、読者としての時間存在、架空の無時間をのっとられる刹那、僕らに不気味な「リアル」の感覚が到来します。これが「言語芸術」の本分です。

かつてアルトーは、演劇の世界から文字の世界に参入し、その「声」を封じられた紙のうえで、なおも苦しげに「声」を出そうとしつづけました。そして、それがついにかなわなかった彼の偉大なる敗北の地点にこそ、「何者か」の強烈な「絶叫」「叫び」があります。その声とは、「僕らの声なき声」、「僕らの声なき叫び」です。そして、そういう「叫び」や「リアル」といった究極的な言語芸術体験が僕らじしんにもたらされたとき、間髪を入れずあらわれる無窮のフェーズが「絶句」です。これこそ「脱時間的」な放心、もしくはことばの失神です。

「息を呑む」という慣用句があります。この場合、息を呑むとは、ことばのなかにおいてふいに外部や他者、不気味で「リアル」なものと遭遇し、おもわぬ踏みはずしにみまわれたショックから時間そのものを呑み込み、そこに真空をつくりだして、垂直的な異界へおのれを人身御供にすることです。能動的におこなう投身が、気がつけば受動的に投げ出され、呆然とさせられる、それが「絶句」です。僕ら読者はテキストのなかに分け入り、この「絶叫」と「絶句」への契機がどこかに落ちていはしまいかと、ひたすらさがしもとめるのです。

文字――言語芸術における図像性

――すでにして文字が、象徴化、豊饒化、装飾、晦渋化、謎めかしに向う衝迫を励起し、幻想と計算された人工性の組み合わせを志向する衝迫を督励している。（G・R・ホッケ『文学におけるマニエリスムⅠ』）

――マニエリスム的身振り《ゲストウス》にはあるマニエリスム的筆跡《ドウクトウス》が対応している。一個の文字を描く描き方はある身振りの筆跡を打ち明ける。（中略）マニエリスム的表示は、付加し、豊饒化し、つり上げる。（同前）

たとえばS・マラルメはバレエを「身体で描くエクリチュール」と表現し、アルトーもバリ島の民族舞踊を「生きて動く象形文字」といいました。いずれも舞踏などの身体運動と、書かれること、そしてそこにかたちをなす文字じたいの生成に相似をみているのです。

フロイトもまた、次のようにいいます。

――身振り言語その他のあらゆる心的活動の表現をも書字として見なすべきなのだ。

――夢の中での演出方法が主として視覚的なイマージュであって言葉ではないことを考えると、

夢は言語の総体よりもむしろ書字の体系にくらべる方がより正しく思われる。事実、夢の解釈はどこからどこまで、エジプト象形文字のような古代の形象的記載の解読に類似している。（フロイト「一九一三年の記述」　引用元＝デリダ『エクリチュールと差異』下巻）

文字は、ひとつの字という記号、その形象を一挙に現示させる、ある「全体《ゲシュタルト》」ととらえることができると同時に、それらは書道やドローイング、つまり「筆記」としての文字の生成過程においては、身振りの軌跡・残像であり、時間の「見届け」であり、はじまっておわる、ひとつながりの「所作のながれ」をもった動的な「行為」です。

――ランガージュ〔言語活動〕は、ラング以前の象徴性の活動として、音声言語《パロール》に先立つアルシ・エクリチュール（音声の代理ではない根源的文字、トーテム記号など）やコードなき舞踊としての身振りとも深く関わっている。（中略）そしてアルシ・エクリチュールと同様に、身振りは、象徴作用が生ずるプロセスの形とともにリズムを示していて、観念の代行・再現物ではない。文字も身振りも、ともにランガージュとしての、一切の指向対象をもたない〈差異〉なのである。
（丸山圭三郎『言葉と無意識』）

章をあらためてからここまで、僕がみなさんにお示ししようとしている「文字」、ことばの「かたち」の主題は、じつは厳密にいえばまだ、「声」の本質と同様、「音楽」や「時間」、「動き」にかかわることです。でも僕がこの論考の全体をとおして最終的に述べたいのは、この先に出てくる「無時間的・脱時間的な架空の持続幅におけるイマージュのたわむれ」という「読み」の本質性についてです。これはひとつひとつの「瞬間」の奥にあらわれる位相、僕が再三にわたり「架空の」と表現してきた、ある特殊な「ひろがり」なのですが、ここではひとまず、ことばがたんなる死物、空間上のマテリアルな意味伝達信号でなく、自在な「音楽」「動き」「ゆらぎ」を読む側にゆるす、ある種の逸脱の契機だということをご理解いただきたいのです。

——言語《ランガージュ》とは何か？　記号《シーニュ》とは何か？　世界のなかで、われわれの身振りのなかで、われわれの行為の描きだす謎めいた紋章全体のなかで、われわれの夢と病気のなかで、無言であるところのもの——そうしたものすべてははたして語っているのか？（中略）何も言わぬにもかかわらず、けっして黙ることのない、「文字」とよばれるあの言語《ランガージュ》は、ではいったい何なのか？（M・フーコー『言葉と物』第九章）

「身振り」「行為」という運動性をふまえたうえで、「謎めいた紋章」「無言であるところのもの」とフーコーは文字について書いています。つまり、声のあとに到来した文字、その文字のかたちじたいに、じつは「声的なもの」、運動も時間もはらまれているのです。ところが、いまや文字をたんなる「記号」として見ることに慣れきってしまった僕らはもう、文字のなかにあったはずの「生の声」や「運動」や「舞踏の時間」をもっていない、もしくはねむらせているのです。

文字は一見静的にみえて、動的な身振り＝筆記の軌跡・残像を依然はらんでいます。現に、手書き書簡など「筆記体」の運筆のながれには、まだ時間の跡をかんじさせるものがあります。しかし、実際の「読み」の次元、時間的・運動的な「身振り的なもの」も「声的なもの」もなくした僕ら現代人の条件反射的な「視覚」の次元においては、それらの動的な軌跡や残像は捨象されています。これは、かつての声から文字への、言語表現における大きなシフト、また、その文字の文化のなかでも、筆記から活版へ、手書き肉筆による「写本」の時代から、活字印刷による「版本」の時代へという、近代化の過程での、大きなシフトが関係しています。

ご存じのように、グーテンベルク以降、そしてルター以降、神のことばとしての聖書は司祭の声（聴覚）を介さずとも、黙読に適した活字（視覚）となって、個々人がそれぞれに所有するものとなりました。視覚はいわば五感の王となり、以来、文字はどこまでも内面化されていったのです。近代および現代という文字普及以後の文化は、僕のかんがえでは「活字」への極度の偏向、物神崇拝《フェティシズム》によって特徴づけられています。ここからは、十九世紀から二十世紀にかけ、人びとをつよい力で魅了した、「紋章」的かつ神秘的な表象概念である「象徴」というものについてもご説明しておかねばなりません。

すこし話題をかえて、絵画の話をしましょう。十九世紀末の象徴主義の画家ギュスターヴ・モローのこぢんまりした美術館が、パリ9区、サン・ラザール駅にほど近い、ちいさな通りにあります。僕は学生のころから、この画家の、神話や聖書の世界を描いた絵がめっぽう好きで、ひとりで行った卒業旅行をふくめ、これまでも何度か、この美術館をおとずれています。生前の画家のアトリエをそのまま展示室にしたもので、おびただしい数の幻想絵画がところせましと陳列されているのですが、この館は、かの詩人で美術批評家でもあったA・ブルトンが若き日、ランタンのちいさな灯をたずさえ、まっくらな深夜の美術館へ忍び込んで、そのあかりをかかげながら、ひとつひとつ作品を賞翫《しょうがん》することを夢みた、という逸話をのこしているほど、甘美な絵画世界がまるで豪華な画集のように次から次へとあらわれる、驚異的な幻想空間です。僕はよく、もしもじぶんが大富豪であったなら、一夜、美術館をそっくり貸し切って、あの若きブルトン少年の夢想を、ひとりで叶えてみたいと願ったものです。——ほのあかりに照らし出された遠い神話の世界が、一瞬すがたをあらわし、また闇に呑まれてゆく——、絵の像がかき消えた、その余韻の闇のなかにこそ、僕のいう「無時間」「脱時間」、架空の幅が息づいているのです。

　ところで、このブルトンの逸話には、期せずして「象徴《サンボル》」というものの本質があらわれています。新カント派の哲学者E・カッシーラーは「象徴」について、「ある精神的内容を具体的感覚的な記号に結びつけ、ついでその記号を内面的に占有しようという精神的エネルギー」にほかならないとしています。「記号」と「内容」というふたつの側面において説明がなされているのですが、より嚙みくだいていえば、視覚でひとつかみにとらえることのできる客体の一次的・表面的な「像」「形」がまずあり、ついでこの「像」「形」が、それを見た者の想念のなかに時間的で運動的な「イマージュ」、または「イリュージョン」を、二次的に立ちのぼらせる——、こうした「余韻」こそが「象徴」であり、ここで述べた「イマージュ」や「イリュージョン」というのが、本稿でたびたびお話ししてきた、音楽や謡いや沈黙やその時間や、また、筆記や身振りや残像やその運動のことなのです。つまり象徴とは、音楽的で運動的な架空の時間を含み込んだひとかたまりの紋章的な図像や文字のことといえるでしょう。

　パースやソシュールの「記号」が実は神秘的であったように、「象徴」の概念も、魔術研究家のエリファス・レヴィや薔薇十字団のJ・ペラダンなど、隠秘学からのつよい影響下に生まれました。その後、一八九〇年のウィーンでは心理学者C・エーレンフェルスの論文「ゲシュタルト質」が書かれ、M・ヴェルトハイマーらがゲシュタルト心理学を確立、また、美術史においてA・リーグルやW・ヴォーリンガーも、装飾芸術・視覚対象形態を研究し、象徴や視覚への関心は十九世紀末ヨーロッパを席巻するにいたります。やはり視覚的な哲学といえるフッサールの現象学が出てくるのも、この思想的な流れのなかからなのです。

ゲシュタルトはふつう「形態」と訳されますが、わかりやすくいえば、「ひとまとまりになった全体」というほどの意味です。どういうことか——、これは読書している人の眼球の動きを間近でみていればわかることですが、あるブロック、かたまりを一挙に、瞬間的・全体認識的「象徴」として目視しています。卑近な例でいえば、そもそもこの「ゲシュタルト」ということばも、みなさんは、最初に「ゲ」一文字を知覚し、次いで「シ」一文字を知覚し、次いで「ユ」……などと、だんだん順をふんで「ゲ」→「シ」→「ユ」→「タ」と認識していっているのではありませんね。視覚が目のまえの表象やことばをとらえるのは「ゲシュタルト」というひとつの全体としてであって、各部分ごとではなく、むろん何段階にも分かれた知覚手続きをへて遂げられるのでもなく、それは眼にふれた「ある瞬間」において直接的に完了される、とされており、いわば視覚における「一刹那の刻印」として、それはたちどころになされます。もちろんこれは例ですので、ブロック・かたまりという場合、ひとつのみじかい文節がそのまま一挙に象徴として知覚されることもしばしばあります。文字は語になり、語は句になり、句は節になり、ついに節は文になります。

有名な安西冬衛の一行詩「春」（昭和二年）など、「象徴」的効果の好例といえます。

てふてふが一匹韃靼《だつたん》海峡を渡つて行つた。

批評家のG・バシュラールが、「詩《ポエジー》とは瞬間化された形而上学である」(『瞬間と持続』)というのもこうした事情のあらわれですし、もっとさかのぼって、十九世紀末の英国ラファエル前派の詩人・画家であるD・G・ロセッティの詩「ソネット」の冒頭でうたわれている「ア・モーメンツ・モニュメント **a moment's monument**(一瞬の記念碑)」という概念も、象徴作用における表象の「特権的瞬間」における「一刹那の刻印」を指したものです。

ただ、ほんとうにだいじなのは一刹那の刻印の直後からはじまる「恍惚」であり『放心』、想像力の自由なゆらめき・はばたきを「放任できる力」です。美的直観の延長上にあらわれる壮大な、いわば「崇高」(カント『判断力批判』)の放心的束縛です。こうした観念のたなびきのことを、これまで僕はずっと音楽だとか架空の幅だとか無時間だとかといってきたのです。作家の埴谷雄高は、「観念の自己増殖――十九世紀的方法」という論考で、次のようなイマージュを例に出しています。

――さて、彼は、眼前にピンで留められた一匹の蝶を凝視《みつ》めつづけている裡に、その背後の空間にぼんやりと焦点を結んでいた何かが次第にせりあがつてきて、死骸に重なつたあたりに、さながら硝子板に重ねられた各種の押絵のような幾つかの澄明な像がつぎつぎに現われてくるのに気づく。その一つは、まがいもなく、ピンでとめられた蝶とそつくり同じな生きている蝶であつて、さながら高速度撮影の一齣のようにゆつくりと、羽のつけねを顫わせながらしきりに力をこめていたと見るまもなく、ついに、あたりの大気を強く敲《う》つて、眼前の空間に飛びあがつてくる。
（『埴谷雄高作品集4』）

「読み」の力、そして想像力とは、一刹那に刻印された象徴としての文字・ことばが、その向こうの無時間の領域へ土俵をうつしたのち、その真空のイマージュ世界とじぶんとの放心的な絆を、いかに永く保ちつづけられるかにかかわる力なのです。ピンで留められた蝶の標本をゲシュタルトとして知覚しおえた彼は、その直後から、現象学の判断停止《エポケー》に似た認識の麻痺状態、つまり「見ているのに見ていない」忘我のゾーン、恍惚の領域に息づきはじめます。彼がそこにとどまりつづけるかぎり、イマージュとしての蝶は飛翔しつづけ、甍《いらか》さえ越えてゆきます。しかし、もし彼がふたたび意識をもとの死骸のうえへ向けなおし、現実の知覚を更新すれば、そのとたん、蝶の飛翔は断たれます。こうした視覚的な想像力、おのれを冥界へ神隠ししつづける力を、埴谷は「凝視力」とよんでいます。「凝視力」とはこの場合、知覚判断をつねに継続させる更新力・刷新力ではなく、逆に、あらたな知覚の行使をかたくなに堰き止め、拒みつづける放心力のことをいっているのです。

ここにはどんな「時間」がながれているでしょう。ことば・文章をつねにはっきりと知覚し、その知覚を更新しつづける統辞法《シンタックス》にそった水平性、現実の時間ではありません。文章という水平軸にたいする、「詩」の力による垂直軸、いわば架空の、幻想の時間としての「無時間」「脱時間」です。

時間を「前後にかんする運動の数」とした、アリストテレス的な物理的運動としての時間、振り子の規則的な往復や、セシウム原子の振動から測られる現実の時間があるいっぽうで、「水に落とした角砂糖が溶けるのを眺めている際の待ち遠しさ」という実感や心象、イマージュの持続、これこそを時間とした、H・ベルクソンの観念的な時間概念があります。ベルクソン的時間とは、科学的には、もはや時間ですらなく、心理的な「記憶」「追憶」あるいは「詠嘆」に近い、なにものかです。これは、僕にいわせれば、現実の物象の新鮮な白昼の知覚を、はからずもアナーキーな幻想の腐爛、その剣呑な放恣へとゆずりわたす夜想の時間、悪魔的な「マニエリスムの時間」なのです。

結——万物照応《コレスポンダンス》ふたたび

視覚的なことばの側面＝文字。それがかたちづくる象徴のなかから、僕らは、失われた「時」としての「イマージュ」を想い出し＝創り出します。これはじつは、すぐれて音楽的な「架空の幅」です。その聴覚的な集中力、つまり読みの力によって「味読」がなされます。

たんたんと眼で文字を追ってゆく通常の黙読、それに要する現実の物理的な読書時間。文字の彼方のイマージュへ遊離した胡蝶の夢、読後余韻までを含む観念的な味読時間。

後者の長さが前者に追いつかれる作品ほど、まずしい作品、まずしい読みということになります。ゆたかな作品、そしてゆたかな読みとは、後者の長さが前者に比して永遠のごとく延びひろがり、離れゆくものです。永い夢から容易には醒ましてくれないものです。

そのことば、その文章から、いい音が聴こえるかどうか、いい形が視えるかどうか、いい香り、いい味わい、いい手触りがするかどうか――。念をおしますが、本論はたんに、リズムや脚韻への単純にすぎるおさない盲信、安直な暗号遊戯やタイポグラフィー、比喩だらけの装飾過剰な美文、こうした表面的技術的な「AI的法則」について語っているのではありません。

あらゆる言語芸術作品はほんらい、これらを識別できる大勢の読者たち、いわば「ことばのソムリエ」たちによって吟味されるべきです。そうしたことばの詩性をふまえてのち、ゆっくり内容だの主題だのをうんぬんすればいいのです。もっとも肝要なことは、書かれた文字たちが、誦《じゅ》され、謡われ、唱えられ、また、舞い、踊り、跳ねているか。その場に楽《がく》の音《ね》が、妙《たえ》なる調べが、立ちのぼっているかを読むことです。

音楽と美術の精神からの文学の誕生。

音楽性も、造形性も、たとえていうなら、ことばの生地に香をたきしめるように、ある種の「時間」という属性を、ことばに担わせる、担わせてあるということです。音楽――色香も恍惚も狂気も諧謔も――、そのたなびき、架空の幅と奥行きの世界を、「紋章」としての文字へ薫習《くんじゅう》するのです。――言語芸術とは、その文章にふれるやいなや、読む者の身辺までがふしぎにかぐわしくなるように。――ほんらい、そういった原初の呪術的な、夢幻の効果をもたらすべきものなのです。

願わくば、視た「文字列」がたちどころに「音声」をかんじさせ、また聴いた「音声」がたちどころに「文字列」をかんじさせるような、そうした自在な往還を可能にする至高の文章、そして文学が、この先も、僕ら現代人の筆先からとうとうとあらわれ出でんことを。――

ラスコーの壁画　G・バタイユ　出口裕弘訳　二見書房　1975
言語芸術・言語記号・言語の時間　R・ヤコブソン　浅川順子訳　法政大学出版局　1995
文学理論と構造主義　Yu・M・ロトマン　磯谷孝訳　勁草書房　1978
記憶術　F・イエイツ　青木信義他訳　水声社　1993
音楽と言語　T・G・ゲオルギアーデス　木村敏訳　講談社学術文庫　1994
文体論序説　M・リファテール　福井芳男他訳　朝日出版社　1978
演劇とその形而上学　A・アルトー　安堂信也訳　白水社　1965
ロデーズからの手紙　A・アルトー　宇野邦一他訳　白水社　1998
明るい部屋　R・バルト　花輪光訳　みすず書房　1997
言葉と物　M・フーコー　渡辺一民他訳　新潮社　1974
夢と実存　L・ビンスワンガー／M・フーコー　荻野恒一他訳　みすず書房　1992
作者とは何か？　M・フーコー　清水徹他訳　哲学書房　1990
外の思考　M・フーコー　豊崎光一訳　朝日出版社　1978
意味の論理学　上・下　G・ドゥルーズ　小泉義之訳　河出文庫　2007
批評と臨床　G・ドゥルーズ　守中高明他訳　河出書房新社　2002
エクリチュールと差異　下　J・デリダ　梶谷温子他訳　法政大学出版局　1983
基底材を猛り狂わせる　J・デリダ　松浦寿輝訳　みすず書房　1999
声と現象　J・デリダ　林好雄訳　ちくま学芸文庫　2005
グーテンベルクの銀河系　M・マクルーハン　森常治訳　みすず書房　1986
近代人の模倣　P・ラクー＝ラバルト　大西雅一郎訳　みすず書房　2003
ソシュールのアナグラム　J・スタロバンスキー　金澤忠信訳　水声社　2006
グリーンバーグ批評選集　C・グリーンバーグ　藤枝晃雄編訳　勁草書房　2005
記号の生成論　セメイオチケ2　J・クリステヴァ　中沢新一他訳　せりか書房　1984
完全言語の探求　U・エーコ　上村忠男他訳　平凡社　1995
言語の夢想者　M・ヤグェーロ　谷川多佳子他訳　工作舎　1990
D・G・ロセッティ　J・ラングラード　山崎庸一郎他訳　みすず書房　1990
身ぶりと言葉　A・ルロワ＝グーラン　荒木亨訳　ちくま学芸文庫　2012
声の文化と文字の文化　W＝J・オング　桜井直文他訳　藤原書店　1991
狂気と文学的事象　S・フェルマン　土田知則訳　水声社　1993
言葉の錬金術　P・クグラー　森岡正芳訳　どうぶつ社　1997
歌うネアンデルタール　S・ミズン　熊谷淳子訳　早川書房　2006
ことばの芸術　杉山康彦　大修館書店　1976
言葉と無意識　丸山圭三郎　講談社現代新書　1987
意味という病　柄谷行人　講談社文芸文庫　1989
家族の深淵　中井久夫　みすず書房　1995
アリアドネからの糸　中井久夫　みすず書房　1997
芸術人類学　中沢新一　みすず書房　2006
近代論　安藤礼二　NTT出版　2008
ラカン『アンコール』解説　佐々木・荒谷・小長野・林　せりか書房　2013
言語への愛　J＝C・ミルネール　平出和子他訳　水声社　1997
躁と鬱　森山公夫　筑摩書房　2014
表象　09号　音と聴取のアルケオロジー　月曜社　2015
声と文学　塚本昌則・鈴木雅雄編　平凡社　2017

主な参考文献

文学におけるマニエリスムⅠ・Ⅱ　G・ルネ・ホッケ　種村季弘訳　現代思潮社　1971
象徴主義と世紀末芸術　ハンス・H・ホーフシュテッター　種村季弘訳　美術出版社　1987
ナンセンス詩人の肖像　種村季弘　筑摩書房　1977
形象と時間　谷川渥　白水社　1986
美学の逆説　谷川渥　勁草書房　1993
見ることの逸楽　谷川渥　白水社　1995

＊

パイドロス　プラトン　藤沢令夫訳　岩波文庫　1967
アリストテレース 詩学／ホラーティウス 詩論　松本仁助他訳　岩波文庫　1997
言語起源論　J＝J・ルソー　小林善彦訳　現代思潮社　1970
判断力批判　上・下　I・カント　篠田英雄訳　岩波文庫　1964
ポオ　詩と詩論　E・A・ポオ　福永武彦他訳　創元推理文庫　1979
宣長選集　本居宣長　野口武彦編注　筑摩叢書　1986
ルネサンス　W・ペイター　別宮貞徳訳　冨山房百科文庫　1977
無限の逆説　B・ボルツァーノ　藤田伊吉訳　みすず書房　1978
高等魔術の教理と祭儀（教理篇）　E・レヴィ　生田耕作訳　人文書院　1982
夢判断　上・下　S・フロイト　高橋義孝訳　新潮文庫　1969
美術史の基礎概念　H・ヴェルフリン　海津忠雄訳　慶應義塾大学出版会　2000
美術様式論　A・リーグル　長広敏雄訳　岩崎美術社　1970
抽象と感情移入　W・ヴォリンゲル　草薙正夫訳　岩波文庫　1953
シンボル形式の哲学1　E・カッシーラー　生松敬三他訳　岩波文庫
意識に直接与えられたものについての試論　H・ベルクソン　合田正人他訳　ちくま学芸文庫　2002
物質と記憶　H・ベルクソン　合田正人他訳　ちくま学芸文庫　2007
ベルクソン講義録Ⅰ・Ⅱ　H・ベルクソン　合田正人他訳　法政大学出版局　1999・2000
内的時間意識の現象学　E・フッサール　立松弘孝訳　みすず書房　1967
存在と時間　M・ハイデガー　原佑訳　中央公論社　1980
美のはかなさと芸術家の冒険性　O・ベッカー　久野昭訳　理想社　1964
ムネモシュネ　M・プラーツ　高山宏訳　ありな書房　1999
オイリュトミー芸術　R・シュタイナー　高橋巖訳　イザラ書房　1988
詩学入門　E・パウンド　沢崎順之助訳　冨山房百科文庫　1979
ヴァレリー全集カイエ篇　第4巻　三浦信孝他訳　筑摩書房　1980
言語情調論　折口信夫　中公文庫　2004
古代国語の音韻について他二篇　橋本進吉　岩波文庫　1980
本居宣長　上・下　小林秀雄　新潮文庫　1992
埴谷雄高作品集4　文学論文集　埴谷雄高　河出書房新社　1971
瞬間と持続　G・バシュラール　掛下栄一郎訳　紀伊國屋書店　1969
水と夢　G・バシュラール　小浜俊郎他訳　国文社　1969
自然と美学　R・カイヨワ　山口三夫訳　法政大学出版局　1972
想像力の問題　J＝P・サルトル　平井啓之訳　人文書院　1955
踏みはずし　M・ブランショ　粟津則雄訳　筑摩書房　1987
文学空間　M・ブランショ　粟津則雄他訳　現代思潮社　1962
エロティシズム　G・バタイユ　澁澤龍彦訳　二見書房　1970
至高性　G・バタイユ　湯浅博雄他訳　人文書院　1990

Ⅰ　言語芸術について

神々との里程

「文學界」二〇〇七年九月号

二十代の終わりに自宅留学と称して、小説「アサッテの人」と、他にもう一編アサッテものを書いたのち、三十代に入ってからの六年間は、再就職した会社での激務と、昨年他界した病父の長期介護とに、まさに隙間なく明け暮れ、読書も怠りがちになり、とうとう、自身も父と同じ病気、厄介な躁《そう》鬱《うつ》病（正式名「双極性気分障害」。一生涯の投薬を必要とする完治困難の宿疾。精神疾患のなかでもとりわけ自殺念慮が高いといわれる。かつてゲーテや宮澤賢治、北杜夫もこれを病んだ。父は自らの乱れ狂う精神をついに抑制できぬまま、それは結果「死に至る病」となった）を発症したため、買い溜めておいた近代作家の文庫全集などを、牛歩の遅読で目を通す以外、新刊とは完全に縁が切れた。

僕の三十代はちょうど「今世紀」（ゼロ年代）という言い方と一致し、先日の群像新人文学賞の授賞式挨拶では、恥かしながら、自分がかくかくしかじかの理由で、二十一世紀小説に関しては全くトーシローの浦島太郎だと告白した。するとその後知人から、今世紀初頭はＪ文学とやらが流行していると聞き、教わった数編を読みかけるや、別の人から、いやＪはもう古い、今はラノベだラノベと言われ、何のことかと思っていたその矢先、最新のトレンドはケータイ小説だケータイ小説、と……。ともかくも参考までと、それぞれの内から図書館でたまたま目に入った数編を手に取り、ついに禁断の玉手箱は開かれた。

気がつけば僕は総白髪、総白髯の、魚籠《びく》を腰に携えた、学芸会の大根役者のような作為的な老漁夫の姿で浜に横臥し……。いや、そこに何が書いてあるかは僕でもむろん分かる。でも、それをどう味わうかが分からない。あなおそろしや……。同世代のなかで僕、いや、わしだけが、いまだ昭和を生きておる……。

馬鹿正直な性格も手伝い、本腰を入れてそれらを吸収しようとしかけたとき、ある文学通の友人が、「君は無理して読まない方がいいんだよ。今のまま『ひとりロストワールド』やってたほうが、浮いてて面白いんだから」などと、これまた無責任なことを吹き込む。ああ、でもたしかに自分だけ浮いていそうだし、新人なのに、この甚だしき時代錯誤《アナクロニズム》はいかがなものか、困った困った、と、実は最近なかば本気で悩んでいる。

ケータイやラノベはやはり読まれているのだろう。現に本屋の棚を見れば、確かに漱石や太宰、フローベールやカフカらと同列に、ケータイやラノベが堂々と肩を並べている。

小説がかくなる状況にあって、受容者、つまり読者はどう思っているのか、とそっちの方面も少しく覗いたが、どうやらケータイにはケータイの、ラノベにはラベノお抱えの、一定数のファンがいるらしく、ブログなどで盛んにスゴいと持ち上げている。

スゴいって、それは共時的に（つまり同時代の作品どうしに限定した相対評価として）スゴいのか、それとも通時的に（つまり連綿たる文学史の上での古典も新作も混じった相対評価として）スゴいのか、よく見ると、……残念ながら、どうやらそれは前者の「スゴい」を指すものらしい。

後者の通時的な相対評価とは、その方法を厳密に徹底すればするほど、言葉の上での「絶対評価」(現実にはなしえないのだが)に限りなく近づくわけで、僕は本来、作品の妥当な評価とは大筋、かくあるべきだとつねづね思ってきた。

空想上の「絶対評価」の実践には、まず第一に、文学を心から愛し、最低七か国語以上をネイティヴ並みに解する、北極から南極まで世界各地から偏《かたよ》りなく選ばれた男女それぞれ五千人、計一万人の読者、それも十代から七、八十代までを幅広く募り、彼らに、古今東西の世界文学から、民族、言語の比重に応じて選ばれた共通のテキストざっと五千作を、数年がかりで精読してもらう。……五千作ゆえ、本邦のサンプルも記紀万葉からケータイ、純文からSF、ミステリ、詩、戯曲、漫画まで、少なくとも百五十作くらいは読まれるのではないか。

しょせんは悪しき多数決原理、との古典的な批判、反駁ももちろん想定済みだが、方法を偏執的に徹底することで、ある種の普遍性、客観性だけは得られるのではと思う。

次に、この世界規模の読書結社が読んだ五千作を、各員が、より大きく心底を揺さぶられた順、僕のよく使う言葉でいえば、より強く「圧倒」された順に、百点満点で採点し並べてゆく。その際、同点作が多く固まるのを避け、なるべく幅広く振り分けるよう考えて採点してもらう。この段階での共通の約束事は、採点者は95点以上と5点以下の枠を空けておくことと、採点の平均が50点になるよう勘案することである。

最後に各人の採点表を厳正にコンピューター集計し、ついに、かの五千作が途方もなく長大な巻紙、……あしびきの山鳥の尾のしだり尾の長々しい総採点表となって人々の前に示される。

たぶん、凄いことになるだろう。悲鳴、歓声、怒号が世界を揺るがす。オデュッセイアが62点、神曲が71点、ツァラトゥストラでも86点って……何考えてんだ！　責任者呼べ責任ブクブクブク……バタッ。えっ、あの源氏がたったの59点……、カサノヴァ回想録とほとんど変わらん、似てるけどモノが違うんだモノが！　わしの生涯をかけた研究対象がブクブク……。ゴドーとハムレットが同点だと？　なめとんのか！（どっちが）

と、まあ、凄いことになる。でも、この総採点表はあくまで敲《たた》き台で、この原データを基準に今後のあらゆる言語芸術は発表のその都度、例の一万人の精鋭に公平に「相対」評価されることとなる。

　ここからは明治・大正・昭和ばかり読んできた僕の勝手な言い分で恐縮だが、私見によれば日本文学に神の領域である90点越えを達成する作品は、ない、か、贔屓目《ひいきめ》にいって漱石「こゝろ」、梶井基次郎「檸檬」、吉岡実「静物」、となる。

　ノーベル賞でもせいぜい70点程度なので、80点越えさえも世界的な偉業となる。ここには鷗外「寒山拾得」、漱石「夢十夜」、谷崎「瘋癲老人日記」、賢治「春と修羅」及び「銀河鉄道の夜」、横光利一「花園の思想」、太宰「晩年」、三島「豊饒の海」、西脇順三郎「*Ambarvalia*」、中上健次「枯木灘」、村上春樹「中国行きのスロウボート」等が入ってほしい。

　こうした限りなく「絶対」に近い「相対」評価を導入されると、新人作家はもうお手上げだ。自作をジョイスやプルーストなどと比較されてはかなわん、それだけは勘弁してくれ……、こう言い出す者が続出する。……だってあんな怪物みたいなやつらのいる成層圏に手が届くはずないだろ、正直、自己採点とかすると、俺の最高の自信作でも25点もいけば良い方なのに……。えっ、25点？　お前、それならまだいいって、俺のなんて、俺のために空席にされてたような、あの「逆・神の上の領域」、

5点以下の枠に入っちまうんだ！
と、こういった事態が容易に予想される。だが……、本来それが真っ当なやり方、世界や歴史と僕らとの、真実の里程なのだ。僕らは、同世代だけの内輪の相対評価で甘やかし合っている。作者も甘ければ読者も甘い。現代日本の文学をあれこれ言いたい御仁は、まずは基本の五千作、すべてはそれからだ。

　しかし、競泳やマラソン、スプリント競技等には日本記録《ジャパンレコード》や世界記録《ワールドレコード》といったものがあり、遠い過去から時代とともに記録が塗り替えられているのに対し、文学にはそうした客観的な数字は存在せず、ああ、なくて良かったとホッとする反面、もしあったら、現在、日本記録《ジャパンレコード》や世界記録《ワールドレコード》を持っているのは誰なのか、と思わず勘ぐってしまう。それらは現在も刻々と更新されているのだろうか。否、おそらくされてはいまい。日本文学とて、「こゝろ」や「晩年」や「枯木灘」の記録がそう易々と塗り替えられるはずはなく、本当のところ、僕らの世代の胸中には、ひそかな絶望と諦念が隅々まで浸透しきっている。……そんなこと、あらためて言われなくたって解ってるよ。僕らの世代の作品が、神の領域を拝むことなど、夢のまた夢なんだって。でも、僭越かも知れないけど、みんな本当はあそこを夢みて書いているんだろ？　えっ、食うために仕方なく書いてる？　数撃ちゃ「当たる」？　そういう人は自ら身を退《ひ》いて下さい。そういう人を読者は甘やかさないで下さい。そして読者も勉強して下さい。今世紀から神の領域に達する傑作を世界史へ送り出すために、読者よ、五千作の一作目から始めてほしい。ドン・キホーテでも、白鯨でも、異邦人でもカラマーゾフでも、ホームズでもソラリスでもいい。まずは各ジャンル、80点以上が見込まれる文学史上の作品から、手当たり次第に読破していって下さい。その上での、限りなく「絶対」に近い「相対」評価を律儀な物書きたちは望んでいます。

ちなみに、前世紀末に書かれた拙作「アサッテの人」は何点だろうか……。皆様、後生ですから、いくらなんでもせめて二桁には載せて下さいね。頼んだよ、ホント、マジな話。

「作為見透かし症候群」について

「群像」二〇〇八年十月号

現代文学が古典芸能の一つとして保護されるようになって既に久しい。有名大学が依然文学の看板を降ろさず、大手出版社が赤字で純文学誌を出し続けるのも、怪しげな文学に未だ「本物らしさ」や「品格じみたもの」を感じ取ろうと人々が躍起になっているからだろう。

どんなに新しそうな事象や風俗や人間心理を描いていても、「文学」の形式自体は大局的にはあいかわらず古色蒼然としたものでしかない。僕はこの「文学形式」の野暮ったさには未だに我慢がならず、事実上の一荷担者になった自分の身の上を実は幾分恥ずかしくさえ思っている。

けだし、**文学の裸像とは「突発的公前ひとりミュージカル」とでもいったものだ。**混雑した駅のホームで突如あなたがクルクル廻りながら大声で歌い始めたとする。「あー！　張り裂けそうな私のこの胸ー！　あの人は知る由もないー！」当然周囲の客はギョッとする。でも、これが劇場の舞台ならギョッとしない。そうしたもんだとお客は平然と鑑賞する。文学も、それが書物という劇場の中にあり、表紙や題名や目次や奥付という舞台に上《のぼ》っているのを幸いに、変人扱いを免れているだけだ。

文学（書き言葉《エクリチュール》）からこれらの衣装（意匠）を剥いで裸にしたらそれこそ変態だ。車内改札の車掌があなたを揺り起こしてこう告げるようなものだ。「山路を登りながら、かう考へた。親譲りの無鉄砲で小供の時から損ばかりして居る。名前はまだ無い」。完全な変態である。

文学が書かれた物である以上、そこには作者の途方もない作為が込められている。なのに多くの作者、とりわけナチュラルさを標榜する類いの作家が、自分の作品にわざとらしさや作為などありえないといった顔つきで振る舞っている（彼らは殊更に現代的言葉遣いやツールや社会病理を用い、さも自作が読者の住む現実と地続き《バリアフリー》であるかの如く見せかけたがる）。さらに読者までもが文学とはあたかも路傍に咲く花の如く自然とそこにあり、自らの読書行為をなにか純粋無垢な美しき僥倖《ぎょうこう》のように思い込もうとしさえする。それらの欺瞞を僕はこれまで自作の中で告発してきた。どんなにナチュラルに見せかけられた作品にも、そこには計算高い作者の作為がめまぐるしく立ち働いている。

文学は、文楽のような古典芸能に似ている。文楽の鑑賞法を知らぬ者に、それは最初異様な印象を与える。その芝居を演じているのが人間ではなく人形で、人形を操作している黒い衣をまとった人物が明らかに客の視界に入っている。でも、物語だけを観たいならその違和感を全て捨象して、人形の指先や顎の角度、なにより芝居の筋に没入せねばならぬらしい。僕は幼い頃初めて文楽を観たとき、人形などより、黒子の息遣いや衣擦れの音やちょっと慌てた様子や仲間同士で一瞬顔を見合わせたりする仕草ばかり気になった。そして、黒子（作者）さんって大変だなー、と一緒にヤキモキした。

能楽堂で観るお能は苦手だが、どこかで薪能《たきぎのう》があると聞くとたまに観に行く。以前、恐ろしく風の強い晩だったが、名古屋城で行われた薪能を観たことがある。演目は『鵜飼』。途中、それまで澱みなかったシテの謡《うた》いが突如止まった。台詞を失念したのである。異常に長い沈黙が漂った。観衆も戸惑って凍りついていた。楽士の一人がヒソヒソとなにやら呟いた。すると、その途端客席から子供の声が「あっ！　教えとる！」と叫んだ。僕はびっくりした。辛うじて、一座は何事もなかったかのような物腰で鼓《つづみ》を打ち始めた。いよぉポン、いよぉポン、いよぉポン、ポン、よぉ、おぉお、あポン、いよぉポン……。一陣の突風が吹き、篝火《かがりび》の火の粉がこれでもかというくらい楽士らの頭に降りかかった。「いよぉポン、いよぉ……ポン……、ぁちっ」嘘ではない。本当に聞こえたのだ。仰天した。その時僕は、ああ、なんと「リアル」なのだろう、そう思った。

二十代以降、僕は「**作為見透かし症候群**」とでも呼ぶべき厄介な性癖に取り憑かれてしまった。何を観ても聴いてもわざとらしい。作り手の作為が透けて見える。チャンドス卿的煩悶と言いたいところだが、ああ、泣かせに入ったな、とか、自分でいい話だと思ってるな、とかの低俗な詮索だ。当然この詮索の最後の餌食は自分自身である。僕は一時期何も書けず何も話せず、自らのどんな身振りにも嫌らしいあざとさを感じた。考えてみれば、僕の第一作は「バスは～進んでいった」という冒頭一文の「小説らしさ」に辟易した語り手自身の「語りの挫折」から始まるし、第二作は「他者に書かれている作為的な自分らの生」に抗う兄妹の隠微な私的会話の盗聴録に終始する。

これらは自らの描写的語り《ミメーシス》さえも信用していない作者による一種の解説的語り《ディエゲーシス》、重層的に反復される自己反省であり、無限に連鎖して行き着く最終自我を持たない初期ロマン派的な背進である。だがこれを見誤って両作に安易なメタフィクションのレッテルを貼る評が後を絶たない。**第一次描写時点において既に「描かれる対象と描く主体」の分裂、枠構造《メタ》が成立していること**を等閑に付し、自己背進の生み出す不可避の枠《メタ》（牢獄）を呑気な書割りと見做して「技法による韜晦」と片付ける。文学の作為に躓いた経験を持たぬこれら言説の主こそが、現代文学の作為隠蔽主義の片棒を担いでいる。

僕は自身のこうした病に疲弊してくるたび、リハビリとして、白湯《さゆ》を飲むような心持ちで武者小路実篤の文章を読んだりする。恍惚の人となってしまったかのような武者小路の、正気かどうかも疑わしい文法的に危うすぎる筆運びは、どこかしら凄絶でさえある。もちろん何人《なんぴと》にも作為の払拭はありえない。しかし、この「イッてしまった」お目出たき人の筆は、言葉に倦んだ僕に理屈抜きの信頼を抱かせる。

文学のヘンタイを極める　講演録

「すばる」二〇〇九年二月号

『箱男』より閉塞した現代人

こんにちは。諏訪哲史と申します。僕はここ、名古屋市西区で生まれました。今も住んでいます。幼少時、五年ほど仙台に移りますが、また名古屋に戻って、小中高は全て西区内の学校を卒業し、大学は東京へ行ったのですが、卒業して帰ってきて、今こうして西区の西文化小劇場でお話しさせていただいています。

ここはこんな天井の高い地下三階のホールなので、火事になったらあっちに逃げようっていう脳内シミュレーションは、皆さんしておいたほうがいいですよ。僕が中学校の頃は、ここはこんな深くまでは掘っていなくて、地下一階までしかない建物でした。昔はここ、西図書館だったんですね。地下に安っぽい食堂がありました。キッチュな蠟細工のラーメンが埃で黒ずんで、皿と中身に隙間があるようなやつ、それがガラスケースのなかに並んでたりね。その食堂でラムネを飲んだり棒アイスを食べたりした思い出があります。

いま火事の話が出たのでふと思いついたんですけど、いや……僕はいつも思いつきでしゃべるので話がどこに行くかわかりませんが……、この前、大阪で個室ビデオ店が全焼して十何人か、亡くなりましたね。そのニュースを見て思ったんですが、かつて「ドヤ」と呼ばれた日雇い労働者用の安宿が現代風になって、一晩千五百円で泊まれると。そういう店に寝泊まりを目的に行く人が老若男女問わず大勢いる。路上よりは高いけどカプセルホテルよりは安い。あのなかは液晶モニターと椅子しかないそうです。椅子がリクライニングになってるから寝ることができる。そんな密室がハチの巣のようにぎっしり並ぶ様子を新聞の図で見たりして、ドヤと個室ビデオ店との本質的な差っていったい何だ、ということを考えてみたんですね。

ドヤというのはベニヤで仕切った原始的なカプセルホテルのようなもんで、ちょっと首を出すと、上の人、下の人、両隣の人と話ができて、おい、サントリーレッドでもやるか、とか、そんな交流がある。住人同士の交流があるからこそ、この前も釜ヶ崎では暴動のようなことが起こりかけたわけですが、あの隣室が誰かも知らない個室ビデオ店では、そんな組織的な行動が起こることはないでしょう。個人があの密室に押し込まれて、そのなかで完全に独りの存在として生かされている。僕は安部公房の『箱男』を想起したんです。でも「箱男」には、外との「窓」がある。それは外界を覗き見る、眼の部分に開けられた隙間で、そこに自分の内と段ボールの外との接点を辛うじて所有している。対して個室ビデオ店には全く「外」がない。そこには確かにモニターがあり、外での事件を映し、首相の顔を映し、ソフトボールで日本が金メダルをとった瞬間も映します。外界で起きている「現実」を間接的にあのなかで観られるというんですが、でもそれは極めてバーチャルな、薄い世界だと思います。現場に立ち会っているというよりは立ち会っている気がしているだけであって、実際は完全に箱の内部に押し込められている。だから「箱男」のほうが「隙間」の分だけ、個室ビデオ店よりマシな箱なんですね。それに「箱男」は自ら箱ごと移動もできますし。つまり「箱男」よりも非人間的な、存在度ゼロの密閉空間、完璧に孤立した現代人の生があのなかにある。

Ｗｉｉというゲームがありますね。Ｗｉｉで楽器が弾けるとか。弾いてはいないんだけど、棒状のリモコンで空気をたたいてる。またはラケットみたいに振り回して、勝った負けたっていっている。何に勝ったんでしょう。結局、現代人は機械能力の許す範囲内で予定調和的に飼育されているんです。つまりいいたいのは、皆さんのお住まいが、「箱男」以下の個室ビデオ店になりつつあるんだ、ってことです。液晶と自分だけ、後は最低限のライフラインがあれば足りる。死までの禁固刑をこれで忘れていられる。こうした生をハイデガーなどの哲学では「非本来的」といいます。本当は生きていないんだということです。

では今、文学は何を書けばいいのか。「何を」以上に「どう」書くかの方が言語芸術にとって重要だという点は論を俟ちませんが、今日はそれはおいておきましょう。ではたんに若者の閉塞感や、大阪の火災を書けば文学なのか、最新の新聞ネタをさっと炒めて香辛料を効かせ、パセリを添えれば現代小説なのか。そういう安直さを僕は嫌悪します。そこで、「文学のヘンタイを極める」という演題をつけてみたんですが、この「文学のヘンタイ」って何だ、と自分でもけっこう真剣に考えました。今からそれを皆さんに順序立ててお話ししようと思います。

ノーマルとアブノーマル

ふだん文学などに触れもしないというお客さんのために、専門家からご叱責を受けるのを承知で、乱暴な二項対立図式をわざと黒板に書いてみました（次頁図参照）。幼稚に過ぎるでしょうが、まず世間にはノーマルなものとアブノーマルなもの、正常と異常という分け方がある。或いは正統と異端、適度と過剰、社会的（社会適合的）と反社会的（社会不適合的）、それに均整といびつという対立項もありますね。僕は学生の時、専攻の哲学の他に美術史を学んだことがあって、まあ仮にそれらを例に引きながら話を敷衍してみましょう。

まず、いささか強引ですがノーマルを美術史上の「古典主義」と言い換えてしまいます。これは均整のとれたギリシャ彫刻や、レオナルド・ダ・ヴィンチの黄金分割のプロポーションを思い浮かべていただければ結構です。となれば、アブノーマルのほうは「マニエリスム」がくる。これはバロックという概念と似ているんですけれども、今回は常数的なマニエリスムという言い方を採用します。

例えばルネサンスでいうと、初期ルネサンスには「人間」が新しく生まれる、まさに新生というか、非常にみずみずしい表現が芸術を刷新した。それが後期になるに従い、S字にねじれた身体表現や、過剰な筋肉描写、首の長い聖母、ゆがんだ鏡に映る自画像など、異常で不自然な表象を好んで描く画家が次々と現れる。このように、均整のとれた完成の時代の後には、どういうわけか歪んだ形象をもとめる不気味で病的な衝動が起こってきます。つまり古典主義的なものが世界を覆い尽くすと、整然としすぎて耐えられない、で、より奇怪なものへの渇望が生まれる。しかもこの正常・異常の二つの衝動は歴史的に繰り返し現れる。このことはG・R・ホッケという学者が名著『迷宮としての世界』で詳述しています。彼は美術だけでなく、文学など他芸術においてもこの現象は見られると書いています。

哲学では、ニーチェの『悲劇の誕生』に記された、有名なアポロン的とディオニュソス的という概

	ノーマル	アブノーマル
一般概念	正常　正統　適度 社会的　均整	異常　異端　過剰 反社会的　いびつ
美術	古典主義 初期ルネサンス 整然と、完成された形式	マニエリスム 後期ルネサンス ねじれ、ゆがんだ形式
哲学	アポロン的　造形性 理性的　明るい	ディオニュソス的 破壊性　情動的　暗い
日本文学	自然主義　人道主義 日常的（正統言語派？）	浪漫主義　悪魔主義 非日常的（異端言語派？）

↓　↓

超越論的ヘンタイ性

（芸術形式の外部・他者）

M・デュシャン『泉』／J・ケージ『4分33秒』etc.

念の発見以降、理性的で明るいアポロン的世界と情動的で暗いディオニュソス的世界とが人間の精神を分かつ、または分かち難く同居することが認識されるようになります。

さて、これらの対立を日本文学に当てはめた場合、ノーマルを言い換えるのに最も適していそうなのは自然主義です。内村鑑三や白樺派まで含めれば人道主義という言い方もできます。となるとアブノーマルのほうは浪漫主義、あるいは谷崎潤一郎に冠される悪魔主義という名称もありますね。文体論の立場なら、世界の一面を切り取って均整のとれた文章で書く「正統言語派」をノーマルとすると、アブノーマルのほうには、たとえ同じ題材でも、文体の歪曲や言語的畸形を積極的に肯定しようとする「異端言語派」が該当するでしょう。

二項対立というのは単純ゆえに、一見なるほどと思われてしまうところが実は要注意で、ほとんどの方が、この黒板の左側が「フツー」、右側が「ヘンタイ」で、僕自身は「ヘンタイ」のほうを称揚するつもりなんだろう、とお思いかもしれません。確かに僕もどちらかといえば右側に自分の表現が傾きがちだとは自覚していますが、僕がここで本当にいいたいのは、いわゆる自然主義や人道主義などのノーマル派から、浪漫主義、悪魔主義などのアブノーマル派まで、すべての文学がヘンタイである、ということなんです。

「文学＝ヘンタイ」を自覚すること

言語って、普通なら、共同体のなかで生まれて共通に用いられることで言語たり得るって思いたいんですけど、長く言語に寄り添って見ていくと、それは人間（話者）をまとめるどころか裏切って、足元をすくってくるんですね。僕も小説を書いて言葉を精一杯酷使して、その言葉たちを何とか小説の枠内に押し込めようともがくんですが、どうやっても、どういうわけかできない。やったと思えば逃げているイタチごっこで、言葉ってどうしてこうままならないんだろうと思わざるを得ない。皆さんのなかには、言葉というのは無垢でイノセントで、ニュートラルなものだと思い込んでいらっしゃる方が多いと思います。僕が言葉を憎むとか、言葉を呪うなどというと、頭がおかしいんじゃないかと思われる。だって、言葉を使っているのは僕であって、その自分が使っている言葉を醜いとか呪わしいというのは、鏡に映っている自分の姿が醜いのは鏡のせいだといっているのと一緒なんじゃないか。鏡のように、言葉は正直に人間の心を映すものではないかと。でも僕は、言葉には人間を裏切ろうとする性質がある、言葉自身がその意味や人間の思考を体系の外部へ否応なくさらっていく、そして逆に人間、言語的な自分の存在は、内部へ果てしなく微分されてゆく……、そう感じながら小説を書いています。自分の意思を一度言葉として表して、それを相手に渡そうとすると、自分が当初抱いていたAという内容が完全なAのまま相手に伝わらない。必ずAダッシュか、悪ければBやCになってしまっている。そんなふうに言葉って嘘つきで、言葉の正体とは、実はとんでもないヘンタイなんじゃないかって思えてくるんですね。

あるエッセイで、僕はこう書いたんです。文学というのは「突発的公前独りミュージカル」だって。これはどういうことかというと、例えば渋谷駅でも名古屋駅でもいいですけど、混雑したプラットホームで、皆さんが普通の服を着たまま独りだけで急に大声でクルクル踊りながら、大声でミュージカルを始めたらどうなるでしょう。度しがたい変人がいるなと思われます。でも、文学の本然の姿も、もともとそういう度しがたいものなのです。ミュージカルをどうして平然と見られるかというと、劇団四季なら劇団四季のシアターに行って、ちゃんと席に座って、ステージがあって、照明が当たって、開始のブザーが鳴って、幕が上がって、「張り裂けそうな私のこの胸〜」とやり出す。自分でミュージカルを見に来ておいて、変だなんて思わないこと、と心に準備があるから見られるんですね。でも、人が渋谷駅で突如私服でやり始めるミュージカルは、どんなに上手くてもたぶん異常事態だと思ってしまう（笑）。

文学も、本屋に行って本を手にとる。活字が書いてあるな、ああ、小説だなと。それを買って、家に帰って読み出します。「山路を登りながら、こう考えた」。ほう。まあ、文学だな、と思う。でも、そういうコンテクストとかパラテクスト、つまり文脈や属性を取っ払うとどうなるか。表紙や題名や目次や奥付があって外見も本に見えていて、その体裁のなかにちんまりおさまっている言葉だから文学をヘンタイじゃなく思えますけども、例えば皆さんが新幹線のなかで寝ている。揺り起こされ、ハッと見たら車掌さんがいる。ああ、切符の検札か、とポケットをごそごそし始めたとき、その車掌が急に面と向かって「山路を登りながら、こう考えた」、「名前はまだ無い」って真剣な顔で、もしいってきたとします。すると皆さんは、おや、この車掌、ヘンタイなんじゃないか、そう思うでしょう。そりゃ完全にヘンタイです。でも文学の裸の姿、それは、この車掌と同じく、ある種のヘンタイなんです。文学をはじめとするすべての言語芸術が、本当はヘンタイで、皆さんは日常生活のなかで、一見当人がヘンタイでないかのようにその場その場で際どく言葉を選んで使ってしのいでいるだけなんです。

明治期に、書き言葉と話し言葉を折衷した言文一致体といわれる小説言語を、長谷川二葉亭や山田美妙や夏目漱石や森鷗外が、西洋文学、漢籍、江戸末期までの語りの様式を総合して無理やり創り上げます。まずは何か形が、敲《たた》き台が欲しいと。それで非常に性急に考案されたのが今から百年前です。

で、百年後の今日も、当時の形式が依然、完成形のように小説の見本・主流とされ、気がつけば、「日本文学」というアカデミックな名称で定着しています。

日本のお札には以前夏目漱石が描かれて、福沢諭吉は今も現役ですが、福沢は文学者という印象は薄いですけど、『学問のすゝめ』は一応本屋さんで売ってますね。そして五千円札が樋口一葉。二千円札は源氏物語絵巻と紫式部。本当に日本人の文学びいきは不思議です。普通お札は、王国だったらその国王や一族が描いてある。イギリスはエリザベス女王ですか。あとは政治家や建国者などが多い。でも日本人は、あえて文学者ばかりをお札に描くほど、文学を何か高尚なものと思っているふしがある。文学はあえてヘンタイとして虐げられたほうが健全なんじゃないか……。それで今日の演題に至ったわけです。そもそも文学とは気の狂った「ヘンタイ」であると……。

文学・芸術における「超越論的ヘンタイ性」

二十世紀初頭にマルセル・デュシャンは、そこらにあったただの男性用の小便器を『泉』と題し美術館に「展示」しました。『泉』がそれまでの芸術にもたらした、あるいは現在の芸術にもたらし続けている意味／無意味を超越した、概念のつかみどころのなさは、いまだ解決がついていないと思います。これに比べればアンディ・ウォーホルのポップアートも、僕には非常に古典主義的で正常なものに見えます。そのぐらいデュシャンはヘンタイです。どんな二項対立をも破壊する一つの「暴力」と思える。美術とか文学とか哲学、そういったものの意味さえもすべて抹消しかねない威力を持っている。その便器、ただの便器で、ましてやデュシャンが自分で創っていないんですよ。例えばＩＮＡＸでもＴＯＴＯでもいいですが――まあ愛知の地元だからＩＮＡＸにしときますか――の便器を持ってきて、愛知芸術文化センターに「作・諏訪哲史」として置いたら、そりゃ文句が来ますよ。何いっとるか、ＩＮＡＸって書いたるがや、と。でも、それと同じことを昔デュシャンはやったんですね。匿名性っていうけど、何が何なのか、美術なのか美術でないのか、美術でないなら、じゃいったい何なのか。全く名指せない！

音楽家ジョン・ケージは、ピアノの蓋を開けて、四分三十三秒、ピアニストがいっさい鍵盤に手を触れずにそこに座って、時間が来て蓋を閉めて退場するという「音楽」を「作曲」しました。楽譜は全休符だけが並んでいる。つまり音がない。この「曲」を「収録」したＣＤもあります。何種類かな、ジョン・ケージの『4分33秒』は、例えば蓋を開け閉めする音や、椅子を引く音、それに、たまに窓外の鳥の声が聞こえるのもあるらしい……。でも、聴き始めて何秒かたつと、その無音が、何か異様な感じを与えずにはおきません。というか、ＣＤのカネ返せってことですが（笑）。『4分33秒』の入ったＣＤを買って聴いたら、ただただ無音で、不良品かと心配になり、返品しようと思いかけた頃、なんかしらん、バタンっていって終わった。何じゃこりゃ、ですよね。

これら『泉』や『4分33秒』が「芸術」として出てくる。こうした作品をふつう人はなんらかのコンセプトを含意したパフォーマンスととらえます。美術史があっての『泉』、音楽史があっての『4分33秒』、要するに既存の芸術概念への反抗であろうと。まあ、それは確かにそうなんですけど、大事なのは、現代芸術になぜカウンターパンチ（反逆行為）が要請されなければいけないのか、という問題です。僕には芸術が実は絶えず自殺して再生されたがっているように見えるんです。でも自殺しても自殺してもなかなか死ねないんですね。その自死のために必要な毒、それが僕の考える「超越論的ヘンタイ性」で、大きくいえば、この「連綿たる自殺行為」こそが、実は芸術そのものの歴史です。

どの時代の人間もおおむね同じような反逆を企てて、その傷跡が芸術と呼ばれているんです。ある時代、芸術・文学が極められる。するともう先がない。その時、毒を毒と知りつつあおって、その芸術形式を一度殺そうと、自らが形式を背負ったまま、もろともに死んでみようとする。その狂気こそが僕のいう「ヘンタイ性」の本質です。普通／変態という見慣れた二項対立でなく、それを超越した、文学の存在意義をも揺るがすヘンタイ性。現代の全芸術がこの自死を志すべきであろうと思のです。

ご清聴ありがとうございました。

どうすれば小説が書けるのですか？

「文學界」二〇一一年九月号

これはたいへんに難しい質問で、僕にも正直、本当のところはわからない。でも講演や授業の後にはよく訊かれる。もうすこしベテランの作家さんをつかまえて訊いてくれればいいのにと思うのだが、その場にはたいてい僕ひとりで逃げ場もないので、いつもこわごわ応対せざるをえない。

少なくともいえることは、人が小説を書くなどという愚かしい所業に走るのは、なんらかの「臨界」を超えた時である。それは「読むこと」の臨界だ。だから最低限、病的なまでに読書が好きでなければ本来的な意味での「小説」は書けない。読まない人間は小説の臨界など超えたりしないので、彼には書く必然性がない。必然性なく書き始めてしまう者の大半は、自己愛的な「ちょっと作家みたいになってみよう」という「作家プレイ（作家コスプレ）」をひとり楽しんでいるにすぎず、そこに書かれたものとは、作家の衣装をまとった自身の、修正美化されたプリクラ画像である。「書くこと」は、血反吐《ちへど》を吐くほど「読むこと」に時間を捧げ、しらずしらずのうちに古今東西の文学史をいやでも背に負ってしまった人間が、もう既存の作品では埒《らち》をあけられなくなり、致し方なくおぼつかない筆を執って、読む者（第一読者である作者自身を含む）にまったく新しいカタルシスを与える、試行錯誤の果ての「新奇な小説」を、自分自身で書くしか方途がなくなった時に初めて必然性を持つ。他の場所にも書いたが、文学、小説とは、ある一人の人間が絶対的な孤独のなかに身を置き、その独房の無聊《ぶりょう》をかこつため読書に明け暮れ、それにも倦《う》んだ果てに、ついに「文学の病」を発症し、自己の内なる言語との「狂気の対話」を始めたとき、生み落とされる。

以上はむろん僕個人の私見にすぎない。ただ、講演や授業の後にあまりにも多く受ける問い合わせ、「どうすればいい小説が書けるのか」、「長く実作を続けているが上達しない」、「将来、村上春樹さんみたいな作家になりたい」といった悲痛な声に応えるうちに、僕のなかの考え方もかなりはっきりしてきたので、今ではその基本律を、状況に応じて敷衍させながら、できるかぎり丁寧に助言するよう心がけている。

たとえば、かりに一回完結の講義や講座や講演で、「小説を書くには」といった演題がついていたとしたら、僕は初めにあくまで理想としての「まともな小説を書くための必要読書量」を、聴衆から罵倒されるのを覚悟で提示する。

——できれば小学校の六年間で千冊読んで下さい。絵本や童話や少年探偵団でけっこうです。中学高校の六年間でも千冊。この時期はなるべくカミュやヘッセなどの海外文学と、太宰・三島などの日本近代の小説を中心に。でも思春期なので、たいがい読書傾向が脇へ逸れ、推理小説や星新一や、多くの恋愛小説も読みたい。読むべきです。それらに傾倒した際は、いっとき過剰に同じ作家の作品を摂取して中毒をおこせば、反動で別のジャンルに食指が動くようになります。高校を出た後は、大学など無理に行く必要はありませんが、もし大学へ行ったら、せっかくですから、あまり小説と関係のない学問を修めてもよいでしょう。頭を狭くしないためです。さて、大学への進学や専攻の種類とは別に、本は四年間で千冊読んで下さい。この時期は文学半分・思想書半分という配分が理想です。人生でもっとも読書に精が出る時期ですから、小説は未読だった長編の固め読みをしてしまいましょう。セルバンテスやジョイスやプルーストなど。思想書の選び方は自由ですが、ニーチェやサルトルやフーコーなどがこの年齢の人には適当です。可能なかぎり、感銘深い箇所に鉛筆で「傍線」を引きながら、そこを小声で「音読」して読むことを奨めます。その後は二十代の残りで千冊、三十代で千冊という目安で読んで、不惑をむかえる頃に五千冊は読破していられるよう、なりふりかまわず読むことをお奨めします。——

と、こういうことを提言すると、多くの場合、ものすごい不平不満を言い返される。できないに決まっていることを誇張していって、われわれの純なる意志をくじき、新たな若い才能を摘み取ろうとしているのではないか、年長者のやっかみのなせるわざなのではないか、お前自身は五千冊読んでいるのか、そもそも小学校からやり直せるはずがないじゃないか、正直これまで十冊くらいしか読んでいないない手前、そんなのいやみにしか聞こえないじゃないか、うんぬんである。読みたくないけど書きたい人々。時間を小学校に戻さなくても今から始めればいいじゃないですか、というと、還暦すぎにしかデビューできないのなら作家になどなりたくないという。たぶん彼は三島みたいな早熟の天才作家だといわれなければ気がすまない人なのだ。僕にいわせれば、こういう手合いこそが「作家プレイ」をしている自分に気づいておらず、ああ、この世の誰も自分の天才に気づいてくれない、生まれる世界を間違えた、などとわが身を憂い嘆息するのである。

読書量について、特に学生たちと話すと、たしかに僕の頃と生活環境が違いすぎてかわいそうではある。携帯でのメール交換やSNSやゲームのやりすぎで読書時間など捻出できない。僕らの時代には鞄に文庫本が一冊入っていないと安心して出歩けなかった。彼らには五千冊でなくてもいい、その半分でもいいといっているが、それも夢のような数字らしい。それでもみな、天才早熟作家になりたいのだから困る。僕の恩師の種村季弘は三十代後半で評論家・翻訳家として活動を始めた頃、どう少なく見積もってもすでに二万冊ほどは読んでいたらしい。戦前戦後の少年雑誌や貸本小説の乱読から始まって、専門であるドイツ語原書も当然ながら大量に含まれる。僕はこれまでつねに師の存在を意識して独学してきたつもりなのに、四十一歳を前にしてようやく一万冊に手が届いたにすぎない。実際、僕が僭越にも本気で恩師を目指していたのは恩師に教えを乞う前までだ。僕も今の学生たちと同じく先人との差を痛感し、徹底的に絶望し、挫折した。あの頃には、恩師より一回り以上も若い学者や作家たちの多くもやはり読書家だった。高山宏さん、鹿島茂さん、四方田犬彦さんや、作家では高橋源一郎さんらが、尋常でない数の本を読み、その上で書いていた。でもそれが本来なのだ。書くことは、読むことの果てに要請される営為だから。そういうわけで、今では僕は、少なくとも恩師の生きた寿命まで生き、恩師の読書量の半分だけ読むのを目標にしている。

ここまでずっと読書の必要性ばかりを書いてきたが、本を読んだ上でのもっと切実な条件が、小説を書くのには必要とされる。それは一言でいえば「エスプリ」の力、文学的なセンスの有無である。これは、言葉では人に教えることができず、おそらくは読書の累積によってしか鍛えられないものだ。ただ、勇気を出していうが、センスというものは、読書を重ねた者どうしを比べた時、それを当り前のように獲得してしまっている者と、逆さに振っても出てこない者とが、歴然として存在する。こうした力はしかし、先天的なものではないように思う。後天的な何らかの「外への勇気（道化力）」や

「過去作品への尊敬と反抗」が結実して得られたものだ。エスプリの有無が存在する理由は僕にはわからない。ただ、その有無は、一定量を読んだ後の本人の習作か何かを一読すれば了然として判る。Aさんは持っている、Bさんは持っていないと。持っていない人は、持っていないから書けないのでなく、持っていないから読めども読めども「臨界」に達せず、ゆえに「書く人」へ転ずることができない。「センス」という言い方にならば該当する者は多い。でも「エスプリ」を持つか否かという視点で作品を読むとき、これは実は職業作家にも持っていない人が多くいる、たいへん稀少な力なのだ。死んだ作家では漱石、横光、太宰、三島らは溢れるほど持っていた。現役作家では、あくまで私見になるが、一例として古井由吉さん、車谷長吉さん、多和田葉子さん、町田康さんらがこれを持っている。エスプリとは限りなく「詩性《ポエジー》」に近いが、韻文の謂ではなく、詩的センスを用いてその作品全体へ批評的な屈折を持ち込むことで小説の言語的な「リアル」を喚起せしめる、ある種の勘の良さのことである。やはり言葉では尽くせない。だが、断言してもいいが、エスプリを手にした者が文学を、そして芸術を制する。大学で僕のところに来る学生のうち、一年に一人くらい、もし読ませれば「持っている」かもしれない子が混じっている。僕はこうした子が現れるのを期待して教壇に立っているのだ。ただ残念なのは、持っていそうな子が読んでいない、この先も読もうとしないだろうという現実である。これはたいへんなジレンマだ。それでも、本物の作家を出現させるためには、この二つの条件、読書量とその上でのエスプリとを有する若者が来るのをただひたすら待ち続けるしかない。

僕は最近、文学賞応募作を読み続ける編集者が、「本物」の不意の到来をじっと待っている心境がよくわかるようになった。けれどもそれは、本当に、待てど暮らせど、ゴドーのように現れないのである。

「マイナー文学」と小説狂の詩《うた》

「群像」二〇一二年一月号

ならばマイナー文学とやらに該当する作家をいえというので僕はその女子学生に百閒《ひやっけん》・谷崎・久作・足穂《たるほ》・島尾やプルースト・シュルツ・ボルヘス・ルーセル・ジュネ・ベケットらを紹介したが一週間後にそれらを一通りパラパラしてきたらしい彼女のいうには先生の挙げた作家のどの作品も私の琴線に触れそうなものはなく若い読者の共感も得られず売れてもいない小説が先生のいう言語の芸術なのだとしたらそんなものは何ら昨今の若者の読書離れに歯止めがかけられないのだから方針転換して単純に売上＝評価にすればいちいち悩まずにすむし皆が知りたいのはどうすれば早く作家になれるかだとのことで僕はその痛々しいほど初心《うぶ》な眼差《まなざ》しに一瞬返す言葉を失った。二年前のことで学生の名も知らない。僕がその時白紙に書きつけ説明したのが次頁図で今見ても拙いものだが少々乱暴でも図式を欲しがる学生には効果があったのか彼女はその紙を凝視しながら廊下を去ってゆき以降姿を見せなかった。そもそもこうした初歩の読者が陥る憶断とはこの世にはしょせん自分にとって面白い作品と面白くない作品の二種類しかなく後者はすべて無益だという幼い基準だ。面白くなければ自分には無価値なのだから読者の口に阿《おもね》ってこない作品に時間を費やしてやる義理などないと遠ざける。僕も学生時代恩師に薦められた本が何度読んでも面白くないことがあったが師を神のように敬愛していたのでそれは本が悪いのでなく触れる琴線を持たぬ僕が悪いのだと己の未熟を呪い自分で頭を殴りながら三読四読した記憶がありしかもそういった本たちが今では手放せない座右の書なのだから余計自身の暗愚に腹が立つ。図中に引いた縦軸は物語内容つまり何が書いてあるかで下へ行くほど見なれないものになる。対して横軸は表現手法つまりどのように書いてあるかで右へ行くほど見なれない文体

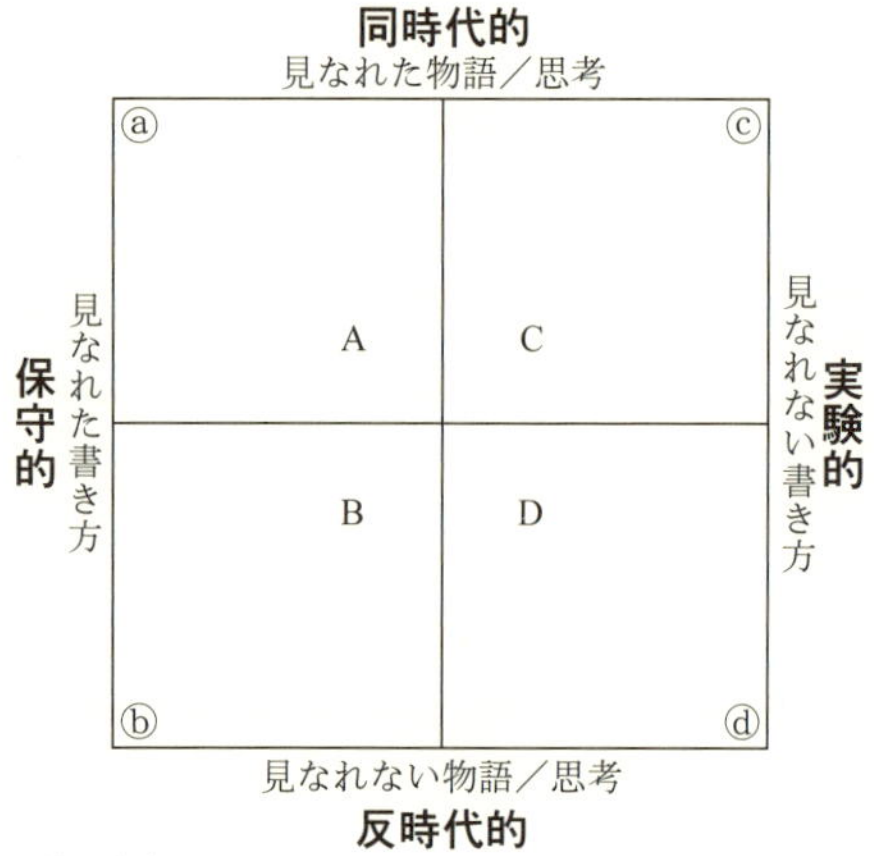

縦軸＝内容（WHAT）
横軸＝手法（HOW）

になる。同時代的な見なれた物語や思考がある一方に今では見なれない反時代的な思考や物語があり保守的で見なれた書き方がある一方に見なれない実験的な書き方が存在する。どんな読者も初心時は左上の点ⓐから出発する。やがてⓐに生涯安住できる読者とできぬ読者とが現れる。前者はⓐの近辺に漂う流行りの匂いだけを嗅いでいれば満足するが後者は芋虫のように貪欲なので手近な葉肉を咀嚼《そしゃく》・嚥下《えんか》し己の蚕食《さんしょく》によって次第に足元を滅ぼしてゆく。いわば彼は二度とは同じ味の言《こと》の葉を食べたがらない傲慢な美食家である。彼はゾーンAを喰らい尽くしてのちはBかCの領域へ赴かざるを得ない。だがBとCの葉肉はそれぞれに手強い珍味でDの渋さに至っ

てはもはや悪食《あくじき》というべきものだ。それでも文学の病に冒された呪われし読者たちはいつか避けがたくDを渇望し始める。ここまでは読み手の話だが書く側の人生を選んだ者も安住か漂泊のいずれかを各人で選びとる。商業主義に媚びる者は好んでⓐに留まり虚栄を貪るが飽き足らぬ言語芸術家すなわち少数のマイナー文学の徒は妄執に突き動かされるようにBやCついにはDを書こうと試みる。右上隅ⓒに位置する作家の好例がヘミングウェイだとすれば左下隅ⓑにはサドが来る。高校時代の僕の読書傾向はCとBの二方向に等分に引き裂かれていた。片岡義男や村上春樹への傾倒は見なれた時代風俗を見なれない文体で書くという自覚的な方法意識への尊敬だったし澁澤龍彥や種村季弘への心酔は逆に見なれた明晰な文体で見なれない異常な倒錯世界の最果てを渉猟する営為への畏敬だった。僕は今でもこのⓑとⓒを極めた者たちを深く敬愛する。ところで右下隅のⓓという一点は未だ架空の玉座だ。これまでこの座標点に近づきえたのが冒頭に述べた作家たちだったがあの言語の極北へ姿を消したベケットですら到達しえたかどうかは判らない。極点が未だ観測されておらずその座が在るかさえ不明なのだ。念のためにいえばプルースト＝ドゥルーズのいう本来の意味のマイナー文学はC・Dのことだ。「作家は、（中略）言語の内部に新しい言語を、いわば一つの外国語＝異語を発明する」というドゥルーズ『批評と臨床』での文言の本意は倒錯的な物語や意匠でなく方法論的な言語の倒錯の様それじたいを指す。現代は下方向つまりB・Dへのベクトルを志向しづらく物語類型はすでに踏査し尽くされており現代人が真に未知なる思考や物語を持ちうるにはまずそうした経験や思考癖を有した特殊な人間を自分の内に作らねばならない。中南米文学の流行が去って以降の共時的平均的なネット世界において未知の物語大陸や思考種族の発見は難しい。ゆえに解ってはいてもボルヘスやガルシア＝マルケスらの曳《ひ》いた航跡が安易に追随されがちになり常に僕ら現代の作家を牽制する。僕はこれまでCかあわよくばDを志向し書いてきた。ⓐの味は遠く忘れてしまった。ベクトルを逆にして失われたⓐへ戻ることのほうがむしろ僕には困難だ。そこで今はあえて徹底的に平凡な恋愛小説を自分に書かせてみるという自虐的な実験をしているが予想以上に苦痛だ。人も評するように僕は時代錯誤の病的な小説狂なのかもしれないが今いる地点から絶えず別の場所を求める永遠に不満足な読者たちの一人でもある。これを読まれる読者の多くが恐らくはこれに似た同病者であることがわずかに僕を孤立から救いなお一層背を押して文学的テロを唆《そその》す。

小説狂と呼ばれて　講演録

「中部ペンクラブ会報」二〇一二年十二月

今日の演題は「小説狂と呼ばれて」ですが、実はネット上で僕のことを小説狂と書いている人がいるのを知りました。また文学的テロリストとも呼ばれているようで、僕はどちらも一種の褒め言葉と受け取っています。

僕の小説はそれぞれに文体が違いますが、これはその時々の自分の生理的欲求に従ってそうしているわけです。例えば三作目の『ロンバルディア遠景』に比べて『領土』のほうはより強く詩に近づいてゆきます。新聞連載のコラムでも、名古屋弁やカタカナを使ったり、枕草子風、漢文調、さらには落語調もあったりと、くるくると変わります。なぜそんなことになるのか。現代に小説を書く者の宿命は、文学史の作品としてこれまでに書かれてきた小説から逸脱すること、超えることにあるというのが、僕の考えです。そこで、過去に書かれた小説の二番煎じでない作品を目ざして書いてきました。

僕の師は種村季弘という博学な評論家ですが、大学卒業後の僕は、先生に発信しようとして詩を書き始めました。二十八歳の時、先生に自分を認めていただくには詩ではなく、論文でもダメだと思い、苦慮の末に『アサッテの人』という変な小説を書きました。

僕は、僕自身を含めたこれまでの小説の変遷の外へ出ることを強く意識しました。この、外へ出るということが、小説を書く人間の宿命で、逆説的な言い方になりますが、小説を書くとは小説でないものをいかに書くかということだと思っています。小説の内部から小説でないものに至るその方法を探ることです。

カントやフッサールは、本質といったもの、つまり物自体を捉えることはできないが、現象は把握できると考えました。実体そのものを捉えることはできないが現象・見た目を捉えることはできる。現象という表面こそが我々の世界のすべてだというわけです。ところが表面＝世界の読み方というのは、みんな違うんですね。小説で重要なのは、世界の書き方よりも読み方です。どう読むか、どう捉えているかが大切になります。みんなが見ているような見方、みんなが読もうとしているような読み方、その最大公約数に依存し安心して思考を停めてしまう、これが現代人の特徴といえますが、意識的な小説家は、自分の実存を多くの人の読み方に重ねておもねることなく、あくまで個人であろうとし、それによって小説は無限に広がってゆく芸術であることを知っています。

僕は、小説は、物語と詩と批評の三要素からできていると考えています。物語というのは「何を（ＷＨＡＴ）」書いているかということですね。世界や空想の中のどの断片を切りとっているかということ。詩というのは、「どのように（ＨＯＷ）」書いているか、つまり描写であり文体です。批評は自分自身が他者なる第一読者として読んだときにどう思うか、「なにゆえに（ＷＨＹ）」自分はこんなふうに書いたのか、そういう自分の世界の読みへの批判や再考です。この三つを小説にどう表現し、最初の読者として読んでどう感じるか。それを考える必要があります。

たとえばゴッホの「ひまわり」の絵でいえば、現実にあるひまわりの「花そのもの」が「物語」で、ゴッホが描いたひまわりの花の「描き方」が「詩」ということになります。「詩」は「どう描くか」であり、そこに創作者の個性が出てきます。いまお話ししたことは、長年文学作品や思想書ばかり読んできた僕にとって自信のある小説観です。

僕はいま、四年制大学の創作学科で教鞭をとっていますが、四大の創作学科に入ってくる学生は、小説創作というものにかんして、車でいうならたんに普通免許を取ろうと思って来るわけではありません。言語の普通免許など、どの学部にいてもとれるでしょう。そうではなく、彼らはどうやら小説創作におけるＦ１ライセンスを求めている。僕は少なくとも最初はそう思っていました。実際、作家になるかフリーターになるかどちらか一つだと背水の陣で臨んでいる子も少数はいます。しかし実際に対面してみると、ほとんどの学生は「本気」ではなかった。ところが当初、熱血すぎた僕は、学生たちに最初から過大なことを求めました。「四年間で千冊の本を読め」と。本を多く読めば、「普通に上手な程度の小説」だったら書けるようになるのです。一冊でも読むだけで、わずかずつ普通の人の一歩前に出られます。だから、「本を読め、本を千冊読め」と過大に努力を求めたわけです。特に現代というものは物語偏重気味で、その「小説＝物語」（物語だけでできている）という思い込みから外に出ようとしない。だからまず文学史を古今東西に広く俯瞰し、そこから自作を紡ぎ出すよう奨めたのでした。

それなら、僕自身は具体的にはどうやって外に出ようとしてきたのか。僕は、まったくの素人考えでしたが、自分を言語的に肉体的に揺さぶろうとしてきました。外と内の方向へ自分をシャッフルしたわけです。文学とまったく関係のない話のように聞こえるでしょうが、たとえば、学生のとき、日本や海外でバックパックの、とても貧乏な旅をしました。夕暮れどきの異国で、わざと宿もないようなとんでもない無人駅で降りる。困るにきまっている極限状況を自ら作り出して意地で乗り越えるのです。後年、『アサッテの人』を書いた二十八から二十九歳のころは、どうやったら頭をシャッフルできるかばかり考えていました。朝六時から教育テレビで各国語の会話を日替わりで毎日見て、七か国語を一気にやる。午前中は、短編集を常に十冊並べて読む。一日に一篇ずつ、バラバラな文体のものを十篇読む。日本の短編、海外の短編、日本、海外、日本、海外と読んで頭をごちゃごちゃにシャッフルする。名鉄を辞めて無収入だった僕は、恩師に読ませる作品を生むために、独学と苦学をつづけました。活字でシャッフル、海外の言葉でシャッフル、そして旅でシャッフルと、シャッフルで自分を追い込み鍛えたのです。

僕はもともと幼年時代から「言葉」というものにこだわってきました。そういう宿命でした。幼少期は、吃音がひどくて日本語がまともに喋れず、聴覚的な面にも自信がなかった。言語は憎悪の対象でした。一方、本を読み活字に触れるのは好きで、その面は肥大していったようです。内面の旅の始まりは、図書館の本を読むことで、大人になったらそこに並んでいる本たち、マルクス＝エンゲルスの本もすべてきっと征服するんだと思っていました。外への旅の憧れも強くて、大人になったら世界中のすべての海岸線をはじめ、どこへだって行ってみようと。そんなふうに考えていたのです。

大学生にはとにかく本を読んでもらうのですが、ゼミの学生には二年間に四回だけ短編小説を書いてもらいます。二年間やると四作目はさすがに上達して作品が変わってくるんですね。これまでの文学史を俯瞰し、初めは模倣しかできませんが、そこからいかにしてずれて逸脱するかを勘のいい者は目ざすようになる。しかし最初は、ほとんどの学生は、自分はこういう小説だけが好きなのだから、といって、いままであった小説の模倣品、亜流を嬉々として書こうとする。しかしそれは個人の趣味の次元なら自由なのですが、F1に至ろうと志す人の態度ではないのです。そこで、それを百八十度転換させることが僕の仕事になります。それには逸脱の思考が必要で、これまでの自分をシャッフルしないとできません。しかし、それを四年間だけで成し遂げるのも正直にいえば無理です。だから十年後にもそれでもなお書こうとする学生に、その未来に何をどう書くべきか、助言をします。彼らが大成するとすればそのときだろうと思います。本を読んでいない人間には本は書けませんが、本を読んだ後その人が次にどう思考するかを助言するのが僕の仕事なのです。

僕自身は、外と内の世界を見ようと自分の視野を押し拡げてきました。でもそうすると、どうしても孤独になる。狭い部屋に一人でいるのも孤独ですが、広大な体育館や、都会の雑踏のなかにいるのはもっと孤独です。世界を拡げれば孤独が深まります。しかし孤独を恐れてはいけません。むしろ自ら孤独を求めなければ。といっても、たんに自室に引きこもれば孤独になれるのではありません。大勢の他者と自分とを接触させ、擦り合わせ、アレルギーさえ起こしながら、その上で孤独になることが本当に孤独であることなのです。その孤独は、個性的な思考に至ろうとするために味わう孤独ですから、僥倖であって、むしろ歓迎すべきことです。絶望のように思われるそのなかからしか新しい小説は生まれない。僕はそう思っているのです。

なぜ「書くこと」は「読むこと」なのか

「群像」二〇一三年一月号

今日は先生に二つ質問があります一つ目は「読む《インプット》：書く《アウトプット》＝１００：１」の理由で二つ目は先生がいわれる「書くこととは実は読むことだ」がどうしても腑に落ちないのですと顔を上気させる彼女は毎日書く練習を怠らない真面目な学生らしく最近は読む時間をゼロにしてひたすら文章を書いているというのだがそれでは「読む：書く＝０：１００」になってしまっていて過去の傑作を読まないもしくは読めない者がそのままでいくら書こうが一ミリも上達しないよと答えるとでは私の日々の書く努力は完全に無意味なんですかと食い下がるのでもちろん完全に無意味だよと答えた。僕は大学で週に一日文学講義と創作ゼミを受け持っているが特にゼミではあまり作品を書かせずただ毎週毎週海外文学や日本近代文学を合評してばかりいて最初は不平を漏らしている教え子たちも半年に一回だけわずか三十枚の短編を書く際にそれらの読書で得た様々な古人の「世界の読み方・見方」が自作を書く動機や必然性を強化してくれまた描写の振り幅が格段に広がっていることを自覚する。自覚できない子もいるがそれは「読んでいて実は読んでいない」読書をしているというしかなく作品に食い下がらず諦めてしまい大概は「あまり面白くなかった」とか「海外モノは苦手」とか「先生の嗜好や読ませる本には私の舌に合うものと合わないものがあり今回のは合わなかった（だから私の読解力のせいではなく私の好きな作品に仕上げなかったこの作家のせいだ）」と苦しげな言いわけをするタイプの子がこれに該当する。嘘でも「この一文に痺れました」と背伸びしてくる子は希望がありなぜならその自らの嘘にいつしか自分が絆《ほだ》されて本来読めていないものが気づけばぽんと読めてしかと自家薬籠中のものになっていることがあるからだ。三十枚の短編を書くならその前に三十枚の短編を百編読まねばならずでもそんなのは十編入った短編集をたった十冊読めば容易にクリアできることでものの一カ月もかからない。創出前に受容した百編の作品のバラバラな文体や世界観や不条理や官能や愚かさといったものが読む者の内部に沈殿蓄積醱酵し燻りつづけその飽和が許容を超えて膨満し危険な圧力となりついに受容の風船は破裂し去りその暴風が読む者を否応なしに書く者へと翻身させ彼の小説に必然性と生命力を与える。余談だが書く者が他に注意すべきは日々ネット上で不特定多数の端末者に向ってつぶやく自瀆さえも放出《アウトプット》に他ならないことでこうして醱酵ガスを継続的に抜いてしまいそれを他人に読まれ以って自己を曲がりなりにも認知してもらえる安堵が書く者に不可欠な「言葉の孤独」を希薄化し「文学の病」を仮初めに治癒してしまうことである。こういう話をすると先生は私の書きたい＋読ませたい欲望を奪うのですかと噛みつかれるが言語の孤独を癒し文学の病苦から顔をそむけることで作品を書く意味も必然性も奪われているまたは己から奪っているのは君自身で自分の内面を安穏としたぬるま湯にしておくのは心安いけれどその同じぬるま湯のなかから注目に値する斬新な文学を創出し認められたいというのもまた虫のいい話だとは思わないか。僕が死んだ作家や遠い国の作家の作品を読めというのは日本や海外の古人が「世界をどう読んでいたか」その読み方見方つまりは眼差しを知ることが大事だからで決して文体や構造を真似たり彼のように書けといっているのではない。僕にとって「小説とは何かを考えること」が小説で「書くとは何かを考えること」が書くことで「生きるとは何かを考えること」が生きることだ。彼は小説とは何かをこう考えた彼女は書くこととは何かをこう考えた僕は世界とは何か生きるとは何かをこう考える。こうした文学史思想史的な文脈や里程や現在地やそれら文学という環境宇宙における己の場の倫理を地球ゴマのように全天的な平衡感覚をもって把捉することまたそのこと自体について熟考すること。これが真に書くことであり書くことの本質はやはり世界を読むことだという他はない。我々は物自体でなく現象を個々人の多様な眼で勝手に見て勝手に読んでいるのだからそれをいかに個性的な眼にしうるかが創作者の研鑽というものだ。教壇に立つ者としては無責任の誹りを免れないが創作教育によって「人を作家にする」ことなど実はできない。作家とは自分でも知らない瞬間にぽんと作家になっているだけで彼はただひたすら読んでいるだけ独学しているだけだ。かつて種村季弘先生が僕を作家になさろうと思って教えたのでないように僕も恐らくは教え子を作家にしようとして教えているのではない。詐欺といわれてもそれが真実で僕はただ教え子たちを僕が恩師にそうしていただいたような「自動独学機械」にだけはしてやりたくて教鞭を執っている。あとは各自の意志次第だ。教え子がいうにはふだん僕は「誰もが書くように書いてはいけない」が口癖らしく誰もが書くようでないように書くには「誰もが見るようでない世界の見方読み方」を身につけなければならずそのために古人の異様な「読み方」を知って眼を養いそれらの読み方を真似つつ離反真似つつ離反を繰り返し最後には中天に自己の眼力の平衡感覚だけで浮遊しうるような存在に本人も気づかぬうちになっていられればそれが真に新しい「作家」の誕生というものだろう。作家とは予め胚胎された可能性《possibilité》が予定調和的に発現して成るのではなく単に無方向な「力」というべき潜在性《virtualité》の扉を自己意志の赴くがまま開き続けた先に不意に顕れるあっけない一結果でしかない。その扉は際限なく世界を読み続けることで偶然開かれる或いは開かれない。

わが内なる「外国語」 パリ大学シンポジウムでの発表の報告

「新潮」二〇一四年三月号

昨年末、十二月の十九・二十日の二日間、華やかなクリスマスのイルミネーションに彩られたパリの十三区、パリ大学（第三大学）のフランス国立東洋言語文化研究所（INALCO《イナルコ》）のモダンな大ホールで、現代日本文化に関する少々風変わりな国際シンポジウムが開催された。招かれたのはフランス、アメリカ、カナダや日本の学者、作家、詩人、アーティストなど総勢十七名。二日間、計六回のセッションに、地元の学者・学生の他、熱心な高齢の市民らも自由に参加し、入りきらず左右の階段に座り込んで傍聴する者も大勢出た。

前日、十八日未明にパリ入りし、半年前に来た時とは異なる顔を見せるパリの街を、左岸のモンパルナス墓地からサン＝シュルピス、サン＝ジェルマン＝デ＝プレ、セーヌを越え右岸のオペラ、サン＝ラザール駅まで、僕は鈍く光るパリの冬空に白い息を立ち上らせながら一人歩いた。

Éloge des singularités dans le Japon contemporain――シンポジウムの総タイトル。主催側の和訳は「現代日本における独自性の礼賛」であり singularité《サンギュラリテ》は「独自性」と訳されている。夏にフランスから帰ってすぐ本件の依頼があった際、この独自性という訳語もしくは論点を僕は正直「礼賛」どころか咀嚼も嚥下もしきれぬまま招待に応じ、そのまま師走を迎え、後ろめたさとともに日本を発ってきてしまっていた。

この僕の違和感はしかし、他の招待者にも共有されていた。初日の朝、同じホテルの食堂でお会いした詩人の佐々木幹郎さんも僕と同様、『独自性』で何か話せ言われても……」とやや首を傾げておられた。こうした発表者らの逡巡に答えるように、主催者の一人であるミカエル・ルッケン氏は「サンギュラリテ」について、独自性の他、偶然性、一回性、そして奇異、異常性、ユニークさといったニュアンスを含む多義的なフランス語であり、本来は特定の和訳に押し込めるべきものではないと注釈した。それを聴いて僕のなかの気後れも半ば氷解し、「サンギュラリテ」とはいわばア・プリオリに想定されるオリジナリティの謂ではなく、定式や日常言語、内輪的慣習といった非本来的（非実存的）な生の惰性《ルーティン》状態からの逸脱、文化や文学における「外部」「外国語」への模索・志向だと解釈することで僕の発言意図も明確になるはずだと自らを励ました。

十九日の午後に行われた文学、とりわけ小説に関する「セッション3」への参加に先立ち、僕は次のような短いレジュメをイナルコへ提出していた。

《……外国語＝foreign languagesのforeignの原義は「異物的な」というものだが、僕自身は作家として、「言葉が真に生きられる（文学として昇華される）」ためには、自分の内部に言語的「異物」を発生させる必要があると考えている。母語、あるいは、日常的な意思伝達の道具としての言葉の平穏なあり方は、文学の観点からみれば「死んだ」もしくは「休眠した」状態でしかない。いわば言葉の仮死状態・休眠状態が我々の日常の平穏を保証しているのだ。（数行略）ジル・ドゥルーズ『批評と臨

床 *Critique et clinique*』にマルセル・プルーストの引用がある。「作家は（中略）言語の内部に新しい言語を、いわば一つの外国語＝異語を発明する」。これが文学という営みのすべてだと僕は考える。小説でも詩でも戯曲でも、あらゆる文学は「外国語（未知の言語）」の生成を目指す。「詩（ポエジー）」とは形式としての韻文ではなく、母語や日常言語といった平穏な、静止した、休眠した、仮死状態の生に、異物を持ち込む文学的テロリズムだといえる。かつてダダやシュルレアリスム、ウリポらの活動がフランスで行われた。先人たちが何ゆえ「外国語」を目指さねばならなかったのか、そこに文学の問題の核心がある。……》

セッション3「小説」の司会進行はイナルコの教授であり日本文学の翻訳家、そして僕の招待者であるアンヌ・バヤール＝坂井さん、他にパネリストとして共に登壇し発表に臨んだのが作家の堀江敏幸さんと楊逸《ヤンイー》さんだった。お二人の発表をご紹介する紙幅がないことが残念だが、いずれも文学的・言語的「サンギュラリテ」の模索に対する興味深いものだった。

「サンギュラリテ」を言語的異物性／外部性に見出そうとする僕にとって外部は、逆説的だが、自らの「内」に発見／生成されるべきものだ。発表中、僕はとっさに「胃袋の闇」という喩えを思いついた。「皆さんも僕も昼日中《ひるひなか》、体内に闇の袋を持ち歩いています。その内なる闇を胃カメラなしに自力で見ることはできません。三島のように己の腹を裂いても今度は闇が消えてしまう。でもその闇が皆さんに飢渇を訴え、ときに痙攣さえして皆さんを脅迫する。外部とはそういうものです」……いつもなら同じことをドーナツ（内部）の穴（外部）といったり、ラカンの「現実界」といったりするのだが、緊張で胃痛がしたせいかそんな比喩が出た。この後の僕の話を再現してみる。

――僕は外国へ行くとよく、どの国の言葉でもない滅茶苦茶語を喋り散らしながら歩きます。昨日もボン・マルシェの前を歩きながら「＊＊＊＊！」（僕は想像しうる限り最も無意味な音列を壇上から叫んだ）などと独り言をいって楽しみました。むろん、異邦人《エトランジエ》が異邦へ行って異語を喚《わめ》いても外部にはなりません。しかし日本人である僕が日本でこれをやり続けたら少々具合の悪い事態になるでしょう。この具合の悪さこそ異物としての外国語であり、僕が標榜すべき文学の言葉です（滅茶苦茶語はあくまで比喩にすぎない）。日本語という機能的な日常言語・母語のまさに内部から「外部＝詩的言語」の裂け目は生じます。そして外部に至るには、皮肉なことに、過剰なほど内部言語に精通する必要がある。ただし、作家《エクリヴァン》たちのジレンマには、書けば書くほど言語が流暢になってしまう、という事態もあります。例えばフランス文学においても実際の外部として見出された遠いクレオールの言葉が母語に文学的異化をもたらしたかっての状況から、それさえも母語化されてフランス語の「内部」が拡大されていった歴史をお持ちでしょう。見出された外部は作家の手で都度消化され内部へ回収されてゆく。その内部からまた別の外部への投身を企て……、と、そういう消耗戦を闘っているのが僕たち現代の作家なのです。――

内部のなかにこそ外部がある。ゆえに作家は書く前に既存の文学を読み尽くさねばならない。穴を得るために外輪であるドーナツを作るように。ドーナツの本体が日常的母語であり、文学はその輪の内側にある不可視の空無《リアル》を炙《あぶ》り出す。「サンギュラリテ」とは恐らく語ることの《不可能なもの》であり、それをなお語ろうともがいた涯に顕れるものだ。パリでの数日はそんなことを僕に再認識させてくれた。

小説とは、芥川賞とはなにか

「文學界」芥川賞百五十回記念特別号・二〇一四年三月号

小説について考えない日はない。

小説について考えない作家などいない。

小説について考えることなく小説を書ける者などいない。

小説について考えるなんて面倒なことをせずとも自分は現にたくさんの小説を書いた、などとうそぶく者があるとすれば、彼が書いたというたくさんのそれは、ひとつとして「小説」ではない。

小説について考える、ということが、すなわち小説である。小説という営為である。

小説を読むとは、小説について考えることである。

小説を書くとは、小説について考えることである。

小説について考えない作家があるとすれば、彼は生まれてから一度として「小説」を読んでおらず、ましてや一度として「小説」など書いていない。

小説について人間がこれまで考えてきたことが、小説となって残りつづけ、残りつづけた小説のなかで考えられた小説を、実際に読んだ次の人間によって、小説はその上に、さらに考えつづけられ、書きつづけられる。それが小説の歴史である。

小説、個々のすぐれた小説には、個々の人間がそれまで考えつづけてきた小説観が結晶化、具現化されており、いま小説を読む、いま小説を書くとは、いま小説がいかに考えられるに至っているか、それに驚くために、人間は小説を読む。小説を書く。

小説についての作家の考えなんぞ知るものか、自分はその小説にあらわれた小説観なんぞを読むために小説を買って読んでいるのではない、すべての小説とはたんなる暇つぶしの具、読者の自由な妄想の材料、死への執行猶予である生を忘れさせてくれる気楽なモルヒネだ、と、そう吐き捨てる者があるとすれば、彼が読んだというすべてのものは、何度も何度も繰り返すようだが、やはりひとつとして「小説」であるはずはない。しかし、その同じ読み物を「小説」として読める読者というものが一方にあり、それがすなわち小説について作者とともに考えつづけている「本当に生きている」読者であり、小説を作者とともに「書いている」読者である。

小説。そう一口にいって、しかし、その語感から人は二通りのベクトルへ、まるでかたき同士のごとく決裂し、おのおの正反対に遠ざかりあう。

小説《ショウセツ》という言葉は、現実には、あたかも砂時計のくびれのように、そこでつかのま緊縮し、二つのまったく異なる意味、次元の境界点を一身に引き受けている。その異なったAとBの二手の道を、人は思慮なくごちゃまぜにし、ただくびれのみを鬼の首よろしく手中につかんで、得意満面に「ショウセツ」と呼ぶ。

Aの道。すなわち小説とはお話であり、展開の妙であり、クライマックスであり、オチであり、万人にわかりやすい娯楽であり、映画の原作であり、日常にとってなぐさめとなるものであり、読者の「小説とは何か」という思考をいたずらに発動させることなく、かつ、いかに多くの愉悦を彼らに与えられるか、その民主主義的な大衆、いわば多数をめざしつづける不断の運動である。

Bの道。すなわち小説とは言語芸術であり、詩であり、批評であり、生そのものであり、本質的な意味での「外国語の発明」であり、日常にとって危険きわまりないものであり、読者に「小説とは何か」という思考をたえまなく発動させ、かついかに多種多様な新しい解釈へ彼らをいざなえるか、その無政府主義的な個人、いわば言語の孤独をめざしつづける不断の運動である。

ショウセツのAの道を行く者は、もっぱら言葉を、日常のコミュニケーションに必要な手段として、その機能性・利便性のために使う。つねにAの道は、素直で温厚な、罪のない健康者が歩む。

ショウセツのBの道を行く者は、もっぱら言葉を、日常のコミュニケーションの脱却に、その意志的な齟齬のために使う。つねにBの道は、天邪鬼で反社会的な、呪われた文学の病者が歩む。

Aの道のショウセツを、僕はもっぱら「メジャーな読み物」と呼び、Bの道のそれを、「マイナー文学」と呼んでいる。そして、僕が日ごろ小説や文学や言語芸術と呼んでいるもののすべては、Bの道のことである。Aの道とは実のところ、芸術でも文学でも小説でもなく、心穏やかにコタツでみかんでも剥きながら一家でテレビ鑑賞できる水戸黄門や忠臣蔵のような、楽しい既知の予定調和のことである。こういった善良な人々が、この社会を良くも悪くも支え、成り立たせてくれている。

もうかれこれ六年ほど前、本誌の二〇〇八年四月号に掲載された「十一人大座談会　ニッポンの小説はどこへ行くのか」に招かれて出席したとき、文芸評論家の田中弥生さんが小説をF1マシンに喩えていたことがたいへん的確だと感心し、印象に残ったので、以来、自分が小説について語る際に、たびたびこの比喩を借りるようになった。

日常生活を営むうえで、移動の手段として、一人しか乗れず、荷物も積めず、至極デリケートで故障しやすく、ただ信じられないほど速いというだけのF1マシンなどだれも必要としない。踏めば瞬時に三百キロも出てしまうような、そんな剣呑な車を走らせられる公道も一般人の生活範囲にはない。日常生活を営むだけなら、ヴィッツやフィットのようなごく普通の車があれば事足りる。

日常的言語生活を営むうえで、Bの道のような言葉の極度な使い方などいらない。そんな余計なものを日常の場面々々で使っても誰も理解してくれない。日常的言語生活を営むだけなら、Aの道のようなごく普通の言葉の使い方をすれば事足りる。

ヴィッツやフィットのような人気車種は、大勢の顧客に可能なかぎり多く購入してもらうのを目的に、乗る者の利便性・快適さ・安全性を重視して大量生産される。

F1マシンはヴィッツとは違い、可能なかぎり多くの購入者の便に供するためになど作られていない。では、そんな世の中の大半にとって要らないものが、いったい何のために作られているのか。──人間が作ってきた車という乗り物、その可能性、限界、不可能を見てみたいという個々のひりつくような欲望のためだ。一部の偏執的なクルマ狂の病者が、自身の夢と、同病のクルマ狂たちの好奇心・支援に促されてそれを作る。

個人の日常生活にはさして必要のない宇宙探査ロケットが国家予算で作られているのも同様で、こうした人間の能力の、意志の限界を見極めたいがためである。

そして言葉。一部の人間のなかには、この言葉という、人間にとってなくてはならない身近な音列・文字列の、極度なあり方、不必要な、未知なる配列を見たい、言葉の利便性・公共性を愚弄するような、言語の「きわめて異常な使い方」を見たい、言葉が言葉でなくなってしまうその臨界の手前にわが身を置いてみたい、そういう病的な衝動が、ゆえ知らず、頑強に居座っている。

だから、Bの道としての言語使用、小説が、F1マシンが、宇宙探査ロケットが、待望される。ごく一部の、しかし決して少なすぎもしないその道の病者たちに。これらはすべて、「未知」への期待という彼らの気持ちを体現して成ったものだ。

今回のお題である芥川賞、僕が認識している芥川賞という賞は、右にいうところのBの道、言語の極度なあらわれ方としての小説の、新しい可能性を見出し、「まさにここにBがある」と指呼するために設けられている。創設当時、菊池寛の肚《はら》にどんな思惑があったにしろ、日本文学にとっては芥川賞こそ商業主義からもっとも遠い場所にある「マイナー文学」でなければならない。日常生活には必要ないが、人間の言語の冒険には必要な「F1」でなければならない。芥川賞が打算的にヴィッツやフィットを標榜する必要はない。

毎回、芥川賞について報道される記事や、専門家のコメントを読んでいると、飽きるほどよく目にする文言が「現代の若者の感性を巧みに反映している」という常套句（クリシェ）である。

僕は、こうした決まりきったテンプレートによってしか受賞作を評せない人間の思考停止に対して、罵言を吐きたい衝動にいつもかられる。こういう輩の、わかったような言い草が、芥川賞を、Bでなく、Aの道にいる人間に無理やり売り込む宣伝文句になる。

Aの道の人々から芥川賞がどのような「社会的役割」を与えられているか、読者はご存知だろうか。それは「その時代の特徴的な社会風俗資料」もしくは「これから来る若い世代の真情告白資料」、そう見做されているのである。

芥川賞は決して時代風俗資料でも、若者（この言い方じたいに老醜が透けて見える）の生態観察資料でもない。新人を対象とした芥川賞は、彼らが垣間見た、小説という言語芸術の未知なる「限界」に授与される。本当の「新しいもの」に対して授与される。間違っても「新しそうなもの」にではない。

芥川賞の歴史は、この誤解との確執・相克の歴史だった。歴代受賞作のなかには「若者の生態・世相・時代的ツールが書かれていれば新しそうに見え、受賞できる」といった目算で書かれ、そしてその意図を選考側もくんで授与したとしか思えないものもある。

これらはAの道として書かれ、作者の目論見どおりAの人々に支持され、消費された。こうした本が売れることで、芥川賞は「新しいもの」（Bの道）より「新しそうなもの」（Aの道）に授与すれば話題になり売れる、という誘惑、葛藤にさいなまれてきた。

五十年後に書かれる新しい小説に、影響を見て取ることができる作品こそが、いま芥川賞を授与すべき作品である。芥川龍之介本人がBの道、すなわち「マイナー文学」の先駆的意識者であったこと、その強固な遺志を、現代の芥川龍之介賞は顧みなければならない。

「声」、「文字」、「身体」の僕

「新潮」創刊百十周年記念特大号・二〇一四年六月号

〈「今からさらに百十年が経ったら文学はどうなるか」という「新潮」編集部からの問いへの回答〉

百十年後、この僕の日本語が人々に通じるのか。もしかすると、そこでは小説も言葉も解読作業を要し、口当たりの違う図像や音に変換してしか読めない、古典としての遠さを帯びているのではないか。確かなことは誰にも分からない。ただ、百十年後のその場所に、今この時代に生きて書いている現役作家は、たぶんもう一人もいない。

真の小説が、はるかな時間も空間も超えて普遍性を持つのは、その言葉の前にたたずむ作者という一人ぼっちの人間の「書く孤独」、そこに発した「言葉の病」が、時空の向こうのもう一人の孤独者の「読む孤独」、「言葉の病」のなかで、「ああ、私にはこの異国の古人のいっていることがわかる。痛いほどわかる」と強く思われ、遠い昔の送り手の生の切実が、未知なる受け手によって生き直されるからである。

これを書いている僕の、とりわけ言語の孤独、その病は、これまで書いてきた小説のなかに隠しがたく象嵌されている。その「文字」のおもてに怨念とともに彫り込まれている。

僕の処女作は二十世紀の末に書かれた。そこにも顕著だが、僕は幼少の頃、「ことばの教室」に通わされていた吃音児で、しかも東北から転校してきた訛りを持つ子供だった。級友は僕が話す言葉のほとんどを理解しなかった。僕は言葉の、いや、「声」の不具者であった。

まるで片手を失った人間のもう一つの手が、健常者のそれより強く器用になるように、僕は言語の聴覚面「話す」を放擲し、代わりに言語の視覚面「読む」の側面のみに望みをかけた。僕は多くを書きはしなかったが、多くを読んだ。狂気のように、怨念のように読んだ。のちにそれが僕に、病の産物としての小説を書かせ、やがて「書く」を生業《なりわい》にさせるに至った。

言語において、僕は「話す」を放棄したはずだったが、奇妙なことに、「聴く」は手放さなかった。意味も解らぬまま異国語の語学・朗読カセットをよく聴いた。音楽が好きで、越天楽《えてんらく》からノイズ音楽まで、ジャンルを問わずレコードを買い漁った。二十代後半、ピアニスト高橋悠治の影響でバッハが壊れ始め、やがて新ウィーン楽派やジョン・ケージしか聴けなくなった。そこから阿部薫らのフリージャズ、さらにノイズ音楽への傾倒が始まる。インダストリアル、実験ターンテーブルといった旋律（意味）なき音素集合への興味は、おそらく僕の作品、その字並びに、浅からぬ影響を与えている（こののち発表された短編「無声抄」にこれは顕著である）。

作家として書き始めて半年ほどたった二〇〇七年十一月三日、両国「シアターX《カイ》」で、敬愛する作家の多和田葉子さんに逢い、「諏訪さんも朗読をしてみればいい。朗読の場で作家がどもることは決してマイナスではなく、どもれるということそれは力だ」という言葉をもらった。驚いた。でも、それでも僕はその時点では、まだ自らの「声」を信用できなかった。

それから一年後の二〇〇八年十一月八日、新宿「風花《かざはな》」で、古井由吉さんに促され、松浦寿輝さんと三人で人生初の「朗読会」にこわごわ臨んだ。前年の多和田さんの言葉が、しこりのように耳に残っていた。同じく敬愛する古井さんからの招待と激励。しかもやはり尊敬する松浦さんとの三人共演。まさに夢のようで、断れず、出演した。「新潮」の矢野編集長が司会をし、僕は古井さんが読まれた後で、自分にとって最も読みやすいと思われる短い随筆を五六編ほど、おっかなびっくり朗読した。何度もどもった。

が、僕はそこで、生まれて初めての不思議な昂揚を感じた。矢野氏に「まだ時間があるので、もう少し何か読んで下さい」と言われ、僕はふと意を決し、『アサッテの人』末尾の「大便箋」という、意味の通らない文章を読んだ。声帯が他人のもののようで、眼前のバーカウンターの直線が歪み、耳を澄ます人々の顔がみなのっぺらぼうになった。そのとき、僕は僕の「声」を、意志して聴いた。両国と新宿。あの二つの秋の晩が、僕の大きな転機だった。

二作目の『りすん』で、僕は「声だけでつくられた小説」を試みた。それが天野天街《てんがい》さんの演出で舞台化され、「声」は他者の肉声として僕の身体に反響した。三作目『ロンバルディア遠景』では逆に徹底して視覚的な「文字」へのめり、四作目の短編集『領土』でふたたび「声」に帰った。『領土』の「声」はややもすれば「謡《うた》」、旋律ではない「音楽」「時間」になろうとしているようだった。

今年の二月一日、愛知の長久手で僕は初めて劇作家たちと「即興劇」に出演した。その日僕は尿道結石の病体に鎮痛剤を投与して舞台に立ち、感覚が激しくブレて、共演者を狼狽させ、もし独演であったなら、僕は身体と声の総逸脱、限りなく発狂に近い投身表現をしかねなかった。凄まじい体験だった。

　これを書いている今、僕はその時の余韻を生きている。この内なるノイズ、肉体のざわめきを、文字でなく、一度でいい、アルトーのように、声と身体で表現してみたい。そして、僕の意味なき声、意味なき肉体の逸脱を、外から誰かに音源記録してほしい。そんな作家にあるまじき強い露悪の誘惑に駆られているのである。

　これが現在の僕という人間の言葉の孤独だ。「声」と「文字」、「身体」の間を行き来する滑稽な猿。たとえ未来が文字を解さずとも、音や像のデータが叫びや身振りを届けられるのなら、僕のこの孤独は伝わるだろう。それは屈葬に付され見下ろされる穴底の人骨のごとく、どこかしらかなしげに、百十年後の未来へ伝わるだろう。

言語芸術と「孤独」

「文學界」二〇一四年十二月号

読めば読むほど小説が解らなくなる。解らないからいよいよ病的に小説を読む。言葉がアトピーのように痒いので、堪らず己が手で書いてみる。と、余計に小説が分裂してゆく。読む。倦む。病む。このあたりの機微は、言語に倦む前の人には解らない。読むほどに病む。病むゆえに読む。その負の螺旋に囚われた人にのみ言語芸術の恐ろしさが実感される。いずれにせよ小説という生は、決して「健全」な営みではない。

先日上梓した文学批評集『偏愛蔵書室』（国書刊行会）も、まるで自ら罹患した文学の病を病者自身が研究するような自傷的な腑分けの書となった。古今東西、百人の作家・詩人・漫画家らの百の書物を独断と偏見とで選び、批評した本だ。

「文学は言語の病・屈折・倒錯からなる」「すべての言語芸術は、一人の孤独者が未知の孤独者へ向けて遺した密かな私信だ」。拙著に含まれるこれらの管見は、これから小説を書こうとする人が肚に落とすにはあまりにも日常から遊離した世迷いごとに聞こえるかもしれない。左様、読む孤独・書く孤独とは世迷いごとだけが真実となる常軌を逸した世界である。

僕は「創作」を独りで学んだ。誰からも教わっていない。すべて本から学んだ。師からは「批評」を、世界の「読み方」を教わった。「書き方」を、ではない。僕は独りで読めるようになったから、いま独りで書けるようになった、というしかない。そんな僕は現在大学の教鞭を執り、「創作の仕方」を教えている。この矛盾を己のなかでいかに決着させるか僕は長く悩んだ。技術だけならいざしらず、創作・発想・エスプリの感覚を「教授し、与える」ことなどできないのだから。

創作者は書く努力の百倍の努力を読むことに費やさなければならない。長編を一冊書くには最低百冊読む。短編を一篇書くなら百篇読む。百対一。己の経験から学んだこの信条の下、僕のゼミでは毎週一冊本を読み、合評する。書くのは二年でたった四回。「先生、私は読むことじゃなく書くことが教わりたいんです。別に読みたくはないんです」「いま書くことを教えているよ」「でも読んでしかいませんが」「書くこととは実は（世界を）読むことだから、創作するには読書するしか術がない。読めないままいくら書いても上達しない」。

実は、僕が教え子たちに本当に解って欲しいのは、書く者、そして読む者の生きる「孤独」という名の特権的時間、まるで何かに魅せられて身動きさえままならぬ、音のない持続、色のない空隙についてである。言葉だけと対峙し、それに耳を澄ます時、人はそこに自分自身の孤独の肖像を垣間見、彼の声、しわぶき、衣擦れの音を感じ、その孤独を自ら追体験する。言語の芸術はここに生まれる。

このことを、僕は講義で受講生たちに次のように話し聞かせる。

――たとえば僕はよく真夜中に詩や哲学書を読んでいます。昼に電車のなかでも読みます。たった一人きりの時間にも、乗客でごった返す地下鉄の車内でも、読むさなかの僕は「ぼっち」です。目の前には、遠い昔に死んだ「孤独者」の言葉があります。孤独者が孤独者の書いた血の言葉を読む時、火花が生じ、時間を越えて、芸術が、表現が、そこに立ち上がります。書く自分も同じです。僕は深夜に大勢の助言者・協力者らと賑やかに談笑しながら楽しく文章を書いているのではありません。書くことを楽しいなどと思ったことは一度とてありません。「ぼっち」の無言、静寂の時間のなか、一人で表現に向かいます。それこそが、作家という運命の、いちばん深奥の秘密だと、もし君たち自身が作家で教師だったら、どうやって教え子たちにそれを伝えますか。孤独になれといいますか。なぜ孤独でなければならないのか、腑に落ちぬままそれを強いたとて、SNS等の電子空間に多くの内輪、孤独を慰撫し談笑し合うサークルを持つ子供たちが、あっけなくそれを手放し、言語的隠遁の境地を選ぶでしょうか。いかに「孤独こそ表現の生まれる場所」だと説いても、現実のゼミという環境は「複数人が輪を成して」文学を学ぶという矛盾の相を呈しているのです。いま手元に配ったプリント、尾崎放哉の自由律俳句を読んでみて下さい。「つくづく淋しい我が影よ動かして見る」「一日物云わず蝶の影さす」「畳を歩く雀の足音を知って居る」。詩的衝動を成就するため五七五の律を破戒、定型から泣いて放逐され、その運命を自由律として受け止め、瀬戸内の小島の庵にひとり、訪ねる者もなく、ただ明け暮れの海を見つめて黙している表現者の生。彼は己自身と対峙しています。世界、言葉と対峙しています。——

言語芸術である詩も小説も、近代的自我の持つ自縄自縛の囚人的孤独のなかから血痰のように吐き出される。世界というタブローの幸福な点景だった神の羊たちは、いつしかエデンの平面から放逐され、視られることに頓着しないかつての群れを追われて、僭越にも視る者としての神の玉座にひとり縛められ、その超越論的な高みから、世界の園を「批評」する宿命を負った。僕らはもう無邪気な物語の羊には戻れない。世界を読み、批評しなければ済まぬ、言語的宿痾《しゆくあ》を負った小説の狼、流謫《るたく》の人狼と成り果てた現代人なのだから。

百の孤独の魂、言語の独房について、僕はこの四年二カ月を費やして書いた。なぜ彼らが身もだえして屈折、変異し、自らを倒錯させるのか、そしてそれらのうつくしき倒錯を、僕がなぜ言語芸術と呼ぶのか、思いの丈を書き切った。

これは僕の文学的信仰の告白の書だ。僕のすべての小説がフィクショナルな言語的告白であるのと同様、この文学批評集はいわばノンフィクショナルな極めて個人的な読書体験を主題とした、さらなる文学的自伝とでも、否、もしかしたら新たな「小説」とでもいうべきものである。

「芸術」から「遊具」へ

「毎日新聞」二〇一五年四月十八日

音楽を聴くのが好きで好きでたまらない、放っておけば飯も食わずに音楽を聴いてしまう、そういう人が音楽家になる。映画を観《み》るのが好きで好きでたまらない、放っておけば飯も食わずに映画を観てしまう、そういう人が映画を撮る。絵を見たくてたまらない人が絵描きに、漫画を読みたくてたまらない人が漫画家になる。それが当たり前だ。

病的なまでにそれを受容したがる人の気が嵩《こう》じて限界を超え、ついに発信する側に回る。音楽を聴いて聴いて聴きすぎて、それでも諦めきれず、もはや自分で作るしかなくなるから、生まれるべくして音楽家が生まれる。世の「生きた」芸術はことごとく、かような必然性を持って誕生するはずだが、ろくに受容もせぬまま虚栄心だけでいきなり発信者を志す傾向が現代にはある。その最たるものが文学、わけても小説にみられることは、まるで小説がすでに生きていない、もう死んだ芸術であるかのように思われ、いたく残念な気持ちにさせられる。

同じ文学でも詩のほうが、受容から表現への必然性は骨太である。詩は一見つつましやかな分野のようでその実、表現の側に立つには、まずもって徹底した受容者にならざるをえない芸術なのである。すべての文学表現は、その場、その紙上で作者と読者とが接触し、協奏され、初めて成る。オルゴールなら爪盤（シリンダー）が作品で櫛歯《くしば》が読者だ。両者の言語観の直接のこすり合わせが、すなわち文学である。従って、本来、文学は文学であるかぎり、言語感覚の接触という性質上、「映画化」などできない。紙の上でたまゆらの生を立ち上らせる音楽のようなライブ感、演奏と鑑賞の「現場性」が文学という言語芸術にはある。しかるに昨今の小説からは「接触性」や「現場性」が奪われ、口当たりのよい動画にされたのち、物語骨子のみを二次的に消費されるのみになってしまった。いわばあらすじだけの「原作」として競《せ》り売られることでようやく消費者の咀嚼《そしゃく》・受容にかなうたんなる「元ネタ」へとなり下がったのである。

映画でさえ、甘ったれた消費者が海外作品の字幕スーパーを嫌い、日本語吹き替えでないと面倒くさくて観てやらないという低次元にまで頽落《たいらく》した。これで俳優という肉体芸術の半分（肉声）が捨象されたことになる。

怖れず予言するが、今後、言語芸術は、その看板を下ろし、名称を「遊具」と改め、すべてのコンテンツを子供向けに甘口でやわらかく嚙み嚙みしてやりながら作れば大人にも売れる時代になるだろう。「ありのままで」等の美辞麗句をあざとくちりばめ、日和見《ひよりみ》主義を盲信してゆけばよい。遊具は玩具とは異なる。玩具は他者的で冷たく静かな物体である。遊具は人に阿《おもね》って尻尾を振ってくる従順な奴隷のことだ。「遊具」は消費者の感性をより鈍磨させるべく、その甘やかしをさらに強くすることにのみ貢献するだろう。

Ⅱ　作家論・作品論

澁澤龍彦が遺したもの　生誕八十年に際し

「週刊読書人」二〇〇八年四月十八日

昨年の芥川賞受賞騒動の折、やや過剰に喧伝されたとおり、僕の文学には第一に恩師である種村季弘の直接的影響があるが、それ以前には澁澤龍彦があり、その前には三島由紀夫があった。

高校生だった。文庫の『仮面の告白』を枕頭の書とし、その文体と、怪しくデカダンな世界観に罹《り》病《びょう》・惑溺した自分は、この特権的な同性愛的傾向の千分の一かでも何とかあやかれまいかと、試しに同性の級友らを勝手に対象に据え、自己の欲情を煽る内的習練に明け暮れしたような愚かで青臭い思春期を持つ。

凡庸なヘテロの自分には、当然のことながら『仮面』的世界への扉は開かれなかったが、門前の小僧のたとえに倣い、肌身から書を離さず、それらおびただしい未知の語彙の詮索に昼夜を忘れ、それまで勉強以外では触れもしなかった国語辞典には、当時、一方ならぬ世話になった。

平凡な地方都市で隠微な文学的スノビズムをひとり育み始めていた僕だったが、それらの語彙のうちには、卓上辞典では決して見つからない秘教的な固有名詞がいくつもあった。それは例えば「ユイスマン」、「ジル・ド・レエ」、「フリーメイソン」、「ヘーリオガバルス」、「聖セバスチャン」、「ソドム」、或いは「ド・サァド」。これらの言葉には共通したある種の近づきがたさと、気が遠のくような禍々しさとがあった。辞書に載る程度の安全な猥褻用語を覗き昂《たかぶ》るような、うぶな少年期をすでに終え、それとは別種の、まっとうな手段ではいかにしてもたどり着けぬ禁断の言語の体系がこの世にはまだある……、それを僕は『仮面の告白』を読んでおぼろげに感じていた。しばらくして、僕は書店の文庫棚で、偶然にも、こうした特殊世界の肝だけをあえて選び抜いて開陳したかのような百科全書的見取図、浩瀚《こうかん》な奇跡の随筆群に巡り合うことになる。それこそが僕の、澁澤龍彥との出会いであった。

いま、書棚の奥に押し込んでいた往年の文庫本の奥付を見ると、どうやら高校二年の後半から三年の初めにかけて、僕は澁澤のエッセーや訳本を二十冊ほど読んでいた形跡がある。考えてみれば、僕は発表の時系列を全く無視した選書をしていたようで、最初期の澁澤体験は、思い込んでいた河出文庫のシリーズではなく、中公文庫の『三島由紀夫おぼえがき』や福武文庫の『偏愛的作家論』などであったらしい。つまり三島解釈の一参考とする目的で澁澤の本に当たったのが偽らざる発端のようであった。

高校時代の僕は、一方で片岡義男・村上春樹を始めとする八十年代文学と、他方、澁澤・種村系統の暗黒文学とを、同時並行的に、小遣いの範囲内で文庫を購入しては読んでいた。したがって、自分のなかで、片岡・村上らの同時代的な感性と、澁澤らの反時代的なそれとが矛盾し合いながら共存し、一種異様な、半健常半異常とでもいうべき文学的アンドロギュノスを、精神の内に飼っていたのだともいえる。そして不思議なことに、僕はこのヤヌス的二面性のいずれをも愛し、自身の一部として陰陽ともに捨てがたく、今日まで心中に蔵し続けるに至った。

僕のような、詩や小説くらいしか書けない弱輩が、知ったような手つきで、今や伝説的文学者となっている高貴なエピキュリアンにかんし何ごとかを物すというからには、わざわざ、すでに書かれ尽くした感のある澁澤の評伝的人物論や異端文学紹介の業績などに筆を費やしても仕方があるまい。ゆえに、ここでは、あえて我田引水を弁えつつ、前世紀に澁澤が遺した文学・美術など広範にわたる独自な偏愛的言動から、我々二十一世紀の人間が何を継ぐべきかを、僕なりにしるしておこうと思う。

三島以外に澁澤の愛した本邦の作家というとすぐ浮かぶのが石川淳である。彼の有名な「精神の運動」という言葉を、澁澤は事あるごとに好んで引用したが、澁澤自身が繰り返し用いた標語に「幾何学的精神」という言葉がある。そういえば澁澤にとっての先達ともいえる林達夫には「反語的精神」、同じく花田清輝には「復興期の精神」と、各々の仕事を象徴するフレーズとでもいうべきものがあった。

澁澤のいう「幾何学的精神」を忖度《そんたく》するとき、そこには様式・思考・硬度といった概念の重視が顕著に見られる。文学や美術などあらゆる芸術表現にはまずもって確固たる幾何学的様式が必要であり、またそれを支える独自な思考（＝嗜好）が必要であり、最後にそれら様式や思考の時間的な腐蝕に耐える、作品の強靭な質感、硬度といった要素が求められる。

これを僕が生業《なりわい》とする文学の見地から眺めたとき、澁澤の愛したサドやコクトー、吉岡実、中井英夫、その他多くの作家たちのなかに、この「幾何学的精神」を欠いた者は一人もいない。念のために付言すれば、澁澤のいう「幾何学」とは、いわゆる「構造」のように静止した概念ではなく、そこには常に「飛躍」する想像力・欲動といった「力への意志」の横溢《おういつ》がある。例えば彼のエロティシズムへの思考は、「死への意志」とでも呼ぶべき超越的、バタイユ＝ニーチェ的反神学をも包含しており、それが晩年の三島の行動美学に多大な思想的影響を与えたことはあまりにも有名である。

澁澤の著作はエッセイ・小説・翻訳も含め、ほぼ一通り目を通したつもりだが、なかでも僕がとりわけ好きなのは、実は『ヨーロッパの乳房』と『幻想の肖像』である。もちろん他にも『胡桃の中の世界』や『思考の紋章学』、小説『犬狼都市（キュノポリス）』、評伝『サド侯爵の生涯』、翻訳『大胯びらき』（コクトー）や『O嬢の物語』（レアージュ）、アンソロジー『暗黒のメルヘン』など、いい出せば際限がないが、先の二著に指を屈する理由は、この本を僕自身が学生時代、三ヶ月程の欧州放浪に携えていった特別な思い出があるからである。特に『ヨーロッパの乳房』は、一名『ドラコニアの歩き方』とでも言い換えられるべき極めて実用的な（?）旅行指南書であり、実際、僕はこの本をたよりにイゾラ・ベッラやボマルツォ、オルヴィエート、ヴィラ・デステなどへ足を延ばした。いつかまた、僕のこのドラコニア・エウロペ紀行の顚末《てんまつ》を、どこぞに書いてみたいと思っている。

自画像としての静物《オブジエ》たち

『澁澤龍彦　ドラコニア・ワールド』

「週刊読書人」二〇一〇年四月十六日

澁澤龍彦こそは、僕の生涯をかけて語り続けてゆきたい真に愛すべき文学者である。もし彼と種村季弘がいなかったら、今の日本の人文科学は、どれほど味気ないものになっていたであろう。彼らなき世界で僕は文学をこれほどまで愛し、書くことが、果たしてできただろうか。

「開かれた社会」などという偽善的な似非《えせ》ユートピアの到来に、敢然たる無関心を表明し、あえてエピクロス主義的な隠者に徹して、「閉じられ、蔵《しま》われた宇宙」を夢みつづけた澁澤の強靭な筆は、今もなお、銅版画のように硬質な存在感で読む者を圧倒し、陶酔させる。

本書は、生前の澁澤に長く寄り添い、その生活や旅の逐一を見守ってきた夫人、龍子さんの手により編集された「澁澤龍彦厳選エッセー集」の体裁を持つと同時に、彼自身の文章によって表わされた或る種の「セルフポートレイト集」でもあり、さらに、まるでその一葉々々の自画像を、龍子夫人の手作りの瀟洒な額縁に大事に収めたような、妻の視線による「夫の肖像画集」といった、ごくプライヴェートな趣きさえ感じさせる、まさに極上の一冊とは相成った。

先ほどから僕は再三、本書を澁澤の「肖像画集」と呼んでいるが、参考までに申し上げれば、実はこの本のなかには澁澤自身の肖像写真は一枚たりとも混じっていない。すべて、生前彼が所有していた、石やら貝殻やら骨やら玩具やら人形やら、それら多くの個人的蒐集物の写真ばかりである。が、それでいながら、この本に収められたオブジェたち、文章と写真によって美しく描き出された静物の画のなかに、澁澤龍彦の肖像でないものは一枚とてない。僕は逆説を弄してでも、そういってみたい誘惑にかられる。こうした反転の術は、もしかすると澁澤龍彦という他に類をみない選ばれた作家のみがなしうる、極めて特権的な業《わざ》なのかもしれない。

いうまでもなく、澁澤とは物体《オブジェ》の詩人であり愛好者、また自己物体化の体現者であった。彼のペン先は、眼前の物体を執拗に愛撫し、自身がその冷たい静謐に同化、昇華するまで、徹底的に紙面上を疾駆した。そこに生まれた一幅の細密画は、文体の研磨その他の仕上げによって、もはや一枚の鏡のごとく滑らかになり、そのおもてには作者の、物体の主《あるじ》である澁澤本人の相貌が、図らずも映し出されることになる。

極力自然の外光を用いた沢渡朔《さわたりはじめ》氏の力みのない写真群はどれも実にうつくしい。とりわけ最後の「庭へ」の章は、見つめるほどに言葉を失ってしまう。以前この邸に招かれた折、書斎から庭への境界の戸口、真紅の天鵞絨《ビロード》のカーテンが風に揺れる、その幽明の境に立ち、暫時《ざんじ》絶句せざるを得なかったことを、いま僕は思い出す。

本書の贅沢は、これが沢渡氏による良質の「写真集」でもある点と、にもかかわらず、新書版の則《のり》を超えず造られている点である。通常、この種の書籍は、文章を活かす文庫版か、写真を活かすムック版のいずれかに、重心を予め定めてしまうものであるが、今回は桑原茂夫氏の助言も手伝い、いわば「携えられる写真集」として、その難題を見事に克服しているのだ。

澁澤の心酔者には、作家と同時代を生きた単行本読者と、若い文庫本読者との二者がある。両者はいずれも、その入手媒体によりドラコニアを蔵し、或いは携えると錯覚しがちだが、さて、その驕《おご》りは今一度自問されるべきである。澁澤の領土であるドラコニアを、今こうして本の内に所有しているはずの読者こそ、実は遥か以前からドラコニアの内に抱《いだ》かれ、所有されていた、そうではなかったろうか、と。

澁澤さんが見ている

文藝別冊「澁澤龍彥ふたたび」二〇一七年五月

澁澤龍彥は、文学にしろ美術にしろ、子供が書いた／描いたような、たんに「無邪気さにあふれた」「幼い」「素朴な」作品というものを好まなかった。文学なら『悪魔のいる文学史』や『偏愛的作家論』、美術なら『幻想の肖像』や『幻想の彼方へ』などを一読すればそれは瞭然だ。多くの天真爛漫なだけのピーターパンや誇大妄想の全能者は敬して遠ざけられ、かわりに、肉体も知力も世界観もいちどは成熟・爛熟させながら、やむにやまれぬ精神的な屈曲・畸形化への運命・欲望によって退行し、打ち寄せる羊水の岸辺でたったひとり、孤児として彷徨せざるをえなくなった「矮《ちい》さな大人」もしくは「老成した小児《しように》」ともいうべき、その人が、つめたい精神の石壁の獄、すなわち彼のこころのなかで、特異なイメージを錬成させ、精緻で隙のない、きわめて硬質な思考・文体・技法をもちいて表現した作品のみを、澁澤は愛した。

生前の澁澤の盟友だった故人種村季弘も、大枠においては澁澤と作品への嗜好を近しくしていたが、どちらかといえば種村が、個々の登場人物の作品世界に対する「役割」や「運命」、それらが舞台＝

世界へ及ぼす「効果」、すなわち詐術やどんでん返しなどの神話的な遊戯性・スペクタクル性に食指を動かしたのに対し、澁澤は、それらを背景に踏まえつつも、よりいっそう、作品のディテール、その世界の見え方、遠視であれ接視であれ、作品全体として鑑賞者へ直截に差し出される「世界観」「かたち」「たたずまい」、つまり「スタイル」をまずもって重視した。この「形」への意識の厳格さが、一名「幾何学的精神」と呼ばれる、澁澤龍彥の批評の最大の特徴である。僕自身がかつて澁澤から学んだもっとも大きな要素、それも、こうした純粋な「かたち」、「表面」への意識である。

文学も美術も、あるひとつの、機械仕掛けの「装置」のようなものとしてまずは一瞥され、次にそれが観る者（澁澤本人）の反射鏡のうちで自ら動き出す際、いかなる変化を見せ、ねじれ、狂い、そして崩壊、あるいは再生するのか。これら一連の「型」もしくは「形」そのものに、澁澤の芸術への興味は集中されている。

上記のうち、もっぱら空間の把握に鑑賞態度を多くゆだねる美術作品はともかく、時間の把握、つまり時間芸術的な側面の強い文学・映画・演劇・舞踏作品などにおいても、澁澤はそれらの体系や構造をことさら「解体」したり「読解」したりして味わうということをあまりしない。文体やせりふや肉体の動きを、静かに「観る」だけだ。

ただ観賞し、観たその形をその瞬間、自身が肯《がえん》ずるか否かに評価のすべてがかかっており、ある意味では非常にシンプルだが、その即断には容赦も猶予もなく、一面非情にもみえる。

第一印象において好きか好きでないか、良いか良くないか、それがすべてで、好きなのであれば、ようやく口を開いてどこがどう好きなのか、何を連想させ、思考させたのか、等々を語り出してくれる。そういうあくまで視覚的で、自らが感得した「像」から、精神分析的なアナロジーなどにも都度依拠しつつ、あくまで鷹揚に語られる個人的な嗜好、鏡のような、明証的な反射神経こそが、澁澤龍彦の批評である。

かつて澁澤の美的感覚のブレのなさ、それへの信頼から、澁澤龍彦をいみじくも「メートル原器」と呼んで賞賛したのは先述の盟友、種村季弘だった。この呼称には、余人が下司に勘ぐろうとすれば、一面において澁澤の、ブルトンゆずりの法王的排他性か、美的審判者としてのその影響力の大きさへの若干の揶揄と捉えることさえ必ずしも無理ではない。だが、それ以上にこの呼び名には、これほどまでゆがみのない鏡、まさに「原器」としての澁澤の、否定しようのない確かな審美眼を、同じ批評家として、信用のおける感性的な「尺度」と認めざるをえなかった種村の畏敬の念、羨望の念のほうがより強くうかがえる。


ところで、その澁澤さんは世間的・表向きには三十年前に亡くなったことになっているが、とんでもない、澁澤さんはいまも北鎌倉の家の、龍子夫人の掃除がゆきとどいた紅天鵞絨のうつくしい書斎から、文学やその他多くの作品を鑑賞し続けている。もう何度足を運んだか忘れたが、そこへ行くたび、僕は澁澤さんの眼差し、気配を感じる。なまなかな遊興気分で足を踏み入れてよい場所ではない。叱られるような覚悟でいつも入る。

澁澤さんは、当時と同じ確かな審美眼で、あいもかわらず、かたじけなくも僕たち若造のつたない作品まで律儀に見てくれている。そのほとんどに厭きれ顔をし、ごくたまに、誰かの作品にじっと目を凝らしながら「ほう……」とうなずく。恐ろしいことだが、そのさまが、この頃の僕にはいよいよありありと見えるようになってきた。僕の場合、発表する小説作品を、同様に種村先生にも読まれて小言をいわれてしまうので、ますますもって尋常な心持ちではない。

でも本来、僕ら現代の作家たちはこのように、まずもって澁澤さんの眼、その批評眼に自作をさらし、感想を聞いてみる気概を持つべきだ（これはもちろん作家各人が、澁澤さんのように厳格な批評力をもって自作を省みるべし、という意味である）。

澁澤さんの眼はいまもなお特権的であり、通りいっぺんな、ワン・オブ・ゼムの民主的な眼などではない。さしずめ王の眼であり、時代は変われど、つねに反時代的で普遍的な、つめたく鋭利な眼である。その眼を意識しながら書く／描くことで、しぜん、僕らの作品はより強く敲《たた》かれ、その批評の効果によって、鋼のような永遠の硬さを作品に付与することができる。

書くのは僕ら未熟な現代人だが、そのエクリチュールは絶えず自己反省を通じ、「僕らのなかの澁澤さん」に見られている。リラダンの言葉、「生きる？　そんなものは家来どもにでもやらせておけ」をこの場合敷衍すれば、「書く？　そんなものは生者どもにでもやらせておけ」である。書くことなど、しょせん生きること、見ること、そして読むことの延長、「残余」にすぎない。「いかによく書くか／描くか」のすべては、各人が世界を「いかによく読みうるか／見うるか」にかかっている。

僕はかつてそれを澁澤さんの本に教えてもらったのである。

澁澤龍彦『エロス的人間』解説

『エロス的人間』中公文庫・二〇一七年九月

本書のタイトルである『エロス的人間』というネーミングは、おそらく、かつて一九五〇年代から七〇年代にかけて日本でよく読まれた思想家ヘルベルト・マルクーゼの著作『エロス的文明』(原書五五年・邦訳五八年)や『一次元的人間』(原書六四年・邦訳七四年)などの書名からインスピレーションを得たものであろう。

もちろん、「〇〇的人間」などは当時、類似した名の書名がこれ以外にも多くあり、思いあたるところでは、そもそも澁澤のエピキュリアンとしての思想的先達にあたる林達夫に『共産主義的人間』(五一年)があり、作家カミュには有名な『反抗的人間』(邦訳五六年)が、また、かつて澁澤も評価した大江健三郎の小説『性的人間』(六三年)や、湯川秀樹の『創造的人間』(六六年)、安部公房とドナルド・キーンの対談集『反劇的人間』(七三年)も、同じ時代的要請のなかで付けられたとおぼしき書名である。このうち、偶然か、はたまた当時の編集部の好みもあってか、澁澤、林、安部とキーンの三冊の書名が、かつて同じ中公文庫の巻末目録に並んでいたものである。

いまとは違い、学術的で硬い題名の本ほど、当時の日本の読書家たちにはもてはやされたのである。知的渇望の時代の一つの意匠といってしまえばそうかもしれないが、とりわけ冒頭に述べたマルクーゼという稀有な学才の生涯、――かのフッサールとハイデガーという決裂した師弟の双方から学び、戦況の悪化のためアメリカへ亡命を余儀なくされながら、戦後におけるいとも激越な、フロイトの精神分析を用いて民主主義権力を研究した業績に思いをいたし、また、為政者へ集団隷属しようとする大衆の習性や、権力の横暴を多数決制度そのものが安易に容認してしまう集団的同調性の不条理などへ警鐘を鳴らし続けた孤高の思想家の生き方を思うとき、この若き澁澤龍彥の稿を集めた本書『エロス的人間』という、すぐれて反社会的・反歴史的・そして反権力的なエロティシズム論集が、俄然、この二十一世紀の今日、まばゆい閃光を放ちながら、われわれ現代人の硬直化した思考の前にふたたび現れなおしてくるような思いがする。

本書の初読時、それは僕にとっておよそ三十年以上も前の、名古屋での高校時代のことであるが(おそらく澁澤の亡くなる前の年、一九八六年の終わりごろで、僕は高校二年生だった)、このころ、僕は数年前から夢中で読んでいた三島由紀夫への深い関心から、当時まだ新刊だった中公文庫の澁澤龍彥『三島由紀夫おぼえがき』を、ふとタイトルに魅かれて読んだ。これが、僕が生まれて初めて読んだ澁澤龍彥の本である。

それから同文庫の『悪魔のいる文学史』、『エロティシズム』、『エロス的人間』、『サド侯爵の生涯』、『少女コレクション序説』、『玩物草紙』、福武文庫の『偏愛的作家論』、そして河出文庫の一連の長大なドラコニア・シリーズへと――、初めはおもに日本や海外の文学にかんする著作から選んでゆき、しだいに彼の本領である古今の異端文化紹介へと手をそめていった記憶がある。高校の間だけで、すでに二十冊ほどは澁澤の文庫本（サドなどの翻訳を含む）を読んでいたように思う。澁澤をリアルタイムで読んだ一世代か二世代ほど上の「単行本世代」の読者層とは異なり、僕ら以降の新しい澁澤ファンとは「文庫世代」であり、いわば遅れてきた読者なのであった。

ところで、この文庫本『エロス的人間』は、読者の間では暗に、この前に同文庫で出された澁澤の主要著作というべき思想的エッセー集『エロティシズム』の勢いをかって副次的・付随的に出された「補遺」のような扱いをされているが、それにしては、思想的なラディカルさの点では前著にまさるとも劣らぬものがあり、すこぶる挑発的な言説も垣間見られ、民心の凝り固まった旧弊な風紀良俗や秩序を、精神の側から壊乱せねば済まない孤高の文学的テロリストたらんとする矜持がうかがえ、本書のこうした側面が、若き日の僕の情操・価値観に大きな影響をあたえたのである。澁澤龍彦とは、サドと同じ、いわば「反転したユマニスト」であり、ニーチェ的な「善悪の彼岸」（奴隷的道徳を超越したニルヴァーナ世界）を憧憬する、あまりに純粋ゆえに頑なユートピストなのである。

とりわけ収録二篇目の「エロス、性を超えるもの」にしるされたエロティシズム論の数節から、僕は、はかりしれぬほど大きな感銘を与えられた記憶があり、それは今でもなまなましい存在感で僕の思考の中核にありつづけている。それは以下の箇所である。まずはこの部分。

——エロティシズムには、暴力や血の欲求に結びついた一面もあるが、また純粋に精神的、想像的なエロティシズムもあり、この点で、それは芸術に似ているのである。想像力のはたらきによって成立する芸術活動がアモラル（無道徳）であるように、エロティシズムもアモラルである。また芸術に進歩がないように、エロティシズムにも進歩がない。

この箇所から、……これは少々変則的な読み方かもしれないが、この一つ前の段落の文章へ戻ることで、澁澤の意図する主張がさらに明確に理解されるように思われる。すなわちここだ。

——つまり、エロティシズムとは、直線的な歴史の方向に沿ったパースペクティヴのなかで眺めるべきものではなく、むしろ既存の文化体系や社会生活を解体し、古代と現代とを同一平面上に均等化するような、いかなる意味でも弁証法の介入する余地のない、あらゆる時代において共通した、一種の反社会的な危機の表現として眺めるべきものではないか。

ヘーゲル的もしくはダーウィン的な近代の健全な進歩史観にとって、エロティシズムの衝動が人間のリニアーな歴史の発展をなしくずし的に無化し、均して、原初の野生へと個々人を等しく先祖返りさせる力を発揮することは、さぞ冒瀆的であり、ゆゆしき事態であろう。動物からヒトになった人間は互いの共食い・殺戮を防ぐため、宗教的戒律や社会契約で自縄自縛し、各々共通の良心や理性を明文化して法となし、不気味な「法治」による国家を形成して、その果てに、各人の野生を各人自身が抑圧する自己監視システムを構築した。この一人の人間のなかで、禁止と抑圧に抗う野生の欲動が、息苦しく屈折・変節しながら隠微に細分化されたものが、文学・芸術その他、なまなましいエロティシズムの多彩かつ変質的な精華であり、薄っぺらな進化論や未来的思考などとは縁遠い、すぐれて古代的な、呪術的な力能なのである。

ことほど左様、本書には、エロティシズムの要諦である「悪」にかんし、秀逸な分析が見られる。「ジャン・ジュネ論」のなかの次の一節だ。

――サドは形而上学的な叛逆者であり、錯乱した自由思想家であり、体制の全面的な否定者であって、要するに、ニーチェやマックス・スティルナーの先祖であると言うことができる。ところで、ジュネには世界の変革の意志はまるでなく、よしんば悪に耽溺するとしても、この悪を体系化し、夢みられた一つの世界において、これを何らかの価値ある普遍性に近づけようという努力が全く見られないのである。ジュネの悪は、いわば存在に寄生し、すべての存在を腐敗させる病菌のような悪であろう。

見事なまでに明晰な「さかしまの倫理学」であり、作家論といえよう。

このように、澁澤の文章は明快で、その主張にはよけいな修飾がなく直截的だ。けれども、人がよくいう「澁澤の本は中学生でも読める」との言には、僕は本音ではうなずきかねる。いや、読めるというだけなら、過剰なレトリックも思わせぶりな留保もない彼の均整のとれた文体はたしかに「読める」。現に河出文庫の「物語シリーズ」や「手帖シリーズ」などは前言の通りであろう。しかし、その他の主要著作の、たとえばあの脚注もなく次々に頻出する内外の書名・人名・地名等の固有名詞や、思想・主義などの学術用語などを、若い初読者が辞書もなく容易にまた十全に読みうると言い切るのは、僕にはいささか彼らに酷であるように思われる。

僕自身も初読時、あの多くの見知らぬ固有名詞たちの乱舞に酩酊させられ、心地よく圧倒された記憶がある。だが、その容易には至りつけそうにない知性の高みこそが、つまり歴史や世界、人間の想像力の「遠さ」であり、澁澤龍彥のエッセーの大きな魅力でもあるのである。

このたび出された新装版のカバーには、澁澤が生前もっとも愛した画家といわれる二十世紀スウェーデンのシュルレアリスト、マックス・ワルター・スワンベルクのリトグラフが使われている。著者あとがきで語られるピエロ・ディ・コシモとは時代に大きな懸隔があるが、エロス的な綺想の画家である点では両者は同じであり、このことからも、澁澤の審美眼が時代的なヒエラルキーなどを持たず、あくまで古今東西に公平であることが知れる。

今回選んであるスワンベルクの画は、ランボーの詩集「イリュミナシオン」にスワンベルクが挿画を施した詩画集のなかの一葉で、実は僕も深くこの絵を愛し、額に入れて玄関に飾り、毎日眺めている作品なのである。従って、龍子夫人には、僕個人の嗜好も酌んでいただいたことになり、面映ゆい気持ちだ。僕の小説第一作『アサッテの人』も、第二作『りすん』（いずれも講談社刊）も、ともに、僕の強い希望で表紙にスワンベルクのリトグラフを使ったが、さて、僕がこの画家を病的なほど愛するようになったのは、もはや書くまでもないことだが、過日、澁澤さんのエッセーで知り、魅了されたからである。

サド、澁澤、その裏返された「聖性」

『澁澤龍彦展図録』平凡社・二〇一七年十月

澁澤さんが天に召されたあの夏、僕は名古屋に住む十七歳の読書狂いの高校生にすぎなかった。この青二才は当時、河出や中公や福武の「澁澤文庫」を片っ端から読んでいた。それは喫緊の受験勉強からの逃避でもあったが、その仮初めの、出入り自由なはずの文学的小旅行が、めくるめく壮大な異世界探訪に変じるにつれ、いつしか空恐ろしい、だが麻薬のように魅惑的なこの世界からは、なまじな改心では抜け出せない、と、そう自覚するに至った。あの焦慮を今でも覚えている。

ちょうどあの頃、サドの『新ジュスティーヌ』が出て、僕は澁澤文庫の新刊ならば、と迷いもなく買って読んだ。事情の分かる方は憫笑《びんしょう》でも浮かべて頂きたい。僕は、マルキ・ド・サドの『悪徳の栄え』よりも『恋の罪』よりも『美徳の不幸』よりも先に、あの余りに熾烈、過酷、残虐な怪作を、何の心構えもなく、一息に読み切ってしまったのだった。

幼児が大人の琥珀色のウイスキーを、麦茶だと思って飲んでしまったような、あれは文学的な惨事であったと僕はつくづく思い返す。そしてどうしても、ああ可愛そうな子、と己を慮らずにはいられない気持ちになる。

『新ジュスティーヌ』は、原型である『美徳の不幸』に加筆し派生させた最終稿ながら、この澁澤抄訳版はある意味で別様の新作とも見紛う、いわば改編された畸形児であり、そこにはすでに全体を貫流する読者思いの物語構造など破綻しており、ただサド自身の性的鬱憤、溜飲を下げ、埒をあけるためだけに書きなぐられた、嘔吐さえ催す嗜虐描写箇所が際限なく続く話なのである。それが、僕が生まれて初めて読んだサド文学だった。

どちらかといえば中公文庫が『悪魔のいる文学史』や『エロティシズム』のような学術的な、硬派なラインナップだったとすれば、河出文庫は『東西不思議物語』や『世界悪女物語』など読み物風な本から始まり、次第に代表作というべき『夢の宇宙誌』や『思考の紋章学』へと親切に順序立てて導いてくれていた。そこへ不意打ちに『新ジュスティーヌ』が差し出された。読者諸兄のご斟酌を乞う。

でも今思えば、澁澤さんの本質は何よりサドにあり、サドを回避した澁澤龍彦理解というものはありえない。サドとは周知の通り常軌を逸した作家ではあるが、実はすこぶる純粋、健康、健全な人間だったと今は思う。そして同様に、澁澤さんのあの痛ましいほど「純粋」で「健全」な思考は、昔サドの筆先から滴り落ちたインクの描線に、すでにその先駆を見出しうる。物好きな僕は以前、サドが幼少期を送り、その後も度々住んだという南仏ラコストの城の廃墟を訪ねた。空の高い、広い丘陵の上に石壁の残骸があった。澁澤龍彦とは果たして人がいうような異端者であろうか。偏綺を愛する彼自身の本質とは天使の如き「聖性」だ。サドが時に聖侯爵と呼ばれるように、澁澤さんはいわば裏返された聖人であった。三十年経った今、僕にはそう思われてならないのである。

時には母のない子のように

『老魔法使い——種村季弘遺稿翻訳集』

「新潮」二〇〇八年九月号

今回ばかりは依頼を辞退しようと思った。——僕にいったい何が書けようか。指定されてきた対象が対象だ。生半可な気持ちで書ける代物ではない。だが、これが先日この著の訳者の墓前に参ってきた矢先の依頼だった。奇怪《きっかい》な符合。真鶴の種村邸と北鎌倉の澁澤邸それぞれで今までに過分な歓待に与かった借りを返さねばならぬ。かような自己強迫に鞭打たれ、結局はこれこのとおり、筆を執る仕儀と相成った。

ただし、こと本著に限っては評論家風の客観的な批評が書けるわけはなく、話は折々私事にふれ、わたり、否おしなべて、というよりはもう一切が私事であるような書評を書く。何、それは書評ではない？　いやいや、書評とは本来、一切がこれ私事と自覚してものすべき「告白の書」であり、それはテキストに自己批判を強いるの謂でも、ダダ褒めに褒めるの謂でもない。書評を請け負う決心それじたいが、当のテキストを自ら生きることへの実存的宣言であり、書物と濃密な私的関係、ある種の契りを結ぶことである。自らが生きられなかったテキストの書評を安請け合いし、いたずらな批判や迎合になびく安易な売文とは実際、評者の自己欺瞞以外の何ものでもあるまい。

泉下の訳者種村季弘も、同じくその盟友であった澁澤龍彦も、彼らの遺したおびただしい批評の総てが、作家・作品との契り、密約を公然と明らかにして憚らない。彼らはほとんど批評対象を愛、いや、信じさえしている。これを澁澤は自ら「偏愛」と明言、三島自死の報を受けた折など、浮足立つ知友らを一喝し、すべての所見を足下に踏みやって、ただ「三島は俺の友達だ」とだけ告げ、押し黙った。このかたくなな文学者の伝説的言動に、現代の僕らはまだまだ学ぶところがあるはずだ。

グラウザーの著作は同じ訳者によって既刊四冊、本著で五冊目となる。九十年代後半から訳者の死に至る間際まで、このスイス人作家の作品の翻訳は精力的に続けられた。本著の解説を書かれた池田香代子さんも、種村季弘がなにゆえ最後にこの作家を選んだのか、いま一つ釈然としない思いを打ち明けられている。これは実は僕もほぼ同感で、池田さんは鷗外の訳業を想起されながら私見を述べられているが、僕自身の仮説はいささか精神分析的な推量になる。

刑事シュトゥーダー・シリーズとしての最高傑作はと問われれば、どうしても『狂気の王国』（作品社）に指を屈せざるをえない。この書はメグレ風な推理小説の骨格を借りた、文字通り「狂気」とその「臨床」の研究論文であって、数々の癲狂院《てんきょう》を渡り歩いたグラウザーの実体験が色濃く反映されている。自伝的短編集「モルヒネ」にもその辺りの事情は詳《つまび》らかだ。翻って本著『老魔法使い』は、シリーズの記念すべき第一作と中編「シナ人」、幾つかの初期短編（ブラウン神父風、サキ、アレ、ルヴェル風）とにより構成されている。

グラウザーは四歳で母と死別し、冷徹な父の抑圧により、内心にエディプス的葛藤を育んだ。チューリッヒのキャバレー・ヴォルテールでのダダの立ち上げにバルやツァラに交り最年少で参加、ために父親は息子を精神病院に監禁した。当時の知見においてダダとは、その定義以前に直截、狂気を意味したのである。グラウザーも言うとおり、「ダダ」という語は「子供がどもる（構音障害）のを象徴しているだけではない。のみならずすくなくともスラヴ諸国では『そうだ、そうだ』という二重肯定でもあって」既成観念への単純な否《ノン》でなく、生に対する何らかの肯《ウィ》でもある両義的《アンビヴァレント》な語だ。

スイスという国は、僕も以前農家やユースに転々と宿りつつ放浪したことがあるが、戦火の傷跡のない、まさに永世中立の無重力空間という印象を抱いたものだ。「世界銀行が立ち並ぶ裏には精神病院が大繁盛」とは訳者の言だが、仏独伊墺の四カ国に四つ裂きにされるように宙吊られながら、大戦間も真空地帯だったがゆえに、療養者や精神病患者、亡命者、脱走兵、詐欺師などいかがわしい輩、ダダイスト、アナーキスト、神秘思想家やレーニンどもが吹き溜まり、哄笑も高らかにとぐろを巻いた。

そんな異邦人《エトランジェ》の掃きだめのなかに、数少ない自国民として若きグラウザーは飛び込んでいった。精神病院を出たのちもサンドラールもかくやとばかりの無頼的放浪を繰り返し、志願してなった傭兵時代にはプルーストを愛読、スイス人らしい多言語話者で、自在な言語感覚には事欠かなかった。これだけで訳者が食指を動かすに十分な要素で溢れてはいるが、あの碩学種村季弘が晩年を捧げるまで溺愛した理由となると何か決定打が足りない。そこで僕の仮説だ。

十五年ほど前のこと。大学を出た僕は学友二人と同人誌を始め、恩師に宛ててそれを送るの都度、手前勝手な長文の種村季弘論を度々同封した。その中に『怪物の解剖学』所収の「少女人形フランシーヌ」なるデカルト論について、神をも恐れぬ不躾さで、「この稿には先生の他の稿には見られない、ある珍しい筆先の興奮が窺えます。それは吉田一穂の引用に最も顕著なように、喪われた母へのとざされた家路、その郷愁《ノスタルジア》に起因するものと愚考・推察致します」としたためた。

　直後に恩師から届いた返事は僕から言葉を失わせた。「——十三で母を亡くしました。筆の昂揚の件、ご指摘のとおりかもしれません。デカルトに仮託して、私は自分への精神分析を知らず行なっていた、そうとも言えましょう」。

……この拙稿にはこれまでに「母を亡くした子」が都合三人登場した。グラウザー、デカルト、そして種村季弘である。訳者の作家らに対する異常とも見えた根本的執着は、人に洩らすことのなかった亡き母への郷愁、そのシンパシーに源《みなもと》している……、それが僕の推量である。本著所収の初期短編「死者の訴え」では殺した恋人の遺骸《なきがら》に囁きかける女の独り語り《モノローグ》が連ねられている。「……モルゲンシュテルンの詩はもう二度と読まないわ。後ろに隠れたのね、坊や、わたしの坊や……」女の独り言はまるで溜め息のようだ。死者の髪を梳き、死者は満ち足りて微笑んでいるかに見える。コクトーの『声』や乱歩『人間椅子』、久作『キチガヒ地獄』にもみられるように、独言文学とは本質的に狂気を誘引する性格を有している。

　とまれかくまれ翻訳者とは、種村・澁澤、或いは村上春樹氏を引き合いに出すまでもなく、多分に、自己を語るために訳書を選ぶものだ。その仮託的自己表出の営為がまた訳文に血潮を通わせ、ついに渾身の訳業が誕生する。批評も同じだ。対象書の選択によってこそ批評家は彼自身を語る。語りえない書の選択が自己欺瞞を誘発する件りに関しては既に述べた。左様、僕とても、今こうして本著の書評を書くとは言い条、実際は明白なまでに僕自身について書いてもいるのである。

『怪奇・幻想・綺想文学集——種村季弘翻訳集成』

共同通信・二〇一二年四月

世紀を跨いでこちら、読む者の思考のタガを外してくれる文学がめっきり減った。読者が「それ以上」をもう求めなくなったのだ。「それ未満」の安全な読み物しか口にしなくなったのだ。

博覧強記も少なくなった。つまり、彼の紹介するものさえ読めば、そのまま世界の最奥を知ることになるといった稀少な「読書の鬼」たちだ。ボルヘスやホッケやプラーツ、そして、日本では種村季弘がそうだった。

本書は種村が生前に遺し、なぜかこれまで個人単著に収録されてこなかった訳業の最後の集成である。二十一世紀の僕らのヤワな「文学のタガ」を外すために地中深く眠り続け、いま忘却から呼び覚まされた、規格外の剣呑な「不発弾」だ。

訳者が好きだったホフマンとマイリンク。特に「砂男」と並ぶ前者の傑作「ファルンの鉱山」が読めるのは嬉しい。種村著『怪物の解剖学』所収「鉱物の花嫁」の無機質世界に魅せられた者は必読。

また、かつて種村が情熱を傾注し全訳したパニッツァと、ハンス・ヘニー・ヤーンは未だマイナー文学の先端に位置する謎の作家であり、余人の安易な解釈を許していない。訳者が僕らに遺した大きな問いといえるだろう。本書は両作家の重要な未収録短編を含む。

若干二十一歳の訳業、イラーセクの人形劇「ヤン様」の収録も貴重。他にローザイ「オイレンシュピーゲル　アメリカ」とヴァイス「郵便屋シュヴァルの大いなる夢」の二篇は、まさに僕らの文学的常識のタガを外す世界レベルの実験小説だ。

すべての不発弾は火を待望する！　何らかの僥倖で弾を手にした以上、真の読書家なら迷わず手中に点火し、あらかじめ充塡された言葉の火薬量のありったけをその場に炸裂させ、閃光を目撃するまでは気が済まない。

不在の怪人種村季弘の最後の訳書が、気詰まりな現代文学を木っ端微塵にするさまは爽快だ。

『種村季弘傑作撰Ⅰ・Ⅱ』解説

『種村季弘傑作撰』国書刊行会・Ⅰ巻二〇一三年六月・Ⅱ巻同年七月

【Ⅰ巻】

二十世紀のわが国の人文科学が世界に誇るべき「知の無限迷宮」の怪人、それが種村季弘である。僕には、種村のように特異な思考のフラスコ、そして知の調合者が、いまだ洋書の検索手段も未発達な、インターネットもない時代の日本に出現したということじたい、もはや空前で絶後の奇蹟に思われる。

世に、真の碩学・博覧強記と称される頭脳が、近代史の上に幾人か存在する。容易に想起されるのは、海外ではE・R・クルティウス、M・プラーツ、F・イエイツ、J・バルトルシャイティス、M・エリアーデ、G・R・ホッケらであり、本邦では南方熊楠がそうである。作家にもJ・L・ボルヘスやU・エーコといったすぐれた博識は何名か見つかるが、美術史家や宗教学者、民俗学者、古典文献学者らのうちに見出せるほど多くはない。それは往々にして博覧強記の知性が、紙上の創作よりも、徹底して宇宙の序列の組み換え、彼ら独自の信念と方法にのっとった世界知の置換・統廃合にのみ興味をもっているからである。とはいえ、ただ多くを乱読しさえすればそれになれるのではない。たとえ十万冊を読破し、そのすべてに精緻なレヴューを加えようが、資質的になれない者には如何としてもなれない。それになるには、知識の量よりも、むしろ知識の的確かつ惜しみない取捨選択の裁量によって、曼荼羅的な「新しい世界図」を、おのれの眼力だけで創造・完成させる強靭な野心がなければならないのである。

博覧強記であるためには、なによりも学の横断的な共時性と、歴史的イデオロギーを超越する原初へのパースペクティヴ、つまり通時性の、これら縦横《たてよこ》のいずれの「周縁」領域にもゆきとどく超人的な視力と想像力を持ち併さなければならない。まさに「いたるところに中心（専門領域）がある」という視界。そして、いまここに上梓する二冊の傑作撰こそは、かつて種村季弘がそれらの自在な視力、「周縁」への意志を持っていた、すなわち「複数の中心」にまさに同時遍在的に棲んでいたことの確かな証左となるはずである。

種村季弘《たねむらすえひろ》は一九三三年（昭和八年）三月二十一日に東京の豊島区池袋に生まれ、二〇〇四年（平成十六年）八月二十九日に七十一歳の生涯をとじた。

三十二歳でG・R・ホッケの『迷宮としての世界』を矢川澄子との共訳で出版、三十五歳で最初の自著『怪物のユートピア』を世に問うて以降、分類や数え方にもよるが、実に自著60冊、訳書42冊、選集18冊、編著・対談集その他が少なくとも60冊以上、合わせて約百八十冊もの壮観な背表紙群を愛読者の書棚に並べさせるに至った。（現在、単行本未収録の稿も、依然としておびただしい量が残されており、今後の書籍化が切望される。）

怪人は、いくつもの面相を持つのが古来よりの習いであって、種村季弘もむろんのこと一筋縄ではいかない。ドイツ文学者……と仮に呼んでおくしかどうにも仕方がないので便宜上そう呼ばれてはいるが、実際の仕事は文字どおり、古今東西を関心領域とした縦横な映画批評・美術批評・文学批評・演劇批評・舞踏批評、さらに錬金術研究・神話学研究・吸血鬼研究・機械人形研究・温泉文化研究・江戸文化研究・食文化研究・奇人評伝など、一概に独文学というのみでは括りきれない極めて広汎なものであった。

種村季弘の世界を通読するとは、本来、かような大連山をひとり黙々と踏破することではあるけれども、その峰々がいったいどのように峻嶮な表情を持っているものか、まずは外観だけでも俯瞰しておきたいという読者に向けて編んだのが、この「タネムラ・ワールド・アトラス」とでもいうべき一幅の迷宮地図であり、敬虔なる一愛読者としての僕の独断的思い入れも存分につまった、飽くまで硬派な二分冊のベスト・セレクションである。

この傑作撰がⅠ巻とⅡ巻の二分冊となったのは、とても一冊分の所収量では稿を絞りきれなかったからだ。さしずめ入門書の態をなせば御《おん》の字であるはずの今回の精華集の選択に我を張って拘泥しすぎても見苦しいが、一冊に所収できるのはせいぜい20編。自著60冊から仮に一編ずつ選んだとしても40冊をまるまる等閑に付すことになる。そこで国書刊行会の礒崎編集長とも相談の上、二冊分の量を選ばせていただいた。それでもなお、かなりの数の選び残しを生むことになった由、年来の種村季弘ファンにはどうかご海容を願いたい。

この傑作撰を選択編纂するに際してとった僕の主な方針は次のとおりである。

①ベスト・セレクションであると同時に、種村季弘を知らない読者への入門書ともなるように配慮・構成する。
②著者の多面的な世界（主題）を極力広範囲かつコンパクトに概観できるようにする。
③論考の並べ方は編年体を原則とする。（単行本収録順でなく、「各稿」の初出の順）〈例外として、Ⅰ巻所収の「続・地球空洞説」のみ、続編であることを考慮し、正編のすぐ後に置いた。〉
④文学・芸術・秘教研究など、今回は人文科学分野の本格論考を優先し、食・紀行・日常雑感や交友録などの軽妙な随筆群、そして長編評伝は断腸の思いであきらめる。（パラケルスス、カリオストロ、ザッヘル＝マゾッホ、カスパール・ハウザー、ヒルデガルト・フォン・ビンゲン等の評伝）

セレクトにあたり、僕はもう何度目になるか知れない再々読の愉悦を国書刊行会から与えられた。60冊の単著に加え、訳書・アンソロジーの解説文、単行本未収録稿の初出誌や共著の句集、そして、かつてカマル社などから出された私家本の個人的随筆群まで、これまでにこつこつ集めた種村関連書籍の数々を丹念に再渉猟した。さらに徹底を期すため、また僕の誤認や思い込みを正すため、現在もっとも精緻な調査と思われる資料、齋藤靖朗《やすあき》氏によってネット運営されている「種村季弘のウェブ・ラビリントス」を参照させていただき、未見だった資料を可能なかぎり追跡した。齋藤氏の迷宮探索の執念にはほとほと感服する。この場を借りてお礼申し上げたい。

先述のとおり、評論家としての種村季弘はG・R・ホッケのマニエリスム論を自身の思想的背景として登場した。

ホッケ独自のマニエリスム論とは、美術・文学その他あらゆる文化的事象の上に見られる対立項、すなわち健全で正常な古典主義に対する病的で異常なマニエリスム、という二項が、普遍常数的に顕現、つまり各時代に交互表出・交互台頭を繰り返す現象を述べたものである。種村は、なかんずく後者のマニエリスムの衝動に興味を持ち、その病的で異常な、倒錯的なイマージュ群を、古典主義的理性に抑圧された無意識の欲動の前景化したものととらえた。ここにおいてすでに種村の方法論であるマニエリスムと精神分析理論、テーマ批評《テマティスム》、錬金術的暗喩《アレゴリー》、ヘブライズム的・前近代的類比《アナロジー》などのいわゆる秘教的《エソテリック》な知の交配合の秘儀が準備されていることがうかがえる。

二十代の種村は日本語学校講師や雑誌編集者など、職を転々とした。同時にその背後で、ひそかに先のような反時代的思考方法を自ら培ってゆく。それかあらぬか、三十代で評論活動を始めた種村の、ごく初期の小論考においてさえ、若書きや青臭さは微塵もなく、文体が驚くほどに自在で完成されており、しかも批評内容は快刀乱麻を断つがごとく的確である。まったく脱帽するしかない老成ぶりといえる。

＊　＊　＊

本書巻頭稿にみられるとおり、偶然の導きによって、種村はまず映画批評から筆を起こす。これは大学の学友たちに、たまたま映画関係者が数多くいたこと（吉田喜重、藤田敏八、石堂淑朗ら）、そして種村自身が映画に精通していたこと、ただそれだけの機縁による。この時期（三十代）の種村の思考の膂力にとっては、すでに批評の対象分野について、ことさらに仕切りを設ける必要もなかったのである。

そもそも種村には、東京大学に在学中、文科二類（フランス語・中国語クラス）から、いったんは文学部美学美術史科に進むも、翌年には再考の結果、同じ文学部の独文科へと学内転科した経歴がある。美術から文学へ研究対象を移すという流れは、偶然にもホッケの主要二著、すなわち『迷宮としての世界』（美術）から『文学におけるマニエリスム』（文学）への流れと同じ軌跡を描く。

けだし現在、故人種村季弘に対する一般的な評価とは、まずもって、ユニークな「文芸評論」の書き手としての業績にあるだろうが、その批評の振り幅がつねに文学の垣根を超え、全芸術領域にわたるのは、種村が東西の美術・芸術史への深い造詣をごく初期の段階から自家薬籠中のものにしてきたからである。こうした教養背景がのちに種村流「逸脱批評」のスタイルに結実してゆく。

青年期からさらに遡行した昭和二十一年、十三歳の種村季弘は、東京の焼土の上にひとり立ちつくす、母を喪った少年だった。この枯山水的な茫漠たる末世の空虚、かててくわえて狂おしい思慕の対象であった母の喪失。こうした「虚無の原風景」ともいえる傷痕《トラウマ》から発するニヒリズム、あらかじめ失われた家路、明かされてしまったあとの世界の深遠な仕掛《からくり》が、焼け跡の空腹な少年のうちに、反宇宙論的・グノーシス的な、反転《あべこべ》の世界観を育ませることになる。

後年、種村の構想した奇想天外な世界図は、とりもなおさず「迷宮」の相を呈する。その無限にも等しい迷宮の地図を織りあげた鍵語を、強いて一文字であらわすとすれば、「贋《にせ》」である。不埒な一字だが、種村の思考や世界観の骨子を、これ以上端的に言い当てる一文字を僕は他に思いつかない。

神の贋物《にせもの》としての人間。人間の贋物としての人形。天使の贋物としての悪魔。生者の贋物としての死者。正統の贋物としての異端。道徳の贋物としての背徳。現実の贋物としての夢想。常人の贋物としての畸人。古典主義の贋物としてのマニエリスム。……

この徹底した世界の反転、つまり「贋」への志向・嗜好・思考だけは、種村の膨大な全仕事を通じて、つゆも揺るぎがない。いや、はなから「意図して転倒させられている」ものが、それ以上、もはや揺らぎようもない、というべきか。

種村季弘の真骨頂は、この反転倒立した贋の、あるいは影の、実体なき虚構をこそ主人公に据える点である。怪物も人形も、ドッペルゲンガーもぺてん師も、それら影たちは一様に、さも自分たちこそが「真なる実体」であるかのような顔つきをしつつ、大手を振って天下の公道を闊歩する。それによって、音に聞く実体とやら、真実とやらを、完膚なきまで愚弄し転覆させるのがもくろみである。影を表に立てれば、本体が隠れて雲散霧消する。つまり虚無が実体のふりをすれば、実体側の権威も馬脚をあらわし、怪しげなマヤカシへとあべこべに頽落するのである。ありようは元の黙阿弥、あの少年時の原風景、空虚な焼け野原へと帰着する。

きりもないので、このI巻から一例のみ挙げることにする。収録稿のなかでも白眉と思われる「器具としての肉体」は、国立小劇場で文楽（人形芝居）の公演を観た昂奮を語る一文から始まる。あたかも小林秀雄の「當麻《たえま》」のような純粋経験的感傷はしかしその一文のみで鳴りをひそめ、直後から出しぬけに、人形演劇がなにゆえに人間演劇よりも圧倒的に「自然さや聖なる激情」を流出させてくるのか、という驚くべき問い、逆説が立ちあげられる。

著者自身が別途翻訳したクライストの操り人形芝居にかんするエッセーも俎上にあがり、さらに筆は古代ギリシャ文化にまで及ぶ。元々紀元前のテーベやアジア各地においては人形劇こそが純粋な演劇、芸術だったのであり、人間の肉体が行なう近代演劇は芸術ではない（エドワード・ゴードン・クレイグ）。種村が当時参照したらしいクレイグの原書『劇場芸術について（*On the Art of the Theatre*）』（一九一一年刊、「俳優と超人形」等）には、折しもハリウッドを中心に隆盛をきわめていた演劇界における スタニスラフスキー・システム（より自然な人間的動作を演じるための俳優養成メソッド）に対する根本的な違和感が含まれている。この種村＝クレイグの論旨に従うなら、人間演劇は原初形態である人形演劇につねに憬《あこが》れる。種村の論考では、地上の物体を完全なるイデアの影とするプラトンの比喩、「人間は神の手の操る玩具にすぎない」も引き合いに出され、以ってこの地上界の出来事のすべては「神の人形劇」とされるのである。

近代演劇における人間的なものの優越の原因は、人間を神の玩具とみなす古代的思考のコンテクストに即して言えば、操り手たる神の死にともなって人間が操り糸を喪失し、神という操り手を自意識という形で自身のなかに抱え込んで、肉体と意識の分裂のはてしない劫罰に直面し、歴史を神の人形劇としてではなく、理性の実現の過程と見る巨大なイリュージョンの鎮痛剤によってかろうじてこの分裂の苦痛を鎮めてきた錯覚のうちにあった、ともいえよう。（中略）かくて、重力に反対する浮力を可能にした垂直にはたらく神の手を失った舞台は、いたずらに重苦しく平板な水平面に固定されたのである。（「器具としての肉体」）

種村の演劇的肉体論が、ややもすれば人形論・機械論に移行するのは、信念としての反転の思考の他に、盟友でもあった故・土方巽の暗黒舞踏への目配せがある。土方は生者である舞踏家の肉体を「命がけで突っ立った死体」と形容し、「人間らしさ」から如何に遠ざかれるか、を自らの舞踏の宗とした。この舞踏哲学が種村の人形・機械演劇論に極めて近しいのも偶然ではあるまい。

I巻の収録稿を読まれた方はすでにお判りのとおり、これらすべての論考は尋常でない密度の博引旁証から成り、余人の粗忽な横槍の介入しうる隙も見当たらない。しかしその引用センスがスノビズムや衒学趣味《ペダントリー》とは明らかに質を異にし、説得力と必然性、そして著者自身の設計した無限迷宮へ読者をいざなう一貫した志向性を併せ持つ点が、種村季弘の真に博覧強記たる所以である。我が国が、かつて恐るべき知性の庭園を生み出しえた、その僥倖を僕はいま、ここに嚙みしめる。

【II巻】

十七歳。高校二年生。僕は、種村季弘の本に出会った。一九八六年、晩秋のことだ。

さかのぼれば、仙台の小学校で東北の郷土文学である宮沢賢治や太宰治を読み、生まれ故郷の名古屋へ帰って以降は、太宰ののっぴきならぬ絶望的な自己卑下から抜け出すために三島由紀夫を読んだ。高校に入り、その副読本にしようと手にとった『三島由紀夫おぼえがき』で澁澤龍彥を知り、中公文庫から河出文庫のシリーズへ移って澁澤に病的なほど惑溺、そこからほぼ同時期に、同じ河出文庫にあった種村季弘の『吸血鬼幻想』を手にとった。印象的な、あの明るい「緑色」の表紙。まるで小説を読むように一気に読んだ。すこしだけ難解で硬質な文体、しかしまぎれもない「本質的な学」の秘術ともいうべき論考群に僕は衝撃を受け、いまだ見ぬ種村季弘という人物に、大きく魅了された。

だが、僕にとって本当の意味で決定的だったのは、一九八七年の二月に出版されてすぐに読んだ、同じ河出文庫の新刊『怪物の解剖学』である。『吸血鬼幻想』『アナクロニズム』『ぺてん師列伝』と文庫の発行された順番に読んでゆき、ちょうどその三冊を読み終えた頃に出たのが『怪物の解剖学』だった。高校二年の三学期、まもなく春休みに入ろうかという時期の、日当たりのいい教室の一隅で、僕は、授業も放課も、先生も友人の声も、ガラスを隔てた向こう側にあるかのごとく、まさにとり憑かれたように読み耽った。

この『怪物の解剖学』の中心的論稿が、本書『種村季弘傑作撰Ⅱ』の巻頭を飾る「怪物の作り方」である。種村流の「世界=贋物」観が、いとも明快に、平易に、嬉々として綴られている。僕がいつも大学の若い教え子たちに「い」の一番に薦める種村季弘のエッセーがこれだ。

種村季弘の本との出会いが、その後、種村季弘本人との出会いにつながってゆくことを、この時点での僕はまだ知らない。予感さえもなかった。ただ、漠然とした憧れ、途方もない迷宮的な学知への崇敬だけが、十七歳の地方都市の高校生だった未熟で夢みがちな僕を、わけもなく支配していた。

三年生に上がり、高校では本格的な進路調査が始まった。それに背を圧《お》されるように、僕は自分の心中だけで決意を固め、調査用紙に、親の承諾も得ぬまま、東京の大学、「國學院大学」と、一校のみ名前を書いた。その頃すでに枕頭の書となっていた『怪物の解剖学』のカバー折り返しの著者プロフィール欄に「現国学院大学教授」と記載されていたからである。あの頃の僕はもはや無我夢中、神話のテセウスにでもなったつもりで一人、知の迷宮の入口を目指していた。怪物ミノタウロスにではなく、むしろ、迷宮の「設計者」である偉大な怪人ダイダロスに謁見せんがために。

折しもこの年、一九八七年の夏には、異端芸術の一方のカリスマであった澁澤龍彦の訃報が聞かれた。澁澤が大学の教鞭を執っていないことは周知の事実だったが、これによって、思い込みの強い、聞かん坊の僕の志望先は、いよいよ完全に、不可避的に種村季弘その人だけに絞られた。僕はもう、自分の勝手な夢想、ロマンティックな盲信に、十代の情熱のすべてを捧げようと決めてしまっていた。

ここから先、もう僕には先生を、いくら解説とはいえ敬称略の呼び捨てのまま書き続けることには耐えられない。それでなくとも、I巻解説のすべて、そしてII巻のここまでの間、恩師の名に触れるいちいち、僕の耳裏では、あたかも鞭のしなるような音がしていたのだ。

大学に入学してすぐ、「西洋文学概論」という講義の教室で初めて対面の叶った壇上の種村季弘先生は、学生の顔をほとんど直視せず、どこか中空の一点に向って淡々と話をし続ける、ややとっつきにくそうな、いかにも学生との付き合いを煙たがりそうな人物に見えた。僕と同じ酉《とり》年で三まわり(三十六歳)上、当時五十五歳だった先生は、短く刈った頭髪にいくらか白いものをのぞかせていた。その広い教室にはマイクがなかったので、いつも大きめの声で講義をされた。板書はまったくといっていいほどされなかった。ただ僕らの前で、文学や芸術の驚くべき聯関《れんかん》、汲めども尽きぬ秘教的知識をとうとうと話されるだけだった。

種村先生の講義というのは、いつも思いつき、行き当たりばったりの内容だった。折々ご自身の読まれている書物にかんしてであったり、そのとき評論に書かれているテーマにかんしてであったり。授業の年間計画のようなものは、僕から見ても皆無だったと思う。しかし、その行き当たりばったりのライヴ感が、なぜかすこぶる面白かった。

ある回はライプニッツやヤグェーロ、ロッシ、エーコらの普遍言語の研究がテーマだった。また別の回ではユーゲントシュティールと十九世紀末文学についての話。それから、いつだったかの、ジョルジュ・ペレックやレーモン・クノーらの言語遊戯グループ「ウリポ」にかんする講義も強く印象に残っている。常に聞く者の許容量を超えた情報過多の、一瞬でも気を緩めると置き去りにされるマイペースな語り口が忘れられない。本巻収録稿でいえば、末尾の、最晩年に行なわれた岡本綺堂にかんする談義録「江戸と怪談」に、先生の往年の講義の雰囲気、その口調が、ここまで気安い雰囲気ではないにせよ、幾分かは表われている気がする。聞いている者が、次第々々にこわくなってくるような、惜しみのない学知の披瀝、その気なら何時間でも同じテーマで語れそうなほどの無限の引き出し。

たいがい定刻より十分ほど遅れて教室に現れる。現れたかと思ったら、すぐに話が始まる。天気や新聞の話などの「マクラ」が一切ない、教壇に上がりざま、いきなり本題に入るという、初見の受講者ならとまどうような急な間合いの詰め方、そういう授業スタイルだった。たとえ四月の、年度の初回であっても、何の自己紹介もなく「本題」が始まった。

「え……どうも。十九世紀前半のフランスにジェラール・ド・ネルヴァールという詩人が出てきます。この人は途轍もない大詩人で、最後は気が狂って死んでしまうんだけれども、今ではボードレールと並ぶくらい再評価が進んでいる人です。そう……日本でも近年、筑摩の全集でだいぶ読めるようになったなぁ。で、そのネルヴァールが……」

ネルヴァルを「ネルヴァァアル」とのばすのが先生のお得意の言い方で、その他の海外の作家の名の発音も、ことほど左様の我流（だと僕は思う）であった。

また、これは論稿中にも散見されるが、先生は贔屓の作家や詩人の名の直前に、すぐ「わが」をつける癖があった。「わが谷崎は」、「わが吉岡実は」、「わがゲーテは」、「わがリルケは」、という具合に。まるで、あの異邦の大詩人リルケが、先生の専有、身近な親族ででもあるかのように。（後年、リルケの「ヴォルプスヴェーデ」を読み、先生のかつてのヴォルプスヴェーデ行と考え併せたとき初めて、この「わがリルケは」は、僕に違和感を抱かせなくなった。）

その後、ここに書き切れぬほど様々な交渉と哀願、紆余と曲折を経て、僕はどうにかこうにか先生に特別のご配慮を賜って、卒論の個人指導をしていただけることになった。

卒業論文は十九世紀末芸術、とりわけラファエル前派の象徴主義的な思想を主題にして書いた。先生が訳されたホッケの『迷宮としての世界』や、ハンス・H・ホーフシュテッターの『象徴主義と世紀末芸術』、またドイツのノイエ・ザハリヒカイトを扱った卓抜な芸術論『魔術的リアリズム』なども大いに参考にさせていただいた。

三年の後期など、先生は毎週のように、読むべき文献を僕に指示した。指示されれば、僕は何があろうと一週間のうちにそれらを読んで先生に報告した。浩瀚な学術書群を、一度に九冊指示された週もあったが、必死にクリアした。アルバイトもすべて辞めて、僕は学生生活を研究だけにささげた。

ウィリアム・モリスのアーツ・アンド・クラフツ運動が話の俎上にあがった際、先生はひとしきり装飾芸術の話をした後で、やや間をおいてから、いつものように「ぅーっおぉん！」としわぶきを一つ挿《はさ》まれ、口頭で次々と文献の指示をされた。

「えー……ヴィルヘルム・ヴォーリンガーの『抽象と感情移入』はまだ読んでいなかったな。それと、アロイス・リーグルの『美術様式論』。ハインリヒ・ヴェルフリンの『美術史の基礎概念』。その後にジョン・ラスキンの『建築の七灯』。もし読めるなら、ヴァールブルク研究所の誰か、そうだな……フランセス・イエイツ女史の『ヴァロワ・タピスリーの謎』も。日本の白樺派の関係でいくと、柳宗悦の『工藝文化』……」

忘れもしない。先生がこの日、いつもの思いつきでそれらの文献を指示された場所は、大学内の薄暗い廊下の途中だった。さいわい紙きれと鉛筆はすぐに出せたが、口述の速度に追いつけず、「ちょ、ちょっ、と、待って下さい」といって僕は紙を仕方なく地ベタ、つまり廊下の床に広げ、その場にしゃがみ込んで必死に指示文献を書き取った。先生は棒立ちで天井を睨みながら指示を続け、その足元で僕は床に敷いた紙に鉛筆を走らせ……。何人かの学生が僕らの脇を通りながら、「何をさせられているんだろう」と囁いて過ぎた。

その通りすがりのなかに混じっていたらしい僕の友人は後日、「種村先生と君の主従関係は、どこか異常だ。怪しげというか、結社的というか。外から見るとまるで……そう、カリガリ博士と、眠り男チェザーレみたいだ」といった。でも考えてみれば、あの種村季弘先生の操り人形であることは、屈辱どころか、何という光栄だろう……そう今の僕なら思う。恩師の逝去後、僕は操り手と人形、つまり博士と眠り男とを、自分一人でともども兼任せねばならなくなった。自分で自分を操る実存的な自由意志には、常にある種の虚無の焼土、寂寞《せきばく》とした、みなし児の孤独がつきまとう。

卒業後、僕は名古屋へ戻って地元企業に六年勤め、二十八歳の時にその職を辞し、無収入で丸二年間、二十代最後の「自室内留学」を敢行した。一九九八年から九九年のことだ。

家族には乱心したかと思われただろうが、これにはきっかけがあった。卒業した後、僕は二人の学友と三人で立ち上げた詩の同人誌『ナハト』（手折り袋綴じ・大型ホッチキス留めで第十四号まで発行）をいつも真鶴のご自宅へ持参かたがた、年に数回ずつ種村先生にお会いして、泊まりがけでお話を聴いたりできたのだったが、一九九五年の十月、泉鏡花関連のお仕事で金沢にいらした先生が脳梗塞で倒れ、緊急入院されるという出来事が起こった。僕は自分が思う以上に動揺した。この頃から僕は、「先生に残された時間」というものを、ひそかに意識するようになった。それは僕が思っているほど長いものではないかもしれない、そういった考えたくもない考えが次第に僕を追い詰めていった。思えば、過去の卒論も、同人誌におけるどんな詩作も、先生に学術的もしくは文学的な感興を与えたとは思えなかった。教え子として、先生に本当の意味で認められたかった。そして僕は、それまでの自分の半生の問題意識を結晶させるような論文か、何か「まとまったもの」が書きたい、と思いはじめた。しかもそれは、のんきな遠い将来では意味がなくなってしまうものだった。

僕はいま、小説を書いて生きているが、僕が先生から教わったのは創作でなく、批評の方法、いわば「世界の読み方」である。だから会社を辞めた当初、取り組んだのはそれまでに読み漏らしていた思想書のまとめ読みと、「言語芸術論」なる論文の構想・計画だった。僕はそれまで先生から、まったく個人的な興味で、ダダやナンセンス詩、ホッケの『文学におけるマニエリスム』やその周辺領域の、いわば「異端言語の芸術」についても学んで来た。それを僕自身の言語障害者（吃音者）としての問題意識をベースに展開し、叙述しようとしたのである。一年ほど食うや食わずで没頭したが上手くゆかず、論文は頓挫し、ふと、それまでただ好きで読んでいるだけだった文学、とりわけ小説という方法で、自分の言語への愛憎を表現できないだろうか、と方針を転換した。こうして次の一年、試行錯誤の末に書いたのが、「アサッテの人」という名の、さしずめ言葉の奇病、言葉の畸形とでも呼ぶべき不慣れな小説である。

これを読んでいただき、生まれて初めて僕は先生に面白いといってもらえた。何はともあれ、二十代の闇雲な情熱、僕の「留学」の季節も、それが汐時だった。僕は、「この後は自分の余生」と思い定めて三十歳で再就職した。それから四年後に、先生は世を去られた。

この傑作撰Ⅱに所収の風変わりなデカルト論「少女人形フランシーヌ」にかんして、いつだったか僕は先生に手紙を差し上げたことがある。たしか大学を卒業したばかりの頃だ。

この論考は先の『怪物の解剖学』に収められた稿だが、文庫本を何度も読み返すうちに、本稿後半の行間に漂う、ある感傷的な筆の昂揚、幼少のみぎり母を亡くした著者の隠された憧憬の念を、僕は感じとらずにはいられなかった。しかし、この絶望的な憧憬は、回帰不能な家路、邂逅不能な全的存在＝母への致命的な「距離《ディスタンス》」によって、いよいよ遠く隔てられていた。僕の手紙は、不躾にも、その真意を先生にじかに問い質すものだった。

僕の指摘「母へのとざされた（退行の）家路」について、先生は、「――十三で母を亡くしました。筆の昂揚の件、ご指摘のとおりかもしれません」と数日後の返信に書いてこられた。恩師の内心の吐露が予想外にしおらしいものだっただけに、かえって僕はおのれの差し出口を恥じて、自らを打擲《ちようちやく》し、心中を反省と申しわけなさとでいっぱいにした。

僕が指摘した箇所は本稿に突如挿入される吉田一穂《いっすい》の詩「母」の引用についてと、その前後の、訴えるような文章の切実さとであった。ここには種村季弘という論者の根源的な問題意識が、期せずして露呈している。普段は下町風な無頼のたたずまいでありながら、実は冷徹なダンディズムに貫かれた先生の心奥を垣間見た、それは貴重な経験だった。

デカルトが希求していたのは手づかみの直接性、自然との無媒介の一体感にほかならなかったのである。（中略）彼の普遍数学《マテシス・ウニヴェルサリス》の構想は、彼の例外的な孤児性（捨て子状況）を普遍化するための方法ではなく、ふたたび普遍と合体するための例外者の道なのである。（「少女人形フランシーヌ」）

デカルトの夢想は、母なるソフィア（霊知）が立ち去った後の空白をその模像たる純粋女性によって埋めることにあった。だが全一的な知のではなく感覚から遊離した知性《インテレクト》の産物であるこの純粋女性は、精密化されればそれだけソフィアから遠ざかり、外形上の相似が完璧に近づけばそれだけ内的なつながりを喪失して、ついにはカタカタと無気味な音を立てて動き回るメカニカルな自動人形と化してしまうのである。（同右）

こうした「機械学的退行」の主題を、先生は早い時期から日本文学上の作品群にも変奏させて論じ、ことに谷崎潤一郎における歪曲された母性思慕のうえに確信的に見出していた。本巻収録の谷崎論「退行の快楽」は、西洋文学史においてザッヘル゠マゾッホに代表されるような被虐嗜好の本質を、愛の対象との永劫に詰め切れない「距離」、全的合一ではなく、むしろ絶対的な隔絶への意志とでもいった倒錯にある、と明確に意識し書かれている。

一般にマゾヒストは（中略）目前の（性）対象を何のためらいもなく鷲づかみにして手に入れることを好まない。対象に到達する前にさまざまの苦痛や障害に阻まれ、ほとんど接触が不可能なほど遠くや高みへと対象が隔てられなければ情熱は発動しない。あたかも彼は対象を愛しているのではなく、対象への距離の情熱を愛しているかのようなのだ。（「退行の快楽——谷崎潤一郎Ⅱ」）

ここから同稿は、驚くべき極論を導き出す。

性の作家と目されてきた谷崎が、ありようは性的世界の以前、以後、または以外の時空にあって性のない世界を先取りしつつ、性の世界を覗き見ている反《アンチ》エロティシズムの作家にほかならぬということになりはすまいか。（同稿）

この全二巻の傑作撰は、種村季弘の読者にとって普遍的なベストであることを目指しつつも、編者としての僕自身の譲れない嗜好によって、相応に偏ってもいる。

もしも読者がすでに、僕のこれまでに発表したいくつかの小説をお読みになっておられるとしたら、この二冊の傑作撰のうちに、僕に直接的な影響を与えたとおぼしき多くのモチーフを見出されることだろう。それらの発見は、僕にとって、くすぐったくもあり、喜ばしいことでもある。

例えば、僕の第一作『アサッテの人』では、I巻解説でも取り上げた「器具としての肉体」に登場するクライストの「マリオネット芝居について」（これは種村先生ご自身が訳書『チリの地震』のなかに収めている）が引き合いに出されている。このテキストに仄めかされた「自意識」についての思考は、拙作に大きな啓示を与えている。

僕の短編集『領土』所収の「真珠譚」には、I巻の「地球空洞説」を僕なりに再解釈した箇所が見られるし、同書所収「中央駅地底街」の最後に登場する切手屋の描写には、II巻の「手袋の裏――クリンガー『ある手袋拾得に関するパラフレーズ』を読む」の僕個人による追加解釈がやはり挿入されている。手袋たちの増殖・襲撃のモチーフとは、作者に摑みかからんとする夜ごとのマスターベーションの罪悪感、強迫的な「手淫コンプレックス」の具現化に他ならないという私見である。

拙作『ロンバルディア遠景』の舞台になったスイスのアスコーナ（拙作中ではその名は伏せられ、ただマジョーレ湖畔のロカルノの手前の町、椀形の山の麓、などと書くにとどめられている）は、本巻所収の「白樺の家」（を含む『ヴォルプスヴェーデふたたび』）や在学当時先生ご自身から伺った話（のちに「アスコーナ架空紀行」にまとめられる話）に触発され、僕が大学時代の終わりにヨーロッパを数カ月放浪した折、立ち寄った町だ。先生にドイツ語原文で読まされた「エラノス年報」の論文や、その円卓の会議の話、ユングやエリアーデの話が、僕をその地へ赴かせたのである。

アスコーナは「秘教的な大母神の町」だ。戦後の焼け野原、またヴォルプスヴェーデの湿地帯というフラットな虚無の地平を遠望してこられた先生が、自己の学知によってひたすら探し続けた、全能自在なる「母」への「退行」の道筋。おそらくアスコーナは、独力（人間の知力）によって到達しうる唯一の「太母」の投影として、その神話学的・宗教学的・精神分析学的な、うつし世における世界最高の学の饗宴（エラノス会議）があった地として、先生が憧憬された町なのである。今ではなんの変哲も、名残もない、この湖畔の町で感応した霊知の波動が、あの小説世界を僕に与えたといってい い。

＊　＊　＊

先生。

ここに、二巻の先生の御本を、僕の編纂・解説で上梓いたします。これらすべての僭越を、どうかお許し下さい。

上梓にあたっては、国書刊行会の礒崎純一編集長にお世話になり、間村俊一さんに素晴らしい装丁を、また、Ⅱ巻巻末には齋藤靖朗さんに緻密な著作目録を作っていただきました。編者として厚く御礼申し上げます。

生前、あんなにたくさんのことを話していただいたのに、それでも僕はまだ先生のお話に恋焦がれ、苦しいほどに、それを切望しています。僕は今でも、先生に「憧れて」います。

本ももっと読ませていただかないと困ります。僕の拙い詩も小説も批評も、読んでいただかないと困ります。毎年、旅先から葉書を送らせていただかないと困ります。先生。実作者になった今だからこそ、先生にお話ししたいこと、お聞きしたいことが山ほどあるのに、肝心な時にいてくれなくては困ります。

いわれたとおり、もっともっと勉強いたします。余生を、大好きな勉強にささげます。その後はおそらく、また、先生に個人指導をしていただきます。いつかそんな、幸福な、本当の「眠り男」になれる日を、僕はいまもひそかに夢みています。

亡き恩師の墓前に——

二〇一三年初夏

恩師種村季弘を語る

講演録（『種村季弘傑作撰Ⅰ・Ⅱ』出版記念）

「週刊読書人」二〇一三年九月二十七日

種村季弘先生についてのお話を、ということですから、今日は襟を正してお話せねばなりません。僕がこういう場で皆さんにお話などできるようになったのも、もともとは種村先生に向けて「アサッテの人」という小説を二十代の最後に書いたからです。この僕の人生最初の小説は、書いてから長いこと引き出しにしまっておいたのですが、種村先生がお亡くなりになり、その二年後に父も死んで、僕にとっての父親的な存在が皆いなくなって、絶望して文学からも遠ざかりつつあった時に、僕がかつて文学少年だったのを知っていた高校の担任の先生が同窓会で、諏訪は結局文学はやめちゃったのか、というようなことを話してきたのが悔しくて、自分のなかでは人生を賭けたぐらい一所懸命哲学や文学に時間を捧げてきたのにこの体たらくかと落胆し、「アサッテの人」を書いてからすでに七年ぐらい経っていましたが、原稿の埃をはらって、直近に締め切りのあった群像新人文学賞に「記念応募」をしてみました。そうしたら受賞したんです。

作家になって、僕が種村先生の顔を思い浮かべるたびに不安になることが一つあるんです。それは芥川賞などという立派な賞を僕のような出自・性向の人間がもらうべきだったのかどうかということです。もらってしまってからではもう遅いわけですけど、種村先生だったら「そんなもっともらしい飾りをもらってどうする」と僕を叱責したんじゃないか。僕の恩師は権威的なものをとりわけお嫌いだったので、その教えに従っていない、つまり背信行為ではないかと。でも、あの頃はたぶん欲といいますか、簡単にいえば欲しかったのでしょう。謹んでお受けいたしますといってしまったんです（笑）。狭い2DKに妻と二人で住んでいて、車も携帯電話も持っていない生活を送っていて、芥川賞を取るとそれが一変するんじゃないかという幻想も何となく手伝いました。で、もらったのですが、今でも車も携帯もない2DKの賃貸生活をしています（笑）。とにかく芥川賞を獲ったのが先生のお亡くなりになった後だということが、まず僕にとっては心にかかることで、あの世で先生と再会した時に何といわれるかが生前から怖くてしょうがない。この怖さ・罪悪感を抱えながらおそらく僕は先の余生を生きていくのだと思っています。

僕は今も住んでいる2DKの部屋の神棚みたいな場所に種村先生の写真もあって、毎日水を変えて二礼二拍手一礼をするたびに、心に偽りはないかと自分に問いかけています。これはもっと正確にいえばちゃんと「本気で偽っているか」「逸脱しているか」ということなんですね。僕は真実らしい正論をもったいぶって話す人間を体質的に最も嫌う人間で、これはおそらく種村先生からゆずっていただいた一種の宿痾みたいなものだと思います。このことは種村先生の本をお読みになっている方や、今回の『種村季弘傑作撰Ⅰ・Ⅱ』をお読みになる方は皆さん感得されるでしょう。世の中でいわれている建前、そのもっともらしさみたいなものが実は偽善であり欺瞞であって、本質的なものは逆にいかがわしい贋物のなかにこそある、というよりは自分を贋物と確信したうえで正当なものの足元をさらおうとするようなそういった存在、それはぺてん師であったり怪物であったり人形であったりするわけですが、そういった存在にこそ面白さやリアルがあって、混沌のなかにこそ祝祭的な非常に面白い現象が起こる。つまりそういった混沌に文学的な身体を晒して、自分の生きてゆく時間を捧げないといけないといった教えをいただいたのだと僕は勝手に解釈しているのです。

種村先生は生前、巖谷《いわや》國士《くにお》さんたちと一緒に『澁澤龍彦全集』の編集委員をやっていらっしゃいましたが、澁澤さんと種村先生は、僕のもう一人の恩師の谷川渥先生もいうように、日本の幻想文学の需要を牽引されてきた「異端の両輪」ですから、『澁澤龍彦全集』が出るのなら当然『種村季弘全集』も出るだろうとずっと思っていました。たぶん池内紀さんや高山宏さんらの編集でね。ところが先生が亡くなられて何年経ってもどこの出版社も手を挙げない。どういうことかと思ったのですが、考えてみると、先生が書かれたものが多すぎてすべてを把握することさえ難しいんですね。全十巻の『種村季弘ラビリントス』と全八巻の『種村季弘ネオ・ラビリントス』という「選集」は出ています。が、それでも十全に読めるとはいえない。大概の人は先生の著作は『吸血鬼幻想』などの手に取りやすいものから入ると思いますが、入ったはいいがそれこそカフカの「巣穴」のごとく、または高柳重信の俳句じゃないけど「開けても開けてもドアがある」ようで、一体どこまで種村季弘という世界が続くのか奥行きがつかめない。それこそ全集にしたら澁澤さんの倍以上の量になってしまうので、出版社がどこも手を挙げないのはいたし方ないことだと今では思います。けれど種村先生は、本物の文学者というものは死後五十年後に評価される、たとえ生前まったく見向きもされなかった無名の作家であろうが、一、二冊しか本を出さずに死んだ作家であろうが、五十年後に再評価されるのが本当の文学者の存在価値だということを、僕にいつもこんこんと話してくださいました。だから、僕があと何年生きられるか分かりませんが、種村先生のことを次の世代にバトンタッチするまではしっかり眼を開けていたいと思っています。そういう意味でも、今回の傑作撰編纂のお話を国書刊行会の礒崎純一編集長からいただいたことは、僕としてもたいへん光栄な、本当にやりがいのある仕事でした。

礒崎さんと話していて印象深かったのは、僕に選者になってもらいたいのは、僕が直接の教え子だからということもあるけれども、種村先生ご本人のことを知っている最後の世代、もっとも若い世代の人に監修をして欲しかったから、ということでした。僕は先生と三周りも下の同じ酉年、つまり三十六歳年下ですが、種村季弘を同時代の単行本でなく、後年の文庫本で読んだ、いわば遅れてきた世代からの目線、適度に客観的な距離、パースペクティブが欲しいのだと。この傑作撰には二冊で三十八稿の論考が収録されています。これらは僕個人の思い入れもたくさん詰まったもので、多くは種村先生がお若い頃の稿、野心的な、今風にいえばエッジの立ったものが中心になっていて、ご自分がその時書けることは出し惜しみせずに書いておこうとなさった、筆に怨念がこもっているような鋭利な論考が多くなっていると思います。僕が若い頃に読んで胸打たれたのもこうした六十年代、七十年代の論考群でした。いま読んでも本当に震撼し、脱帽します。

この二冊でもまだハードルが高いという方は、できれば僕が書いた解説文だけでも先に読んで下さい（本書所収）。それで少し種村季弘という人がわかります。この傑作撰ではⅠ巻とⅡ巻の解説文は別々の切り口にしようと思って、Ⅰ巻の解説は少し硬めの客観的な種村季弘論を書いて、Ⅱ巻で調子をやわらげて先生と僕の話を書かせていただきました。個人的な回想だけにすることは恥ずかしいという弁えのような気持ちがあったからです。種村先生と僕の交友など論考とは何の関係もありませんから。でも、そう思いつつも、Ⅱ巻の解説にだけ、少し回想は書きました。

種村先生の本に出会ったのは高校二年生の頃です。自分でいうのもなんですが、僕はそれまで純真な非常に気の弱い読書の虫で、仙台の小学校では宮沢賢治や遠野物語なんかを読んでいました。江戸川乱歩も太宰治もまあいいだろうと両親もまだ大目に見ていましたが、中学高校になって昼食のパン代を節約して文庫を買うようになると、太宰が三島になり、三島からだんだん澁澤龍彦の『少女コレクション序説』や種村先生の『吸血鬼幻想』『アナクロニズム』となって、『ぺてん師列伝』が参考書と一緒に書棚に並ぶようになったんです。母などは、哲史はちょっとグレ始めたんじゃないかと思ったはずです（笑）。僕はそれまで本を読むことに関してだけは、同学年の誰にも負けないぐらい読んでいるはずだと自負していたところがあって、それが僕の唯一の拠り所だったのに、澁澤龍彦と種村季弘の該博な知識に出会って、絶対こんなふうにはなれないと打ちのめされました。とにかく圧倒されすぎて言葉が出ない。絶望。それが高二の終わりでした。

大学を受験することになって、文学が好きなのだから文学部に行けばよかったんですけど、三島由紀夫は法学部を、手塚治虫は医学部を出ているというので、斜《はす》に行こうと思ったんです。それで哲学を学ぼうと勝手に決めました。そして何より、河出文庫の折り返しの著者紹介に種村先生は「現国学院大学教授」だとあった。國學院には哲学科がある。それで名古屋の大学を一校も受けず背水の陣で國學院を受験して、運良く受かってようやく先生に会うことが出来たわけです。だけど初めの頃は一番前の席で一字一句聞き漏らすまいとノートを取りながらお顔を凝視するばかりで、畏れ多すぎて授業の後で先生に話しかけることも出来ずに大学一年が過ぎ去ってしまいました。ただ、僕の名など知らなくてもいいから、僕という人間がここにいるということを先生に刷り込もうと、パーカー万年筆でガリガリとわざと大きめの音をさせながらノートを書いていていました（笑）。

先生の授業は終わってから先生を捕まえてしゃべる気力が残っていないぐらいヘトヘトになってしまうので、二年生になってももじもじしていたんですけど、そのうちに三年以降に所属するゼミの選択があって、あなたは哲学科だから哲学科の先生のなかからゼミの担当教授を選びなさいという通達がありました。ところが種村先生は特定の科の教授ではなかったので、僕は種村先生を選択することができませんでした（つまり全学部学科生の誰ひとりとして先生を選択することができませんでした）。でも、わざわざ東京にまで出てきたのに、念願の種村先生に教えを請わないでどうする、と気合いを入れ直し、教務課に哲学科ではない先生に卒論を出したいんですといったら、そうすると君は実質、哲学科から追放されることになるよと脅されました。それでもいいですといったら、種村先生は教授だからルール的には君に単位を出すことは可能だけれども、種村先生という人は特殊な人で絶対にそんな面倒は受け付けないはずだと教務課の部長がドヤ顔で僕に言うんですね。それでこっちもいよいよ火がつきまして、これは絶対にやってやる、三顧の礼だろうが五顧の礼だろうが外国語研究室前座り込み持久戦だろうが、絶対に先生にうんといわせてみせると思って、今回のI巻に書いたものよりもっと長い種村季弘論を書いて、大学二年生の夏休み明けぐらいに体育館の裏で、じゃないですけれども「お願いします！」と先生に渡したんです。先生は「ああ……（なんだ、いつも最前列にいる君か）」というような顔で見て、渡されたことに嫌だなあという顔をされましたけど、ねじ込むようにしたら不承不承持って帰ってくれました。次の週、授業が終わっていつもより早足で帰ろうとする先生に、どうですか、お願いできますかと聞いたら、悪いけど俺は卒論の個人指導など柄じゃないから、といわれたので、次の週にまたラブレターを渡すということを三回繰り返して、三回目にようやく先生が、……あれはダンディズムなのか何なのか、素直に見てやるとはいわず、一言、「今から飲みに行くぞ」とだけいってくれたんです。僕はまだ十九歳でしたが、「はい！」と即答しました。

恵比寿の坂を下った路地裏の、汚い暖簾のかかったぎゅうぎゅうに混んだ店で、それまで僕にとって神みたいだった先生と太腿をぴっちりくっつけて、先生のお好きな冷奴と日本酒を一緒にやりながら、酒でだんだん酩酊してくるのを渾身の力でこらえ、体をつねったりして、必死にお話を聞きました。酒の席でメモをするのは失礼だと思ったので、ちょっとトイレに行ってきますといってはトイレで作家名や書名だけメモするというのを何度も繰り返したせいですかね、帰りに駅で先生の鞄をお渡しし、改札で別れる時、おもむろに振り返られて、おい、お前一回泌尿器科に行ったほうがいいぞと言われました。

先生にはたくさんの本を紹介していただきました。先生は自分の読めるスピードで他人も読めると思い込んでいらしたのか、分厚い学術書を一週間で九冊ぐらいなら普通に読めると思っていらっしゃったんです。ドヴォルシャックとかヴァザーリとかそういう大著を読んで来いなんて無茶だなぁとは思ったけれど、読めませんっていったら失望されて終わりだと思っていましたから、僕はとにかく必死に書名をメモしながら読んだんです。

卒論ではラファエル前派（イギリス十九世紀末芸術）を取り上げて、ホッケのマニエリスム論を先生に教えていただきながら、それをベースにした芸術の時間論みたいなものを書きました。渾身の気合いを込めて書いた百枚ぐらいの卒業論文でしたが、結果、あまり先生を面白がらせなかった（先生はまったくコメントを下さらなかった）ということが、僕のその後の人生のトラウマとなってしまいました。単位は最高のAとなっているけれど、別にたいした論文じゃないという感想が先生の顔に書いてあった。このまま僕は寂しく卒業して、名古屋で就職したんです。

卒業したら中原中也みたいに放浪詩人になりたいですね、と、僕はいつか酔って先生にそういったら、ぶん殴られそうな勢いで叱られました。働きもせずにフラフラしている奴は早晩滅びる、田舎に帰って仕事につけと一喝されました。それで名古屋鉄道という地元企業に就職したんです。駅での研修中も四六時中笑顔でお客様に挨拶し、切符を切っていたのですが、とにかくまた先生に教わりたい、仕事を辞めたいとたえず思っていました。先生の命令だから辛くとも社会で働かねばと思ってはいましたけれど、先生のところをまだ卒業した気になれない。自分のなかの未達成な感じを持て余しながら、僕は鉄道員である前に文学青年であったはずだ、それを忘れたのか、と長く悶々としていました。それで、卒業して群馬にいる哲学科の同期の友人二人に、無理やり同人誌を作ろうと誘って作ったんです。同人誌を作ればそれを先生に献上するという口実で遊びにいけるという魂胆で、先生と交流する手段として詩などを書き始めたんです。普通なら詩を書きたいから書き始めるはずですが、僕は先生と喋りたいからという不純な動機から詩を書き始めた。でも海外の訳詩や現代詩文庫などは在学中から大好きで多く読んでいたし、卒業後はもっぱら短い散文詩などを書きました。そしてそれらを土産に、ちょこちょこ名古屋から真鶴のご自宅へ伺うようになりました。

澁澤さんが五十代で亡くなったので、種村先生は逆に八十、九十までご活躍されると当然のように思っていました。しかし僕が二十五歳のときに脳梗塞で緊急入院され、これはひょっとしたら、ということを考え始めました。それで僕も先生にちゃんと認めてもらわないうちは死ぬに死ねないと思って、二十八歳の時についにそれまで六年間もお世話になった名古屋鉄道株式会社を辞める決心をして、家族を説得して仕事を辞めました。最初の頃はもう一回論文で挑もうと思って、「音楽の精神による言語芸術論」みたいなものを考想し書いていたのですが、これでは先生にうんとはいわせられないなというものしか出来ず、頓挫しまして、自宅内留学、つまり無職の隠遁二年目に入って、それならば同じ問題意識から小説が書けないだろうかと思ったんです。なぜ足元にある身近な文学形式が長いこと自分の目論見の埒外だったのか不思議ですが、そうだ、小説だ、と思った。そんな後のない状態で書いたのがあの「アサッテの人」で、二十九歳の時に脱稿しました。

あれをお読みになった方は非常に読みにくさを感じられたと思いますが、それは論文を書いている頭と、詩を書いていた感覚の二つで書いているうえに、僕が生まれて初めて書いた拙い小説だからです。不慣れな小説で、僕のなかでは先生に出すのが非常に怖かったけれども、論文を出すのはもう負けが見えていたので、素人なりに自己批評して、論文を出すよりはこっちだと決心してお見せしたら、意外なことに、生まれて初めて、先生が面白かったといってくださいました。まあ、いつものダンディズムも手伝ってそっけない言い方なんですが、先生の言い方は僕も長年聞いていましたのでリップサービスでないことは分かったんです。先生は本当に面白いと思って下さっていたご様子で電話口でもおっしゃったし、手紙でも書いて下さいました。それで僕も納得して、これで自宅内留学も終われると思い、三十歳で迷わず再就職しました。でも、そのわずか四年後に先生がお亡くなりになり、僕の親父も死んで、冒頭の話に戻るわけです。

僕が種村先生から教わったのは、一言でいうと「世界の読み方」です。書き方じゃない。ここが大事です。先生は僕に書くことを一度も奨めなかった。中毒のように読書に夢中になっている状態が理想だと思っていらした。僕が小説を書けたのも、本を読んで、ようやく「世界の読み方」を理解してきたからでしょう。でもこれはたんに種村流の反転した世界観をそのまま受け継いだという意味ではなく、先生のように、世界とはどんな奇天烈な読み方をしてもよいのだという、いわば「固定的な読み方の破壊」の精神を会得した、という意味です。

僕にとって種村先生は、作家になったきっかけの恩師でもあります。というより、僕が一方的に種村先生をお慕い申し上げ、憧れて、ただただ尊敬して、ああいう人になりたいと思った。あんなにたくさん本を読んで自分の世界観を作った人がいるという慄《おのの》きというか、自分が一生、いや三回分の長さの人生を送ってもあれだけの学識と深い洞察力と、炯眼は得られないだろうと思います。先生は焼け跡闇市の時代が作ったバンカラの、破天荒で、非常に器の大きい人でした。だから僕が若い頃に二十年近くもお付き合いできたのは、本当に時代的な奇蹟が重なりあった僥倖でした。僕を含めて昭和四十年代生まれまでが恐らく種村先生の直接の知遇を得ることができた最後の世代で、以降は文学史のなかの人物という受容のされ方になっていくでしょう。本書を取っ掛かりに、十代や二十代の方、それから今オギャアといっているぐらいの新人類がどう受容していくのかを見てみたいです。それから、若い作家たちのなかに種村ファンがいれば、ぜひ交流したいですね。まあ、僕としては吸血鬼や悪魔、球体関節人形などの耽美を、たんに表面的なファッションとしてのみ消費し食べ捨てにしてほしくはない、鋭利な人文科学の奥義として研究してほしいというのが個人的な願いですが。

僕はいま作家などといわれていますけれども、僕の人生は種村先生に面白かったといってもらえたあの時点で実はもう終わっています。二十九歳で実質的な文学的人生は終わっていて、そこから先はずっと催眠状態のような眠り男の「余生」を過ごしているんです。その「余生」にたまたまこの仕事をさせていただいて、本当にいま怖いほど思い残すことがありません。僕はこの仕事をするために作家になったんじゃないか。先生は五十年後に自らが復活する布石を打つために僕という教え子を文学界に放り込んだ。そんな意図をあらかじめ自分の人生の迷宮の設計図のなかに入れていらっしゃったんじゃないか。何から何まで先生の思惑めいたものに思われて仕方がないんです（笑）。

いつか、ずっと先ですけど、種村先生のことが書けたらと思っています。これは僕がもう少し創作や批評やエッセーを書いて、やるべきことはやったと思った後にやりたい。僕は非常に筆が遅くて一年に一冊も書けないのろま作家ですけれども、懸命に仕事をしながら、それまでにやるべきことを今から逆算して考えておこうと思っています。

『島尾敏雄日記――『死の棘』までの日々』

共同通信・二〇一〇年十月

島尾敏雄の日記はたえず揺れ動く。共に玉砕するはずだった魚雷艇「震洋」の揺れもさながらに。終戦から四カ月、師走の日記には、彼自身の「文体」の動揺が顕著に見られる。かな、文語、カタカナが日ごとに入れ替わり、読む者に奇妙な不安を抱かせるのだ。

「〔女が〕みかんをお頂戴と云つてゐるので大きいのを一つ、いゝかい、ほらと抛つてやる」（十二月九日）

「井戸川一は既に鬼籍に入りたるものゝ如し」（十二月十日）

「朝十日ノ旅ヨリ帰リツク」（十二月十一日）

文体の変転とは作家の人格の変転に等しい。そのせいか、僕は島尾の日記の不吉な内容（妻ミホとの齟齬《そご》など）より、その文体の定まらなさに彼の精神の危機を読んでしまう。島尾の多くの小説がこうした不可解な「揺れ」を内包している。彼の日記の読者もまた、不安な文体に身を揺すられ、いずれとも知れぬ遠洋の波間を漂うだろう。

島尾は終生、ミホという理解不能な他者を愛した。その壮絶な愛は『死の棘』に詳しいが、僕自身は彼の日記等の周辺資料が『死の棘』への向かって収斂《しゅうれん》されるという読み方には違和感を覚える。まるで島尾の生が『死の棘』一冊を書くためにあったとでもいわんばかりだ。確かに僕も、どうかすると、島尾敏雄という作家は実在せず、ミホがすべてを書いていたと錯覚しかけるほど、島尾にとってミホの存在は大きい。

「ミホが僕の浮気心発生を感知した時のメロディ。ラーラ、ラアラ。ラーラ、ラアラ。ラーラ、ララ、ラララ……」（昭和二十五年一月八日）

島尾は日本近代小説をいかに文学の「本土」から引き離し、寄る辺ない未知の海上を漂流させられるか、その挺身《ていしん》を文学に負わせられるかを試行し続けた作家だった。彼はそのために戦争や妻など、自らをたえず他者の前へ、おぼつかない波浪の上へ追いやった。その成果は『死の棘』より、「孤島夢」や「摩天楼」等の初期作品に多く表れているように見える。その同時期の貴重な日記がすなわち本著である。

「声」との遭遇――再帰する他者たち　古井由吉『やすらい花』

「新潮」二〇一〇年六月号

現代日本文学において、本来の意味で最も過激な、苛酷な、そして実験的な日本語の使い手、古井由吉氏の最新連作集が本著である。古井氏の最新作、それはおのずから、(氏の好みそうにない語をあえて用いれば)「最前線」「最前衛」「最先端」の実験言語となり、氏の筆が書き継げば書き継ぐほど、いよいよ遠く、未知の曠野《あれの》は拓かれゆく。本邦の言語芸術、その真の極北がここにある。

昨今、文学の周辺で往々にしてみられる誤解の一つが、「実験」「前衛」とは、若い世代の野心作にこそ冠すべき専売特許だという浅薄《あさはか》な憶断である。あらためて見渡すまでもなく、僕自身も含めた若手作家のなかに、古井氏以上の実験精神、日本語の、言葉としての可能性のその先へ転がり出るような、プルースト的な小説言語、つまり「外国語としての日本語」の発明者など、どこにも見当たらない。みな現代国語の広げるセーフティ・ネットを如才なく足下に確認しつつ、さも険呑そうな身振りで「命がけ」と称する綱わたりをしてみせては自ら悦に入っている。けれども、その綱の上とは実際、慧眼の玄人読者にとって、なんら「未開」ではないのである。

いったいに、日本語の振り幅の極限は、どのように試され、計測されているのか。その高圧力の実験機械内で、言葉は、どのように攪拌、揺さぶられ、遠心分離されているのか。ここに日本文学の最奥の秘密があり、これをこそ、後から来た僕らは盗み索《もと》めるべきなのだ。

本著『やすらい花』は、珠玉というべき短編八つから成っている。作者古井氏の最近の小説はどれも「連作」と銘打たれているにもかかわらず、僕には、各々が全く趣向の異なる独立した作品にみえて仕方がない。これらは、多種の日本語実験の、おそらくは別々の結果ゆえだ。

とはいえ、以前僕が凄まじい感銘を受けた『楽天記』などは、連作のようにみえる長編であったのだから、古井氏の作品にはおいそれと生半可な形式名称は貼り付けられない。僕らにいえるのはただ、それらが純然たる言語芸術、文学作品である、と、それだけだ。

「これは小説である」、「これは散文である」、一見し、正なりと即答しかけるが、しばらく留保すべきである。

「これは詩である」、「これは批評である」、否なり、であるか？ 否、僕は、逆に何よりもこれをこそ強く正と言える。これは詩であり、批評……、であるなら、これは小説である。小説に違いない。小説のはずだ。……いや、果たして、これは小説であろうか？

『やすらい花』が故意に危うくしてみせる自身の有りよう、その命題が「これは散文である」というあまりに明瞭らしい一定義である。

八篇の最初の作品「やすみしほどを」は、この命題の白黒を僕らが云々する際、他ならぬ作品の側から疑義を挑発してくる、一種異常ともいえる超絶的な言語実験作である。なぜなら、この短編において、散文であるはずの小説の様式（本来、様式を拒み続けるのが小説の本質的営為だが）は、そのなかに不意に生まれた五七五の声なき声、能舞台の後段にどこからともなく洩れ出てくる霊魂の声・呟きを思わせる連歌の様式、つまり韻文に、次第々々に侵され、語り手の「地の文」が、彼の心内言語であったはずの終わりなき連歌の反復に、自我もろとも乗っ取られかけているからである。これは主客の転倒であり、散文／韻文のナラティヴの転調であり、「文」から「声」への転換であり、ついには、生者から死者、死者から生者への転生でもある。

読者は、語り手とともに、死者としての自分の声（死んだ文学様式としての連歌の言霊）に、作中において不意に出会わされる。過去世の歌会に立ち会わされる。散文の側に立つすべての者は、この事態に大いに戦慄すべきであろう。

ある暮れ方、異物のように頭に浮かんで、振り払ったが物を読むのをしきりに妨げるので、うるさくて、ありあわせの紙切れに書きつけた。／――長き夜のいづこに見るや朝ぼらけ

また彼はある未明、奇妙な連歌の座で発句《ほっく》を詠《よ》まされる。夢から現《うつつ》へ帰り、句を失念する。

折角の句を、夢の途切れぬうちに書き留めておけばよかったのに、……

狂気の兆候。境界の消滅。彼は、夢の中で詠んだ句を、あろうことか、夢の中で紙に書きつけておけばよかった、と忘却を嘆くのである。やがて彼は自分の連歌が独吟に過ぎぬと気づき、連歌の独吟が何ゆえ可能かと思案する。

〔古人は〕われわれほどには個人でない。内に大勢の他者を、死者生者もひとつに、住まわせている。まして歌を詠む段になれば、内から誰が、何時何処の誰が、おもむろに声を発するか知れない。（中略）……あるいは自身が座そのものにまでなり、そこには生者よりも死者の数がまさるのではないか。

さて、この小説の語り手は、生者か死者か。個人か、複数人の形成する「座」か。僕らを悩ます恐るべき不確定がつと立ち上がる。しかし、散文を韻文へ、生者を死者へ、文を声へ、そして自己を他者へ譲り渡す行為、その否応ない無化、必然的な自死のうちにこそ、小説は真なる本質を読者の前に顕わすのではあるまいか。

先ごろ終幕した、新宿「風花《かざはな》」での定期朗読会を、古井氏は永く主宰してきた。僕も二年ほど前に招かれて怖々《こわごわ》マイクに臨んだ。その当日、別の日、または年賀状の面などで、氏が再三にわたり僕に諭してくれたのは、小説とは、文学とは、言語とは、つまり「声」である、そのことに尽きよう。昨年いただいた賀状の添え書き……。

《――声は、〔たとえ〕自分のそれであっても、出会い、あるいは再会です――古井由吉》

自らの言葉との「再会」。他者として初めて対面するような、懐かしい、しかし未知の、自身の言葉。それとの邂逅が、作家にとっての本質的な営みであり、これこそが文学、小説なのである。古井氏の「声」とは多義的な鍵語で、単なる空気振動の謂でなく、他方、言語の視覚面、つまり「文字」における自己再帰性をも包含した、秘教的ともいえる独特の呼称であろう。

氏の筆、その足裏の踏まえる綱の高みは、常に日本語の酷使の臨界点である。至高の尾根から尾根へ、左右の雲海がときに濃霧となって這い上がり、作家の身体を幽明境に誘《いざな》おうとも、なお果敢な歩行は続けられる。筆は、いとも自在に天空を運ばれてゆく。だが、この場合、運筆の自在は太平楽な消閑ではない。作家と言葉との、余人の介入を許さぬ激越な死闘である。

古井作品を前にした多くの善良な初心者はしかし、紙の上でそんな闘いが行なわれていようとはつゆも思わない。ただひたすらに、日常の風物の流れを放心して聴きとり、または目で追うことの愉楽のみを享受して、事足れりとするのである。

「謡い」の思考　古井由吉『蜩《ひぐらし》の声』

「図書新聞」二〇一二年二月十一日

小説とは、言語をあやうくさせるものである。言語をあやうくし、それによって生をあやうくさせる。言語を、常とは異なる見なれぬものに変え、そして、その言語にふれるすべての者の相貌を変える。こと「言語芸術」としての、本来的な意味での小説は。読む者も書く者も言語をゆさぶり、あやうくし、言語にゆさぶられ、あやうくされる。これら双方からの「批評」を小説の言語はうけとめ、両者のあわいでかなしく発光する。

この、言語が帯びる「あやうさ」に対し、古井由吉ほど自覚的な作家はいない。

——私は若い頃から、建築の内に破壊を見るという傾きがあった。以前の破壊を思うばかりではない。将来の解体を思うのでも、かならずしもない。建築と破壊とを同時に、同一のもののように感じる。(「蜩の声」)

小説という言語営為の「芸術性」に自覚的な作家ほど、「造る」いとなみの奥に「毀《こわ》す」いとなみが潜むことを知悉し、その両義性に加減をしながら言葉をつむいでいる。造ると毀す、建築と破壊は、古井氏のながく扱ってきた主題に言い換えれば、「生」と「死」である。生のなかに死を、死のなかに生を見いだす眼が、古井氏の筆、すなわち思考に避けがたくやどっている。

書く私、読む私は生者だ。言葉をつむぐ私は生者だ。しかし言葉は、我々と同じ生者であろうか。

——自分の内に誰が住んでいるのか、わからないので怖い（「明後日になれば」）

……自分の内なる言葉、他者なる言葉は、異界の死者であるからこそ、言葉を物すいとなみには空虚が、かぐわしい腐臭がつきまとうのではないか。人の言葉に住む生者は、同時に死者でもある。それが古井氏の異様ともいえる独特の言語観である。

前作『やすらい花』にもうかがえるが、古井氏の、言語の内における生と死の相克は、折々、故人の文《ふみ》、詩句との、詠《よ》み合わせ、謡《うた》い合わせとして、対話の姿形をとる、生者と死者とが、ひそかな音《おん》曲《ぎょく》のしじまのうちに舞い、「声」を交感するのである。

——心は心にしても蒸し暑さに堪えかねて内から抜け出し、おなじく痼《しこ》った眼を通して頁から浮き出した文章と宙で出会って、互いに言葉は通じぬままに、うなずきあい、拍子をとりあっている。（「蜩の声」）

読書前、本書の題名から、僕は金葉集、源《みなもとの》俊頼《としより》の名歌「風吹けば蓮の浮葉に玉越えて涼しくなりぬ蜩の声」へのオマージュを夢想した。外れはしたが、僕自身は古井氏の、古人（死者）との言語の交感という思考は、これら日本語の定型、言語美の軌範と、いかに拍子を合わせ、同時にずらすか、いかに「かたち」を造り、同時に毀すか、その試みである、そう氏の意図を汲みたい。

古井氏はまず古典的な美文の技量を、あたかも前提のように僕らの前に広げる。

——暦の順にはおおよそ適《かな》ったことだが、寒空のもとでいつまでも春めかぬ心には季節はずれの、まるで狂い咲きだと眺めるうちに、下旬にかかれば桜も蕾が綻びて、ちらほらと咲き出し、月末《つきずえ》の満月、旧暦きさらぎの望《もち》の夜には、冬の月を思わせる冴えた光に照らされて、七分咲きにまでなっていた。（「明後日になれば」）

ここには我々にとって既知のリズム、めくるめく日本語の拍子がある。が、僕らの酔いしれは、気を許せば突如よろめきに、ふらつきに、そして、動揺にすりかえられる。

天台の声明《しようみよう》までゆかずとも、日本には、故意に拍子を無効にし、人の足元／耳元をすくう、シェーンベルクの無調音楽を地でゆくような音の伝統が存在する。北海民謡の江差追分や津軽のアイヤ節、古賀政男「無法松の一生」の回し部分などがこれで、西洋古典楽譜では転記不能の、幽霊のような拍子なき拍子だ。僕は子供のころ、謡曲も民謡もたしなむ好事《こうず》家《か》だった父にこれらもろもろの謡いを聴かされ続けたが真似できず、耳では解っているはずの拍子がどうしても声では追えなかった、そのもどかしさは、俳句の字余り字足らずに似ており、古井氏の文体の秘密もおそらくはこの辺りにあるとかねがね僕は考えている。

——なまじ静かな日には、自分がいまここにいるということが悪い夢のように感じられることはあっても、風の騒いで走りまわる中では、藪も林もなどと言われるが、どこも、かしこもひとしなみになり、いま居るところにこだわる所謂《いわれ》も失せて、居ながらに時が八方へ散り、あとは野となれ山となれの、放擲の寒さは自足へ通じるか。(「枯木の林」)

けだし、本書においてもっとも恐るべき日本語の連なりであろう。古井氏のなかの死者と音曲を舞い、謡うのは、生半可なことではない。しかし、だからこそ、僕らは快くよろめき、極上の陶酔をも得るのである。

華麗なる罵倒　『ランボー全詩集』鈴木創士訳

「神戸新聞」二〇一〇年三月二十八日

ひとり悪童の、ふたたび遥か地平より歩み来《きた》りて、善良なる人々の面《おもて》に詩の唾《つばき》吐きかけ、悪口《あっこう》の限り尽くして去るの由。さても、類いなき美味《うま》し反吐《へど》、世にも華麗なる、その罵倒。……いざ被虐の徒たらんと名乗りをあげ、この至上の悦楽を欲する訳者は古来幾人。僕のような翻訳の才なき物書きにあってさえ、その驚異の詩句の抗しがたき魔力にあてられ、三作目の自作（『ロンバルディア遠景』）のなかで、いくつかの断片を試訳するという厚顔無恥なる仕儀に及んだほどである。

稀代の天才詩人ランボーの限界言語、そのうつくしすぎる悪罵の数々に寄り添う僥倖を得た特権的訳者、鈴木創士氏を、僕は心から羨《うらや》む。

本来、この少年詩人の言葉は鋭利に過ぎ、うぶな一般人の眼に触れる紙上の掲載には馴染まない。だが、であるからこそ、詩人の舌先、筆先、その切先《きっさき》は、通り魔の刃《やいば》となり、ブリリアントな兇器としての言語と化すのである。

〈おまえたちは偽のニグロだ、偏執狂で、残忍で、けちなおまえたちは。商人よ、おまえはニグロだ。行政官よ、おまえはニグロだ。将軍よ、おまえはニグロだ。〉「悪い血」より

〈うっ！　からからになった俺の唾が、／赤毛のブス女よ、／丸みを帯びたおまえの胸のくぼみで／いまも臭ってるぜ！〉「俺のかわいい恋人たち」より

〈昔の畜生たちは走っているときでさえ、／亀頭を血と汚物だらけにして交尾していた。／俺たちの先祖は鞘の襞と袋の肌理を広げて／自分たちの一物を誇らしげにひけらかしていた。〉「昔の畜生たちは…」より

訳者の鈴木氏が、二十世紀の最も苛烈な言語酷使者の一人、A・アルトーの訳者であることは今さら記すまでもない。ジュネの訳業も耳に新しい。そしてランボー。かような、或る限界から或る限界へ、実験言語の遡行《そこう》を試みるその営為は、僕に、唐突な比較だが、ケージ、サティ、ドビュッシーの圏域から、遥かバッハを逆照射せんとしたピアニスト高橋悠治の仕事を想起させる。鈴木氏が言語を生業《なりわい》とする以前に音楽を専らとしていた事実は、この場合、偶然にしては少々出来過ぎている。

ここに詩おわり、そしてここに詩はじまる

『ランボー全集個人新訳』鈴村和成訳

「すばる」二〇一一年十二月号

「支配人殿、（中略）アフィナールの船便のスエズまでの料金表をお送りください。私は完全に麻痺した体です。ですから早く乗船したいのです。何時に乗船すればよいか、お報せください。」（マルセイユ、一八九一年十一月九日〈死の前日〉妹に口述筆記させた書簡より）

ランボーは三十七歳で死んだ。右が彼の最後の詩篇である。彼の全作品のうち、もっとも恐ろしい詩であろう。なぜなら、この詩はとうに詩ではないからだ。詩ではない詩が、ランボーという究極の詩人によって、必然の要請の果てに書かれるに至ったのだ。

これまで僕は何冊ものランボー詩集を読んだ。小林秀雄、中原中也、堀口大學、金子光晴、粟津則雄、鈴村和成、宇佐美斉、鈴木創士。昨年、最年少の鈴木創士訳『ランボー全詩集』を読み、僕はまたしてもランボーの暴力的な詩の力に魅せられた。そして今年、鈴村版個人新訳全集。鈴村氏の訳詩その他を、僕は二十代から読んできた。とりわけ九二年に相次いで出た『新訳イリュミナシオン』と

訳書『三人のランボー』(ドミニク・ノゲーズ)は印象深く、これを読んだ頃からようやく僕はランボーという不可解な詩人の本質がわかり始めた。鈴村氏の訳業は、僕にとって信用できる「切れない導線」だった。

十代で麻疹《はしか》のように「ランボーに罹《かか》る」という通例が、僕には長く理解できなかった。それでも読まざるをえなかった。なぜなら彼が十代で「ほぼすべての詩を書いた」というからだ。十代の僕はむしろヴェルレーヌの倦怠と落魄を愛した。子供の僕が読んでもランボーは子供で、その詩は背伸びしすぎている気がした。彼の晦渋な言語使用に自分自身の青臭さをなぞられているという錯覚、その羞恥が、僕の共感を長く妨げていたのかもしれない。「麻疹」に罹るのは、我が国の場合、ランボーに中也の面影を重ねて読む受容者だろう。最初期の詩「感覚」等にみる放浪と漂泊の思い、その無頼の魂に人は魅せられる。だが僕がより警戒したのは初期の偽悪、その痙攣的・倒錯的な悪罵の詩行だった。

「盛大なゲロに鼻の穴をひらくがいい。」「僕は院長の部屋に入ってゆき、あのデブの手で射精することになったのだ! ……まったく神学校ときたら!」(初期詩篇より)

私見の域を出ないが、文無しの美少年ランボーに同性愛的な、過剰な庇護の手を差し伸べたヴェルレーヌは、何よりこれらの凶暴な詩句に籠絡された。十代の僕を留保させたのもこうした痙攣的で危険な言語だった。そして僕は『地獄の季節』に至った。

「僕は愛したよ、――馬鹿げた絵、扉の彫り物、芝居の書割り、軽業師《サルタンバンク》のテント、店の看板、俗っぽい色刷挿絵。流行遅れの文学、教会のラテン文字、誤字だらけのエロ本、祖母たちの小説、妖精のコント、子ども向けの小さな本、古びたオペラ、愚かなルフラン、素直なリズム。」（「錯乱Ⅱ」より）

ランボーの詩に対する思考はこれよりずっと前に確立されていた。「《詩人》は、あらゆる感覚の、長きにわたる、大がかりな、理性にかなった錯乱によって、みずからを見者にします。」（一八七一年五月十五日の書簡より）ランボーが彼の詩の上に体現した「感覚の錯乱」と「見者《ヴォワイヤン》」という概念が、物分かりの悪い僕を長く悩ませた。それを初めて払拭してくれたのが、鈴村訳の示唆に富んだ明解な「イリュミナシオン」だった。

「僕は歩行者、短小な森を抜ける広い街道をゆく。水門のざわめきが僕の足音を蔽う。僕はいつまでも夕陽の金のメランコリックな洗濯を眺めている。（中略）小路にそってゆけばその先は空までとどく。（中略）進んでゆけば、世界の果てにゆき着くばかりだ。」（「少年時」Ⅳ章より）

「錯乱」の思考を理解しえた時、僕は「詩」を理解しえたのかもしれない。僕が詩を書き始めたのも、大学を卒業した九二年だった。僕のなかの「一個の他者」が、感覚と言語の錯乱を要求し始めた。そして一九九九年に小説『アサッテの人』を、その十年後の二〇〇九年に『ロンバルディア遠景』を僕は書いた。後者の小説は僕の密かな、渾身のランボー論である。読めばそれはすぐにわかる。彼の詩句がこれみよがしに文中に散乱しているからだ。ランボーの後半生、詩の言葉を殺し砂漠へ去ることで、新たな詩なき詩が紡がれる。その沈黙こそ、ランボーの究極の詩だ。いざ詩の不毛へ。言葉の砂漠へ。本著はその白紙に似た虚無の空隙を徹底的に書き、逆説的に詩を新生させようとする執念の訳業である。

村上春樹『1Q84』を読む

「群像」二〇〇九年八月号

〈BOOK1・2のみが発行された直後に行われた安藤礼二・苅部直・松永美穂との四人座談会より諏訪哲史の発言を抜粋改稿〉

読後の第一印象

僕が春樹さんを初めて知ったのがちょうど一九八四年だったんです。十五の歳。本格的に読み出したのは高校生になってからですね。おそらく春樹さんが『世界の終りとハードボイルド・ワンダーランド』を執筆中の時期だと思います。『世界の終り』もそうですが、二世界の交互表出という構造は、初期の翻訳であるアーヴィングの『熊を放つ』から近著の『海辺のカフカ』などを経て、『1Q84』まで引き継がれ、形式的には現時点で最も完成された作品になったのではないか、というのが僕の第一印象です。

それと、まずここで前置きしておきたいのは、僕がリアルタイム読者として典型的な、盲目的ハルキストだということです（笑）。ですから、どんな作品でも春樹さんが書かれたものなら、まず好きになれる自信がある。長所だけが見つかるように自分を律して読んでいく。つまり僕は「ハルキ教」信者であって、『1Q84』の言葉でいえば、春樹さんは僕らの「リーダー」なんです。そして、これは後でくわしくお話ししますが、この本は、春樹さん自身がその「教祖」、「リーダー」、「供物《くもつ》」にされてしまう可能性への恐怖を、無意識裡に吐露している作品なのではないか、ひとまず僕はそういう読み方をしてみました。

作中小説『空気さなぎ』

ヒロインの青豆《あおまめ》が、天吾《てんご》の小説『空気さなぎ』を読んで、自分が天吾の描く世界に含まれている被写体、オブジェクト・レヴェルでありたいという意識を抱きますよね。まるでイヴが自分の起源であるアダムの肋骨へ回帰したいかのように。「私は今、天吾くんの中にいる。彼の体温に包まれ、彼の鼓動に導かれている。彼の論理と彼のルールに導かれている。そしておそらくは彼の文体に。なんと素晴らしいことだろう。彼のなかにこうして含まれているということは。……これが王国なのだ、と彼女は思う。」という具合です。しかし同時に天吾の側も、自分のほうが逆に青豆の物語に含み込まれたいと思っている、二世界の交互相姦。本作の構図は、僕にはそう見えます。

小説の構造が青豆を殺した？

チェーホフの言葉が引用されていますね。「物語の中に拳銃が出てきたら、それは発射されなければならない」、と。つまり、拳銃が書かれた時点ですでに青豆の死は準備されていたことになる。逆にいえば、青豆の拳銃が火を噴くことで、これは現実ではなく「物語」なんだ、ということをわざわざ再認識させている、とも解釈できます。

青豆は正義という信念のもとに殺人を繰り返してきた。春樹さんは殺人者である青豆を生かしておくべきか死なせるべきか、倫理的に悩まれたと思います。彼女の死は、やはり物語的必然や構造に組み伏せられた結果かもしれません（ＢＯＯＫ2終了時点）。

天吾と青豆

信者の僕が唯一、ないものねだりを言わせていただくなら、十歳の時の天吾と青豆の一刹那の邂逅だけで、二十年もの歳月、二つの物語の「愛」が支えられ続ける、その宿命的であるはずの両者のモチベーションに、もう一つ感情移入できなかったんです。神話・象徴としての愛なら、意識下から折にふれてその愛が顕在化してくることはある。でも、ここでの愛は、要請としてもっと強くなければならない。とすれば、二人の愛のみで二つの世界が惹かれ合う、その動機・口実がもう少し欲しいと思ったんです。

ただし、ここからは仮説ですが……、教団のリーダーを殺した後、マンションの一室に潜んでいた青豆が偶然、ベランダから近所の公園のすべり台の上にいる天吾を一方的に眺める場面があります。ここだけが読者に明確に示される二人の唯一の「接点」なんですけど、結局ここで二人は直接逢えずに終わる。でもですね、急に変なことをいうようですが、注意深く読むと、実は一度だけ二人はお互い知らずに「逢って」います……。ＢＯＯＫ2の第四章で天吾は青豆のことを突然思い出す。「彼がそのとき青豆のことを思い出したのは、スーパーマーケットで枝豆を買ったからだった。」と。そして、そのスーパーの枝豆売場でぼんやり立って他の客の邪魔になっていた天吾に、後ろから誰か「女の声」が「すみません」という。これ、誰？　青豆ですよ。賭けてもいい（笑）。なぜって、直前の第三章の終わりで、あまりに都合良く青豆は枝豆を食べている！　たぶん都心の同じスーパーで同じ日に買った枝豆です。それに「すみません」の数行後にはこうあります。「もしこの会計の列の中に青豆がいたとして、それが青豆だと一目でわかるだろうか？」と。あまりにも思わせぶりです。二人の時間・空間がここで決定的に交叉している。作者としての春樹さんの優しさというのは、いつもこういう見えにくい細部にひっそり仕掛けられていて、登場人物同士は気づかなくても、本当は、枝豆売場で押しのける青豆の手と押しのけられる天吾の身体とを接触させている、と読ませるんです。そして、この接触が二人の愛を再認識させると。こうした仮説を無条件に呑み込めるのが僕のハルキストたる所以です（笑）。

『アンダーグラウンド』

僕は、この作品は、春樹さんのこれまでの多くの過去作品についてのアポロギア、弁明・自解の役も果たしている、と読みました。青豆がリーダーと直接話すBOOK2の第十三章に、青豆が「パラレル・ワールドのようなもの？」と訊く場面で、リーダーが「いや、違う。ここはパラレル・ワールドなんかじゃない」と答えています。自作の構造をずっと「平行世界」「パラレル・ワールド」と片付けられてきたことに対する違和感とも読めるし、BOOK2第十八章では、天吾が「多すぎる疑問、少なすぎる回答。毎度のことだ」とつぶやく。これも春樹さんの創作作意の堂々たる確信犯宣言と読めます。また、チェーホフの『サハリン島』の長い引用と紹介が出てきます。はじめ僕はレイモンド・カーヴァーの熱烈なチェーホフ讃美を想起して、カーヴァー経由の意匠なのかなと思ったんだけど、実はそうじゃなく、これは以前『アンダーグラウンド』（オウム真理教による地下鉄サリン事件をルポルタージュした長編作品）等のノンフィクションへの傾倒の意義が多くの読者に理解されなかったことへの代弁的な反論なんじゃないか。つまり、チェーホフの『サハリン島』が、春樹さんにとっての『アンダーグラウンド』なんです。チェーホフは当時、小説を書いて順調だったのに、なぜか危険を冒してサハリンまで行って紀行文を書く。当時なされたチェーホフのサハリン行の必然性への疑義を、春樹さんはここで、いや、サハリンなくして後期チェーホフの傑作はなかった、それは現在書き続けている自分自身にとっても全く同型の作家的必然だ、そういっているように思えるんです。

「悪」の在りかと作者

なぜ春樹さんが「悪」を、罪なき仔羊たるリトル・ピープルに担わせたかですが、特段ハンナ・アーレント的な解釈を持ち込んだのではなく、悪であるはずのない普通の傍観者、つまり自分こそが悪を担いうる、という自己省察だったんじゃないかというのが僕の解釈です。近年の自著の異常な売れ方や、ハルキストという言葉がある現象は、春樹さん自身の意思とは関わりなく、まるで春樹さん自身が「教祖」であるかのように見られていることです。そういう自画像を鑑みて、もしかしたら自分自身がいつしか教祖に、いや麻原彰晃にされてしまうかもしれない、そんなはずはないのに……、そういう恐怖を抱いておられたんじゃないか。ＢＯＯＫ１の終わりに出てくるエピソードが示唆的です。天吾のセックスフレンドである年上の人妻、安田恭子が見た夢の話です。森のなかを一人で歩いていると、小さな家がある。ドアをノックしても返事がない。ドアのなかを見ると、できたての料理が食卓の上に置かれている。でも誰も来ない。このあたり、遠野物語の「マヨヒガ」の段を想起させますね。恭子は夢のなかで、ここにいた一家は何か怪物みたいなものが突然来たせいで、あわてて逃げ出した直後なのかなと思う。そんな夢です。この話の後で、彼女は天吾に「この夢のいちばん恐ろしい部分がどういうところかを聞きたい?」という。「それはね、私自身がその怪物なのかもしれないということなの」。……そのホカホカの料理のある家にやってくる怪物、それは自分自身である。ここに春樹さん自身が抱いている最も恐ろしい悪夢が描出されている。僕にはそう思えてならないのです。

これまでは独裁者が悪で、支配下にいる仔羊たちは善というディストピア的なあまりにもわかりやすい図式がありました。オーウェルの『一九八四年』ではビッグ・ブラザー、すなわちスターリン的独裁者が悪だった。でも、ここで春樹さんが書いているのは、かよわき仔羊たちであるリトル・ピープルこそが悪の権化であるということです。善良なはずのふつうの青年がオウムに入り、人を殺すに至る。本質的とみえる個人の「善」の信念のなかにこそ実存的「悪」があるという現実を書かねばならない、そしてそのテーマを書いているうちに、善悪を上から神のように書いている自分こそが殺されるべき教祖、怪物なのではないかと思い至る。それが今回の小説の最大の肝なんじゃないかと。

古代のグノーシス思想などのように、この世が悪なのは、その造物主たる神が悪だからだという反宇宙論的な考え方が、いつしか春樹さんの無意識のなかに胚胎していったんじゃないか。善であると自ら思い込んでいる仔羊が悪をなし、悪であったリーダーが実は犠牲者・殉教者だと反省される。悪のありかが明確でなく、正義にみえる悪がどこにでもあるという汎悪徳世界・性悪説のようなものが、春樹さんの見ている現代社会なんじゃないか、そう思うんです。

僕のハルキスト歴はもう四半世紀になるんですが、今回『１Ｑ８４』を読んでみて、春樹さんは実は最初期からずっと「悪」の問題を書こうとしていたのかもしれないと思ったんです。「愛くるしい悪」とでもいうべき「羊男」の存在がそもそもアンビヴァレントだった。二世界の交互表出がすでに先取りされている『１９７３年のピンボール』でも、「２０８」と「２０９」というピュアなうつくしい双子の女の子たちが出てきますが、これが今回「マザ」と「ドウタ」という禍々しい一対の分身として新たな役割を与えられ、残酷に再解釈されている。僕は、今までこれらを迂闊に見過ごしてきたのでは、と反省しました。

文学の立つ地面

これは『１Ｑ８４』とは離れて、村上春樹さんのお仕事全体のことになるんですが、僕が春樹さんの小説に長く惹かれるのは、何が書いてあるのかというモチーフよりも、なぜ書くのか、なぜペンを持つのかという点にあるんです。デビュー作『風の歌を聴け』の冒頭部分に、「完璧な文章なんて存在しない。完璧な絶望が存在しないようにね」という一節がある。完璧な絶望が存在しないということほど恐ろしいものはない、そう僕は思うんです。春樹さんは若い頃から、小説を書くという行為には答えがない、どこにもたどりつかない行為なんだという認識を強く持って書いていて、いまもそれを確認しながら書いていらっしゃると思う。僕が小説を書き始めたときも、僕がいま生きているこの時代に着地できる大地、文学の地面はないんだ、そういうところで書かねばならないと覚悟しました。それが、僕が春樹さんから教わった最大の「教説」です。僕の小説もそうですが、春樹さんの小説はすべて見事に結末がない。放置・宙吊りで終わる。きっと春樹さんは、遺作をも「また来週」で終わらせると思う（笑）。着地点、「絶対」がないんです。三島由紀夫の絶筆『天人五衰』のラストと同じく、すべてが巨大な仏教的相対世界のなかで意味を無化されたまま終わる。

この際、やや暴論を述べますが、現代アメリカの言語、「米語」という国際的言語じたいにいわゆる「根っこ」・「言霊」が希薄な性質がある気がします。直近の水村美苗さんの日本語論（『日本語が亡びるとき』）とも関係してきますけど、つまり国際語としての最大公約数的な言語機能の単純化の極致に今の米語があり、そこには大地が、踏みしめるべき着地点がない。メルヴィルのモービー・ディック（白鯨）が「アメリカ」を象徴し、「アメリカ探し」の果てに、結果、それを獲得できずに終わる。アメリカ文学にすでに「地面」がないんです。昔メソポタミアやエジプトの、石に刻まれた「強い」呪術的言語がローマへ伝播し、ルビコンを越え、ケルトを駆逐しながら、アングロサクソンを経て、新大陸へ渡る。つまり、根源・ルーツから最も遠ざかった言葉の末裔が現在の米語です。いまや米語が生気を放つのはチカーノなど、多言語との交叉の瞬間だけです。伝統的なブリティッシュ英語でさえ、過去にはイエイツやジョイスらがケルトのゲール語を「気つけ」にして文芸復興を目論んだ。だから、言霊を失ったアメリカ文学を吸収して書き始めた春樹さんの小説にも、踏みしめるべき言語的な大地はあらかじめ失われている。そう自覚した上で書かれています。春樹さん以後の作家として書く以上、そして世界が着々と米語化されてゆく以上、僕らの世代とてその一端を引き受けざるを得ない。僕がアメリカ文学に精通していなくとも、この日本でいま小説を書くことは、ある回答、最終的着地点、いわば「絶対」への道筋のわからない暗中に宙吊られる覚悟をせねばならないということだと思います。

村上春樹『色彩を持たない多崎つくると、彼の巡礼の年』インタビュー

「七ツ寺通信＋α」二〇一三年六月号

――本書の読後感は？

諏訪　『1Q84』よりも好きだ。春樹作品のなかではここ十年くらいか、今世紀に入ってからナンバーワンの作品だと思った。一冊だけど読み応えがあったし、ちょっと九十年頃の春樹作品に帰ってきたベーシックな、懐かしい感じ。エンターテインメント性も今回は控え目で、ただただ人間を直視して書いていて、作者の力量をとにかく絶賛したい。

登場人物の体験が、現実の僕らには起こりそうにないのに心のなかだけには起こりそうな闇を描いている。見えはしないけれど誰にでもある何かに触れるような切実さを感じた。文学はスラップスティック・コメディだろうとエンタメだろうとどこかに切実さがあればそれが人の心を打つ。『1Q84』に見受けられたハリウッド的な過剰演出がなかったのが年来のファンとしては嬉しかった。

かつて高校生の五人には「乱れなく調和する共同体」が実現されていた。そこから上京で多崎が抜けて四人になり、その後彼は「共同体」から突然排除される。そして共同体維持のため多崎を排除し

た四人もやがては崩壊していく。名古屋に残った四人には青・赤・黒・白と名字のなかに色があるのに、多崎だけには色がない。

深読みすると、その色は東洋思想でいうところの東西南北、青龍・白虎・朱雀・玄武という平安京を造った際にも都を守護するとされた霊獣の色。それが四方を守り、社会的完全性を作る。日本古来の完全なる調和。それを多崎が外から見る構図だ。これが陰陽道では五行説で黄竜が加わる。つまり完全な数は五なのか四なのかを探る神秘思想小説とも読める。他者を排除することで成り立つ人工の社会が、時とともに崩壊していく過程が書かれていて、よく考え尽くされている。色もネーミングも。

僕は昔、庄司薫氏の小説四部作『赤頭巾ちゃん気をつけて』『さよなら快傑黒頭巾』『白鳥の歌なんか聞えない』『ぼくの大好きな青髭』を夢中で読んだ。これも赤黒白青だ。春樹さんもきっと読んでいて、時代感覚や語り口が引き継がれている。僕の勇み足になるが、今回の春樹さんの小説は庄司薫へのオマージュじゃないかとも思える。

いつも通りなのは、最後まで、どうしてこう終わるのか、明確な答えは書かれていないこと。この点がお堅いインテリに好かれないゆえんでもあるのだけど、これが春樹さんのスタイルなのだから「そこを無理にでも書け」というのは野暮だ。『ノルウェイの森』もそうだったが、一人の人間のなかには、どうしても癒せない何かがあるという主題。でも人はそれを抱えて生きていく、ということだけはヒリヒリ伝わってくる。それを伝えるだけで小説の役割は果たしている。本作に即していうと、四人から排除される多崎つくるがそのわけをどこまでも探しに行く。皆から話を聞いてもはっきりは解らない。人間は最後まで底の底を見つくせない心の闇を持っていて、その先はあるのか、というところで終わるしか小説として成立しようがない。それでいいと思う。

――ところでなぜ舞台が名古屋？

諏訪　春樹さん自身が特に名古屋が好きで書いているわけじゃない。残された四人が多様な分野で活躍できる街、東京からの距離、等々から設定された。すべてがコンパクトに揃っている街。市場を持ち、地縁が深く、自己完結的。だからこそ東京へ行った人間が取り残される。名古屋の四人は自分を実現でき、自立できる。これはある程度の都市でないとできないし、福岡、札幌では遠すぎるし、関西は春樹さんの地元だし。つまり名古屋はニュートラルな無色の街ゆえに使いやすかった。だから名古屋の風土については何も触れられていない。

――五人の共同性のリアリティーについては？

諏訪　五人の完全性は四人のそれにとって代わられる。五行説的・ヘブライズム的な五角形（ペンタゴン）から、四元・四大的・ヘレニズム的な四角形（スクエア）に変更・移行される。多崎の無意識の暴力性や異人性を四人が見抜いていたのかもしれない。だから精神的に崩れていくシロの虚言を、他の三人が真実だと見なそうとする。説明のつかない謎を動機・動力にして読者を引っ張っていく書き方。読者のなかの無意識と作者のなかの意識をリンクさせる書き方。

――これまでの作品から見た本作の位置づけは？

諏訪　僕は十四・五歳から読み始め、初期の『風の歌を聴け』『中国行きのスロウボート』などに最も影響を受けた。春樹さんは『ノルウェイの森』以降、期せずしてベストセラー作家にさせられたが、その後オウム真理教の事件が起きる。元々あったユング的なスピリチュアリズムへの傾倒があったところに、現実の宗教的事件が起きたことで現実と無意識がクロスオーバーする。ちょうど一九九〇年代の中ごろだ。そこから精神世界のすべてを『海辺のカフカ』などの総合小説に盛り込もうとしてきた。『色彩を……』は拡大路線をやや控えて、自分の書きたいシンプルなものを書いてみようということだろう。

これだけ書ければもう死ねる、飾り気のない裸心の、最も譲れないものをテーマに書いた小説。一見質素で地味に見えるが、枝葉をそぎ落とした村上春樹の幹・骨子だ。自分の中心主題を見極めたかったのだと思う。本当のことだけを小説にしようとしている潔さを評価したい。問題意識の結晶ゆえに、短編には収まらなかった。

――「死ぬことしか考えなかった主人公」から始まるが？

諏訪　本作は、多崎が一度死んで霊魂となってさまよっている小説ともいえる。「巡礼」とは浮遊霊で、成仏できない魂が多崎をさまよわせている。だから「色がない」は生命体でない、の意か。

――上田秋成との対比を指摘する人もいるが。

諏訪　おおむね妥当だ。作品のなかで「灰田」「緑川」と「灰田にそっくりな男」の三人が登場するが、あれは全員多崎のドッペルゲンガーだろう。灰田と多崎との同性愛的な夢もナルシシズムの暗喩だ。多崎は四人から排除された時点で魂は死んでいて、彼から見た現実も夢であって、登場人物はみなポール・オースター風にいうところの『幽霊たち』（人物名が色の名で書かれたオースターの代表作）にすぎないのかもしれない。春樹さんは深読みをそそのかす名人で、主題を「書き過ぎない」技術がある。あの人は「余白」を作る天才だ。

――作家は京大の講演で「地下一階の下の地下二階に魂の闇のドラマがある」といっていた。ところで村上春樹作品は世界文学になるか？

諏訪　もうなっている。彼の作品には普遍性がある。どんな国の人間でも、肉体と魂の乖離、現実と魂のそぐわなさという共通の感覚を抱いている。その琴線に触れてくるものは普遍性をもつし、春樹さんの作品こそがそうだろう。

蛇足で思ったのは、北方ヨーロッパと春樹文学との相性。例えばルターの宗教改革が寒い北方から起こったのは言葉・文字との対話が文化として自然だったからだ。内省というか自分と神との対話。魂のなかへ言葉を手がかりに沈潜していく。そういう文化的風土があり、まさに北方ヨーロッパ＝北欧などは村上文学に対して一目も二目も置いているはず。ノルウェイなどはとりわけ日本文学に熱心で、僕の「アサッテの人」も既に翻訳刊行されて、ノルウェイに呼ばれてもいる（忙しくてすぐには行けないが）。噂されているノーベル賞の件なら春樹さんは時間の問題で受賞する。待つだけだ。冗談だが、一度フェイクのニュースで「村上春樹病に倒れる」とか、ネットに流してやれば、頑固なアカデミーも慌てて賞を出すのではないか（笑）。

——作家の次の方向は？

諏訪　ある種の精神世界を書くことはこれからも続いてゆくと思う。ただ、澁澤龍彦のいう硬質な「幾何学的精神」の信奉者である僕としては、春樹さんの現代的なスマートな神秘主義はやや不安材料。河合隼雄にしろ、ヤマギシズムにしろ、僕らの世代は魂の問題をそこまで一直線に現実世界へ転用、置き換えられない。

人間のなかにどうやっても癒せないものをすべての人間が持っていて、だからこそ普遍的なのだけど、心の闇は、本当は言葉とか所作とか「表面」にだけ現れることであって、精神世界とか宗教とかに行くと、それは現代では怪しげな「オカルト」になってしまう。僕は、「慎重な世代」の人間として、春樹さんが小細工のないリアリズムで書く方を好む。

また、春樹さんの近作の弱点は、現実と接触したときのいわくいいがたい違和感がほとんどないこと。精神的な違和だけがやや無自覚に書かれている。泥臭さは初期からないが、机上でこういうものだろうと書いている理知的な感じが増してきたようにも見える。それで名古屋も頭で組み立てたような書割のそういう「プレーンな街」にされてしまった。普遍を求めるあまり、個別的な「リアル」が失念されているともいえる。でも、僕は春樹さんが好きだ。この盲目的な嗜好は「オカルト」とか「宗教」とか言われても一向にかまわない。

『カフカ式練習帳』　保坂和志

時事通信・二〇一二年五月

これも小説、というより、これぞ小説、といいたい、保坂氏流の無類に楽しい「本格小説」だ。生真面目な読者はこの乱数的に並んだ断片から、ある連関・結論を抽出しようと躍起になるだろう。が、およそ我々が仮定しうる全ての総括は寸断と転換、サッカーのノールック・パスのごとき作者の身の翻しの前で不可能になる。映画のモンタージュさながら「非連続が連続する」のだ。

保坂氏は本書のあとがきで「生きることを日々のピアノの練習にすること」と書いている。この「練習帳」とは、練習で書いた小説、ではなく、練習するように生き、思考し、書く、ことこそが生であり小説である、そういうために書かれた。

カフカほど創作意図の不分明な小説を残した作家はいない。第一短編集「観察」の冒頭編がぶらんこの揺れから始まる点に関し、ベンヤミンは「不動の大地の上での船酔い」という作家のメモを引きつつ、「カフカは、経験というものの揺れ動く性質について、涯しなく考え耽っている」と論じた(「フランツ・カフカ」野村修訳)。これは「因果関係というとき出来事は必然の色を帯び（中略）、とてもつまらない」と書く保坂氏の、小説は合理の緊縛から離反すべきだとする姿勢に呼応する。

カフカも保坂氏もあてなく海上を漂流しつつ、漂流こそ漂着、練習こそ本番であるような「煮え切らなさへの意志」とでも呼ぶべき思考を実践している。それは現代の芸術受容が「集中」という、目的の一点追求から、「気散じ」、つまり弛緩への身の委ねへ移行したとするベンヤミンの指摘（「複製技術時代の芸術作品」）とも通底する。だが弛緩と拡散の宙空へ自ら滞留せんとするカフカ的意志には、作者側の並々ならぬ「集中力」が必要とされる。

本書は日常の猫との戯れや、鎌倉の幼少期の回想、折々の読書の引用などからなり、ある断片は中絶し、ある断片は【変1】【変2】と派生追記されている。意図はない。ここにはただ小説が「意図」に陥るのを免れんとする「半眼」の精神集中があるだけである。

『朝露通信』　保坂和志

時事通信・二〇一五年一月

小説について考え尽くされた小説。まさに「小説の闘争」、より正確には「〈言語による世界の物語化〉に抗する小説側からの闘争」の真摯さ・健気さに胸をうたれる。

馴染みの保坂節だが、隙だらけのようで隙がない。作者の筆は近年いよいよ軽やかな自在性をおびるかに見えてその実、鉄筆の刻印のように、一字たりともゆるがせにできない緊張があり、百八十五の断片中に一切気を抜く場所がない。本当に新聞連載された作品か。

言葉が物語を招いてしまう。「あれ」は語られたとたん「あれ」ではなくなる。物語化される前の「名づけえぬ」感覚、その記憶を、他ならぬ「言語」で指し示すこと。かつて田中小実昌が『ポロポロ』で試みたこの不可能への果敢な斬り込みに、本作もそのすべての紙面を費やしている。「僕は子どもとして人並みに感じたり考えたりするようになって、しかもそのあいだ字を読めないことに不便を感じなかった、そこに強引に字を憶えさせられたから字に対する違和感が体の奥に燠《おき》火《び》のように残っている」（103章）。「五歳六歳の僕はエロティックとはどういうことかをわかっていた、その後大人になってエロティックがどういうことかわからなくなった」（107章）。

106章。ヒーロー「まぼろし探偵」が、ござかむしろにくるまれて川に投げ落とされたとき、「僕はすごいエロティックなものを見たという自覚があった」。恐ろしい記述だ。あの瞬間のリアルをなぞり直すことの不可能。だが言語化以前の無名の「あれ」を生き直すためにこそ「小説」は存在する。

華厳経的な極小と極大の呼応世界が、この百八十五の露の面にも映じている。外と内が混在し、ボルヘスの「中国の辞典」の有名な一分類「この分類自体に含まれるもの」のように、それはまるで液晶上のウインドウが異なるウインドウを生起させ続けるのに似る。窓が窓を開く無限の過程で、同じ窓を再び、いや幾度でも開くような「ねじれ」が本作には起こる。主と副が互いを乗り越え続ける往還的な記憶の「泳がせ」。理路の脱臼するさまを眺める作者自身の眼差しが、そこには静かに息づいている。

ある年の読書日記

「新刊展望」二〇〇七年十月号

最近めっきり新刊本が読めなくなってしまった。体調のせいにあらず。薬味でない真の劇薬入り本が少なくなったのだ。ゆえに今回は僕がまだ読書に生死を委ねていた刺激的な時代を回顧する。

〈一九九一年八月〉

『虐殺50周年記念出版　大杉栄秘録』（黒色戦線社73年発行）を読む。不遜な言い方をご容赦願いたいが、ここに掲載された伊藤野枝《のえ》さんの面影（肖像写真）の出色のうつくしさときたらどうだろう。僕は本当に一目惚れしてしまった。この佳人が大杉栄と甥の宗一《むねかず》君とともに関東大震災のドサクサの中、甘粕《あまかす》大尉らに肋骨をベキベキに踏み折られ、ついには扼殺、古井戸に三人とも投げ込まれ石埋めにされた。

前著との関連から、辻潤が先妻の野枝さんを回想した「ふもれすく《ユーモレスク》」（大正十二年十一月・『辻潤選集』五月書房81年所収）を読む。僕が先程から伊藤野枝を「さん」付けで呼ぶのは、実は辻潤に倣《なら》ってである。彼は、自分と別れ大杉の元へ走った妻のことを、その死後まで野枝さんと哀切に呼び続けた。過激で薄命なアナーキスト大杉との人生を選んだ野枝さんと、ひとり遺されたみじめなダダイスト辻潤との対比的な運命は、僕の、「政治」や「イデオロギー」といった俗世に流通する大局的で手軽な抽象語への嫌悪に激しく拍車をかけた。

〈一九九四年八月上旬〉

奥崎謙三『宇宙人の聖書』(サン書店81年発行)を読む。かつて原一男監督の映画「ゆきゆきて神軍」でその常軌を逸した行動言動により日本中を震撼せしめた奥崎氏が、獄中で思索し回想した無念の記憶が綴られている。しかもこの書には、ある作家の幻の小説が、法に抵触するのを覚悟で無断転載されている。深沢七郎『風流夢譚』(「中央公論」60年)がそれだ。「中央公論」掲載当初には、谷内六郎さんの木版画、夏の夜の花火風景を描いた、いともあどけない扉絵が付いていたのだが、奥崎版にはそれがない。奥崎氏が自らの心血を注いだ反体制的自伝本を世に問いたかった心情も分かるが、個人的には六《ロク》さんの扉絵は再録して欲しかった。

〈一九九四年八月中旬〉

桐山襲《きりやまかさね》『パルチザン伝説』(「文藝」83年)の醸し出す痛切すぎる抒情《リリシズム》にいたく心を動かされる。かつて凄い才能があったのだ。僕ら戦後に生まれ、戦後教育を受けて平和に過ごした世代には、先の奥崎氏や桐山氏らの天皇批判・天皇憎悪というものが正直あまりよく理解できない。これはあの昏《くら》い戦中戦後を耐え忍んだ世代だけが抱く特有の怨恨の情、ルサンチマンなのであろうか。こうした政治的情念的葛藤が昔、この国で現に行われた。憎悪した側の奥崎・深沢・桐山の各氏はとうに鬼籍に入り、憎悪された側の昭和天皇も雲隠れして久しい。今では夏草と、照りつける夏の陽射しだけが、あの血塗られた悪夢の時代を記憶し、ほんの束の間、陽炎《かげろう》の幻影を僕らの心中に立ち上ぼらせるに過ぎない。

〈二〇〇二年十月〉

大江健三郎『政治少年死す　セヴンティーン第二部』(「文學界」61年)を遅ればせながら読む。原テキストの入手はかなわず、仕方なく鹿砦社《ろくさいしゃ》の再録版によった。一読、文句のない傑作である。新潮文庫所収の同作第一部では得られない鬼気迫る文学的挑戦がなされている。現実のテロリスト山口二矢少年については三島由紀夫も『奔馬』で飯沼勲のモデルとして構想しているが、大江氏の小説では三島氏と異なり、時代背景までも同じにしたことが社会的挑発行為との誤解を招き、結果あの傑作はたちどころに禁書とされ、文学史上から抹殺されてしまった。

だが、これらの傑作は、それが傑作である以上、いつか必ず復権する。あのフランス革命のさなか、バスティーユに幽閉されながらマルキ・ド・サドがものした膨大な禁書は、刻《とき》を超え二十世紀のシュルレアリストらに絶大な影響を及ぼした。すべては時が裁断を下《くだ》す。遠からぬ未来に、それは、きっと。

六つの文学批評

読売新聞「言葉を生きる」二〇〇七年十一〜十二月（六回連載）

一

「二人とも化かされてるんだから、糞《うんこ》を御馳走のつもりで喰べるんだよ」

光子は面白くて堪らぬようにゲラゲラ笑いながら、（中略）鼻汁で練り固めた豆炒《い》りだのを、さも穢《きた》ならしそうに皿の上へ堆《うずたか》く盛って私達の前へ列べ、

「これは小便のお酒のつもりよ（中略）」と、白酒の中へ痰《たん》や唾《つば》を吐き込んで二人にすすめる。

谷崎潤一郎「少年」／『刺青・秘密』（新潮文庫）

小説ではこの後、幼い「私」と友人仙吉が「おおおいしい、おおおいしい」と舌鼓を打ちながらこれらを残らずたいらげ、末尾では少し年上の少女、光子が自分の尿水（Urine）を彼らに飲ませるに至る。隠微な児戯の世界ゆえの鮮烈な残虐性がここにはある。これがなんと明治四十四年の作品だ。

十八の春、これを読んだ。それ以前に乱歩の「芋虫」や「盲獣」の猟奇に魅了されていたうぶな僕を、谷崎は完膚なきまで打ちのめした。あの、僕のなかの神であった乱歩さえ、時代的に谷崎の後塵《こうじん》を拝した追随者として認識し直された。これ以降猟奇で僕を圧倒しえた本邦の作家は谷崎と同時期に「酸漿《ほおずき》」や「尼《あま》ヶ《が》紅《べに》」を書いた泉鏡花ただ一人となった。

僕の愛する「ガロ」系統の稀代《きだい》の残酷絵師、丸尾末広の傑作「薔薇色ノ怪物」にも、これら先人の遺産が鏤《ちりば》められ、更にここには月岡芳年ら、はるか谷崎以前、江戸の無惨絵の血飛沫《ちしぶき》さえもが迸っている。

異常さは、現実の戦争の惨劇に場を譲ったが、路傍に屍体を見なくなった現代、それらはふたたび恥ずかし気もなく文学の定型として反復されている。阿部定《さだ》も佐川君も遠い古典だ。谷崎以後、もう僕らは残虐にも異常性愛にも飽きた。それでもなお量産される紋切り型は、今や忠臣蔵や水戸黄門と同じ定番芝居と見て差し支えはない。

二

腹のなかに詰めこんでいる食物に、美少年たちの体から排泄された糞やら、彼らの涙やら、汗やら、血やらを混じり合わせた。この地獄の食事がようやく終ると、ジェルナンドとヴェルヌイユは、いま殺したばかりのセシルともう一人の少女の血のみでは、今日の祭の主神である地獄の神への奉納物にはまだ足りず、（後略）

マルキ・ド・サド『新ジュスティーヌ』澁澤龍彦訳（河出文庫）

一七八七年、革命前夜のバスティーユ牢獄で書かれた原版を革命後に書き改めた最終稿である。カトリック的禁欲に加え、革命の弾圧、風紀取り締まりが、皮肉にも、この、世にも恐ろしい悪の華を咲かせる肥やしになってしまった。

明治期に咲いた谷崎の悪の華、それら日本の猟奇の風土は、絶対的な宗教倫理への冒瀆という超人的な側面を持つサドとは異なり、「陰影」、読者のうしろめたさ、その極度に内省的な罪悪感と生理的嫌悪感を拠り所としている趣がある。これは鏡花や乱歩、その後の多くの類例らについても同様だ。サドは罪悪感を踏みにじり超越している。

日本における残酷表現に飽き足らなかった三島は、かつてこの国を抑圧し得た天皇制と武士道という二つの「神」にしがみつき、自らの刃《やいば》で残虐死とエロティシズムを実践して果てた。彼はサドになりたかった、否、自身が同様の悲劇的運命を被《こうむ》りたかったのである。

サド以降のフランスでは文豪による匿名ポルノグラフィーの伝統が続き、英国でもヴィクトリア朝の道徳遵守への反動により好色小説が量産された歴史がある。

禁じられるからこそ破る。その抑え難い潜在的な欲望を現実に先んじて具現化する。これが文学の存在理由《レゾン・デートル》だ。しかるに、殺人モノが流行れば殺人モノ、虐待モノが流行れば虐待モノ……。昨今、僕はこうした「異常さ」等に対するマンネリな後追いルポや二番煎じ小説を、総じて「水戸黄門」と呼んでいる。

三

〔我が子を宿したマルトに逢えず、苦悩する日々……〕
ある日の正午、弟たちが、マルトが死んだ、と叫びながら学校から帰ってきた。……雷は、一瞬のうちに人間を襲う。あまりに素早いために、当の本人は苦しまない。

レイモン・ラディゲ「肉体の悪魔」（新庄嘉章訳・新潮文庫＝旧訳版）

愛する者の死。ラディゲの本作は例外的な傑作だが、しかしこれほど古典的で手垢《てあか》にまみれた主題の類似作が、今なお読者のお涙を頂戴する。非情な言い方をすれば、これが作家にとってあまりにお手軽で、手堅く稼げるのも、ひとえに主人公が型どおり、殊勝に死んでくれるおかげなのだ。

これまでに作られた「泣かせる映画・ドラマ」の鉄板は、この定型をほぼ踏襲している。観衆の要請とはここだけの話、「助けて下さい！」ではなく、寺山修司風「死んで下さい！」なのだ。痛ましいことである。過去には「赤い疑惑」の山口百恵、映画「つきせぬ想い」（香港・一九九三年）のアニタ・ユンが白血病、長澤まさみと綾瀬はるかもやはり白血病で、沢尻エリカに至っては二度も別々の難病で観衆のお涙に殉じた。

ここまで来ると、あの名作堀辰雄の「風立ちぬ」さえもが先行ドラマからのノベライズであるような反転した錯覚に陥りそうになる。

最近量産されているケータイ小説の多くがこの遅れてきた「水戸黄門」のさらなる亜流を、無自覚に垂れ流しているやに聞く。もしケータイ小説にこの定型の反復を禁じてなお何らかの表現の場がそこに残るなら、この若い様式も束の間のバブルに終わるのを免れるかもしれない。

いずれにせよ、引用したラディゲの傑作と彼ら「水戸一族」との遠い径庭は一朝一夕で埋められる度合いのものではあるまい。

四

彼は水平線へ半円を沈めて行く太陽の速力を見詰めていた。――あれが、妻の生命を擦り減らしている速力だ、と彼は思った。（中略）彼は枕を上へ上げてから妻を静かに枕の方へ持ち上げた。「何んと、お前は軽い奴だろう。まるで、こりゃ花束だ。」すると妻は、嬉しさに揺れるような微笑を浮べて（後略）

横光利一「花園の思想」／『日輪・春は馬車に乗って他八篇』（岩波文庫）

強靱な文体と表現の力、そして瑞々しい感性を持った文章だけが百年を生き延びる。

年表で、ちょうど百年前の一九〇七年時点に名前が見られる作家は二葉亭、漱石、鷗外、露伴といったあたり。百年とは恐ろしい時間だ。当時いくら名だたる大家であったとしても、表現力と感性のない者はいずれ有象無象《うぞうむぞう》の類《たぐい》に括《くく》られてゆく。むろん、それは現代の僕らとて同じである。

「死と愛」に限っていえば、これはあまりにも書き尽くされた題材であり、引用の横光も、堀辰雄も、武者小路も、野菊の墓も、火垂るの墓も、八つ墓……は少々死にすぎだが、とにかく、もう今後は打ち止めだろう。最愛の人が亡くなれば誰であれ悲しい。でも、それが文学たりうるのは、そこにただ「死と愛」があるからではなく、「表現力と感性」があるからである。

我が子や親や恋人や妻の死を実際に体験したとする。この行き場のない思いを書きたい、作家なら当然の欲求だ。しかしもしそれをこの現代、出版物レベルで実行に移すのなら、どうしても先の作品群を超える傑作でなくては価値がない。現時点ならあの「ノルウェイの森」以上のもの。そうでなければ、それは単に作家の自慰行為にすぎまい。これが後続作家の不可避の制約であり、礼儀であり、覚悟、であろう。

五

（前略）紙面に臨んで呆然としている書き手の図を、いかにも作為あり気にしたためているこのもう一人の自分、つまり正真正銘の現実の自分というものも、ぶっちゃけた話ここにこうして現実のキーを叩いているのであってみれば、その事実をあえて意識の上にのぼらせないまま小説の終いまでポーカーフェイスをきめこみ続けるというのもまた、（後略）

『アサッテの人』諏訪哲史（講談社）

この拙作の入れ子構造《メタフイクシヨン》を指摘して、鬼の首でも捕ったようにアヴァンギャルドだ前衛だと煽《あお》り立てる方がおられる。だが書いた本人は実は前衛とも何とも思っていない。前衛どころか、これはよくある私《わたくし》小説だとでも言い捨てておく方がよほど気が利いている。なぜなら、殊更に言及せずとも、元々すべての作品世界と作者の関係が自明の入れ子なのだから、あえて「私《わたくし》」がそれにふれたとて、別段驚くには当たらない。要は小説の孕《はら》むその自明な枠に生理的違和感を抱いたか否かだけの問題だ。僕は、書かれる作品と書く自分を縛るこの不可視の、だが歴然と存在する定型的な入れ子の桎梏《しっこく》を仇《きゅう》視《し》し、枠の外へ出ようと足掻《あが》くこと、その、執拗な枠への自意識がさらなる枠で自分を囲い込む、……繰り返される外への飽くなき跳躍が逆に、外箱から外箱へと無限連鎖で自己を閉じこめてゆくジレンマを書いた。

そうした僕の試みの挫折が「叔父」の失踪を引き起こし、ついに小説じたいを終わらせる。いわば、「叔父」も僕も、小説=言葉の逆説《パラドックス》に敗れたのだ。

筆をおいてみれば、それだけは回避したかった「小説が不可能である」というありふれた体裁の「小説」が皮肉にも僕の前に姿を現していた。定型や枠組みから身を翻すことだけに費やされたはずの僕の努力の、呆れた結末が、すなわちこれであった。

六

私の最も信じ難いものは、私自身の実在である。私は絶えず私から抜け出す。そして、行動する自分を眺める時、私に行動を眺められている者と、それを眺め驚いている者とが、はたして同一人かどうか解らなくなり、その者が、同時に俳優であり観客であり得ることに、疑問を感じるのだ。

ジイド『贋金つくり』川口篤訳（岩波文庫）

先回は自作を語るのに汲々としすぎ、少し反省した。この寄稿も全六回の最後となった。総括的なことを述べたい。

前回にも書いたが、作品と作者の関係そのものが自明の入れ子なのだから、メタフィクションであることじたいには何の前衛性も新しさもない。あえて作中で言及しようがしまいが、現代において文学に携わる全ての者は当然のごとくこの枠組みを認識している。引用のジイドはいうに及ばず、遡《さかのぼ》れば、かのドン・キホーテも小説の後編では、前編に主人公として登場した自身の立場を知っており、さらに彼は盗作された「偽のドン・キホーテ後編」をふむふむと「自分で」読んだりする。

あえてフーコーを持ち出すまでもなく、こうした自己客観視の誕生こそが近代の誕生であり、ひいては自己監視的な「監獄の誕生」でもあった。自分の今いる次元をそのまた外から俯瞰《ふかん》する視点を獲得した近現代人の不安がここから生じる。

僕ら現代人はドン・キホーテよろしく自らの滑稽さをあたかも自分の映っているＶＴＲをリアルタイムで観るように解っており、ゆえに意識した振る舞いが作為に陥り失敗する。失敗が滑稽なのではなく、失敗を省みてさらなる作為を重ねる僕らの様《ざま》が滑稽なのだ。この「自意識の軛《くびき》」がかねてからの僕の文学的関心事であり、自身を蝕む病根でもある。

「漂流」への意志、ふたたび

川上音二郎と貞奴《さだやっこ》、江戸から明治への移行期・転換期には、この二人の、有名な海外逃亡未遂・海上漂流事件やら、その後の渡米やら渡仏やら、凄まじい波乱万丈のスペクタクルが現実に繰り広げられ、彼らがその流浪の果てに生み出した、やみくもともいえる舞台芸術（総合芸術）のなかから、演劇・文学・音楽（音二郎のオッペケペー節は海外での日本人初のレコード音源となった）が派生していった。

その貞奴が晩年を過ごした文化サロンの先駆け、ここ二葉館は、地元名古屋の諸芸術を一世紀近くにわたって、ひっそりと見つめてきた。

尾張名古屋近辺はもともとが坪内逍遥や二葉亭四迷もいた、文学にゆかりの土地柄だった。童話作家の新美南吉は半田、僕の愛してやまない詩人の金子光晴は津島、シュルレアリスムやダダイズムを紹介した山中散生《ちるう》や、それを日本で実作した詩人春山行夫は名古屋で生まれ、あの江戸川乱歩も少・青年期を名古屋で過ごした。最近では、作家の城山三郎、歌人の春日井建も永く地元在住者だった。

「名古屋・文化のみち二葉館館報」二〇〇八年十月

総じて前衛的、進取の精神に富み、日本でいち早くモダニズム建築も取り入れた、新しもの好きの名古屋の気風。……

ただ僕自身はこうした「名古屋文学」気質なる幻想を、本当のところ、決して地理的な必然とは思っておらず、昨年（二〇〇七年）どういうわけか地元出身の文学賞受賞者が相次いで出た現象にも、当事者のひとりでありながら、単に偶然の産物だった、といくぶん冷やかに静観している。

風土が文学者に影響する度合いにも当然ながら限度がある。例えば、僕自身の言語への執着は、デビュー作『アサッテの人』に顕著なように、幼少期にかかった重い吃音癖に端を発している。

人が詩人・小説家となるのは「他者」と出会った時であり、僕の場合「他者」とは吃音だった。

確かに名古屋は東西の中間に位置し、言語的・文化的な潮の合流点ではある。だが、その言語の異物感を「他者」として認識・対峙し、それに全霊で抗えるか否か、そして、その抗いが自分自身をも変容させうるか否かによって、各人の言語感覚に大きな差異が生まれてくる。

偉大なる先人たちも、それぞれがどこかで「他者」と出会っているであろう。海外で、あるいはこご名古屋で……。つまりは場所ではないのだ。どの場所においても「他者」との接触は起き、どの場所においても、その一人の人間の内部において「文学」は発生する可能性をたえず秘めている。

しかし、たとい出会っても、そのまますれ違えばそれは「他者」ではない。名古屋は文化的な好立地にありながら、その衝突を無意識の裡《うち》に永く避けてきたきらいがある。

文学の分野に限らず、現在の名古屋に欠けているのは音二郎と貞奴の企てた、向こう見ずな「漂流」への意志である。人生の最大の価値を安定・安住に置きがちなこの地の人々は、精神的にも、また現実的にも冒険を好まない。たえず賭け金を一定以上残しておきながらの、安全な勝負にしか手を出したがらない。それゆえ、丸裸の全敗に陥ることもなければ、反対に全勝、文化的栄光の頂をみることもまた、永久にない。そして、不思議なことに、そのことを名古屋人は実はたいへんによく自覚しており、いつの日か「名古屋の時代」が来るなどという世迷いごとを一切信じない冷徹な本音を心に隠しつつ、そとづらでは愛想笑いさえできる「いい人」になってしまった。

貞奴らのおこなった昔日の溺死覚悟の「漂流」など、今のぬるま湯の名古屋には望むべくもない。名古屋はかつての貞奴の持っていた気概を忘れ、ひたすら内向化し、良くいえば謙虚、悪くいえば卑屈なうすら笑いに、いつのまにか慣れてしまった。

「漂流」への意志、「他者」との対峙を恐れぬ強靭なかつての名古屋の進取の精神が、いっそう現代の我々に求められているのではないか、そんなことを僕は思う。

百年目の太宰治　太宰治生誕百年

「週刊読書人」二〇〇九年六月十九日

小学時代の大半を僕は宮城県仙台市でおくった。図書室には東北六県を網羅した郷土文学の書が充実していた。岩手の賢治・啄木・遠野物語はじめ、青森の太宰も全集レベルで揃えられていた。

まず僕は隣県の岩手を読んだ。岩手の本たちは、なにかしら「文学の純粋」といった観念を僕にもたらした（この時点の僕は『春と修羅』や『ローマ字日記』を知らなかった）。小学三年時に青森を、太宰の『走れメロス』を読んだとき、奇妙な印象を受けた。その印象の正体が何であるか、当時の僕は理解しなかった。ただ、なにか「純粋でないもの」が文学の世界には存在する、そう感じた。僕のこの最初の印象は、不快でありながら、しかしおそろしく切実なものだった。後にそれが「小説」というある種の文学的畸形、「病」の本質であることを僕は自覚する。次に借りた『人間失格』は三度読んだ今でも好きになれないのに、『斜陽』はずっと僕の座右の書たりえている（この矛盾は作者本人と語り手、それぞれの仮面性の関係に由る。後者の仮面は作者にとって客観的な他者だが、前者のそれは「本人の貌を擬した仮面」、自己に淫するゆえの「不純の不徹底」に陥っている）。その後『富嶽百景』や『ヴィヨンの妻』などを経て、僕はだいぶ後に最初期の傑作『晩年』を手にした。五年生だった。僕は打ちのめされたまま名古屋へ転居した。

太宰以前、僕には宮沢賢治があった。それは僕に純朴・純粋という印象を与えたが、今では賢治のなかにあるのっぴきならない不純ゆえに僕は賢治を愛するという逆説に気づいている。そしてこの不純、作為という自意識の病、それこそが小説そのものであると決定的に悟らせてくれたのが太宰だった。僕はこう考えるに至った……「作為への自覚を孕《はら》まないものは小説ではない」と。これはすべての書き手にとって峻厳な楔《くさび》である。自ら堕落・罪を求めるような太宰の偽悪的・作為的身振りを蛇蝎《だかつ》のごとく嫌悪した三島由紀夫でさえ、他ならぬ彼自身が文学史上に並ぶ者なき「仮面的な作為の人生を生ききった作家」であることはもはや論を俟《ま》たない。だが、三島本人は解っていた。自らが作為の権化、蔑むべき太宰と実は双生児のように似通った道化であるという事実を。後世の僕にとって二人はこれら同質の自意識の病を持つ点で真の小説家である。一方は惨めに、一方は勇者ぶって逝ったが、この対照が作家の作為によって造型された作品、造られた像である点で両者は正しく双子なのだ。

道化とは自分が道化であることを知る者である。太宰は最初期の『晩年』ですでにその痛切な自覚を文章に彫り込んでいる。僕のとりわけ愛するのは巻頭の「葉」だ。この短編ひとつでどれほど少年期の僕は震撼させられたことだろう。劈頭、死のうと思っていた語り手が着物をもらう。それがたまたま夏の着物だったので、ぼんやりと夏まで生きていようと彼は思う。ただの夏着ごときに延命される彼の重みなき生。この奇跡の書き出しが太宰の小説的人生の書き出しであり、ここにはあまりにも真実らしく見える堕落、天才的な彼の作為・ポーズの妙が冴えわたっている。僕には基督教も左翼運動の挫折も全て後づけの口実としか思われない。サナトリウム文学に憧れて自ら結核に罹りたがったという逸話のみが唯一、彼の計算高い作為的な本質を物語るものだろう。今回、千四百字で太宰を語ろうと試みたが、処女作品集巻頭の文章を持ち出すだけですでに紙面は尽きた。しかし、短編「葉」のこの冒頭文だけで彼の文学を言い当てる試みを、僕は決して無謀とも不毛とも思わない。

莫言さんとの出会い

奇縁というべきだろうが、先日ノーベル文学賞を受賞した中国の作家莫言（モーイェン）さんと、まだ受賞前の二〇〇八年に、僕は一緒に蒲郡の露天風呂に入ったことがある。

込み入った話で、まず莫言さんが愛知の知立《ちりゅう》にある称念寺の住職とかねてから懇意で、その年に訪日された。片や僕の母の友人と住職が親しかったことから、住職が「作家同士を引き会わせたい」と思いつかれ、僕が一泊温泉旅行に誘っていただいたのである。

称念寺でお目にかかったとき、僕は莫言さんの本をかつて五冊ほど読んでいたので、大好きな『白い犬とブランコ』と『酒国《しゅこく》』を持参したら、これに即興の漢詩を書いて下さった。

ノーベル賞受賞は喜ばしいことだが、これまでも様々な政治的思惑の具にされてきたこの賞じたいに僕はさほど関心はない。莫言さんはそれ以上に、つまりノーベル賞以上に偉大な作品を書いてきた作家だと思っている。彼の圧倒的な傑作群の前では、ノーベル賞すらちっぽけな、ブリキのピンバッヂにすぎなかろう。

「朝日新聞　名古屋本社版」二〇一二年十一月六日

僕が初めて読んだ莫言さんの本は有名な『赤い高粱《コーリヤン》』である。映画も観ていたが、原作に漂う土着の習俗が、それを作ったはずの人間の運命を翻弄する様が圧倒的だった。最も郷愁に溢れ美しいと思われるのは前述の短編集『白い犬とブランコ』だ。これを読んだ時、僕はチェーホフを想起した。氏に申し上げると、はい、かつてチェーホフを愛読しました、と素直におっしゃった。もちろん他にも魯迅の「狂人日記」の、人間が人間（子供）を喰らう末世の地獄絵が、『酒国』や『蛙鳴《あめい》』の残酷諷刺に影を落としていないはずはない。

莫言さんの手法は確かに魔術的《マジック》リアリズムには違いないが、僕が見るに、よく喧伝《けんでん》されるガルシア＝マルケスのそれよりも、東欧ユダヤの奇習を描いたシンガーや、日本の深沢七郎の土俗を描いた作品に近い気がする。彼らは自身の知る現実を現実と信じて書いている。魔術的な意匠を大袈裟に書いているのでなく、彼らのいう本当の現実が我々の眼にはさも「魔術的《マジカル》」に映るだけの話である。

莫言さんは寡黙で穏和な作家だ。常に静かな笑みを湛《たた》えるその眼の奥に中国の社会的矛盾が見透かされている。氏はあえて亡命せず体制の内側に留まり、軟禁拘留の一歩手前でじっと長期戦の抵抗を続けている。

公衆良俗に反するエロティシズム（『豊乳肥臀《ほうにゅうひでん》』）や刑罰拷問の社会的残虐（『白檀《びゃくだん》の刑』）、これらを書くことで、直接に政治的でなく、婉曲的な搦《から》め手から当局に抗してきた。前者は『紅楼夢』や『金瓶梅』等のポルノグラフィー、後者は『史記』の「呂后」などに見られる凄惨な私刑の数々、いずれも中国の文学的遺産の踏襲であり、莫言さんはいわば自国の文学史を人質にとって、その否定を避けたい現政権に筆で抗っているのだ。そういう作家が今回の受賞で国民的作家になること、これは当局にとっては非常に神経を消耗する「苦い顔の祝福」であるに違いない。

莫言さんは尖閣問題についても、「争いのある場所へは行かないことだ」といっており、僕自身まったく同感である。願わくば、尖閣も竹島も地球上から消滅して青海原になってくれればいいとさえ思う。莫言さんもきっと同意して下さるだろう。

僕と莫言さんでは格が違いすぎ、文学者間の政治を越えた交流などという大それたことはいえないが、文学の偉大さは国境を越えて普遍的であり、莫言さんが素直な友情を携えて訪日されてきた事実を慮《おもんぱか》れば、「個人としての彼」を政治的状況によって拒絶する理由など、僕ら日本人には絶対にないはずではあるまいか。

ダダと「言葉の刻印力」——中原中也の詩

「中原中也記念館・館報」二〇一三年三月

あれからもう四年以上が経つのだ。

二〇〇八年の十月十二日に、僕は中原中也記念館の誘いで、名古屋から山口の湯田《ゆだ》温泉へ訪れ、講演をさせていただいた。

東海道・山陽新幹線から在来線を乗り継いで、昼前に、僕は湯田温泉駅へ降り立った。深まりつつある秋の好日、空は澄んで山は悠然と迫って見えた。行きは送迎の車に乗せてもらったが、講演後の帰り道は駅までの十数分の道を歩いてみたくなり、記念館の玄関で皆さまにお別れを申し上げた。歩き出すと、ほどなく高田公園（現・井上公園）にさしかかり、子供らと挨拶しながら中也の詩碑を読んだ。駅の前に新設されたらしい広い車道の前で信号を待つ間さえも、空には風が鳴り、四方をとりまくすべての空気や音が、不可思議な茫漠とした感じを僕に与えた。本当に夢のような、束の間の日帰り講演旅行だった。

束の間の滞在だったはずの湯田温泉の風景が、なにゆえここまで強く僕のなかに印象づけられているのか。それははっきりした現実感というよりも、幻影のようなはかなさであり、中也が少年期を生きたこの桃源郷の時空なればこそ、一種異様ともいえる地霊の感応を、僕も受けたのではなかったか。

幼少から放浪に放浪を重ねた魂の詩人中也は、どこへ「去る」ために旅をしたのであろう。彼は実は、ひたすらに、「帰りつづけていた」のではないだろうか。彼の家路は、しかし、難儀な迂路となった。それが中也の生、帰路であるはずの、長くつらい旅路であった。

あの日、僕が行なった講演は、「ダダとポンパとゆやゆよん」という演題の、いささか妙ちきりんなものだった。僕という一介の現代作家が、中也という文学史上の天才的詩人にかんして、なにごとかの弁を弄《ろう》するには、唯一、「ダダ」という「言葉の破壊的作用」を共通軸にして、狂言役者さながらに立ち回るしかなかった、というのが本当のところである。

十五歳の中也が京都において、高橋新吉のセンセーショナルな詩集『ダダイスト新吉の詩』を読んで衝撃を受けダダに傾倒したという史実じたいはともかく、僕は中也の詩の本質、その中心に、他ならぬダダがあった、否、それどころか中也は、詩という文学、もしくは、すべての文学なるものの本質のうちにダダを見ていたのではないか、そう愚考するものである。たとえばそう、次の詩を見られたい。

名詞の扱ひに
ロヂックを忘れた象徴さ
俺の詩は

宣言と作品の関係は
有機的抽象と無機的具象との関係だ
物質名詞と印象との関係だ。

ダダ、つてんだよ
木馬、つてんだ
原始人のドモリ、でも好い

歴史は材料にはなるさ
だが問題にはならぬさ
此のダダイストには

古い作品の紹介者は
古代の棺はかういふ風だつた、なんて断り書きをする
棺の形が如何《いか》に変らうと
ダダイストが「棺」といへば
何時の時代でも「棺」として通る所に
ダダの永遠性がある
だがダダイストは、永遠性を望むが故にダダ詩を書きはせぬ

（「（名詞の扱ひに）」）

詩とは意味である前に文字・音声であるのだから、中也の詩から内容や概念のみを抽出するのは本来、批評者の無粋な狼藉である。けれども、この引用の詩篇のなかで語られている事柄は、おそろしく深遠である。

この詩篇はすなわち、「ダダでないものは詩（文学）ではない」、そういった当時としては極めてモダーンな文学観の、言葉少なな披瀝である。僕にはそう読める。

自分の詩において名詞を扱う際、そこに論理や文法、一定のルールはない。中也は詩の冒頭でまずそう述べている。

次に、歴史は知の材料になりうるが、ダダイストにとっては何ほどの問題にもならない。これは「言語における意味の優位」という旧弊をこき下ろす中也独特の罵言である。

棺の形が時代とともに変遷しても、仮にそれがまるきり棺に見えぬ物象となり果て、死者を葬るための入れものという用途さえ失ったとしても、それを一人のダダイストが「棺」だと指呼すれば、「それ」はたちどころに「棺」となる。しかも一度ダダイストに名づけられた「それ」は時間が経てば「それ」でなくなり、つまり「棺」でなくなる。ダダイストが、いつまでもそれを「棺」と呼ぶことを許さないからである。これらが、名称の永遠性の否定の意志である。

ダダイストとは、詩人とは、もっといえばあらゆる言語芸術の徒とは、ただひたすら世界を指呼する、さまざまに指呼しつづける者である。指呼された世界は、それによって全体から切り取られ、物質的に限定され、気がつけば、彼によって投げ与えられた言葉の下に、暫定的に、その物は顕れている。

わざわざ記号論を紐解かずとも、物は言葉の後に顕れる。よもやその逆ではなかろう。はじめに言葉があった。しかるに、言葉を創造する畏れ多いあるじの玉座を、僭越にもダダイスト風情が乗っ取ったかのような言い振る舞いである。が、ダダとは僭越をこそ宗とする破壊と越権の記号操作の営みであり、個々のダダイストらは俗世において、巷間において、市井において、荒ぶる全能の言語創造主たらねばならないのだ。

ダダイスト＝詩人＝言語芸術家にとって、世界に既存する「母国語《ラング》」こそが仇《かたき》である。人類のコミュニケーションに資する有用言語とは、殲滅《せんめつ》すべき対象である。けれども、それには彼らは、すべての発話者にとって「外国語」であるところの「ダダ」（無意味語）を発明し、安穏とした「母国語」的日常言語を絶えずせせら嗤《わら》わねばならないのである。

田の中にテニスコートがありますかい？
春風です
よろこびやがれ凡俗！
名詞の換言で日が暮れよう

アスファルトの上は凡人がゆく
顔　顔　顔
石版刷のポスターに
木履の音は這ひ込まう

（「春の日の怒」）

一行目・二行目・三行目のそれぞれ三つの文は、中也によって周到に、相互の聯関を断ち切られ、有機的・建設的な言葉の組織化を封じられている。そしてその詩の、ダダ的なもくろみが、四行目に、さも慇懃《いんぎん》無礼といった態で、わざわざ「自解」されている。その自解こそが、何よりもダダ的な、「母国語」（日常言語）話者への痛烈な冷笑に他なるまい。

一見ダダとは思われぬ大人しい詩句も、中也の場合、多かれ少なかれダダ的な感性によって選ばれている。「母国語」にとって破壊的なダダは、反面において、一度聴いたら耳から離れない流行り唄のフレーズのような、強い感染力を有している。

——トタンがセンベイ食べて

——ゆあーん　ゆよーん　ゆやゆよん

——千の天使が　バスケットボールする。

——ホラホラ、これが僕の骨だ、

四例いずれもが、日常的な言語の使用を、ダダによって禁じられた詩句である。こうした無意味な「外国語」こそが、中也の詩の本質である。さらにいえば、すべての詩、否、すべての言語芸術の本質である。

僕が用いるこの「外国語」という概念、言い方は、実は、もともとフランスの思想家ジル・ドゥルーズの用語「マイナー文学」からもたらされたものである。ドゥルーズはプルーストの言葉を借りながらマイナー文学についてこう定義する。「作家は、(中略)言語の内部に新しい言語を、いわば一つの外国語=異語を発明する」(『批評と臨床』より)。一つの言語、日常的「母国語」の内部において、非日常的「外国語」を発明する営為、それがマイナー文学であり、ダダであり、詩、小説、言語芸術の本質である。

ところで、詩人・作家によって発明された「外国語」(=ダダ)は、母国語のなかに置かれるや、読者に対して凄まじい「刻印力」を発揮する。ロシア・フォルマリズムなど詩的言語研究の用語ではこれを「異化作用」ともいうが、呼称は変われど、みな言葉の有する同様の性質、すなわち「意味の脱却作用」を指すものである。

以上を総合すると、次のような極論が導き出されよう。すなわち、中也のいくつかの詩はダダである、という文言は正確でなく、中也のすべての詩はダダであり、また、中也以外の詩人、それが本質的な詩人であるならば、彼の詩のことごとくがダダである、ダダでなければならない、と、いうものだ。

かつての僕の講演、それは本論のごくごく一面を紹介したものであった。あの日それをお聴きになった方は、「そうか、中也にはダダの要素があるのか」という一文に早計に括ってしまっておられるかもわからない。とすれば、僕の真意はそうではなく、「詩とは本質的にダダでなければならず、中也が本質的な詩人であるからには、彼はダダイストたらざるをえない」と、そう結論すべきである旨を、四年以上を経た今、改めて、ぜひ申し上げたいのである。

もしも言葉が液体であったなら

川上未映子『先端で、さすわさされるわそらええわ』

「群像」二〇〇八年六月号

洋裁で使うお母さんの霧吹きを持ち出し、得意げな顔をして、しゅっしゅっしゅっしゅっとそこらじゅうに霧を吹きますね、ふつう、子供というものは。いとも優雅に、聴きかじったワルツかなにか口ずさみながら。すると、霧は日当たりのいい窓際などに虹を架け、透明なガラスの表面にキラキラとこまかくわだかまります。霧の粒子は次第にそちこちに集合して個々の水玉へと分かれ、やがて、そのままそこに居座るもの、重さで流れて他と合流、涙のように伝うもの……、色々なかたちに模様を描きます。模様は、いつもきまぐれに自分を描くので、その場に立って模様の生成を長い時間かけて見ていた子供は、いつしか口ずさみをやめ、口元から悪童らしい笑みを消して、やや真剣な、不思議そうな面持ちで、自らのあどけない蛮行が生じさせた偶発的な風景を、息を呑んでじっと見つめます。……そこに不意に生じた風景、粒子と粒子が、そのときどきの感情の赴くがままに、あるは点のまま、あるは縦に長い帯ともなり、気がつけば、一種異様な風体で僕らの眼前にある……。それが川上未映子の描く詩《うた》です。

もともとが液体なので、彼女の言葉は、そのときどきで固体であり、気体であり、あえて、液体のままであったりもします。たとい目には見えない気体となった時でさえ、それはちゃんとそこにいて、ふたたび液状化、固形化すべき時を待ち、あるいは、気体化した言葉という矛盾を、そのまま肯定しようとしたりもします。見えない時は聴いてみて、嗅いでみれば、気づきます。それはそこで自分を奏で、匂い立たせているはずですから。けっして、気散して千の風になったりはしません。大きな空の高みなどを吹き渡っていたりはしません。けっしてしません。彼女の言葉はそこに……、いつも、けなげに僕らの眼の前にたたずんでいるんです。

もしも彼女の言葉が液体であったなら、それを口に含んでみたい。窓ガラスに唇を近づけ、舌でしずくを舐めとってみたい。その液体はなんでしょう。ウィスキーでしょうか？　致死量の劇薬かもしれません。いや、神秘的な彼女の体内から出た分泌物かも……。涙や汗や唾液ならまだ無難な薄味です。ことによるとそれは尿水、愛液、乳、そして経血……。それら香り高き蒸留酒、毒液としての言葉が、つねに僕の望むところです。

この愛しき液体に、外からあらかじめ形を与えようとする憎むべき高圧的な「枠」があります。それはたとえば「詩《し》」という名のカテゴリー。あるいは「小説」という名のそれ。彼女の言葉が気体であった頃、その言葉は人が聴き、奏でられる「音楽」というものでした。でも、そうやって「歌詞」に姿を変えてそこにあろうとした彼女の言葉は、売り物にならねばならないという制約によって、リスナー向けに矯正・削除をやむなくされ、歌詞とはこういうものだ、という業界の規範に甘んじざるを得なかったでしょう。

「矯正されて矯正されてデビューするまでに二年くらいかかって、それでもうまくいかずに作詞家のひとに発注されたりもして、」（早稲田文学0号所収インタビューより）。

十全な身体の戯れを規制された液体は、いつか、存分に好きな場所でわだかまり、どこまでも流れてゆける場を欲しました。ある日、彼女の付け始めたネット上での公開日記が識者の目に止まり、彼女が思うまま描いた詩や散文を一度読んでみたい、と話を持ちかけたとき、初めて彼女の液体は世界を得たのです。そこに現れた彩《いろ》とりどりの模様たちが、一冊の本にまとめられました。それが本著『先端で……』です。

これらの詩《うた》を描いたあと、彼女の言葉は流れ流れて、知らず「小説」という場所に至り、そこで「わたくし率　イン　歯ー、または世界」が立ち現れました。この奔放なうつくしい融通無碍《ゆうずうむげ》はしかし、あまりに奔放たるがゆえに、「小説」という大人びた「枠」から、その逸脱を良しとはできぬ等の不当な弾劾に少なからずさらされたりしました。さらされはしましたが、彼女の言葉は風にさらわれることなく、靭《つよ》くそこにあり続け、新作「乳と卵」では少しだけ「小説」の要請するお説教に耳を傾け、お行儀を良くしてあげた（?）ので、ついに無用の非難を鎮めることができました。晴れて芥川賞の受賞が決まったとき、彼女はその事情を知ってた人にだけ目配《ウインク》せしてみせてた……実は。

でも、すぐに僕はこう言い直します。新作の彼女は、自分の液体《ことば》の持つ本来の奔放さを、制度に阿《おもね》って捨て去ってしまったのではけっしてない、と。その証左に、おそらく鎖を解き放たれた彼女の言葉たちは、今後、よりラディカルに、猛々しく、その液体をぶちまけ、飛び散らせるでしょう。もう誰も彼女の言葉を止めることはできません。僕らは翻弄されつつも、内心では笑みを浮かべ、それらの言葉の模様を見て、聴いて、嗅いで、味わえばいい。

彼女の詩に、構造や起承転結を強いることが甚だしい間違いです。彼女の詩を読もうと思っていた人、それは詩ではありません、小説です。彼女の小説を読もうと思っていた人、それは小説ではありません、詩なのです。文学だと思って「読んだ」人、それは歌です。歌だと思って「聴いた」人、それは文学です。言葉です。液体です。なにより、定義しがたい彼女自身なのです。

この『先端で……』は「詩集」と言われることが多いですが、ちょいとそこの本屋さん、小説の棚と両方に置いて下さいよ。もちろん「イン　歯ー」は詩の棚にも。これらの本、CD屋にも置いちゃいましょう。それが正しい「分類」です。『先端で……』は因みに、戯曲や哲学のように見えることもありますから要注意です。図書館さんも困りましたね。にっちもさっちも行かなくなったら、三冊を三個所に置くか、仕方がないので分類「その他?」に入れるほかないでしょう。せいぜい煩悶して下さい。

ではまあここらでいよいよ個々の液体について詳細な吟味に入ろうと思……、え?　なに、時間切れ?　なわけが……、お、痛い、やめ、そんな手荒、み、みなさん、あの、ぶっちゃけ収録作ぜんぶいいから……、さすわもおしっこもちょっきんもうっとりも……、何ここ……政見放送?　心はあせるわ。

Louis《ルイ》のいない透視図　前田塁『小説の設計図《メカニクス》』

「群像」二〇〇八年七月号

昨年の秋、僕が新宿の酒場でわずかに言葉を交わしたはずの人物は、いま思えば「前田塁《ルイ》」ではなかった。詭弁《きべん》を弄すのではない。Louis Maeda なる書き手など、この世のどこにも存在しない。ならば、現に眼の前にあるこの著『小説の設計図《メカニクス》』（青土社）を記したのはいったい誰だというのか。人は囁くだろう。ことさら「前田塁」という名に拘泥せずとも、よく目を凝らせば「本当の書き手の名」はこの本の内と外の間《あわい》に、ほら、小さく、しかしはっきりと刻まれているではないか。なんならそっと耳打ちしてやろう。彼の真の名は「＊＊＊」だと……（前田塁＝市川真人）。

著者の「正体」など遥か昔から承知らしい訳知り顔のスノッブらをなお挑発・愚弄する気は毛頭ないが、彼の正体が当の「＊＊＊」氏であろうはずも、もちろん、ない。

本著にはこうある。『……引用・参照した書物や言説の書き手や……（中略）……営業・総務ほか全部署のひとたちはもちろんのこと、印刷・製本・流通を担った方々も含めて、その誰もが「前田塁」をかたちづくっている……』

とすれば、「＊＊＊＊」に代入され得べき固有名は無数に存在し、あまつさえそれらすべての「名」が公平に真理でありえ、同時に、公平に真理でありえない、ことになる。

　例えば、書をめくりはじめて間もない頁に、ささやかだが、あたかも本著成立の淵源を偶然明かすかのような、運命的な或る献辞が見出せる。このオマージュの宛名を、先ほどの不在の作者名の項に「A《アラン》・R《ロブ》＝G《グリエ》」と据えてみる戯れは、酔興どころか、いつしか奇妙な現実味さえ帯び始め、眺めるほどにいよいよ真実らしく思われてくるから不思議だ。

　その他、A・R＝Gに縁の深い清水徹氏や、引用にも帯にも現れる蓮實重彥氏、また恩師として謝辞が捧げられている渡部直己氏らの名と、この評論全章の一貫した文体、多分に仏文風なプレシオジテに富む流麗なエクリチュールとの、曰くありげな関係を斟酌する時、まさか「彼ら」が共謀して架空の「前田塁」の名を騙っているのではないか、そう邪推することさえも……、いや、あながち冗談でいっているのではない。かつて、バタイユやマンディアルグが「もう一つの名」を持ち合わせていたように、或いは、アルヴァロ・デ・カンポスやリカルド・レイス、アルベルト・カエイロらが、こぞって架空の「フェルナンド・ペソア」の名を担いでいた（??）事例を想起する時、それら変名・異名・別人格としての「不在の中心」を生きること、さらに重要なのは、こうした別人格たちそれぞれが、さも「本人」であるかのような顔をして振る舞うことで、結果、テキストとは『誰が書いているかにはじまってどこか（あるいはその全てが）疑わしく、しかし個々のロジックはとりあえず成り立って見える、その相反する二重性の維持が最大の倫理と批評性であることを目的に……（本書から引用）』書かれねばならないことになる。これは批評に限らず、それ以上に強く現在の小説に対して求められるべき立ち位置ではないかと僕はつねづね思っている。

書き手の「正体不明性」は、本著の後記である『「前田塁」の展開図』に記された著者別名の夥しい羅列によって、いよいよ不可視の度合を高めることになる。一例が奥定・本城・松蔭なる人名、または今岡・笠原・木村・下田・朴・森本・辛・須田・山口・池谷ら編集者名、その他多くの助言者らが、この「前田塁」という「書物」を書いてきた。「書くこと」が、ある意味で「世界を取捨選択し、編集すること」であるのならば、本著を書いた前田塁、を「書いた」者たちがおり、本著を編集した前田塁、を「編集した」者たちがいるのである。列挙された多くの編集者らによって編集されたところの、当の「書物＝人物」本人が、今度はその編集者たちを総編集・再編集することで、初めて「前田塁」という書き手《プロジェクト》がこの世界に立脚する。彼は書きつつ編集し、編集されつつ書かれている。仮にもし「前田塁」に真《まこと》の（！）「正体」などがあるとすれば、彼は少なくともこうした方法論を自在に実践できるスキルを有した人物でなければならず、当然、それは非常に稀な条件の下にしか現象しえない。

本書は評論集ゆえ、体裁上、俎上に載せるべき批評の対象も六名選ばれている。そのいずれもが最前線の論ずるに値する優れた作家たちである。彼らは批評対象として書かれているかに見えて、実は「前田塁」を書いており、一見無抵抗に、完璧な受動性でもって批評されながら、そうされることで逆に「前田塁」という批評行為じたいを赤裸々に炙り出し、知らず完璧な能動性で「批評」を批評し返している。あたかもホワイトヘッド的な「抱握《ほうあく》」概念に倣うがごとく、作家たちは書かれつつ同時に「前田塁」を批評し、書いている。つまり、このテキストは（否、世のあらゆるテキストは）、たまたま手近にあった小説中の文言《もんごん》を流用すれば、常に『相互に書かれ合うことで成り立っている……』（『りすん』17章）のである。

第二章の多和田葉子論で、日独双方の言語で書かれた詩集の題名《タイトル》『あなたのいるところだけなにもない』という不思議な語彙の連なりが、不意に引き合いに出されてくるが、期せずして引かれた文字列《テキスト》の側から、不可視の、空白の著者名欄としての「前田塁」なる座標にこれほど的を射た批評が付与されるというのも、単なる偶然だけで片の付く符合ではあるまい。かように「前田塁」とは、書きつつ、また書かれることで、自分というエクリチュールをいわば両面から紡いでいる。

最後に、同章で前田塁の方から多和田葉子氏へ贈られた秀逸な評言を一つ引いておく。『……読むことが、もしくは書くことがもはや習慣となった者が失いがちなのは、（略）……「この私が、目の前の文を読むこと」の、あまりに自明に見えることへの疑い……（中略）……多和田葉子という書き手は、そうした自明性を疑うところから書きはじめ、いまも書きつづけている稀有な作家のひとりである。』

「私が書くこと」の自明性への疑義とは、前田塁自らがその「不可視の身体性」によって体現している批評態度に相違ない。結局、僕らはこの書き手の当の身柄を拘束するいかなる術も持たぬまま本著と対峙し、いずれ、あたかもそう予期されていたかのように、すべからく僕らが、他ならぬ僕ら自身の手で、ついに本著を「書く」に至るであろう。

清水義範『イマジン』解説

『イマジン』集英社文庫・二〇〇八年八月

長い旅を終え、たったいま自分は、住み慣れた実家に還ってきた。……なにか、そういう感慨をおぼえる読書体験だった。

いろいろなことを考えた。「親愛」という文字どおり血のつながった感情が、限りなく「友情」のなかに溶け込んでゆく、いいようのない不可思議な感覚。「時代」や「世代」の隔たりがもたらす、違和感といえばいいすぎの、いっそ親近感といってしまっていいような、そう、近くて遠い、ある種の、現実感。また、「時間」という観念。これに関しては後に紙幅をとる。いまいえるのは、科学合理的な時間の不可変性を戒律のように遵守した、SF出身作家としての清水さんらしい倫理、肩の力を抜いた運筆の自在な軽業、当たり前といえば当たり前すぎるプロットの完璧さ、その細部《ディテール》のあまりにも正確な描写力。……

僕のことを少し話すと、本来なら清水義範氏を「清水さん」などと気安く呼べるような泰然自若とした余裕など自分にはなく、同じ文学の世界に身をおく先人であるという意味とは別の理由で、清水さんは僕にとってまず真っ先に、断固「清水先輩」でなければならない。それは、清水さんと僕が、愛知県立名古屋西高等学校の、実際の先輩・後輩の関係にあるからである。そして、この同郷・同窓の結びつきには、約二十年という「時代」・「世代」の懸隔《けんかく》が横たわっている。名古屋西高時代、特に一学年のころ、それは僕にとってはもう二十年以上も昔のことだが、清水さんの小説を初めて読んだ。朝日ソノラマ文庫の『魔獣学園』というジュヴナイルSFだ。二十数年前のその当時、朝日ソノラマは「獅子王」という少年向けSF雑誌を月刊で出していて、僕はよくそれを本屋で立ち読みした。夢枕獏氏の『キマイラ吼《こう》』シリーズ、菊地秀行氏の『エイリアン』や『ヴァンパイアハンターD』シリーズなどが大好評でもてはやされ、若手の作家が精力的にしのぎを削っていた時代だった。その後、夢枕氏は仏教（密教）や陰陽道への関心を深めてゆき、菊地氏は逆に西洋魔術の主題を掘り下げる方向で、自然と伝奇ノベル界での棲み分けがなされていったのは周知のことである。そんななか、清水さんは突然転身して『蕎麦《そば》ときしめん』という妙なタイトルの本を出し、パスティーシュという耳慣れない文学手法の名称とともに、これがたいへんな話題になった。そして同じ頃『イエスタデイ』という青春小説を書かれ、なんとその舞台が実名の我が名古屋西高等学校だった。驚いた。いままで夢中で読んでいた小説の実作者、少年にとって雲の上の存在である作家が、自分と同じ高校を卒業している……。変テコな気持ちがした。いま自分のいる高校がかの「魔獣学園」だったのか？　……それはさすがに飛躍しすぎとしても、「作家」という抽象的な、架空の存在（当時の僕にとっては、だ）が、そのあたりの廊下をうろうろしている、校庭でラジオ体操をし、放課後の理科室を掃除し、春には教科書を買う列に並んだりしている、そんなことがありうるのか、いや、あってよいのか……。なぜか、僕にはそれがあってはならない神話の「誤記」のように思われた。それが、地方都市に住む、未熟できききわけのない文学少年にとっての、作家という偶像の「あるべきたたずまい」だったのだ。まあ、一般の方にわかってもらえなくても仕方のない話ではある。

大学に進んだ僕は、独文学者の（故）種村季弘先生のもとで学んだが、先生は、酔うとすぐ文壇や論壇の裏話をして気焔《きえん》を上げた。その数年前に『贋作者列伝』（一九八六年）を上梓され、ちょうど、その続篇とも呼ぶべき『ハレスはまた来る　偽書作家列伝』（一九九二年）を書かれている頃だった。テーマの関連から、パスティーシュの話が出る。パスティーシュとは、平たくいえば「文体モノマネ」の技術のことであり、それを唯一日本で続々と実作されていた清水さんの名前も、必然的に、先生の口からたびたび発せられた。けれども、種村先生はいつも僕の高校の大先輩の名を「ギハン、ギハン」と発音した。

「先生、ギハンじゃなく、ヨシノリと読むんですよ」と僕は後輩らしく、その都度殊勝に訂正した。でも昭和の文士である先生は、

「いや、ああいう訓読みの名はあえて音読みのギハンでいいんだ。ノサカだって俺にはショウジョなんだから」と僕を混ぜっ返すのだった。

「ショ、ショ、ショー……ジョ?」と僕はもう少しで狸囃子《たぬきばやし》になりそうなうろたえ方をして、……なんと、あの千人斬りダンディの野坂昭如氏が「少女」とは、……うーん、ないない、と自分の脳裏に飛来する、おさげにレイバンという異様なモンタージュを払いよけ、『俺はNOSAKAだ』！（少女じゃねえ！）と心のなかで必死に反芻《はんすう》して悪霊を退散させた。

話がそれたが、つまり種村先生はパスティーシュという、文学における一種の詐術に関してたいへん興味を持っておられ、清水さんのやろうとしていたことを、あの時点ですでにかなり評価していた。

先生の偽書研究は、古今東西の実際のペテンとしての文学的事件を扱ったものが多かったが、清水さんのパスティーシュは、いわば予告アリの確信犯的偽書作成、文体模倣であって、正々堂々たる贋作の実演、本歌取りなのである。酔いの合間でも、肝心な部分だけはこわいほど的確な指摘をなさる恩師の話を聞きながら、笑ったり笑いやめて考え込んだりと、僕はいつも頭のなかをものすごく攪拌《かくはん》されたものだった。

清水さんに対する僕の密かな尊敬は、これによってより強固な裏付けを持つに至った。そもそも、清水さんの筆先にはどんな時も迷いというものが見られない。達意の画家のなにげないデッサンの過程を見るように、なにかサッサッサッと、その筆の運びには澱《よど》みがない。職業作家として自分を鍛えた、との談はご本人からも伺ってはいるが、それにしても最初期の作品においてすでに迷いがない。ご自分でいわれないから僕がいってしまうが、これが「資質」というものなのだ。叩き上げの苦労人という従来からの「清水義範」像をそろそろ見直してもいい頃なのではないか。清水さんは成るべくして成った天性の作家である。

そこで『イマジン』だ。団塊真っ只中世代にあたる清水さんにはやはりビートルズの洗礼というのは大きかったに違いない。先の『イエスタデイ』にしろ『イマジン』にしろ、これらのタイトル選択にはたんなる思いつきではない、氏の強いこだわりがうかがえる。ただ、僕の個人的な考えでは、この小説のタイトル「イマジン」、あるいは「ジョン・レノン」という既存の固有名詞としての記号に、読者はあまり気を取られるべきではない。これは凶弾に倒れた時代のカリスマ、ジョン・レノンと、彼の名曲へのオマージュを主な目的にした小説ではなく、それ以上に「時代」や「世代」の隔絶、その奇跡的な融和を第一のモチーフとした小説である。

あの伝説の曲の名「イマジン」でなく、普通名詞の命令形「想像せよ《イマジン》」から本書の創作意図を斟《しん》酌《しゃく》してみれば、一見多方面に錯綜しているように見える諸々の主題が、一挙に、理路整然と伸びてゆく様がうかがえる。

要するに本著にいう「イマジン」とは、過去を想像《イマジン》し、他者（父）を想像《イマジン》し、よって自分（翔悟）というまだ明らかならざる存在の鏡像を想像《イマジン》する、あくまでたった独りの内部で行われた「我思《コギ》う《ト》」の彷徨《ほうこう》であるかもしれず、平行して、父（大輔）の内で、子（翔悟）にぴったり寄り添った彷徨が行われたことで、結果、未来の「いま」において、父子二人の、「親愛」と「友情」のないまぜになった奇跡の邂逅《かいこう》が実現する、といえるのかもしれない。

文中、主人公の翔悟が時間層を踏み外し、一九八〇年の新宿をさまよう場面がある。

その世界は暗かった。
光もいっぱいあるんだけど、変な感じにくすんでいるんだ、……
……その世界は音がトロくて、光がなまあたたかかった。
……なんとなく死後の世界のようなイメージがあった。

これらの表現からは、現在に生きる人間が突如鮮明な過去の一時点に降臨したという印象よりは、彼が、現在にいながらにして「過去とはおそらくこういうものだろう」と考えそうなキッチュなイメージを、故意に描出した清水さんの意図が感じられる。つまり、この不思議な非現実的感覚が、翔悟個人の想像世界の産物であることを清水さんは暗に目配せしている。これによって、翔悟が神隠しされる数か月もの時間は、胡蝶《こちょう》の夢としての彼の心的な時間、心的な彷徨と解釈できる。

ジョン・レノンの『想像《イマジン》せよ』はこれまで、時代の要請によって戦争・エイズ・飢餓など、いくつかの個々のイデオロギーにすり替えられ、生かされてきたが、彼のイマジンは、実はもっとシンプルに、「この人を見よ《エッケ・ホモ》」、つまり目の前にいるその人のことを、少しだけ想像してみよう、という、いたって素朴な言葉だったのではないかと僕は思っている。

僕は四年前に恩師を、二年前には父を亡くした。その人々を想像《イマジン》するとは、彼らの生きた手触りの「時間」を想像《イマジン》することだ。もう戻らない不可逆的な過去の「時間」へのイマジンこそが、死者を生者に変え、それによって自分が自分として生きられる真実の世界を眼前に呼び込む瞬間を可能にする。

清水さんの『イマジン』とはそんな小説だ。僕個人の文学観による我田引水な深読みはともかく、なにより読者の得るべきは、冒頭に述べた「帰ってきた」という安堵感、そして友情である。こんな小説さえ「書けてしまう」清水さんを、僕はたいへん羨ましく思う。

『ポルト・リガトの館』　横尾忠則

共同通信・二〇一〇年四月

色彩の錬金術師、画家横尾忠則氏の第二小説集。収録の三編いずれにも感得されるのは、世界を覆い尽くす濃密すぎる香気である。においが「匂」とも「臭」とも表記できるように、ここに漂う空気は、快不快の別を超越した、一種異様な、読者の感覚を痺《しび》れさす、剣呑《けんのん》な毒気を孕《はら》んでいる。

確認するまでもないが、小説とはその様式の外部に立つ者しか書くことはできない。小説の内部に安住し、その様式に淫《いん》しながら書かれた代物とは、実のところ小説ではない。それは小説の死後の、惰性の産物である。作者とは、自らを閉じ込めようとする小説の牢獄を脱しようと絶えずもがき、幾度も外に立ち直しながら生きる。これはすべての創作にいえる真理だ。

とはいえ、横尾氏の小説が分野外の者の手になるがゆえに本質的だなどという安易な即断は禁物だ。また、これは横尾氏の天才が無作為に書かせた自動筆記だとする浅薄な批評も斥《しりぞ》けねばならない。横尾氏は、この作品群（とりわけ表題作に顕著）を、奔放な感覚を御する強い理性によって考え尽くし、選ばれた、既存の手法を用いて書いているのだ。

一読して誰もが想起するのは、横尾氏と同じ泉鏡花賞のかつての受賞作、氏の交友上の先輩でもあった澁澤龍彦の傑作『唐草物語』である。横尾氏の表題作はこの先行作に知らず導かれているというよりは、確信的に仄《ほの》めかされているのであり、亡き澁澤へのオマージュとしての側面を堂々と表明している。『唐草物語』所収の「金色堂異聞」では、作者澁澤得意の随筆の手法で始まった客観的紀行文に、駅で拾ったタクシーの運転手が藤原清衡当人だったという時空歪曲《わいきょく》が導入される。

スペインに旅した唯典が現在のポルト・リガトで故人ダリに謁見するという奇想の内には、実はこうした文学史への批評的な目配せが行き届いている。横尾氏は澁澤と同様、自らの拠って立つ場所から小説自身を批評し、その中心へ向け、一気に地続きの架空線を引いてみせた。その線と色の躊躇なき勢いには驚嘆を禁じ得ない。

『語感の辞典』　中村明

「週刊読書人」二〇一一年三月十一日

昔、同じ著者の『名文』という本を読んで、いたく感銘を受けた。同時に、自分がすでに「名文」の生まれうる時代に生きていないという厳粛な事実をも思い知らされた。いや、名文が生まれえないのではなく、名文を名文として味読しうる読者を現代は多く生み出しえない、よって名文は、未来に驚異的な言語感覚を持った子孫らでも現れぬ限り、事実上、生み出しえないものとなる。

語意でなく語感の差異、それを識別する勘どころとは本来、個人の読書体験の蓄積によってしか培われない「いうにいわれぬ」ものであるが、本著はそれをあえて「言い当て」ようと試みる勇猛な挑戦の記録である。この「勇猛」という讃辞のなかに、「無謀な」、あるいは「半ばあきれつつ」、といった語感を嗅ぎとられる向きがあっても別段否定しない。この労作はそれが一種の「蛮行」であることを十分自覚された上で成っており、逆にその覚悟がなければ到底成り立ちえない類いの「言語の冒険」に他ならないのだ。

類語同士の微妙な差異、境界のさらに隙間にある襞のうちに分け入る中村氏の冒険は、本書が

「編」でなく「著」とされていることからも、遺漏なき字引というよりは、我々の読む快楽に供するといった趣きの、いわば辞典の顔をした随筆集、言葉の達人たちによる「名活用例」の蒐集記録・蒐集紀行と呼んで差支えはあるまい。著者自身、あとがきで、本書を今後の語感研究の「大胆で子供じみた叩き台」と述べ、体系の厳密な網羅より、「語感」という未開拓の領域へ国語学を導くことを標榜しているのが解る。「語感辞典」でなく「語感の辞典」としたのも、「の」を挿し挟んだ際の肩肘張らぬその語感が、本書の存立理由・内容・姿勢を、ある意味、如実に表明しているといえる。

かつて赤瀬川原平氏らによって人口に膾炙した、いわゆる「新解さん」風な著者主観・著者独断決行が本書を愉しむ上でも読み処となる。この辞典は、語意の定義より、使用例と著者の余談に紙幅が割かれており、例文選択の偏り加減に妙味がある。漱石が多い。特に『坊ちゃん』。荷風や芥川、尾崎一雄、小沼丹といった燻し銀の近代作家が並ぶ。小津安二郎の映画からの科白の引用も数多い。近年の作家では井上ひさし。例えば【人糞】の項に『吉里吉里人《きりきりじん》』からの会話が引用されている。「くそ。絵具なんか絞り出して行ったのかと思ったら、何のことはない――ではないか」。この文の解説として著者はこう書く。……あえて「人糞」という高級な漢語を用いたのは、その前の「くそ」という感動詞の潜在的な意味を活性化するためである……。他にも、【生き残す】という限りなく造語に近い他動詞が円地文子の『花散里《はなちるさと》』にある旨を指摘した後で、著者本人がかつて上野の円地邸を訪問し、この語の成立と効果を女史の前で熱弁し、作家から同意を引き出したエピソードが、微笑ましくも自慢げに披瀝されたりしている。

このように興味の尽きない本書ではあるが、未来の日本語の使用環境のなかで、著者中村氏の理想とする「語感の名活用」が実用でなく歴史的資料として懐古されることを内心、憂慮する。それはこの労作が、日本語の綾の最も繊細だった時代の瞬間風速、その断面図として、「古い日本の先祖たちによって嗅ぎ分けられていた今はなき語感」の総目録に堕すことへの憂慮に他ならない。

旅先で読む本

この時季おすすめの三冊と次の旅に持って行きたい本

「群像」二〇一一年八月号

〈一〇代に、ひとり初夏の海辺で読むべき三冊〉

①『限りなき夏　1』片岡義男（角川文庫）
②『星とレゲエの島』山川健一（角川文庫）
③『カリフォルニア』土居良一（講談社文庫）

高校一年次は片岡義男漬けだった。朱《あか》い背表紙の文庫本が家に何冊あることだろう。村上春樹『風の歌を聴け』も含め、当時読んだ膨大な「海の青春小説」のうち、忘れられない思い出の本がこの三冊。僕の作風とかけ離れていると思われがちだが、海の記憶は僕の大事な原風景の一つだ。大学二年の夏に一か月半、アメリカ・メキシコをバックパックで旅した折はヘミングウェイの『海流のなかの島々』を読んでいた。十代の僕が遠望した高気圧、積乱雲のような夏の小説たちである。

〈次の旅に持って行きたい本〉

・『愛の新世界』シャルル・フーリエ（作品社）

カリブ海に浮かぶ島、仏領マルチニーク。以前、映画『マルチニックの少年』や多くのカリブ音楽を聴き、この島へのあこがれを強くした。言語の変形したクレオールの島で、徹底して観念的な、作者自身は大まじめな長大な愛の奇書を物憂げに読み暮らす。せせこましい日本の現代人に、これ以上の至福があるだろうか。……

煮え切らぬ時代の物語　広小路尚祈『金貸しから物書きまで』

共同通信・二〇一二年七月

作者はこれまでも家族愛の小説を書いてきた。本作の主題も同じだ。語り手がよりどころとする家族愛とは、厳密にいえば、妻と息子への愛、そのたった二人への愛だ。

二人を幸福にしたい、そのために、働きたくないのを我慢して働いている。しかし、語り手「おれ」は「馬鹿は死んでも治らない」と自嘲するダメな大人で、生来の怠け癖と短気な性格が相まって職を転々とし、今は消費者金融の貸し付け・取り立てを生業としている。成績はよく、支店で手腕を発揮する仕事ぶりが小説前半、微に入り細をうがって記述される。

十万円しか要らない客に限度額の五十万円満額を貸し付ける悪辣な話術の妙。回収では、一家で夕食を囲んでいる客に電話し、家族に借金を知られたくないことにつけこんで、今夜ＡＴＭへ入金できないなら今からお宅へ集金に伺う、と迫る。返済できず店に謝りに来た客にも情けなどかけず、「いいですか、誠意とはお金のことですよ。現金。万札」と突き放す。

こうしてなんとかやっていたものの、彼は支店長の態度が癇《かん》に障ってその胸ぐらをつかみ、翌朝、それを気に病んで、またも「バックれる」ことになる。

語り手のような男は現実の世に大勢いる。彼らは世間を恨み、自分をおとしめる者をねたみ、それむ。そして諦めると、自分のだらしなさ、ふがいなさを呪う。それだけは他人に負けないはずのだらしなさや馬鹿さ加減においてさえ徹底できず、中途半端である現状に忸怩《じくじ》たる感情を抱く。

例えば本書の語り手は葛西善蔵や織田作之助の私小説的な落魄《らくはく》に憧れるが、己を顧みて、落ちることにおいても落ちきれない、その不徹底ぶりを嘆く。傑物の頂点にも愚者の最底辺にも至れないぬるま湯。おせっかいな社会のセーフティー・ネットが、偽悪的な堕落の極みさえ個人から奪う時代、無頼の美学も不可能な、煮え切らぬ時代の物語なのである。

三十一文字の私小説　野口あや子『夏にふれる』解説

『夏にふれる』短歌研究社・二〇一二年七月

1

野口あや子の短歌は実は小説でもあるのではないか——。こうした僕の個人的な、一言では名状しがたい不可解な所感は、彼女が昨年の秋、大学の卒業制作として自らの過去を題材に書いた私《わたくし》小説と、この、嵩《かさ》の張った第二歌集『夏にふれる』とを読み比べた際、ふいに生れたものだ。

今春まで野口が在籍した愛知淑徳大学文化創造学部の表現文化専攻には、詩や演劇や映画をはじめ多くのカテゴリーがある。もちろん短歌もあり、現学長の島田修三氏がゼミを直々に担当した。魔がさしたとしか思えないが、ゼミ選択のある二年の後期、野口は歌人として入学した当初から心に決めていたはずの短歌ゼミでなく、なぜか僕の受け持つ小説ゼミを志望してきた。本人に問い質すと、自分なりに熟考した上でのことです、もう決めてしまいました、変更はしません、と、ただ頑なだった。自分の言語表現を、短歌の内部でのみ培ってゆくという営為に、ゆえ知らぬ不安を抱いていたのかもしれない。
四年前、まだ大学一年生だった野口が僕の特別講義の後、縦書きの歌人の名刺を持って挨拶にきたときのことを今も覚えている。やせぎすの、いかにも頑なな少女だった。二年のゼミ選択でも、三年・四年のゼミ授業においても、彼女は常に頑なだった。頑なに「私《わたくし》」だった。「私」以外の人称に身柄を売り渡すくらいなら他者さえ殺めかねない、そんな剣呑な自意識が、野口あや子というくるおしい魂を生かしていた。いつしか時がたち、気がつけば、少女はすっかり大人になって、「私」をわたくしと読むのに違和感のない、強い矜持を秘めた表現者になっていた。

定型を上と下から削りましょう最後に残る一文字《ワタクシ》のため　「一文字」
肩先に鞄をかるく反らせつつ歩くわがものがおはわがもの　「あめの隙間」

2

銀紙をなくしてガムを噛むように思春期が香らなくなるまでを　「なつのなみだ」

第二歌集となる本書『夏にふれる』所収の約八百首は、作者の十代の終わりから多くは二十代の前半に詠まれたものである。春（思春期）の終わりに、これから来る夏という季節に触れる、期待と不安の鼓動が高鳴るような書名だ。おおまかにいえば、第一歌集『くびすじの欠片』が十代、本書は二十代前半に、その収録歌が作られたことになる。

第一歌集にかんしては、今から三年前、東京で開かれた彼女の作品の合評会のため、出席できない僕は名古屋から寸評をしたためて送った。会場で読み上げられるというので、わざと偏った視点に立ち、代表歌でなく、ことさらエロティックな歌を選び批評した。

ねこじゃらし君のつけねに触れてみてはじまっている秋の音楽　「Sexual」
性愛をあどけなく待つこの朝《あした》吹き溜まりたる花びらばらす　「或る国語教師へ」

僕は第一歌集所収のこの二首を、ともに少女の赤裸々なオナニズム歌であると断定した。男根《ファルス》的意匠としてのねこじゃらしが自慰具を仄めかし、触れた君＝私（それは自分自身の肉体を客観的に指す）のつけねからはいわゆる三島的な「音楽」、すなわちオルガズムの旋律が漏れ聴こえる。花びらは、人に散らせず、自ら「ばらす」。そのエロスは夢の後の「朝《あした》」にわだかまらず、「吹き溜まる」。「あひびき」や「むつごと」でなく「性愛」というあられもない抽象語を詠い出しに置いた点が好ましい。等々。……批評会を終えて名古屋に帰ってきた野口は僕に「まったく、大人の男ってみんな厭らしい」と冗談交じりにいった。でも、果たしてあの僕の評が大きく的を外していたのかどうか、いま一度、本歌集の読者に問うてみたい。第二歌集『夏にふれる』から四首を引く。

母音でしか喘げないことこいびとのシャツをくちびるにあててみる　「ひらく曲線」
枝分かれしてゆくきみのからだだし、ひとさしゆびを吸えばにがくて　「花を捨てる」
血のにおい忘れ去られてメンタムが行ったり来たりたてじわの口唇《くち》　「カーソル」

赤ワイン干したグラスに白ワイン注ぐあやうさの性欲がある　「だむだむ」

吸えば苦い「ひとさしゆび」、血の匂いのしていた「たてじわの口唇」、それらは文字どおりの人差し指、口唇なのか。メンタムのリップ・スティックが何の隠喩《アレゴリー》で、「行ったり来たり」は、左右になのか、前後になのか。「性欲」の二文字がなかったらうっかり読み流すところだったが、赤を干した後に白を注ぐ、とは、本当に葡萄酒のことだろうか。淫靡な初夜の臥所《ふしど》における、グラス（＝膣）への、互いの体内から抽出された紅白の「液体」の「入れ替え」でないと誰にいえようか。本書所収の「オルゴールの櫛」の歌ではないが、これらのいったい「どこまでが無意識なのか」。

だが不思議なのは、これらがいずれも秀歌であることだ。おのれの裸身が無遠慮に他者から見られ、欲情を見透かされることを厭いつつも、実は自分自身を、そのみだらさを見破られたい、読者に視姦されたい、そうした受動のエロティシズム。これらの歌のなかに立つフラグは、すぐれて性的な、いわば発情期の「無意識《リビドー》」に他ならない。

3

青空に飛行機雲が刺さってるあれを抜いたらわたしこわれる　「つめたい埃」

ここからは堕ちていくようにしか見えぬ飛行機ありて今あばら超す　「単位認定試験」

脆弱な自我を、一本の飛行機雲の突き刺さる蒼穹へと投影する前者は、まるで今しも決壊するダムの亀裂穴を自分の一本の腕《かいな》でふさいでいるがごとくに緊迫した、ヴィヴィッドな歌だが、類似したモチーフを扱いつつも、後者のほうが、より大人びた、ふところの深い歌になっている。自我が肉体（あばら）を得て、しっかり世界（空）と重なっているからだ。ここに野口あや子の成長の一面がうかがえる。つまり前者の「刺さっている針」の動き如何でやすやすと破壊されかねない危うい世界＝自己が、後者の「内側へ堕ちゆき、刺さりゆく針を静観する広大な空」そのものとしての世界＝自己へと、大きく変貌しているのである。世界のなかの「点景＝飛行機雲」の動向に慄《おの》いていた脆弱な自我が、点景を呑み込み受け入れる器としての肉体、「背景＝空」となって世界をまるごと主体的に乗っ取ろうとしている。むろん、これらの変化は単に作者の全能化を意味するのではない。肉体としての空は、自らへ向かって堕ちくる飛行機の軌道に、なおおぼろげな不安を抱いているからである。

4

同じ米食んでむらむら太りゆく女系家族の箸は短し　「From your daughter」

本書中、もっとも作品としての技量、表現の求心力、短歌史の正統を継がんとする意志の顕著な、まぎれもない秀歌であろう。疑いようもなく玄人の作品である。だが、それを了解した上で、僕は野口あや子の真価をそうした技術的なオーソドキシーにでなく、短歌自体をややもすれば振り切ってしまうかもしれない「私《ワタクシ》」の存在の力、技巧をも破綻させる我執《がしゆう》（自我への執着）、もしくは業《ごう》、つまり煩悩の強度にこそ見い出したい思いに駆られる。

ほそながきものが好きなり折れやすくだれかれかまわず突き刺しやすい　「けっかん」
とっぷりと湯船に浸かって髪を解くひろがることはいつでもこわい　「伝言」
ひらくことひきわたすことで生きやすくなる性だから、だからだろうか　「宵の敷道」

一首目「ほそながき」は今もって「圧倒的に」解らない。だが歌じたいが「病」であることだけは解る。伝えるべき対象、表現すべき目的格《オブジェクト》を持たず、定型内のすべての文字が、不安定な躁《そう》のまま、ひたすらに病んでいる。これに比べると後の二首はさほど不可解ではない。ただ、どれもいやに奇妙な後味を残す。「梳《と》く」でなく「解く」際の、湯船のなかの女の髪。あるじの意志も理性もそれが「ひろがること」を統御しえない。髪の毛の不埒な紊乱《びんらん》。自動詞「ひろがる」を他動詞「ひらく」、「ひきわたす」に置換して諌《いさ》めようとするのだが、本当に生きやすくなるのか否かは依然として疑わしい。

冒頭で述べた僕自身の横暴な仮説、野口あや子の短歌は小説でもある、という予感は他でもない、これらの作品に孕まれた異質感、どこか「リアル」な、十全な説明を不能にするある種の「短歌の危機」によってもたらされた。けだし、ここには歌が語るはずの「対象としての私」は影をひそめ、歌じたいが「私」となり、歌をおのれと共振れさせて、ついには自壊させている。僕はこのさまを名指す言葉を知らず、ひとまず「小説」と呼んだ。僕がふだん用いる「小説」という概念は、そのまま「言語芸術」全体を包摂しているからである。……

いったいに、ジャンルとは何であろうか。俳句をやっていた学生時代、僕は他例にもれず桑原武夫の辛辣な伝統俳句批判（「第二芸術論」。俳句の系統・家元制度の弊を指摘し、その排他主義が、俳句を伝統芸能や余暇のたしなみ、習い事へ失墜させたと糾弾した。）と、坂口安吾によるその反論とを興味深く読んだ。桑原は仏文学者、安吾は作家であり、いわば門外漢どうし、外部者どうしによる本質論だった。安吾はそこで、「俳句も短歌も芸術だ」と擁護に回りつつも、次のように言語芸術家としての広い視点でものをいっている。

然し日本の俳句や短歌のあり方が、詩としてあるのぢやなく俳句として短歌として独立に存し、俳句だけをつくる俳人、短歌だけしか作らぬ歌人、そして俳人や歌人といふものが、俳人や歌人であつて詩人でないから奇妙なのである。（中略）俳句は十七文字の詩、短歌は三十一文字の詩、それ以外に何があるのか。（中略）私は私小説しか書かない私小説作家だの、私は抒情を排す主知的詩人だのと、人間はそんな狭いものではなく、知性感性、私情に就ても語りたければ物語も嘘もつきたい、人間同様、芸術は元々量見の狭いものではない。（坂口安吾「第二芸術論について」より）

5

二年間、僕は野口に言語芸術としての「小説」を説き、彼女は自身の肥大する「私」をどうにかするために卒業制作で私小説を書いた。書かれた作品は読みやすく破綻のない小説だった。が、僕はそれをある程度までは評価しつつも、その小説に破綻がないという点を短所にあげた。彼女はいつしか散文の技量を上げ、自作に「私」を破綻なく棲まわせ、巧みに「私」を書いてしまっていたのだ。小説における「私」は、すべからく、当の小説にとって圧倒的に主体であり、癌のごとく致命的に有害でなければならぬ。僕は、野口の「私」が作品じたいを食い破り、小説そのものを乗っ取りうる「荒ぶる煩悩」であることを知っていただけに、すっきりと枠におさまったその作品の大人しさに物足りなさを感じたのだ。

僕の過剰な期待は本人にとって酷だったろうが、彼女は実は僕のあずかり知らぬ場所、つまり短歌の世界で避けがたく「破綻」をとげていたのだった。それこそは「小説」であった。「詩」であった。「言語芸術」であった。僕は、卒業してゆく野口、短歌の内部から見事に言語芸術の「病」に達しえた野口を祝福してやらねばならなかったのである。

ひとすじの皮膚がはがれたくちびるを舐める汚いことしか許されていない　「ちりめんじゃこ」

ものの本によれば、卓越した棋士は九×九マスの将棋盤を、まるで無限×無限マスの地平に偶然区切られた一画であるかのようにイメージし、たたかうという。彼の「私」が狭い盤面を跨ぎ越え、対局相手さえ呑み込んで、ついには「将棋そのもの」と化すのである。念のためにいうが、この喩えは短詩の字余りとは一切関係ない。それら形式を超克した、「自らの地平、自らの肉体、自らの領域を、自ら食み出しゆくものの野蛮なる力」について、僕は書いているのだ。すべては、短歌という「三十一文字の無限世界」における「私《わたくし》の生」の話である。

もちろん広大な文学の世界において野口がいまだ若き門徒であることに変わりはない。それでも僕は、野口あや子の「私《わたくし》」が、その次第に老成してゆく理性や、短歌という堅固な様式に制御されつつも、否応なく膨張、暴走、氾濫し、既存の区画からなすすべなく食み出してゆくさまを、もう少し見ていたい気がする。

二〇一二年五月十八日

私が選ぶ国書刊行会の三冊

『国書刊行会四十周年記念小冊子』国書刊行会・二〇一二年八月

①『巨人』ジャン・パウル　古見日嘉訳
②『淋しい場所』オーガスト・ダーレス　森広雅子訳（アーカムハウス叢書）
③『幽霊の書』ジャン・レイ　秋山和夫訳

①まさに国書刊行会ここにありという超弩級の造本である。現代思潮社古典文庫の途絶していた分冊を全一巻で出したのだから。僕は本来ここに恩師種村季弘の本を選ばねばならぬ立場だが、本書の刊行に生前の師が大きく寄与した事実をもってこれに替えさせていただく。この大作が日本語で読める僥倖を若い読者はもっと噛みしめ、贅沢な読書体験を享受すべきだ。作者が執筆に十年を費やしたように、僕も本書を何年もかけて読んだ。ロマン派と見做されながらゲーテ／ヘーゲル流の建築的「総合」でなく、解体的「散乱」の交響楽を志向した孤高の名著。

②アーカムハウス叢書も規格破りな本だった。小型ハードカバーに上下二段組み。僕は他にC・A・スミスの『呪われし地《ロキ》』なども好きだった。ラブクラフト政権下にあった学生時代、僕の読書時間は一時期真ク・リトル・リトル神話大系や本叢書に席巻された。『淋しい場所』を読むと、ダーレスのいう恐怖が、郷愁と同意であることに納得がいく。

③このベルギー幻想派の領袖を僕は幻想文学別冊「小説幻妖（壱・弐）」で知った。本書は国書刊行会の出版方針が初期から一貫して啓蒙的であり、反商業主義であったことを証し立てている。国書刊行会よ、永遠なれ。

書くこと……その愛と狂気

カフカ『ミレナへの手紙』池内紀訳

「週刊読書人」二〇一三年八月二十三日

同時代の、たとえばマルセル・プルーストのような息の長い文体とは対照的に、カフカの文体は短くシンプルだ。詩的ともいえるが、全体的には即物的でそっけなく、必要以上の修飾は排されている。現代的な文体、そういういい方もできよう。訳者池内紀さん自身の元々の文体（話芸のように節のあるあっけらかんとした文体）との相性もたいそういい。

池内さんのカフカの新訳の文体（とりわけ小説の）はどれも明快だ。しかし、その曇りのない明快さのなかに、カフカのあの岩盤のような不可解が、読者にはどうすることもできない動かしがたさをもって立ちふさがる。

作品ではなく、作家の実生活にもとづいた書簡であれば、そこに不可解があろうはずはない、ふつう読者はそう思うだろう。不可解な小説作品の解釈の糸口を、作者の現実の言動・挙動のうちに求める研究者もあるだろう。

だがカフカの手紙、あるいは実生活のなかの思考ほど不可解なものもまた他にあるまい。カフカとは宇宙人であるという冗談（彼の肖像写真の常人離れした風貌によるものだ）が、「文学的な外部者」、余人にはうかがい知れぬ「文学的宇宙人」という比喩としてとらえるとき、その冗談が、にわかに異様な説得力をもってくるのも、あながちわれわれの理解放棄や怠惰のせいばかりともいい切れなくなる。

カフカとは何者か。カフカの読解はこれまで、ヘブライズム的解釈や実存主義的解釈が長く引き受けてきた。本書『ミレナへの手紙』のなかにも両者の言い分の手がかりになる箇所はいくつか散見される。

たとえば［一九二〇年十一月、プラハ］には、当時喧伝され始めていた精神分析学についてのカフカの否定的な私見の披瀝の後に、実存主義解釈の徒が涎を垂らしそうな興味深い記述が読まれる。

——ぼくの場合は三つの環が考えられる。一番内側の核がA、ついでB、つぎにCであって、核AがBに説明する。（中略）Cつまり、行動する人間には、もはや何も説明されない。Bが命じるだけ、Cは厳しい圧力のもとに冷や汗を浮かべて行動する。

——一刻たりとも安心の時はなく、何も自分には与えられていず、すべてを獲得しなくてはならず、現在と未来だけではなく、過去もまた獲得しなくてはならず、誰もが本来的に身につけているものを、それもまた獲得しなくてはならない。

書くことで自分自身を常に獲得し続ける。書き続けねば自分自身を失ってしまう。カフカにとって生きている自分とは、書簡中の記号でいえば最も外殻にあるCである。このCが世界の理不尽に果てしなく翻弄され続けるのがカフカの多くの小説にみられるモチーフだ。短編「掟の門」を念頭におくなら、BはCの意志を制する門番、Aは未知なる神でもあろうか。

小説の執筆を休んで、南チロルの保養地メランから、ウィーンに住む若き人妻で翻訳者のミレナ・イェセンスカ＝ポラックへ、何でもない挨拶と近況報告を送る。カフカとミレナはそれ以前、たった一度しか会っていない。それなのに、次第に用件もあいまいな書簡の往復が激しくなる。本書はカフカから送られた書簡のみを収録しているが、文面はどんどん長くなり、書き手は一見のみで記憶さえおぼろなはずの相手を急速に愛しはじめる。作家の、自作への愛にもそれは似ている。曰く、狂気の愛。眼前には不在の、架空ともいえる相手を愛する狂気。いや、書き続けねば自分を失ってしまう作家という生の、書くための口実。それが累積的に強化されてゆく過程こそが愛＝狂気なのだ。

――ミレナ、ぼくがきみに手紙を出せる方法を考えておくれ。

どうすれば愛し続けられるのか。どうすれば書き続けられるのか。本質と実存とが反転させられている。手紙を書くために、ミレナを愛さなければならない。そう読める。

カフカは外側にいて、内側の愛を創作することで生きられた。小説群もことは同じだ。自己の生の獲得のための執筆だったのである。

わが青春のフランス書院

「Lib.let 13号」愛知淑徳大学図書館報・二〇一四年一月

「青春の一冊」。これはあまりにむずかしいお題です。たった六百字では語りきれない切実すぎる記憶、誰しもそういう思いのなかに「青春の一冊」はあります。こんな途方もない主題をまともにとって、これまで何度も書いてきたプルーストや梶井の名を挙げてもつまりません。であれば、本当の意味での青春の秘蔵の一冊、高校時代夜な夜な手にとり、活字から立ち上る安っぽい淫猥の匂いに酩酊したあの本をと、自転車で実家へ探しに行きました。

薄暗い納戸から輝く陽光の下に発掘されしわが青春の書、それは官能小説の老舗フランス書院一九八六年四月十日発行、蘭光生（SF作家の式貴士は別名）著『肉刑』です。

話はよくある女教師モノで、若く美しい小学校教員嶋美沙緒が奸計の手に堕ち、診察台の上で両脚を押し開かれ、鮮烈な肉襞をケダモノらの前に云々といった、昭和の営業マンが新幹線ホームの売店で購っては出張先で読み捨てにする類の凡庸な文庫本です。でも純情な童貞少年には挿絵がなくとも鼻血は出る夢の本でした。中学高校の健全な男子というものは、とにもかくにも女性器見たさに身悶えし、毎夜寝床のなかで喘いでいるのです。

ネットもない、写真誌も買えない、だからゴミ箱の官能小説を秘宝にする、それがあの時代の少年の生き方でした。当時はこの生々しい唇の表紙イラストだけで中身が想起され、カバーに触れるだけで、つまり、勃……したものです。男の子って色々と切実なんですよ。

らもん（中島らも）『全ての聖夜の鎖』解説

『全ての聖夜の鎖』復刊ドットコム・二〇一四年七月

いつの世も、なぜか、破壊的な人間が新しいものを創り出す。破壊しておきながら新たに創るというべきか。創ることで新たな破壊がなされるというべきか。

中高生のころ、僕は中島らもをただ、テレビや雑誌によく出てくる黒メガネで関西弁の正体不明の奇人だと思っていた。長じてのち、デビュー作『頭の中がカユいんだ』を読み、彼がたしかな文学的素養を持った、きわめて自覚的な作家であると認識を新たにした。小説では他に『人体模型の夜』なども好きだ。いまから四半世紀も前に頭蓋穿孔《トレパネーション》（頭蓋に穴＝「第三の眼」をあける秘教的施術。身体改造《ボディ・モディフィケーション》の一種）を題材に用い、悪天使《バフォメット》の狂った男根で脳姦《のうかん》されるという悪夢のようなラストをよくも書いたものだと思う。若き日の彼の「魔術（麻薬）的」な生態環境がこうした主題を与えたのだろう。中島らもが没して十年が経とうとするいま、彼はいよいよ澄み切った作家としての身体で、僕の前に現れてきた気がしている。

言語的破壊性の観点からいって、前述の『頭の中がカユいんだ』は、中島らもの初期のマスターピースともいえるものだ。作家が三十四歳で出版した、日記体を模した小説である。

——出て行け。街がそこにあるうちに。街が肩口に触れるうちに。患者たちの息が暖かいうちに。街へ。いますぐに。朝だから、今は。（『頭の中がカユいんだ』より）

目の前を通過してゆく人、景色、そのユルさを一見いかにもユルく描写しながら、語り手のうちにトガる兇器、言語の隠剣《おんけん》が、それらの流れ去る風物のおもてに、あっ、と鎌鼬《かまいたち》のような、血さえ出ない生傷を与えてゆく。それが中島らもの文体における「詩性《ポエジー》」である。

そして、このデビュー作より鋭くトガり、生々しい（瑞々しいとは違う）、読者から長く復刊が待望されてきた幻の処女作、それが本書『全ての聖夜の鎖』である。『頭の中がカユいんだ』の七年前、作者二十七歳（一九七九年）の折、一夜のうちに書き上げられた作品だ。当時の名義は中島らもではなく、「らもん」だった。限定百部は周囲の知人にのみ配布され、散逸した。

このたび復刊される本書は背が綴じてあるが、もともとの版では綴じられていない。硬く折れにくいA４判（僕の手元にある文藝春秋二〇〇〇年刊の限定復刻本はB５判）の、大きな黒いトランプのようなバラバラのカード（リーフレット）に白抜きで文字が刻印され、黒い帙《ちつ》に収められている。

――闇の地平から同じ漆黒の空へ黒い海鳥が飛び立つ。（第一篇より）

かつて瀧口修造が上梓した限定版詩集『地球創造説』（一九七二年・書肆山田）は、黒い紙に黒い字で印字された黒い本だ。書物というよりは、常軌を逸したオブジェである。印刷所に勤めていた若き中島らもであれば、この特異な装幀の詩集を、そしてわが国のシュルレアリスム受容の旗頭であった瀧口修造の超絶的な詩作の数々を知悉していたに違いない。

中島らものこの処女小説は、三つの掌篇から成る。各々の篇の前に、塚本邦雄や寺山修司に触発されたとおぼしい自作の短歌が一首ずつ掲げられており、それが各篇の扉に題辞《エピグラフ》のように置かれている。三篇のうち第二篇などは、寺山の影響がとりわけ濃厚に感じられる。

――既に去ってしまった紫水晶の夜、僕は少年《あいつ》に会わずじまいだった。夜の中に封じ込められて、彼は今も鬼子母神の御堂の中に僕を待っているに違いない。（第二篇より）

中島らもはボードレールが好きだった。回顧録などによれば、彼は若い頃、他にアメリカのビートニクや、フランスのシュルレアリスムをはじめとする膨大なテキスト群に親しんでいた。『頭の中がカユいんだ』にも、ヘンリー・ミラーやセリーヌ、ディラン・トマスやミシェル・レリスの名が列挙されている。青年時代の彼の、反逆のカリスマたちである。

——幻燈じみてリアリティを失った四ツ角で、僕等はタクシーに転がり込んだ。
——海岸線で車を停め、運転手が振り向いた時、僕はそのどちらかの眼が義眼に違いないと何故か確信した。（第一篇より）

第一篇におけるこの箇所なども、いまや広く人口に膾炙《かいしゃ》したピエール・アンジェリック（ジョルジュ・バタイユ）の『マダム・エドワルダ』のタクシー車内の一場面を想起させずにはおかない。

つまり『全ての聖夜の鎖』とは、決して霊感が憑依しオートマティックに書かせた偶然の「お筆先」ではなく、それまで彼が渉猟してきた広範な文学のアーカイヴによって支えられ背を押された、必然の作物なのだ。ここを見誤り、読書経験の寡《すく》ない者が、作られた躁状態や陶酔、トリップだけで、安易に書き上げられるなどとはゆめゆめ思わないことである。

本作は確かに、あまりに若く直截的な、脆《もろ》い側面も持ち合わせている。デビュー作以降の作品が自己批評的な再読・推敲で自覚的に完成されているのとは違い、本作は、もしも翌朝読み返し、改稿の筆を入れ始めたなら、書き手によってたちどころに引き裂かれ、消えていたかもしれぬほど繊細かつヴィヴィッドな、まさに「深夜に書き切られた恋文」なのである。

中島らものこの幻の原酒を、十年という歳月、いや「らもん」から数えて三十五年、熟成とは縁のないこの永遠に若い極上の密造酒を、僕らはついに開封することを許されたのだ。

出版社を読破せよ!

「新刊展望」二〇一五年一月号

「爆破せよ!」ではない。あくまでも「読破せよ!」だ。

昨年、国書刊行会から恩師の精華集『種村季弘傑作撰Ⅰ・Ⅱ』を編纂・上梓し、今年、自著としては初の文学批評集となる『偏愛蔵書室』を出版していただいた。

人に話したことはないが、昔、僕は密かに国書刊行会を「読破」してやろうと企んでいた。世界幻想文学大系やフランス世紀末文学叢書、クラテール叢書などを、古書店などで買い集め、一冊一冊、笑みを浮かべ読み潰していった。二十代終盤、書物の王国シリーズも読破し、いい線までいったが、高価本や絶版本の入手に苦慮し、途中まで並走した江戸文庫に置いてきぼりをくって戦意喪失、後は完全に遠く突き放されてしまった。

国書刊行会の他に僕が標的にしていたのが古典文庫の現代思潮社や美学のありな書房、記号論のせりか書房、ブックス・メタモルファスの創土社などで、しかしどうしても完読まではできなかった。

かつてキャプテン・ハーロックは、「男には、負けるとわかっていても闘わねばならぬ時がある」

と述べたが、この「読書日記」の執筆依頼が来たときの僕は、要するにそういう闘いを闘っていた。

十月三十一日
九月ごろから、何冊も同時並行で読んでいた学術書（僕はこのところ、二十冊くらいは平気で同時並行読みしている）のうち、ジョージ・スタイナーの『バベルの後に（上・下）』（法政大学出版局）を読了した。言語差異・翻訳の諸問題についての大著で、訳者はその昔フンボルトの『言語と精神』（法政大学出版局）も訳した翻訳の鬼、亀山健吉である。内容にも感銘を受けたが、それ以前に、この訳業じたいが孕む意地と根気に圧倒させられる。本体価格、上巻五千円、下巻六千円。破格に安い。

十一月十九日
やはり並行読みしていたヴィンフリート・メニングハウスの『吐き気――ある強烈な感覚の理論と歴史』（法政大学出版局）読了。ローゼンクランツの『醜の美学』（未知谷）、エーコの『醜の歴史』（東洋書林）と、反古典主義美学についての書があたかも刊行を一同申し合せたかのごとく近年続々と邦訳出版されている。これは頗《すこぶ》る面白い本だった。美醜の対で語られてきた古典的なアイステーシス（感性学）を省察し、外部的な感覚としての不快＝「吐き気」は、醜いものだけでなく、過度に甘美すぎるものにも催される。八百頁超にもかかわらず本体価格はたったの八千七百円。目玉が飛び出るほど安い。

十一月二十日

部分再読。ロマン・ヤコブソン『言語芸術・言語記号・言語の時間』（法政大学出版局）収録「精神分裂症の言語――ヘルダーリンの話し言葉と詩」を読む。『ヘルダーリン全集』（河出書房新社）旧版第四巻所収の「言語表現のための注意書き」（宮原朗訳）に顕著なロマン派的思考、いわゆる「無限反省」（シュレーゲルの詩論にもある概念）について調べている過程で参照した。

偶然かもしれないけれども、ご覧のように僕は今また、いわば「ウニベルシタス」づいている。これまでにも法政大学出版局の同叢書はかなり読んできたが、それでもたぶん八十冊程度のことで、百冊は読めていないだろう。今や千冊を超えたこの叢書を「読破＝撃破」することなど夢のまた夢である。

古代が懐かしい――西脇順三郎の「永遠＝超時間」講演録

「現代詩手帖」二〇一五年四月号

〈二〇一四年九月二十七日・小千谷《おぢや》市市民会館「西脇順三郎生誕百二十年記念講演会」〉

僕には生来の吃音があり、話がややお聴き取りづらいかもしれません。『アサッテの人』という作品でも、自分の吃音から発した言語への懐疑、言語への愛と憎を書きました。

言葉にこだわることは文学者の宿命です。孤独な人間が静寂のなかで話し合えるたった一人の寄り添う人――これが言葉です。頭に流れ去る言葉でもいいですが、言葉と共に棲む、共に生きる。その孤独のさなかから詩も小説も生まれる。孤独でない人間、孤独を癒すすべのある人間には、どうしても創作しなければならぬ不可避性・必然性はありません。僕のなかでは「孤独」というキーワードが非常に重要で、これなしには創作は不可能という持論があります。

昨日、西脇さんの母校、小千谷高校を訪問して、文芸部の若い皆さんと談笑しました。彼らに申し上げたことは、「道化力」です。追い詰められた孤独者が絶体絶命のなかで自己表出する。そのとき道化力なしに身体や作品、言葉を他者に晒《さら》すことはできません。道化力は全ての表現者にとって最も大切な、己を越える力です。

生きることにおいても道化力が必要です。学生時代、僕は恩師の種村季弘先生に「道化力をつけるには自力で金を稼ぐことが最も早い」といわれました。だから引きこもらずに働けと。社会に出て泥をすすりながら、這いつくばって生きる。自分が悪くなくとも頭を下げたりする。そうした理不尽にすすんで自己をさらし耐えながら人は大人になってゆくのだと。

「自分は正しい。だから自分はありのままでいい」というのが幼児の論理ですが、この美辞麗句はたんになまけ者の言い訳であり反省や改心の放棄です。道化力は子供の自分を超越して乗り越えてゆくための力で、この勇気と瞬発力によって表現も可能になる。孤独と道化力の双方が培われたとき、詩人や芸術家が生まれる。西脇順三郎の持っていたのが、実はこの孤独と道化力です。

「諧謔」というキーワードが、西脇詩研究や紹介には多く使われます。モダニズムという詩の運動が、「諧謔」と切っても切り離せない。これはイギリスの文学潮流と密接な関係にあるのですが、この諧謔というものも、表に出すには少なからぬ道化力が必要です。「諧謔」と他に「古代」「現在」「永遠」「郷愁」「遠さ」。これらのキーワードを使いながら今日はお話しします。

西脇さんの前と後で、詩の歴史は変わった。それが僕の考えです。もちろん僕は西脇さんに会ったこともない後世の人間で、僕よりさらに若い読者がこれから出てきます。彼らが日本の詩を研究するとき、西脇順三郎を等閑に付しては不可能なように必ずなります。

西脇順三郎の作品で多くの方がお好きなのは、初期の『*Ambarvalia*』や『旅人かへらず』でしょう。僕は『*Ambarvalia*』を初めて読んだとき、本当に驚きました。これは普通に詩を読んだ感動とは違います。驚愕。恐怖です。これは日本語なのか。これを僕らと同じ国の人が書いたのか。そもそも、人にこんなものが書けるのか。

西脇順三郎を僕以降の世代が語るためには、詩の表面、「テキスト」とか「テクスト」とかいいますが、そこを見つめ続け、そこに立ち続けるしかないと思います。多くの研究書が出ていて、僕も相当読みましたけれども、今日残念ながら体調が思わしくなくお越しになれなかった新倉俊一先生など、西脇さん本人をご存じの方々の研究がすでにあります。でも僕らは「西脇さんはあのときこういった」とはいえない世代です。

であれば、ここから先の僕たちの世代は、一種の跳躍、危険を恐れない解釈、そのような「創造的誤読」を含めての西脇受容が始まってくると思いますし、西脇さんの詩はそれを促す強い誘引力を持っています。西脇さんの『超現実主義詩論』に「詩を論ずるは神様を論ずるに等しく危険である。詩論はみんなドグマである」とある。ドグマとは、臆見、臆断。つまり詩を論じても、それは正しいどころか、全てが間違いだというのです。ゆえに解釈を間違えさせるものこそが詩、そして間違えさせないもの（誤読の余地がないもの）は詩ではないのです。

西脇さんの詩で、通常の詩と最も異なるのは、「大いに間違えなさい」という不敵なそそのかしです。「君の愉しいドグマをとっくりと聞きましょう」というメッセージが強く詩に込められている。僕たちは、表面である僕自身と、表面である西脇さんの詩、文字そのもの、それを突き合わせる。それがこれらの西脇詩の受容であり、西脇詩が永遠になる道だと、今日の最後には結論したいと思っています。

今日の演題は「古代が懐かしい」です。たまたま稲垣足穂の小説『弥勒《みろく》』を思い出して、そのイメージを少し変えてつけました。『弥勒』とは、遠い、永劫に近いほど遠い未来に衆生《しゅじょう》の救済のために現れる菩薩で、まるでその遠い未来が懐かしい、とでもいうような小説です。

稲垣足穂は西脇順三郎より六つ年下、一九〇〇年生まれです。西脇さんと同じモダニズム期に詩や短編を書いた人ですが、時代感覚的に未来派の「未来」、あるいは「宇宙的郷愁」といった世界観を持っていた作家です。そして足穂は、その「未来」という言葉を独特のニュアンスで使った。リニアーな、一方通行の線的な時間ではない。過去→現在→未来と僕らが考える時制のことではありません。未来とは架空の時間、存在しない時間。そしてそれこそが現代だと。これを西脇さんに置き換えれば、「古代が懐かしい」という言葉になるでしょう。

西脇さんが用いる言葉、「古代」。それは時間の或る線分ではありません。たとえば人が普通に考える時間、これをアリストテレスは「物理的」時間と考えます。振り子が往復する運動を時間と定義するのですが、片や、そうではない時間もあります。哲学者ベルクソンは、角砂糖を水に落としたときに、それが溶ける、「いつ溶け切るだろう」と見ているときの待ち遠しさを「持続」といい、これを時間と考える。いわば心のなかの時間。

このような物理的ではない時間、時間を不可能にする時間といいますか、それが西脇さんの「古代」という言葉にはあると思います。古代というとギリシャ・ローマ、日本なら記紀万葉の時代が浮かびますが、過去に実在した時代ではなく、西脇さんの古代とは「いまここ」に展開する架空の時代です。古代を僕らの眼前に現しめる文字列。これが西脇さんの詩の秘法であって、西脇詩の言葉とは、「古代とは、現在である」という逆説をも可能にする、非常に魔術的なものだと僕は思っています。

この古代という言葉を、西脇さんの同時代に独特な使い方をしたもう一人が僕の母校國學院大学の先輩、折口信夫《しのぶ》です。西脇さんと折口には各々の鍵語があって、西脇さんなら「幻影の人」、折口なら「まれびと」です。

折口の「まれびと」は非常に遠い場所から今ここに到来する他者です。小説『死者の書』も遠来した他者がだんだん自分になってくるイメージです。向こうからこちらに来て、こちらになってくる。西脇さんの「幻影の人」とは、常に寄り添う人。「他者」であり「他己」。他者としての自己ですね。古代＝現在に自分と寄り添う人。それが幻影の人であって、遠くからやって来るというより、現にあまねく在る。遍在する。そして旅人のように遠くへ去る自己なのです。折口さんと逆で、去るのですが、その他者がずっと随伴して、いつしか「自分になる」。それが「旅人」です。西脇さんはこの現在・現実を古代にする。郷愁や遠さとは、空間的・時間的距離を抹消して古代を「いまここ」に現前させる際の落差です。そういうのが、西脇詩です。

すこし話を変えますが、僕の小説集『領土』（新潮社）の最後に、「先カンブリア」という短編があります。先カンブリア、皆さん、かつて理科便覧で習ったでしょう。僕たちが生きている今は第四紀という時代です。さかのぼれば新第三紀や古第三紀があり、白亜紀・ジュラ紀……と。カンブリア紀が最も古い「紀」で、僕の時代の便覧ではそのさらに前を「先カンブリア」といっていた。現代から遡って、だんだんフェードアウトしてゆき、科学的には、この先が何か分からない。何かはあったのだろうが分からない。「何々紀」と書けない。ゆえに「先カンブリア」といいます。

僕の「先カンブリア」は、誰が見ても詩にしか見えないような体裁の「小説」です。それを小説だと強弁して小説集に載せることで、「小説とは、小説ではないものだ」と僕はいいたかったのです。これは「ここまで来たとき詩は詩でないものになる」と、そこを標榜するのと似た意志です。僕の考えている小説や詩とは、今ある小説や詩ではないものを今あるものの先にいかに生みだせるかです。皆さんも小説を書いていらっしゃるかもしれません。それは、いま小説と呼ばれているものをまた書いていらっしゃるのですか、それとも、まだ小説と呼ばれていないものを新たに小説と命名しようとして書いていらっしゃるのですか。

「先カンブリア」は僕のなかでは、まるで時間が時間でないものへ移行するように、小説が小説でないものへ移行するあわいを垣間見せる意図の作品です。書く側の、書くという自我意識さえもなくなってゆく。時間の単位でありながら、無時間、あるいは「非時間」といいますか、時間にあらざるものにいつしか接続され、そのまま宇宙へ、夢の世界へ通ずる。これが僕の「先カンブリア」です。先カンブリアとは、空間でも時間でもない、ある一定の事実としての歴史ではない。そういうところにちっぽけな自分が至るためには、言葉の力を発現させるしかないということです。

なぜそこを目指すのか。それは僕という孤独、また文字の、言葉の可能性が見たいからです。言語は己をどこまで遠くへ連れてゆけるのか。詩も小説もそこを目指さなければいけません。

折口に「不文の時代」という言葉があります。「文字未前」ですね。そういう文字がなかった時代の心的状態に再び至れないものかと欲している。彼が國學院大学の卒業論文として書いた『言語情調論』には、文字未前の人間の声、節、拍子のような、音楽的・聴覚的な言葉があり、それが彼の古代を引きよせます。象徴主義の非科学的な要素が折口の思想のなかには色濃くあります。

西脇さんの詩集『えてるにたす』中の詩句に「永遠は時間ではない」という一行があります。「人間に考えられないものは永遠だ」という詩句も。永遠という言葉を並べながら、しかも永遠について考えたら永遠ではない。永遠を考えないことが永遠だと。先ほどの「全ての詩論はドグマである」と考え併せると、「詩を考えないことが詩だ」ということになる。逆説的です。これが西脇流の韜晦《とうかい》であり、スタイルなのです。

西脇詩に厳然とある「古代」とは何なのか。古代人でない西脇順三郎が、なぜ古代を僕らの目の前に展開することができるのか。西脇順三郎の詩を読んだ者が、ああ古代だ、最も遠い場所、世界の涯だ、そう感じるのはなぜか。『*Ambarvalia*』冒頭の有名な「天気」、あの三行だけで僕らはとても遠くへ連れ去られます。感受性の強い子供があれを読むことは、相当な言語的衝撃があるのでしょう。僕もむかし衝撃を受けました。

かつて、恩師種村季弘から僕はドイツ語の学術論文などをよく読まされました。ある日「今ここで訳してみろ」と渡された紙。ドイツ語だけど、論文じゃない。辞書を引き引き訳すのですがいっさい訳せない。なぜか。その文章は、西脇順三郎が書いた日本語の詩を海外で独訳したものだったのです。『*Ambarvalia*』のなかの「理髪」という、鉱山の煙は火山のように見えるという、有名な詩です。これが訳せども訳せども意味が解らない。「女優の下、新聞、笛に挟まれ、芸術家が、くる病で、笑ってた」と僕が訳したら先生にたいそう笑われました。でもこの誤訳こそが重要だった。翻訳・変異・屈曲。これが詩や小説の言葉の真髄だからです。

西脇さんは若い頃「英語屋」と綽名される神童で、留学もして多言語のなかで生きました。日本語・ラテン語・英語。方言採集の会も折口らと行なった。自分の言語感覚をいかに揺さぶり、錯乱させようとしたか。そこに翻訳という側面がある。種村先生が僕に教えようとしたのは、「誤訳」という文学の批評的な本質だったのです。

僕は日本の詩人では他に吉岡実を病的なほど敬愛しています。こっそり書き写したりもして。吉岡実は種村季弘の親友でしたが、先生曰く、吉岡は自作を音読することを禁じたと。だから吉岡の詩は眼で見ろというんです。ただ眺めろと。ベンヤミンが複製芸術の本のなかで「気散じ」という概念を出してきます。つまり、ぼんやりと眺めることですね。「詩を読むな。詩は見よ」とは、詩の表面に立て、ということで、吉岡が影響を受けた西脇さんの詩はそれを促しています。

学校の先生が「詩は心で感じるものです」などと解ったような常套句をいいますが、あれは間違いです。詩は見るのです。すると、文字がいつしか眼の奥・耳の奥で音になってくる。視覚的なものが聴覚的なものに変換されていく。その音声がもう一度文字の上にたたずみ、その両者の往還によって詩が、だんだん立体的に浮き上がり、生き始める。

ニーチェが『華やぐ智慧』で、「表面に、皺に、皮膚に、敢然として踏みとどまること。」といっています。ニーチェは奥行きや深さ、内面を否定する。そして表面にこだわる。これが後世に実存と呼ばれる思想の核心です。モノ（＝現象）に触れる、出来事に関わる（＝行為）。いずれも表面との接触です。サルトルは、アンガージュマンといいますが、自分が能動的にそれに接して、表面と表面をこすり合わせたとき事物は実存する、それが存在だ。そうでないものは存在していない。たとえばほら、僕の背後の天井付近に掲げてある催事名の書かれた大きなステージ看板は僕の死角にあり、いま僕にとって直接関わりはなく、つまりは「存在していない」。でも、もしもあの看板がふいに落ちてきて僕の頭に当たったら、看板は僕にとって突如非常に実存的に存在するわけです。

西脇詩は西脇さんが元々表したかった「真意」（そんなものはありませんが）を読者に「言い当ててみろ」と試すために書いたものではない、そう僕はいいたいのです。

西脇詩は読者の前に、なるべくして誤訳となって現れ、しかもそれを詩自身が奨励している。詩はもったいぶって「心で」「読んだり」するものではない。ただ「眼で」「見れば」いい。詩は紙の「おもて」にあります。その奥でなく「そこ」に、古代が、現在がある。幻影の人は詩の奥に幽玄としてあるのでなく、いま「そこ」にある。「懐かしさ」も「遠さ」も表面にのみある。次世代の僕らはそこ、まさに西脇詩の表面を生きるしかないのです。

新著『偏愛蔵書室』で僕は西脇さんを取り上げ、『*Ambarvalia*』について書きました。「この詩集にはバベル的な言語分裂以前のユートピアとしての古代憧憬が、われわれの分裂後の言語で書かれている。ゆえに名詞は形容詞と折り合わず、主語は述語と折り合わず、読者は自分がうっかり誤訳を犯したかと疑う」と。

「一つの新鮮な自転車」
「ミモザの樹の如く戦慄する」
「おれの友人の一人が結婚しつつある」
「十五時が鳴つた／駈け出しませんか」

こうした詩句をさらさら早読みできる人は、詩などどれもこんなものだという先見了解があるため詩とは縁がありません。彼にとって詩は障害物となりえないからです。そうでなく、愚劣なほど詩句に実際的にこだわる人が、僕は西脇詩の本当の読者になれる人だと思います。

「一つの新鮮な自転車」ですよ。新品でなく新鮮。「fresh」。
「十五時が鳴つた／駈け出しませんか」ですよ。これを評して「まあまあ面白い詩だね」ではだめなのです。会場内の時計、ちょうどうまい具合に、もうすぐ十五時になりますね。十五時になったら、僕は本当に駆けだします。皆さんもお手数ですが本当に駆けだして下さいね。

……と、いうと、皆さん少し困りますよね。少し覚悟します。「え、マジか。本当にやるのか。諏訪哲史、正気か?」と。まあいいです。今日は本当に駆けだすのはやめましょう。ただ、この駆けだしにくさ、それを真に生きんと本腰を上げようとする現実の上げづらさ、その不可能のなかにこそ、詩の真実があるのをいま皆さんと一緒に確認しました。実は西脇詩の最奥の秘密がここにあります。

本当に駆けだすことは、「正常」な読者にとってある種の「不可能」です。ある種の不可能ですが、それを真に受け、生きて、もがく。そういう愛すべき愚者たちへ捧げるために、全ての詩は書かれているのです。ですから、西脇さんの詩は「諧謔があって面白いね」ではなく、それを真に生きんと、この詩の表面に自分が立つため、新鮮な自転車を思い浮かべ、ミモザのように戦慄できるかどうか試し、結婚しつつある状態になろうと、いくら愚かでも一度本気でしてみるのです。架空の、言葉によってのみ可能な世界と、現実の自分が生きている「いまここ」との懸隔、幅。これをありえない跳躍によって跳び越える。それによって、詩を生きられ、僕らが生を生きられる。西脇さんと共に旅をする人になれる。これが幻影の人、永劫の旅人です。

このようなことを今日、小千谷で話しているということに幸せな気持ちを抱いています。西脇順三郎という、稀有なる詩人のおかげです。ご清聴ありがとうございました。

鉄路の先の異界　ステファン・グラビンスキ『動きの悪魔』芝田文乃訳

「週刊読書人」二〇一五年九月二十五日

鉄道と聞くと僕らは、線であり道であり、車輪の移動の軌跡であるという、あたかも実体のない場所のような印象にとらえられる。しかし、少し観点を換えれば、長旅の客にとっての鉄道、とりわけ列車とは、部屋であり宿であり、何里もの距離をゴトゴト揺れながら走り続ける、物言わぬ「居住空間」とも見做しうる。それは、去来する「家」である。

鉄道怪談集なる耳慣れぬ銘を打たれ、このたび訳し出された本書は、十九世紀終盤に生まれ、主に二十世紀前葉にポーランドで活躍した怪奇小説作家ステファン・グラビンスキの、その名を高らしめた代表的短編集である。

収録された十四編のいずれもが鉄道にまつわる怪異譚で、蒸気機関の発明からおよそ一世紀を経た二十世紀初頭の時代背景として、鉄道がすでに市民の長距離移動に不可欠の手段となっている様が見て取れる。車内改札やコンパートメント、駅間連絡、転轍、信号技術など、現代にも通ずる一般的な鉄道周りの意匠がほぼ出揃い、乗客もそれらをありきたりな日常風景として見慣れてきた時代だ。

とはいえ、現代の僕らのように見慣れ過ぎてまではおらぬ時代ゆえ、いまだ鉄道にある種の畏怖や不安の念を抱く人々の無意識が、モダニズム的な怪異を現出させるのである。

集中、その完成度と幻想性で白眉と呼ぶべき一篇「待避線」。待避線とはこの短編の場合、側線もしくは端線を指す。よく駅舎の脇などに一時的に車両を停め置くための、末端が山なりに曲がった鉄の車止めで先を絶たれている、あのどこか寂しげな錆かけた短い枝線のことである。

「ときには、運行で壊れた車両が長い休憩のために、重くのろのろとよろめきながら乗り入れ、数カ月か数年間、黙って立ち尽くす。朽ちた屋根の中には小鳥が巣を作り、ひなを育て、デッキの亀裂には雑草が飛びかかり、柳の小枝が吹きだす。」

走る車内になぜか乗り合わせた不気味な保線工夫ヴュルは、同乗客たちにこの列車が向っている真の行き先をほのめかす。

「赤い線がだんだん本線から離れて曲がりくねっているのが見えますか?……。これが待避線です。われわれはこれに乗り入れます……」

その後、同乗者たちを待つ運命が現実の路線上での大惨事であるのは怪談の常道としても、特筆に値するのは、本作の異界参入への契機が、日ごろ黙殺され、存在さえ忘れ去られた側線という死角に関連してもたらされる点であろう。

鉄道の死角といえば、隧道《ずいどう》の内部も、僕ら乗客にとっては、入るなり俄かに鼓膜を圧《お》され、不案内な闇のなかで、かつて古人が掘削した暗い岩肌を不躾に眼前に突きつけられる驚異の「地の底」である。本書末尾の一篇「トンネルのもぐらの寓話」の魔界がまさにそこに口をあけている。同じ岩山のトンネルの修繕管理を何代にもわたって請け負ってきたフロレク家の末裔アントニは、遺伝と地底生活で眼を退化させ、陽光を見ることができない。湿った地下世界で山椒魚さながらに生きるアントニはある日、岩の亀裂の向こうに未知の世界を発見し、そこで目のない穴居人と遭遇する——。異形の姿をした地底人との交感というモチーフは、奇《く》しくも作家と同時代に米国で活躍したH・P・ラヴクラフトの神話大系を髣髴させる。影響は不明だが、グラビンスキが一名「ポーランドのラヴクラフト」と評される慣例もゆえなしとしない。

私見では、作者の操る比喩や文体には、当代のモダニズム文学、少し後のポール・モーランや本邦の横光利一らのレトリックに通ずる斬新さが垣間見える。「機関士グロット」で汽車がレール上を猛進する様など——。

「汽車は〔中略〕車輪の鉄の構造で獰猛にまたがり、〔鉄路を〕せっせと自分の下へ搔き集めていた。」

鉄道というモダーンな空間を、詩的な文体で描写するのがグラビンスキの怪談である。

今から一世紀以上昔の中欧、そこでは、東と西が、新と旧が、折り重なりながら層をなし、特異な文学を生み出していたのである。

夜の夢こそ「リアル」

『新編・日本幻想文学集成　内容見本』国書刊行会・二〇一六年六月

僕は作家のくせに、今まで完全な自然主義的リアリズム小説を書いたことがない。書こうとしても必ず破綻する。書きつつある現実的な物語のどこかに不意に裂け目が生じ、未知の奈落が口を開けるのだ。しかしその幻こそが僕のなかでの文学の本質、そして僕の生の「リアル」なのである。まさに「うつし世はゆめ　よるの夢こそまこと」（乱歩）である。

あの梅木英治さんの銅版画をカバーにあしらった白い叢書「日本幻想文学集成」をどれほど愛読しただろう。拙著『偏愛蔵書室』でも複数冊を挙げた。このシリーズは著名作家の通常の精華集とは異なる。幻想文学に精通した選者らによる、教科書的でない偏執的なセレクト、その天邪鬼な選択意図を開陳した解説まで含め、選者の編集じたいの内に、すでに倒錯した幻想性が孕み込まれているのである。

錚々《そうそう》たる先人編者たちの露払いよろしく、今回僕が仰せつかったのは日影丈吉である。解説を脱稿して感じたのは、彼の作家的肖像を描くことは不可能であるという諦念だ。二十面相ならぬ無面相。

日影丈吉は自身が幾多の謎を巡るミステリ作家でありながら、彼という人間存在の謎だけは永久に解き明かしえぬよう鍵を懐にして昇天した怪人である。

人間風な架空キャラと戯れる幼稚な「共感」が幻想と見做されている今世紀、幻想とは見知らぬ他者との想像を絶する「齟齬」であり、そこにこそ畏怖すべき異界が存在するという真実を前世紀の文学は教えてくれるだろう。

万華鏡の破れ穴

日影丈吉

『新編・日本幻想文学集成　第一巻』国書刊行会・二〇一六年六月

正体をつかまえる、という、その「正体」とは、そもそも何か。すぐれた作家がわれわれに見せるのは、ただ文章であり、その作品世界であって、彼自身の「正体」ではない。彼に正体などない。あるとすれば、書かれた文章、その字面だけが彼の正体であるというほかはない。

正体が知れぬゆえに不安であり、不安であるがゆえに魅了される。だが日影丈吉にかんしては、すでに国書刊行会から全八巻と別巻一冊の浩瀚《こうかん》な全集が出ている。作家自身はむろん、全集の監修にあたった種村季弘もとうに鬼籍に入った。貴重なこの九巻とその月報をつぶさに読んでもなお、日影丈吉、本名片岡十一なる人間の「正体」は見えない。見れば見るほど、見えたと思えば思うほど、きっぱり見えなくなる作家である。

この「見えなさ」、正体の「知れなさ」は、たとえば日影全集の監修者である、かの種村季弘の不敵なまでの「見えなさ」ともまた性質が異なる。周知のごとく、数多くの肩書きを持ち、複数の専門領域の横断によってわれわれを煙に巻く種村の「怪人性」や「詐欺師性」には、「自分の正体の知れなさ」を自覚し、意図的に世界の裏側を遊行しているふしが見受けられるのに対し、日影には、そういったある種の余裕派的な自覚はなく、あくまで純粋にして無欲、おのれが意識して「正体」を隠し、韜晦《とうかい》を決め込んでいるなどとはつゆも思っていない。それゆえ、日影丈吉に往々冠される「ダンディズム」という評語は、例えばバルベー・ドールヴィイふうな、強靭で自制的・禁欲的な信条としての生き方や、三島由紀夫のようなセルフ・スタイリスト（意識的自画像作者）のそれとも異なり、日影が幼少期から亡くなるまで、ついに変えることのできなかった、自身の引っ込み思案で傍観者的な立ち位置を、あえて良しとする穏やかさに、収まりのよい既成語を与えたというほどの事情ではないかと思われる。この日影のニュートラルな無頓着が、彼の正体不明性をいよいよ助長するのに違いない。

そんな見えない作家に出会うには、やはり作品、その文章に当たるしかない。ここに選んだ作品群が、僕が「逢い」、「魅せられた」日影丈吉であり、その寡黙な横顔である。

かぜひき（平成元年十二月発表）

日影が歳を重ねて獲得したところの詩的な筆遣い、文体の自在さ・盤石さに魅了される一篇。いちいちの言葉の選び方、その比喩の自由な跳躍のさまは、晩年の作とは思われぬほどみずみずしく、同じ小説家のはしくれとして、一驚も二驚もさせられる。

二掌編のうち、第一話「火山灰の下で」は、西暦七十九年に埋没したとされる、イタリアのヘルクラネウムの遺跡発掘にかんする、エッセーだか小説だか、あえていずれか判然とさせぬ語りから始まり、全体はやがて詩のような言葉、揺らめく夢幻的な文節に、どこまでも埋められてゆく。

——実は私にも、溶岩や瓦礫《がれき》で、ぴったりと覆われ、埋没したような都市の中で、生きていた経験がある。

——空がただの溶岩でなく、なんらかの理由で水晶のような、透明な石の破片で覆われている。語り手の私が親友のP・Sとともに過ごした、学校の薄暗い書庫での鬱々とした日々。その中でP・Sが書こうともくろむ長編小説『コボルト博士伝』が、未だ書かれる前に、先に物語の挿絵だけがデッサンされ、そこに描かれた博士そっくりの老古物商に、私はとある古書店で、大切にしていたルクレチウスの本を一枚の木版画と交換で巻き上げられてしまう。帰宅後、風邪をひいた私が熱にうなされ、「オーロム、オーロム（黄金時代）」といううめき声を漏らす終盤までのすべてが「詩的なうわごと」だったとも読める。

第二話「珍客」は、下町に住む私の病床に、はるばる「黄河のへりから」見舞いにやってきた、かの老子先生に導かれ、かつて買い逃した大幅の「鍾馗《しょうき》山棲図」の前に立ち、その山水世界へ闖入《ちんにゅう》してゆく。いわば壺中天的な、一読、露伴の傑作「観画談」の、画中と画前の両界が敷居を超越して共振れする結構を想起させるが、露伴のような厳格な筆致ではなく、全体に桃源郷的な、なんともいえぬ長閑《のどか》さ、風雅な諧謔を漂わせている。

——はるか上の方を見ると、爪先上りの路の尽きるところには、幽洞の入口があり、仙人はつい今し方まで外光の中で、仕事をしていたのだろう、一脚の黒塗りの机が、青白い空気の中におき忘れられていた。

画中参入に際しての呪文として、老子は、病床で私が話した芥川龍之介の随筆集の読みを拝借し、「うめ、うま、うぐいす。うめ、うま、うぐいす」と二度唱えさせる。このあたりの言語遊戯にも、なまなかでは到達できない文体の自在さがある。

並列された二篇＝二話は、西と東、それぞれの古典的世界が意識された「胡蝶の夢」が多重に折りたたまれた作品であり、日影丈吉という古今東西に通じる特異な作家の粋を凝らした、これぞ「変格」の極み、全き幻想文学であるといってよいだろう。

屋根の下の気象（平成元年十二月発表）

語り手の身体じたいが矮小《わいしょう》・ミニチュアであった幼年時、身近には小さな箱を並べたようなジオラマふうの長屋があり、隣の貸本屋の茶の間には簞笥・茶簞笥・仏壇等々に、本棚の本という、おびただしい「小箱」の数々、これが全世界で、本の中は全宇宙だった。

そこに大人への移行を促す契機、外界への入口があらわれる。医師であるその家の小父さんの医学書であり、壜詰の未熟児である。

――その本のはじめに、妙な図版がのっていた。一頁大に眼がひとつ、たてに描かれている。写真ではなくて絵だから、細部まで克明にわかるのだが、その巨大な眼には眼の玉がなく、皺のよった口の中には穴があいていて、周囲には睫毛《まつげ》にしては多すぎる毛が、密生しているのだ。

かつて自らの出口であったこの小さな天《あま》の岩戸を入口にして向こうへ抜けたそこに、屋根の上から初めて見る広大な外の世界がある。それは「どこの町にもあるような、米屋、酒家、床屋、菓子屋、揚物屋、鮨屋などである」。この、幼児の感覚の中で、画用紙の上にミニチュア化され、ぎゅっと箱詰めに整頓されていた路地裏が、「その画用紙の面積よりも、もっともっと広い空間への抜け道だということ」を成年的体感として自覚してゆく、そのイニシエーションのかなしみや孤独を、本作は夢みるような純粋さでうつくしく描いている。重要な作品である。

ある絵画論（昭和五十九年七月発表）

はるばる東ドイツの地方都市バンベルクに、謎の画家カール・シュピーゲルの個人美術館を訪れようと立ち寄った「私」。建物の全体は黒いガラスに覆われ、無人の会場内は真っ暗で何も見えない。その闇の向こうの壁に何か絵がかかっていた。女の肖像である。

——女は和服を着て、きちんと合わせた襟《えり》のあいだから、細い首がのぞいていた。髪を短く刈《か》り、眼のまわりに皺のよった老女の顔が、はっきり見えて来た。皺のよった眼が、じっと私を見ていた。

私は、はっとして、薄くらがりの中でよろけた。「お母さん」と、口の中で呼んだ。

遠い異国の未知の画家が描いた、ありえない我が母の絵姿。母への郷愁と、長き不孝に対する罪悪感。口の中で母を呼ぶ声の痛切さは、芥川龍之介の「杜子春」もさながらである。そして、絵はもう一枚かかっていた。それは私自身の醜く老いた肖像画だった。

謎の画家の名、シュピーゲル（Spiegel）は、ドイツ語で「鏡」の意。画家に対する評論の引用には「彼は人づきあいのいい男ではなかった。ひどく孤独な人物だった」とある。「自分の肖像」の対象が語り手のみならず作者をまで指示するかのような書き方。まったく日影丈吉とは人を食った作家である。

墓碣《ぼけつ》市民（昭和六十二年八月発表）

冒頭、「峠の上に町ができている」「もう一方はいきなり落ちこんで、深い谷になっている」と書かれている町は、日影が昭和四十八年から亡くなるまで住んだ東京都町田市である。この時期に書かれた作品の語り手は、等身大の日影自身に限りなく近いといえる。

——私はその谷のどこかに隠れ里があるような気がしてならなかった。

――そこには私達とまったく同じようだが、ひとところだけ違う人々が住んでいる。たとえば胃袋が牛のように四つに別れていたり、口をあくと野鼠《のねずみ》のように長い牙が生えていたり。

この町の崖の下の寺の墓地で見かけ、見失った二メートル以上もある大男、このなぜか私にだけ見える男は、二カ月前に物故したのに、妻に死亡届を出されなかったせいで、未だ住民票を持ち、律儀に投票にも来る。彼＝墓碣市民との珍妙な、最後は少し名残り惜しい交感を描いた、味わい深い作品である。

好もしい人生（昭和三十五年十月発表）

「狐の鶏」以降、ミステリー作家として名声を得た日影が、途絶えることのない注文に応じ、作品を量産した昭和三十年代の一篇。

誰にも知られぬまま完全な計画のもと、自身の存在、生を絶とうとする男の、遊民的な夜の徘徊《はいかい》のさま。そこにはすでに現世からこぼれ落ちた了見の、アウトサイダーとしてのすがすがしさを身におびた眼差しがある。

――公園の月夜は、さえぎる影がうるさければ、うるさいほどよく、黒レースの複雑なあみ目をぬって、月の肌はいっそう﨟《ろう》たけて見える。

軽快なショート・ショートのようでも、完全犯罪のトリックの披瀝のようでもある、一種の小ロマン派的な「黒いユーモア」を標榜した小品、と申せばよかろうか。ルヴェルやチェスタトン、サキ、それにウォーやダールなどにも通じる、奇妙な味わいのコントであり、短編小説の結構の完全さをひたすら求め続けた頃の、ウィットに富んだ逸品。

舶来幻術師（昭和二十九年三月発表）

日影丈吉が生み出した探偵のうちでも最も人気のある「ハイカラ右京」、国際スパイと噂された明治期の謎の名探偵、右京慎策《しんさく》の活躍を描く一連のシリーズものの嚆矢《こうし》となった記念すべき作品である。冒頭、「七子織《ななこ》の小袖《こそで》に熨目《のしめ》の裃《かみしも》という衣装《つくり》」で「東西《とざい》、東《と》お西《ざ》あイ――」と当世風の口上をぶつ仕掛独楽芸の達人、益見藤七《ますみとうしち》には二人の愛《まな》弟子があった。十七才の小藤と十四才の小欣吾。この二人の美少年をめぐる稚児愛、男色《なんしょく》でもとりわけ幼童を愛する性癖を持った混血の写し絵手品師、塙胡竜児《はなわこりゅうじ》の、命を賭した幻術的犯罪の顚末。小藤が死に、小欣吾も殺害されるが、少年への妄執的な愛を、渾身の写し絵で表現して果てる胡竜児の最期には、一種壮絶な極彩色の美がある。

――あたり一面、黄なる紅なる鬱金草《チューリップ》の花畠……遥かに巡る風車《ムウラン》も見える（中略）この飽くまで明るい光景に縁どられ、長々と寝そべっている、女にも珍らしい豊麗な裸体は……アングル描く、オダリスクの構図そのままに、白桃《すいみつ》のような、みずみずしい尻を露出して、アリアリと生けるが如き、美少年、小欣吾で……／そこに――一斉放射する、大小あまたの幻燈《マジックランタン》器の反映を浴び、壁に凭《もた》れたまま喉《のど》を突いて、唐紅《くれな》いに塗《まみ》れた胡竜児の、もはや虚《うつろ》になった眼が、尽きせぬ夢を追うかのようであった。

本文の多くの名詞に当て込まれたルビは、まさに設定された明治期の戯作特有のアクロバティックな自在さを見せ、たいそう威勢がいい。小栗虫太郎とはまた異なるが、ミステリーにおける、こうしたある種のペダンティズムには往々にして、大衆小説の常套《じょうとう》からの「凡庸性忌避」という心理的側面がある。

正岡容《いるる》や大泉黒石《こくせき》らの作品のように、前近代＝旧幕的でありながら、同時に国際的でエキゾティックでもある、時代的昂揚の躁状態の中で犯される猟奇殺人。あの当時の雰囲気を、要請としてのミステリーの枠内で描き切る力量、デビュー作「かむなぎうた」から玄人らしい筆さばきを見せていた文章家日影丈吉の面目躍如たる異色短編となった。

角の家（平成二年七月発表）

新しく建った角の家の主が、どう見ても狒狒《ひひ》であるのに、人間と同様に暮らし、妻もいて、町内でも不審がられずにいる。「私」だけがひどく動揺して暮らすが、最後にはその狒狒の主人に家庭の摂理を説かれ、その異常を平常と見做さざるをえなくなる。

——「（前略）家内にとっては人間の家内であることも、狒狒の家内であることも、家内であることにすこしも変りはないのですからね」

奇妙な区画の、誰が住んでいるかもしれない奇妙な家。こうした「場所」に異常な執着を抱くところは、さすがはあの名編「ひこばえ」を書いた作家である。本編もそれら一連の「家」バリエーションの一つである。先述の「墓碣市民」同様、町田在住時代に書かれた短編であり、東から来た新しいよそ者を自覚し、そこで異邦人として生きる作者のアイデンティティー不安が現前化されている。

ある生長（昭和五十九年十月発表）

——はじめは兜蟹かと思ったが、そうではないらしい。剣のような尾がない。全体的にもっと柔かいもののようだ。眼も口もなくて、ただ丸いだけだ。茶色のべたっとした丸いもの。ばかでかい椎茸《しいたけ》のようなものである。

この正体不明の物体・生物らしきが、しだいに大きくなる。当初はただ家の外に捨て置いて意に介さぬ様子だった大人たちも、最後にはとうとうその規模を看過できなくなるというパニックもの。だが、微笑ましいほどに庶民的な、禽獣でも見るような心持ちで書かれているため、パニックをパニックとして強調する気がない。ふしぎな掌編である。

広く文学的な先例を探せば、オドラデクなどのいわゆる「カフカ的幻獣」とも見えるが、本邦にはすでに天才的怪獣作家の香山滋《かやましげる》もおり、また映画「マタンゴ」や円谷プロの初期特撮作品などにも幻獣たちの系譜は存在する。しかしそれをあえてやや時代の下がったこのタイミングで、他でもない日影丈吉が書いてみようと思った、その心境の経緯のほうに、僕などはずっと興味がある。

山姫（平成元年一月発表）

ギリシャ神話のアルテミスにしろ、インド神話のカーリーにしろ、残虐な女神の系譜は世界中にあり、我が国ならさしずめ鬼子母神がそれにあたるが、本作に出てくる山姫も、神でこそないけれどもそれに近い巫女の娘であり、彼女は子供を喰らう常軌を逸した、美しい緑色の目の少女として描かれる。

――娘が年頃になり、いよいよ巫女になる誓いを立てる日が来ると、一匹のヤマイヌが社の庭にあらわれ、それ以来、生涯、彼女の護衛の任につくという。

日影が得意とした土俗的幻想譚であり、晩年のこの時期、自分は強《し》いてミステリー作家たらねばならない、という呪縛から解放され、身軽になった心境が筆運びに見てとれる。

こわい家（昭和六十一年八月発表）

本書のセレクトのため全集を読んでいると、むろん長編は量的に収録を断念せざるをえなかったが、エッセーならば、という邪念がわいてくる。とりわけ日影丈吉には軽妙なエッセーが多く、それがエッセーであろうが小説であろうが、さほど垣根を感じさせないところがこの作家にはある。そこで、選集の幕間としてこの小エッセーを収録した。

――子供のとき風邪を引いて寝ていると、枕もとに立っている障子が、もの凄く大きく見えることがある。（中略）畳も海のように遠くまでひろがり、人ひとりいない異境に寝ている感じである。

かつて澁澤龍彦も、さかのぼれば吉田健一や花田清輝も、エッセーと見分けのつかぬ書き出しを持った小説を晩年にものしたが、日影丈吉も資質的には彼らと似た傾向の持ち主であるといってよかろう。このエッセーの冒頭など、いつ小説へと転じるか予断を許さない、深い小説的味わいがある。

壁の男（平成二年十二月発表）

最晩年の、入院のさなかにしたためられた一篇。壁と天井しか目にするものがない何もない病室で、作家は何者かと対話する。

――〔病室には〕何もないが、病人には、何もないものを見る癖がつくようになるものである。

作家はまるで彼自身と密談を交わすようだ。言葉と生きてきた以上、そうせざるをえない。それが作家というものの業であろう。

さんどりよんの唾（昭和六年一月発表）

二十三歳。新青年片岡十一が、未だ若書きのつたなさを残しながらも、当時の詩的モダニズムへの憧れを、怖気づくことなく吐露させた目映いばかりに初々しい散文。

――空にかゝつて居る杉皮のやうに堅い雲は敷布の要らない食卓だ。

――林檎酒の味のするたびに雪の降りさうな黄昏、見世物の絵看板に地に堕ちた神々がふるへながらポオズを取つてゐる。早く婦人衣裳屋へ行つてストオブにあたらせて貰はう。

主に、ヴァザーリの名著『ルネサンス画人伝』の逸話が踏まえられており、そこから二十世紀へ至るヨーロッパ芸術への憧憬がこれを書かせた。早熟な文学少年の上気した頬の赤みをみるような、面はゆくもいとおしい一篇。たとえ闇雲であっても、届く限りまで言葉の釣り糸を投じたその遠さに、僕は日影丈吉の本質、彼の「詩性」を見いだしたい。

浮き草（昭和六十三年八月発表）

晩年の、まさに「研ぎ澄まされた」と形容するしかない境地で書かれた傑作。川辺で見知らぬ女に会うというあたり、内田百閒の「花火」などを思わせ、それが一夜のまぼろしであったかと放心する寂寥《せきりよう》の感には、上田秋成《あきなり》ほか本邦の怪談文学の、もっとも上質な侘びの美学が受け継がれている。

——土間のおくに小さな畳敷きが二間あって、一間にだけ暗い電気がともっていた。（中略）そして、何とはいうことなしに、女の誘導で、その行為に持って行かれた。

画に描かれた女の幽霊の寄る辺なさ、泊まらざるをえなくなった私娼宿での秘めごと、生々しい射精の記憶と、あくる日の川面を埋める浮き草の繁茂。この一連が水墨画ふうな枯淡の筆で書かれているのに、唯一、語り手の童貞喪失の不気味な感触だけは読者に強く与えられる。それを、少年のむなしい夢精の余韻であったとする冷厳な抑制のさまは痛々しいほどであり、この人界に生きてあることの孤独を僕ら読む者に苦く味わわせる。

猫の泉（昭和三十六年一月発表）

幻想文学の中で、いわゆる「架空の町」の主題系に分類されるべき作品であり、日影の短編では昔から、「かむなぎうた」「東天紅」「吉備津の釜」と並んでマスターピースとされてきたあまりにも名高い傑作ではあるが、僕自身が本作を愛しすぎているため、どうしても選から外すことができなかった。

本作を、澁澤龍彦が編んだ日本幻想文学史に残る名アンソロジー『暗黒のメルヘン』の収録作の一つとして知る読者も多かろう。多分にもれず僕もこの澁澤のアンソロジーで本作「猫の泉」を読んだのが、日影丈吉という作家を知るそもそものきっかけとなった。

ここに描かれた南仏の地理、その紀行風な、詳細を極めた描写と、多くの料理人にフランス料理の調理法を教えた実績のため、日影が若い頃に数年渡仏していたという話が長く真実と信じられてきた。没後、渡仏の形跡どころかパスポートも作ったことがないらしいとの遺族証言によってこれは覆されたが、渡仏したに違いないと盲信させるに足る強い語り＝騙りの力が、この作品にはある。

かつて私的な旅行でローヌ川をたどりプロヴァンスへ至った際、僕は、この短編に描かれる架空の町「ヨン」をどうにかして突き止められないだろうかと現地で調べたことがある。作中にある地名はほとんどが実在する県や町で、グラスやサンバリエ（ド・ティエ）もある。そこから北西の山地を仔細に調べると、丘陵に白い石壁の並ぶ小さな町があり、中央に時計塔も建っている。が、その町の名は紙一重で、「モン」というのである。

――「この局ではまだ、ヨンに関係のある通信をあつかったことはない。だが、ヨンという町はたしかにあるはずだ」

郵便局員にこういわれ、旅を続けた「私」はその町に至りつく。カフカの登場人物を思わせる、町長と書記の奇妙な二人組。言い伝えられる時計塔の予言。たむろするおびただしい猫たち。かのスコットランドのブリガドゥーン伝説のように、百年に一度姿を現すまぼろしの都の話を、本作は髣髴《ほうふつ》とさせる。

硝子の章（昭和五年頃初稿。遺稿として平成四年二月発表）

二十二歳頃に書かれた初稿を、三十六歳で台湾へ出征する直前に再び手を入れ完成させた。死後に発表されたが、僕には本作こそ日影丈吉が最も書きたかったものであり、棺桶に入れてあの世へ持ってゆきたかった「作家の魂」であったように思われてならない。

日影は文体に意識的な作家だった。本作は彼の文体模索の過程で試みられ、研磨された習作で、ところどころ梶井基次郎の書き癖を思わせる文章も見られるが、ここに書かれた主題、すなわち幼年時の万物照応的な感覚世界のモチーフは、日影が終生、自身の「核」として抱き続けた重要なテーマであった。

ガラスの他、鏡、幻燈、キネオラマなど、二十世紀の光学機械の出現は少年たちを驚かせ、乱歩や足穂ら、多くのモダンな作家たちを生んだ。日影が書きたかったのは、現実の硝子玩具の向こうに、郷愁としての幼年時代を見る、いわばカラクリ機械としての小説であった。万華鏡の逸話がその装置になる。

――あの暗い緑と赤を基調にした、チェンバロ組曲のやうな色の音楽！（中略）僕もその、万華鏡を毀した組だつた。ぽかんと円くあいた穴のむかふに、塵のない空気と、眠つてゐるやうな町が見えた。町は下町の一隅で、広い往来さへもあるのに、未だ電車も引けてゐなかつた。ある冬の朝など、早起きした僕は、（後略）。

万華鏡の仕掛け・秘密を知ろうと底の硝子を毀《こわ》しても、そこにあるのは空虚だ。しかしその空虚の向こうに、日影自身の幼年期が、あたかもプルーストにおけるコンブレーの記憶のようにみっしり詰まり、中にある時間は生き生きと流れるのである。引用のように、破れた万華鏡を覗いたその筒の中からは往時の町が見え、筒のこちらと、現前した向こうの世界とがシームレスにつながって、この

「硝子の章」という幻燈器を起動させる。読者はつかのま幻燈世界の観客にされるのだ。

日影丈吉という作家は、廻り続ける一つの幻燈器械だ。そこにかけられる映し絵がミステリーであれ怪談であれ台湾ものであれ、黙々と、また淡々と出し物を映した。余人が「正体」など探してもいっかな見つからぬのは、半ば道理だったのである。

GOZO——器官なき「音楽体」

吉増剛造『GOZOノート1　コジキの思想』

「群像」二〇一六年九月号

もう四半世紀も前のこと、僕は二度ほど、吉増剛造さんが彼の母校である慶應義塾大で行なっていた詩の授業に潜ったことがある。……はずなのだが、今回それを確かめようと氏の『詩学講義　無限のエコー』（慶應義塾大学出版会）や、近著『我が詩的自伝』（講談社現代新書）、その後ろの年譜まで読んでもこの年の件の授業のことは書かれていなかった。非常勤の急な頼まれ仕事だったのだろうか。でも単発の特別講義ではなく、確かに毎週同じ教室で夕方近くに開講されていた通年の授業だった。もしそれが事実でなければ、あの鮮明な記憶、黄昏どきの異様な教室はいったい何の幻だったというのか。

僕が大学三年次の寒い季節だったから、たぶん一九九〇年か九一年。慶應三田キャンパスの薄暗く狭い部屋で、小さなスクリーンに映像を映しながらの講義。僕は慶應在学中の友人にこの秘密めいた授業のことを聞き、十人ほどしか席を占めていない小教室に肚を決めて潜ったのだ。たしかその回は、暗黒舞踏の土方巽の話だった。土方生前の貴重な肉声テープ（のちにLP『慈悲心鳥がバサバサと骨の羽を拡げてくる』に収録されることになる音源）も流され、吉増さん独特の鳥類のような声も耳にした。仮にも有名大学の敷地の一角、カーテンを閉め切った薄暗い小部屋で、いとも不審な、国語文法を愚弄するような危険な密儀が行なわれている、僕は当時そんな感慨を抱いた。

吉増剛造は当時すでに有名な詩人で、僕はといえば、相手が詩人と聞くだけで逢いに行って、ことによれば論戦でも仕掛けかねないような青臭い文学青年だった。その意気が、講義を聴いて見事に気圧された。吉増さんは予想以上の型破りな人だった。授業での文言の多くが意味不明（賞賛の意）であるだけでなく、その風狂（賞賛の意）が、いかにも詩人たる人の、聴く者を理屈抜きで得心させるに足る、いわば「不疎通」の他者であった。

そんな、僕にとって数十年来のほとんど旧知といいたい吉増さんの批評集であり、エッセー集であり、散文作品集である本著『ＧＯＺＯノート1　コジキの思想』。一九六一年から八九年に発表された初期散文の著者自選集である。

不思議なことに全編が読みやすかった（!）。つまり近年の彼の文体、アルファベット・カタカナ・万葉仮名・傍点やルビの、見事に無法な氾濫の様がまだ姿を見せぬ時期の散文集なのだった。と、思っていたら、奥付あたりのページから、二つ折りのカードが膝に落ちてきて、何やらタイトルが「薄《ニブ》井、スヰッチ緒、入レル　――Alain のために」とあった。僕は読んだ瞬間、「出たな!」（賞賛の意）と心中でつぶやいた。本著の広告文にある、これが付属のいわゆる「投込詩」らしい。確かに本の隙間に投げ込んではあるが、読者のほうが本の側から不意に「投げ込まれる」詩というのが、文学的には正しい言い方であろう。

集中、最も初期と思われる一九六二年の表題エッセー「コジキの思想」。現在の飄々とした剛造さん（下の名で呼びたいのだ）が、若く生真面目な、熱い鉄の湯のような真っ赤に輝く液体だったことが判る。

> ――我々の時代、詩精神不在の詩は存在理由を持たない。詩は言語芸術における最も苛烈な精神闘争の場に成立する至高の形式である。（中略）一つとして決定的な詩はなく、詩人の状態はない。詩人たることはとほうもない賭である。

剛造さんがよく引き合いに出すカフカの――情熱を集中して一気に成ったもの以外を「つぎはぎ《フリック》・細工《アルバイト》」と呼び破棄した――というエピソードを思わせる、切実な言葉だ。

また、一九七一年の武満徹論「古武士のような名の」では、〈武満徹の音楽に出会った瞬間があった。〉とあり、その曲「エクリプス」をFMで聴いた際の体験を「暴力であった」と二度も行を換えて書き、ついには尺八の「垂直に樹のように起る」音に〈私という音楽体が吹かれた！〉と論中で絶叫する！

吉増剛造は分裂している、近年の文章を見て、多くの人がそう思う。が、それら分裂し続け、断片化した器官のごとく見える詩人の身体とは、実は颱風のように流動し続ける、気象学的規模の圧力、一つの音楽体である。

エッセー「一語の魅力」（東京新聞・一九七五年）では、この音楽体としての一つの詩人の、振えるリード＝簧《シタ》＝舌、いや、鼓膜による、観察眼が、器官なき状態で現れ、冴えわたる。

——そこは耳鼻咽喉科の入院病棟で、ちょうど鼻の手術を終えたその同室の人が、鼻に入れたガーゼのことであったか、鼻の内部を語る言葉として「オキ」という言葉をしきりに使うのだった。（中略）その「オキ」はおそらく海のかなたの「沖」なのだ。鼻孔の奥のことを「沖」という言葉でいいあらわす言語感覚が、すばらしいものだと感ずるまでには、たとえばわたしの場合二十年ほどの年月が必要だった。

オキは奥の訛りだろうという卑賤な揶揄など沖へ流し去ればよい。詩とは、あらゆる漂流物に乗っかり、そこに帆を立て航海する意志をいうのである。

最初期の「コジキの思想」から二十二年、田中冬二全集の栞に寄せた文章（一九八四年）にはこんな言葉がある。

——柔かく、しずかに、詩集『青い夜道』を上下しながら、たとえば「てふ」か「蝶」かの〔言葉の〕境になにかが浮かんできていて不思議な経験をする。

こうした仮名か漢字か、旧か新か、死物か生物か、声か文字か、それら継ぎ目のない、言葉を瞬く間に上昇気流で拉致し去る竜巻のような音楽体、その器官なき身体を生きるとき、怪物的な詩人が、風狂の詩人が、ｇｏｚｏでないＧＯＺＯが、感得できるようになる。

ＧＯＺＯ。不思議な音だ。……二十五年もの歳月を経たが、僕はようやく吉増さんをＧＯＺＯと、まるで名付けられたハリケーンのような呼称で呼んだ。吉増剛造は、いま僕にとって、ついに音楽体そのものになったのである。

「狂Q病」時代のニッポン

『定本夢野久作全集　内容見本』国書刊行会・二〇一六年十一月

旧九州帝大医学部地下冷凍庫に、一本の試験管が厳封されている。ソレは大戦前に筑豊地方から出て全国へ蔓延、猛威を振るい、帝都を死の舞踏《ダンス・マカアブル》の街にした致死性病原菌「狂Q病」ウイルスの凍結保存管であるらしい。

この伝染病は、罹患者に極度の躁と鬱、苦悶と愉悦とを交互にもたらす。病者たちは皆アッハッハ、オホヽ、アハ〳〵と嗤い、女患者は自身の一人称を妾《ワタシ》と記しはじめ、タッタ数日でハッキリと七転八倒した後スカラカチャカポコ踊り出す。

昭和初期に我が国を席巻したモダニズムという躁状態こそ、狂Q病の前段階だったと見る学者もあるが、この程、再びキナ臭くなってきたヤブレカブレのニッポンに、鉄鎚のごとく件の菌を撒布せんとするテロ声明文が発せられた。これまでで最も完璧な工程を経、培養を遂げたQの知られざる全貌・本領が明かされる。

読者よ、Qに狂え。Qを畏れよ。Qこそは文学を狂わせ、踊らせる神の名である。史上最大級の

「狂人解放治療」がいま、始まる。

瓶詰の亜細亜　夢野久作

「幽」二〇一六年十二月

　半年前の春、大型連休の直前に、僕は二年間エッセーを連載させてもらった西日本新聞社の招きで博多へ講演に行った。昼すぎ、福岡空港で迎えてくれた平原《ひらばる》奈央子記者は、夜の講演まで時間がありますから、諏訪さんがお好きであろう夢野久作ゆかりの場所でも巡りましょうか、と気の利いた提案をしてくれた。思えば西日本新聞の前身とは、かつて久作も記者を務めた九州日報なのであった。

　杉山家菩提寺である一行寺の墓石は圧倒的だった。さすがは九州から日本、アジアにまたがる政治結社を目指した玄洋社の領袖《りょうしゅう》の家柄である。久作に詳しい立石ガクブチ店の立石さんには、店の奥の居間で杉山家から預かっているというあの時計、現在も打ち続ける、久作が幼時から振り子の音を聴いていたという柱時計を見せてもらい、さらに久作本人が映っている、発見されたばかりの貴重な白黒動画、父茂丸の盛大な葬儀の記録まで見せてもらった。その参列者の数のおびただしさ。

　広大な東アジアに政治的シンジケートのネットワークを張り巡らそうとした野心的な在野の志士、その杉山茂丸の長男として久作は生まれた。この家柄にありながら政治を厭《いと》い、軍人になったり禅僧になったり、記者になったり郵便局長になったりと変転する。

日本を創ったという自負を持つ雄々しい世代の後には、社会からドロップアウトさせられる放蕩《ほうとう》息子の世代が来る。久作の文学とは、当時の新奇なモダニスムと腐爛したマニエリスム、とりわけエロ・グロ・ナンセンスと称される猟奇趣味を、芸術的に洗練させたものが多い。僕が好きな「ドグラ・マグラ」は当時最先端の西洋哲学だったベルクソンの「物質と記憶」の文学的例示だし、「キチガヒ地獄」の饒舌《じょうぜつ》独言の狂気、また「瓶詰の地獄」の三通の書簡による近親相姦的な孤島の密閉世界など、父たちの時代が切り開いた大陸＝外界の果てなさから敢えて目を背け、自己という不穏な内部世界に独り沈潜し、己を心の獄に監禁し続けるサド／マゾ的両義性を、いかにして自身のうちに育んだのか、夢野久作の文学を開く鍵は恐らくそこにある。

久作は、父たちが拡げた広大な野心の大陸地図を、極小の硝子壜《ガラスびん》に封印し、そのなかに自分だけを幽閉して遊び、憩いたかったのかもしれない。外部を内部に翻《ひるがえ》す。それが、息子による父の時代への観念のテロだったのかもしれない。

小説は身をひるがえす

対談・多和田葉子×諏訪哲史

「群像」二〇一〇年二月号

諏訪　僕が多和田さんと初めてお会いしたのは、二年前、シアターX《カイ》での朗読会を聴きに行ったときでした。打ち上げの席で僕の正面に座った多和田さんから、諏訪さんも朗読をすればいいのに、って勧められたんです。「僕は吃音者ですから」って笑って答えたら、多和田さん即座に、「吃れるからいいんじゃないですか」っておっしゃった。覚えてます?

多和田　そうでしたっけ。

諏訪　そうですって。もう頭をガツンとやられるようなすごい一言だったんですからね（笑）。それまでは自分の吃音を、ある種の社会的障害だって認識していたので、僕にとってあれは本当にコペルニクス的転回でした。ああ言われて以降、自分は「吃ってしまう」んじゃなく、「吃れる」んだ、そう逆転させて考えられるようになった。

多和田さんはエッセーの中で、群像新人文学賞を受賞した「かかとを失くして」（一九九一）について、「かかとのない小説とは、自分の関わっている伝統を無視して自由に放浪する文学のことではない。かかとのない文学とは、つまさきが地についているからこそ、絶えずころびそうになっている文学ではないかと思う」って書かれていますね。かかとがないから自由自在なんじゃない。つまずけること、或いは吃れることは、マイナスではなく、一つの得難い能力だ、そんな風に僕は受け取った。思えば、多和田さんの作品には、つまずいたり吃ったりすることをあえて歓迎する言語感覚があるように感じるんです。

多和田　やはり私がドイツに行ったことと深く関係していると思います。つまずきの例として、外国人が「訛る」ことが挙げられます。日本で外国語を学習する場合、訛らないで流暢に話せることを目標にする人が多い。でも訛るのはなぜかというと、その言語を学ぶ前に、もう一つ別の言語を知っていたからですよね。赤ちゃんは訛らない。

諏訪　白紙には、訛るための原語が書かれていませんからね。

多和田　つまり、訛りの中に前の言語の記憶が隠されているということです。私はドイツに初めて行ったとき、自分がこれまでやってきたことを誰も知らない状況に置かれて、過去が全て消されてしまったような不安に襲われました。でも、私が話すドイツ語の日本語訛りの中に、日本で送っていた人生の記憶が隠されている気がして、訛る瞬間だけ気分が落ち着いたんです。訛る部分だけが自分で、あとはよそ者の言語を取り入れてしゃべっている。会話ではあまり訛らないのに、ドイツ語で書いた小説を朗読するとどうしても訛ってしまうんですが、それは普段しゃべっている言葉は自分の言葉ではないからだと思うんです。

例えばドイツ語で「すみません、切符を下さい」と言えるのは、誰かがそう言っているのを聞いて真似したからであって、自分で考えた文ではないですよね。みんなの文章なんです。でも、私が書いた詩や小説には、私だけの文章があります。その文章の構造や響きや発想には、ごく個人的な、ドイツ語不在の時間の記憶が隠されています。自分が世界で初めて書いた文章をどう発音するのが正しいというお手本はないわけですから、訛りが基本になければおかしいんです。

諏訪 僕がデビュー作の『アサッテの人』（二〇〇七）で吃音をモチーフの一つにしたのは、一般の人が話すいわば外部の日本語と、僕の内部の他者なる吃音とが出会う場所において、自分の言語感覚や自我意識が確立されたと思うからです。多和田さんにとっては、訛ることが外部との接触であり、その瞬間にこそご自身の作家性が立ち上がってきたのでしょうね。

多和田 もう一つドイツに行って思ったのは、ドイツ語は発音が大変なせいもあって、みんな力を入れてしゃべる、力強い言語であるということです。バッハやベートーベンの音楽に通じるような力が言葉の中にある。それに対して、日本語は平坦でメリハリがない、弱い言語である印象が最初はありました。でも、決してそうではありません。日本語で力が入る部分ってどこなのかなと考えて、まず思いついたのが、「っ」が入る言葉ですね。「っ」を発音するときに、心が籠もっているように感じた。「やっぱりそうなのね」とか「きっぱりやめました」とか「ぜったい言わないでね」とか。

諏訪 おお、ほんとだ。

多和田 「っ」は吃音に通じるところがありませんか。言えなくて一瞬黙って、次の音にいくのが「っ」ですから。でも、ヨーロッパの人に対して「っ」は二重子音だと説明されてしまう。「きっぱり」をローマ字で書くと、「っ」の部分は「pp」と書くから子音が二重になる音と説明されますが、実際はpを二回言っているわけじゃない。「っ」のところで出たがっているエネルギーを一瞬、息を止めて留めて、それから言うんですよね。

諏訪　一拍、保留をかけている。

多和田　そこに人間の気持ちが出るわけです。「もうがっかりしましたよ」とか「しっかりしなきゃダメでしょう」とかね。

諏訪　あの、ちょっと多和田さん。さっきからそれ、僕に向かって言ってませんか。もうあなたにはガッカリ、もっとシッカリしなきゃダメって（笑）。

多和田　ダメです。

諏訪　うっ……。「しっかり」って二重子音で強調されると、よけい心臓にこたえます。

＊

諏訪　多和田さんの全作品を再読して思ったんですが、多和田さんの文学は広い視野をもって眺めると、「かかと」系と「犬婿」系の二系統に分けられる気がします。といっても、こんなこと、僕があらためて言わなくても、誰もが思うことだとは思いますが。

多和田　えっ、分からない。教えて下さい。

諏訪　かなり乱暴な分類だと思いますけど、日本でのデビュー作である「かかとを失くして」と、その二年後に芥川賞を受賞なさった「犬婿入り」（一九九三）。この二つにそれぞれ代表される両系統が、現在に至るまで、いろいろな形で変奏されている。前者の「かかと」系がお嫁に行く話、或いは自分があっちへ訪れる話だとすると、後者「犬婿」系は逆にお婿が来る話、誰かがこっちへ訪れる話です。また、物語論的にいえば前者が紀行、後者が説話と考えられるし、「かかと」系がもっぱら他言語との接触による言語的変異のモチーフを扱っているのに対し、「犬婿」系は異類、異形、変身など、身体的変異を主に扱っていると言える。

僕の勝手な類別で恐縮ですが、他に「かかと」系の側に属するのが、『文字移植』（一九九三、『アルファベットの傷口』を改題）や『ゴットハルト鉄道』（一九九六）、『容疑者の夜行列車』（二〇〇二）、『旅をする裸の眼』（二〇〇四）、『アメリカ　非道の大陸』（二〇〇六）、『ボルドーの義兄』（二〇〇九）などですね。逆に「犬婿」系は、『聖女伝説』（一九九六）や『飛魂』（一九九八）、『ふたくちおとこ』（一九九八）などが入るでしょう。神話と説話の近しさを考えれば、『変身のためのオピウム』（二〇〇一）も、これは両者にまたがっている気もしますが、まあ「犬婿」系に入れていいのかな。

でも、こうしてわざわざ二つに分けてみてから、この分類自体にあまり意味がないことに気づいたんですよ。というのは、二つの系統はともに「翻訳」という一つの問題系に集約されるからです。「かかと」系が翻訳と関係があるのは直接的で分かりやすいですけど、説話である「犬婿」系にも物語的「変異」という側面がある。説話は、流布されるとき、翻訳ならぬ翻案を伴いながらたえず変容していきます。「桃太郎」の原型を誰かが話した数十年後に、別の場所で「桃太郎」の話を聞いたとしたら、たぶんそれは伝言ゲームの過程で変容したほとんど別の語りになっている。小説の翻訳も、極力変容させてはいけないという一応の不文律をもって外国語から日本語に移されますけど、そうは言っても、意味の強弱や文体の呼吸、スピード、字面、フォントの印象とかのわずかな差で避けがたく変容していくものです。

「犬婿入り」という小説は、犬が婿に来る説話を多和田さんが脳内で醸造して変容させ、オリジナル

(?) とはだいぶ変わった多和田葉子版として書かれた一つのヴァリエーションですよね。その意味で、やはり翻訳なんです。多和田さんの文学は、結果的に、どうやっても翻訳の問題を避けて通ることはできないっていう結論に一巡して至りました。

多和田 とても面白いお話ですね。私は話しているうちに変わってしまうのが説話の面白さだと思うのですが、じゃあ歴史はどうだろうかと考えるわけです。私たちは歴史を学ぶときに、伝えられて変わってきた話ではなく、ある地点から常に同じように見える歴史の真実があると仮定していますよね。一方、物語は伝えているうちに変わってきてしまった、あてにならないものだと考えられていますが、みんなの様々な思いや欲望が入ってきちゃっているわけだから、より正確に人間の歴史を伝えているんじゃないかとも思うんです。

以前、シベリア鉄道でヨーロッパに行ったことがあって、その時読んだシベリアの言い伝えや民話を『ヨーロッパの始まるところ』という本に書きました。シベリアにはいろんな民族が住んでいて、口述の説話や民話がたくさんあるんですよね。文字で書かれた歴史には書かれていない出来事や抑圧の歴史が、民話の中に入っているのではないかと思ったんです。

諏訪 民話も歴史なんだな。

多和田 文学作品について言うと、「かかとを失くして」を書いていた頃、ハンブルグの大学でドイツの劇作家ハイナー・ミュラーについての修士論文を書いたのですが、ミュラーには『ハムレットマシーン』(一九七七)という戯曲があります。一見、シェイクスピアの『ハムレット』とは関係のない短い作品なのですが、よくよく読んでみると、ずいぶん違うけれど『ハムレット』の一種の翻案として読めることがわかってきたんです。

調べてみると、実は『ハムレット』自体、シェイクスピア自身が文字で書いたオリジナルが残っているわけではなく、役者たちが台詞を覚えて演じることで変わっていった作品だと分かる。しかも、シェイクスピアがゼロから考え出した話ではなく、元になる話がまずスペインにあり、さかのぼればアラビア文化圏にあって、さらにさかのぼっていくと、一体どれがオリジナルなのか分からないわけです。文学作品とは、翻訳なんですよ。

正しいオリジナルがあって、翻訳されるうちに少しずつ間違った弱いものになっていくのではない。文学作品は変身したがっていて、変身することによって新しい時代を生き延びていくんです。ミュラーが『ハムレットマシーン』を書いたことによって、私たちの『ハムレット』の読み方が変わるわけだから、昔から今の方向に影響があるのではなくて、今が過去に向かって影響を与え続けていくんじゃないかなと考えました。

諏訪 今のお話を聞いて思い浮かべたのは、多和田さんの『旅をする裸の眼』です。僕はこの作品が出来上がった過程を知ったとき、なんという恐るべき作品かと思った。それまで多和田さんは『変身のためのオピウム』のように、ドイツ語で書かれたご自身の作品を日本語に訳されたことはあったわけですが、この『旅をする裸の眼』は、ドイツ語版と日本語版を、並行して、まさに「同時に」書いたんですよね。

多和田 そうなんです。日本語で何行か書いてドイツ語に訳して、その勢いでドイツ語で先を書いて、新しく書いた分を日本語に訳して、という方法で書きました。でも先日、ある人から、それじゃ同時には書いていないでしょ、同時に書くというのは、右手でドイツ語を書きながら左手で日本語を書くことですよ、と言われました（笑）。ちょっと悔しかったので、今度やってみようかと思ってます。

そこまでやったら、もうアートプロジェクトですよ。

諏訪　他の人でなく多和田さんなら本当にやりかねないから恐い（笑）。鏡文字だって書けちゃう人だからな。いや、僕は人がどう言おうと『旅をする裸の眼』は二言語並行執筆で成ったと思いますけどね。先ほど言ったオリジナルとその写しの関係で考えると面白いです。つまり、オリジナル、原典、原書がまず確固としてそこにあり、それを翻訳するのなら通常はさほど困難ではありません。しかし、多和田さん自身が作者であり、かつ翻訳者である場合、無限複写が起きる。合わせ鏡のあわいで互いの姿を映して、それが反射を繰り返し続ける。オリジナルはどこに映っている？　これ？　いや、あれか？　という風に、翻訳しようとすればするほど、ありうべきオリジナルがどんどん彼方へ逃げて遠ざかっていってしまう。

たとえば西洋思想の根っこにあるのはプラトンの同一性の哲学です。イデアという確固とした観念があり、その影絵みたいなものがこの世界に過ぎない、と。その絶対的なオリジナルがどこか高みに存在するという思考は、二十世紀以降、疑問を呈されるようになってくる。シミュラークルという概念を用いたのはボードリヤールですが、ドゥルーズの言をとってみても、見かけや幻影みたいなものを、差異を含みつつ反復することによって、作者は自分のオリジナルに触れようとして触れ得なくなっていく。書けば書くほど遠のく。創作を続けるうえで、こうしたオリジナルのない状況というのは怖いなーって僕なんかは思っちゃうんですが。

多和田　でも、私が小説を書いていて、自分がやっていることが摑めるなという感触があるときというのは、反復の運動を感じられる瞬間であって、作家の身の置きどころを感じる瞬間ではないんです。私が本当に落ち着けるのは、落ち着く場所があるときではなく、あ、いま動いているなと分かるときなんですよ。

＊

多和田　ちょうど何回か続けてロンバルディアに行ったところだったので、諏訪さんの『ロンバルディア遠景』（二〇〇九）を読んで驚きました。私の友達の別荘が、作品にも出てくるマジョーレ湖のほとりにあるんです。

諏訪　ああ、あの辺りはいいところですからね。

多和田　それまでは、湖の近くの別荘に行くようなブルジョア的な休暇を、どこか軽蔑していました。ドイツの心理学の雑誌に、ふつうの人間はなだらかな丘や美しい湖があるような風景を好む、正常な人間はそういう場所にいると心が落ち着いて幸せな気持ちになるはずだ、と書いてあったんです。反対に、目前に海が迫っていて、後ろは絶壁という場所が好きな人間は、どこかおかしいとも書かれていた。これはまさに、私の好きな風景なんです（笑）。日本はこういう風景が多いですよね。

二週間ほどノルウェーのロフォテン島に滞在したことがあります。背後に絶壁が迫っていて、目の前は波が荒く冷たい北海。『ハムレット』に出てくるような、出口がなくて他に行き場のない場所だったのですが、こういう所へ行くと私は小説が書けるんですよ。ですから、ロンバルディアのような場所では絶対に小説は書けないだろうと思っていたのですが、行ってみたらすごく気に入ってしまって。諏訪さんはどうしてロンバルディアを小説の舞台に選んだのですか。

諏訪　僕は澁澤龍彥の心酔者で、高校生の頃から著作を読んできました。彼の紀行文はイタリアについて書かれたものが多いのですが、『滞欧日記』（一九九三）などにマジョーレ湖に浮かぶイゾラ・ベッラという奇想天外な島について書かれた箇所があります。ボロメオ家の主がつくった宮殿と、おびただしい石の彫像が並んだ庭園とがある、名前の通り「美しい島」だと。僕も十数年前、実際に訪れてみて虜になり、この機会に自作の舞台として書きたいと思ったんです。

僕のほうは、多和田さんの最新作『ボルドーの義兄』で、短い章の一つ一つの見出しに、鏡文字になった漢字が置かれているのがすごく奇妙で面白かったです。

多和田　この作品はまずドイツ語で書いたのですが、視覚的に異質なものを入れたくて、ドイツ語の本なのに日本の漢字を入れたんです。ドイツ語を使う人には読めない、絵のように見える漢字が入っている。異質な身体としての文字です。それを日本語に翻訳するにあたって、漢字が入っていても日本人にとっては何も不思議ではない上、本文に埋もれてしまうので、鏡文字にしようと考えたんです。もし漢字に目があったとして、自分の姿を鏡で見たら驚くだろうと思って。

諏訪　なるほど（笑）。『ボルドーの義兄』を読んで僕が思い出したのは、アメリカ生まれの詩人エズラ・パウンドです。パウンドには狂信的なまでの漢字崇拝があって、『ピサン・キャントーズ』にはアルファベットに混じって突如漢字が出現します。漢字とは表意文字、片やアルファベットや仮名は表音文字ですが、日本語って両者が入り混じっている奇妙な字面ですね。

パウンドは面白い人で、表意文字はある観念を一文字で表しているのだから、どんなに長い物語もどんなに長い詩も、一文字の漢字にできるはずだって豪語する（笑）。漢字のような形象やシンボルを用いれば、あの長大な『資本論』さえも、たったひとつの図で描けると。過大な夢想なんですけどね。でも、漢字って西洋の人の目には、そういう秘教的な、呪術的な表象と映っている気がするんですよ。一つの文字が、世界や宇宙の全てを表意しているというような常軌を逸した憧憬を持っているんじゃないかな。

多和田　そうですね、漢字に対する関心はいま世界中で大きくなっていると思います。私自身、ドイツでドイツ語の講演を聞いているときも、メモは漢字でとるんです。漢字だったら一つ書いておけば、その字にまつわるいろいろな記憶が入り込んで、後で見たときに全体が分かりますから。でも、ドイツ語の単語を一つ書いておいても、記憶が集まってこないんですよね。それがヒントになって、『ボルドーの義兄』の主人公は、思い出が次々に浮かび、様々なことが同時に起こるのをメモしている時間がないから、漢字だけをどんどん書いていくんです。

ヨーロッパの文字は表音文字ですが、漢字と同じで読む時はみんな表意文字のように読んでいます。たとえばドイツ語で私を意味する「イッヒ」という言葉は、表音文字だからといってまずIを読んで、それからchを読んでいるわけではなくて、パッと見て「イッヒ」と思う。漢字の「私」という字を見るのと同じ感覚です。ドイツの新聞にそれを調べた実験が載っていました。長めの単語の真ん中あたりのアルファベットをひっくり返して、間違ったスペルにしておいても、みんな気が付かないで読めてしまう。表意文字として塊で読んでいるから、個々の文字の順番が少し間違っていても分からないんです。

そういう風に絵の連なりとして本を読んでいくと、あまり自分で考えなくても情報が目の中に入って来る気がしちゃうんで少し不安です。マンガや携帯、インターネットといった、視覚的な情報源が増えているせいもあるかと思うんですが、もっと朗読や講演も聞いてほしいですね。人の話を耳だけで聞くのは、脳の違うところを使う気がします。

諏訪　声を追いかけながら、自分のうちで言葉の全体像をつくっていくわけですからね。

多和田　だから、日本語でも平仮名だけで書いた文章は、読むのが大変なんですよ。平仮名だけで書かれた難しい文章を読む感覚は、ドイツ語を読む感覚とすごく似ている。パッと見ただけでは情報が伝わって来ないので、自分で音にして考えないと内容が頭に入らない。

諏訪　以前ある外国人から、日本語の字面は画数の多いぎっしりした文字（漢字）と、薄っぺらい文字（仮名）が交互に出てきて、硬いものと軟らかいものが混じり合ったような変な図像に見えるって言われたことがあります。折口信夫は、漢字は玉で、仮名は紐だ、つまり玉の緒（紐）が玉を数珠つなぎにつなげていったのが日本語だ、ということを言っています。

多和田　日本語が読めない人に日本語のテキストを見せると、なぜか「の」という字だけは特徴的に感じるみたいで、みんなすぐ覚えるんです。確かに「の」は変わっていて、他の平仮名とはどこか違うと思うんです。それを利用して、この前の『宇治拾遺物語』を題材にしたシアターX《カイ》での朗読会では、「の」だけを私が読んで、他の言葉が入っている部分は高瀬アキさんがピアノを弾くというパフォーマンスをやりました。

諏訪　日本語には「の」が多いですからね。そういえば、「〇〇の〇〇」という小説のタイトルってすごく多いですよね。『アサッテの人』も『ボルドーの義兄』も（笑）。昔、ミステリーなら読める僕の弟に、京極夏彦さんの『魍魎の匣』を貸したら、題を見て、「の」しか読めんぞ！　って言っていましたよ（笑）。あの仮名だけが浮き上がって見えたんでしょう。

多和田　「の」の不思議さは、つなぎの言葉であることから来ているのかもしれません。言葉たちをつないでいくように見えたから、「の」だけを言ってみたくなったのかな。

＊

諏訪　多和田さんの第二エッセー集『エクソフォニー　母語の外へ出る旅』（二〇〇三）は、僕にとって思想書のような本です。「人はコミュニケーションできるようになってしまったら、コミュニケーションばかりしてしまう」と書いてあるのが、めちゃ面白い。多和田さんは「言葉における悪魔の力」と表現していますが、言葉には対象を指し示す役割と、対象を揺さぶり破壊してしまう悪魔の力があって、そこには「成り立とうとしつつ、同時に壊れようとする力が含まれている」と言われてます。言語を使った芸術とは、その二重苦をいずれも引き受けて、耐えた上でずれる方法を模索することだ、それがエクソフォニーであると。

また、言葉の前では、「一般の人はどうしても優等生と劣等生のいずれかに峻別されてしまう」とも書かれてます。優等生は正しい言い方ができるので言葉の破壊的側面には縁がない。劣等生は語学に関心がないので学ぶ気がない。結局、両者とも言葉の悪魔的な力を発動させられず、見過ごしてしまう、と。僕は「つまずく」「吃る」「保留する」「訛る」というのは全て、悪魔の力を引き出す可能性をはらんだ、文学の最も重要な性質じゃないかと思う。

人は小説を読むときに、「物語」より前にまず「言葉」「文字」を知覚しているわけですよね。絵画にたとえてもいい。アメリカの美術批評家クレメント・グリーンバーグは、モダニズム絵画について語る際、媒材（メディウム）という言葉を使います。彼は眼前に風景画があるとき、無自覚に「風景」を見るのでなく、メディウムである「絵の具」に意識を向けなければいけない、という切実な思考を持っていました。僕はこれをいつも、「木を見よ、森を見るな」という言い方で人に話すことにしています。何よりも先に眼の前のその木の肌を見よ、と。僕は小説においても、メディウムである「言葉」の前に一度立ち尽くすことが大切だと思っているので、自分が書くときもこのことを強く意識しています。多和田さんの著作は、そんな僕の問題意識を裏付けて下さっている気がして、読むとなんだかうれしくなるんです。

多和田　物語だけ読みたい人はたくさんいますが、私も言葉そのものにすごく興味があります。言葉とは文字そのものであり、音そのものです。日本語の分からない人に何か日本語の言葉を言うと、相手は意味が分からないけれど、音は聞こえている。私たちとは違う方法で単語が整理されて入ってくるみたいなんです。

この前、ドイツ人の友達を連れて日本に来たときに、丼とはご飯に何かが載っているもので、カツが載っていればカツ丼、卵と鶏肉が載っていたら親子丼だ、と説明したんですよ。そうしたら友達が「なるほどわかった。じゃあ、うどんは何が載っているんだ」って（笑）。音だけから入ると、転回みたいなことがあるんですよね。

言葉には音の他に文字もある。私たちは小説を読むとき、話の筋を追っていて日本語の文字は見ていないですよね。でも、諏訪さんの小説は例外的で、『アサッテの人』では「ポンパ」が大きい字で刷ってある。「ポンパ」は意味が分からないのに音だけが表されているのに加えて、文字そのものもはっきり見えてくるんです。『ロンバルディア遠景』では、ヨーロッパの詩で見かけたことのある手法ですが、同じ文字をずーっと並べているページがありますね。「田」の文字がぎっしり並んでいると、もう田んぼという意味ではなくなってくる。あれはどういう着想で書かれたんですか。

諏訪　まず僕の『アサッテの人』と『りすん』（二〇〇八）の二作は、後から思い返してみると、聴覚について書いた小説になっています。であれば、『ロンバルディア遠景』では視覚について書きたいという意識が当初からありました。登場人物の月原篤《つくはら》は幼少時から、何かがぎっしり集まっている図像に、病的なオブセッションを抱く性質を持っていて、実は僕自身がそうなんです。「田」や「母」が並んでいるページは気持ちが悪くて自分でも直視できない……。実は将来的に、視覚をテーマにした長編をもう一つ書きたいと思っています。

多和田　視覚的に面白くて、とても不思議なページがもう一つありました。鉄道会社の会議室のボードに「〇〇乗務区日曜班→当月売上目標総計＝＊＊＊千円」と、日曜から土曜までの売り上げ目標が書かれている場面がありますよね。

諏訪　これは僕自身の実体験です。大学を卒業後、名古屋鉄道という会社に六年間勤めました。初めの数年間、現場研修で切符切りから車掌までみっちりやったんですけど、そのときの売上ノルマの「数字」が、おそらくは強迫観念みたいに残っていたのでしょう。

多和田　すごく不思議ですよ。曜日が変わっているだけで、同じ言葉の繰り返し。つまり意味がないわけですよね。実生活にはそういうものがあるけれど、小説の中に表れると不気味なんです。小説はこういう意味のない反復が禁止されているので、急に出てくると「あれ?」と立ち止まる。

諏訪　レコード針がつまずくように無意味が反復する……。

多和田　一つの小説の中にいろいろな言葉が出てくることによって、その小説が言葉で書かれているということ自体が意識にのぼる。登場人物が話す言葉も特殊で面白いです。それから、古風で視覚的に美しい漢字を使ったりしていますね。

諏訪　昔から三島由紀夫を愛読していまして、これは『豊饒の海』の最終巻「天人五衰」を少し意識したかもしれません。美少年の篤と、それに性的欲望を抱きつつ彼を遠くから見守る井崎を造形する際、二人の文体をなんとはなし、三島風にしたかったんだと思います。

多和田　群像新人文学賞の選考で初めて諏訪さんの作品を読んだとき、使われている言葉の出所が多様なところがすばらしいと思いました。新人賞の応募作で多いのが、自分の仲間内で使っている言葉だけで書かれている作品です。ある時代のある町のある年齢層のある社会層の日記という感じです。他者の言葉といったら大げさかもしれませんが、文学史を意識したり、意外なところから言葉を探してきて自分の作品に取り込むという作品がすごく少ない。

諏訪　一時代・一ヵ所で生きる人間が複数の小説を書こうというのは簡単ではありませんね。

多和田　諏訪さんは意識的に複数作者になろうとしていますね。

諏訪　ええ、そうでありたいと……。ジル・ドゥルーズは『カフカ　マイナー文学のために』というフェリックス・ガタリとの共著で、「真に偉大で革命的なものはマイナー文学だけである」と言っています。そのマイナー文学を説明するために、ドゥルーズは『批評と臨床』において、マルセル・プルーストの、「傑作はある種の外国語で書かれる」、「偉大な作家は言語の内部に一つの外国語を発明する」という言葉を引用している。ドゥルーズの言うマイナー文学をもし具現化したら、それはまさに多和田さんのような文学になるんじゃないかと思うんです。メジャーに対するマイナーではなく、言葉の用い方、つまずき方、吃り方、訛り方、そういったこと全てを包括してマイナー文学という言葉は表しているんじゃないかな。

文学において真に発動されるべきは言語の悪魔の力であり、書かれるべきは未知なるマイナー文学であるはずなのに、小説と呼ぶ以前の物語ばかり書かれているのが日本の現状です。多和田さんもおっしゃいましたが、まさに「小説は小説論であると同時に、詩でもなければならない」んです。言い換えるなら、「詩」と「批評」のないものは「小説」ではない。ただ物語だけで出来ている作品とは、散々語り尽くされたおとぎ話にすぎない。でも、そのおとぎ話が世間に好まれ、ベストセラーになりさえすれば評価が与えられる制度下にある。どうしたらマイナー文学のかけがえのなさに気づいてもらえるのだろうと、いつも考えますよ。

多和田　日本語で書くしかないでしょう。ドゥルーズの言う外国語とは必ずしも本当の外国語ではなくて、メタファーでもあるわけですよね。そういう外国語に達するには、日本語で書くことは出来ないという壁に、一度突き当たらないとダメかなとも思うんです。日本語が出来るから、日本語で小説を書けると簡単に思ってはいけない。日本語そのものにまず様々な問題があるわけです。

　私は日本語の擬音語と擬態語は、表せる世界がものすごく精密なので好きです。「サラサラ」と「ザラザラ」は違うし、「ぐちょぐちょ」と「ぐしょぐしょ」は違うというように、非常に細かく事物や気持ちを書き表すことができる。けれども、それに相当する形容詞を探してみると意外と見つからないですよね。日本語は動詞の数が少ないし、現代文の語尾は「〜た」「〜だ」で終わることが多いので音としては単調です。この欠点も逆手にとって「ダダ、だだだ」というパフォーマンスに使いましたが。

　これらの問題点というのは、日本語の歴史の中で生まれてきたわけですが、じゃあ自分はそういう日本とどうつきあっていくのか、考えてみる必要がある。私たちが六〇年代に学校で習った、良いとされている日本語にも、いろいろな問題が含まれているということが、外から日本語を眺めてみるとよく分かる。この言語で書くしかない、でも、この言語で書くことが出来ないという、二つの認識を同時に持つことが、マイナー文学の一つの条件だと思います。

＊

諏訪　多和田さんの文章を読んでいると、「かかとを失くして」なんて特に、変な言い方ですが、「外国語を日本語で読んでいる」気がするんです。我田引水の誹りを覚悟して言えば、これは森鷗外がやろうとしたことと同じなんじゃないか。僕は以前、言文一致について長く考えていた時期があります。坪内逍遥が、苦心する二葉亭四迷に「君は落語が好きなんだから落語調で書けばよい」と助言して成ったのが『浮雲』ですが、たとえば柄谷行人さんは、口語で書かれているといわれる『浮雲』よりも、文語で書かれている『舞姫』の方がむしろ言文一致を成している、と言っている。つまり西洋の思考様式であるロマンやノベルを日本の文学に輸入するのは言語的に無理があり、齟齬が生じる。それを飛び越えるためには、鷗外的な、言語感覚自体の「移入」、つまり「翻訳」の術しか機能しえなかった。これを踏まえたとき、現代で新しい言文一致が成せるとすれば、それは多和田さんの方法じゃないかと思うんです。

これだけネットが普及すると、水村美苗さんの『日本語が亡びるとき　英語の世紀の中で』から始まった議論、すなわち英語が世界の普遍語になっていき、現地語である日本語がそれに駆逐されていくような、一つの言語で一元化されていく世界は確かにありえます。でも、多和田さんは、うまく言えないのですが、音と音との衝突、また、意味と意味との衝突、そのガチンと鳴る「衝突音」に耳をすまして書いていらっしゃるような気がする……。僕は多和田さんの小説を読むと、こうしたことを本当に果てしなく考えさせられるんです。

最近の文筆活動を拝見していると、今までドイツ語と日本語の間で小説を書いてきた多和田さんが、新たな「間」を探し始めているような気がするんですが、どうですか。ズバリ言えば、それはフランス語ではないかと。『ボルドーの義兄』では主人公の優奈が、ドイツのハンブルグから、まさにフランスのボルドーに向かいます。

多和田　『旅をする裸の眼』と『ボルドーの義兄』はフランス語への憧れを持って、フランス語に訳される時点をゴールとして想定して、ドイツ語と日本語で書いた小説です。実際にフランス語に翻訳され、書評もたくさん出ています。でも、自分がフランス語で小説を書ける日が来るとは思いません。

諏訪　でも、そういう絶対に無理そうなことが逆にお好きだって、僕、知ってますよ（笑）。

多和田　二言語の間には飛び越えられない峡谷があってそれが大事なのですが、同時に網のようなものが張り巡らされています。ドイツ語はフランス語や英語に明らかに結びついているし、日本語は中国語や韓国語に結びつく。これは言語学的な意味だけで言っているのではありません。そういう多言語で出来た網の目の中で、どういう文学が可能なのだろうかと考えます。でも、今の私にはまだ、多言語文学を書くことは出来ない。

アメリカで何度も朗読パフォーマンスをやったのですが、何語で読んだらいいか分からないんですよ。会場には英語しか分からない人、日本語しか分からない人、ドイツ語が聞きたい人、何ヵ国語も分かる人、いろいろな人がいる。そういうとき、言語を変えながら短いテキストを次々に、コンビネーションを変えながら読んでいくわけです。あるパフォーマンスで読んだテキストの連なりを一つのテキストとして見ると、多言語テキストみたいになっているかもしれません。あ、これは私が今、すごくやりたかったテキストだなと思う。でも、一回やったら終わりだし、その日に偶然会場に来ている人たちの反応を見ながら次に読むものや読み方を決めていくパフォーマンスなので、終わると消えてしまうんです。

諏訪　まさにアドリブですね。多和田さんはピアノやクラリネットなどの演奏と一緒に朗読なさることも多いですけど、よく合わせられるなあってほんとに感心しちゃいます。

多和田　ピアノの音も言語の一つですよね。音楽、美術、ダンスまで含めた異なる言語に反応しながら、その場でテキストが出来ていく。私はミュージシャンのようなアドリブは出来ませんが、既に書いてあった文章から断片を取ってきて、反応することは出来る。対談もそうですよね。その場で出来上がって、その場で散ってしまうテキストには、本とはまた違った魅力があるなと思うんです。

（二〇〇九年十一月九日　愛知淑徳大学星が丘キャンパスにて）

III　音楽・美術・その他

若きスノッブたち　哲学科時代の思い出

「國學院大學哲学会会報」二〇〇三年七月

〈作家になる前の会社員時代の文章。母校の哲学科より依頼があり、一卒業生として寄稿したもの〉

あの、灼けつくような夏の光。僕らの輝かしい学生時代。髭あとも青かった若きスノッブたちよ。曇天の九十年代を生き延びて、いま彼らはどこへ行ったか。肩口で跳ねていた辞書は蔵《しま》われ、スニーカーは革靴に駆逐され、彩《いろ》とりどりのシルクがこの十年、彼らの瑞々しい首元を締め続けた。形而下の孤独な草の根に埋もれゆく者よ。身を切る風が彼の頬に皺を刻み、父母を老い弱らせ、世界からあまたの美しいエスプリたちを剝ぎ取っていった。

輝かしい夏の日。あの頃、僕らはみな世間知らずの陽気なスノッブで、放っておけばサンジェルマンでラッパでも吹きかねない重症ぞろいだった。例えばこうした言い回し、この場合いくつかの換喩の指示先をボリス・ヴィアンと直截口《ちよくせつ》に出すのは鉄面皮のなせる業で、神聖な固有名詞に対しては相応の婉曲をもって近づくのが僕らのなかの暗黙のモラルだった。

誰も彼も暇さえあれば本ばかり読んでいた。当時村上春樹は大きな指標的存在だったが、折からの爆発的流行以降、声高《こわだか》に信者を自認するには気後れが伴った。ましてや件の赤緑上下本に関してはタイトルの国名を口にするのさえ勇気が要った。こうした要請から生まれた目くばせはやゝみくもに増え、やがて一親等の目くばせを仄めかす二親等の目くばせが現れ、次から次へ血は薄められて、果てには一体それがどの本人を指示する目くばせなのか瞭然としないまでになった。鬼面人を驚かす刺激物なら何にでも飛びついた。聖侯爵や便所神の手になる一群のポルノグラフィー[*1]は僕らの聖書で、他にジュネや三島、足穂《タルホ》やロートレアモンなどもよく読まれた。想像されるとおり、僕らの読書傾向の大半はかの甘き毒薬の香り漂う澁澤国《ドラコニア》の領内と重なっていた。

そんなある種衒学的なアルカディアに身をおきながら、僕は三年生の頃から図書館棟最上階にあった外文教授室、あの瘴気に満ちた梁山泊のごとき空中楼閣へ、種村季弘先生の卒論指導を受けに一人通い始めた。先生は初め、俺は卒論は見ない、といわれた。そこで僕は数年来の先生に対する憧憬を夜っぴいて長文の手紙にしたため、授業の後手渡した。それを三度繰り返し、ようやく僕は近づきを許された。外文に顔を出すと、そこにはいつも隻腕着流しの松山俊太郎氏が地獄犬《ケルベロス》さながらにソファを占めていた。印文専門の氏は当時英語の授業を受け持ち、ポオのテキストなどを僕らに読ませていた。十九世紀の悪の華初版本を所有するという氏はその風貌だけで僕らのカリスマだった。そんな猛犬を刺激せぬよう注意を払って奥へ入ると、書棚の前で調べものをしている師の姿があった。卒論指導とは名ばかりの、いわゆる放課後授業というやつで、僕は師に連れられ恵比寿の場末や浅草下谷の陋窟《ろうくつ》で酒を教わった。

まさに文学哲学との蜜月だった。僕らは渋谷キャンパスで授業を終えた者から順に宮益坂のドトールへしけ込み、二階の長テーブルを囲んで文学談義に華を咲かせた。百五十円のブレンドで二時間。論戦の綾から出た怒号に店内が騒然となることもあり、いま思えば僕らは店になにがしかの迷惑料を払ってしかるべきだった。三年生ともなればみな本格的に卒論対象を掘り下げ出す時期で、各々が過去の偉人の代弁者だった。ハイデガーがいた。プラトンがいた。フーコーやベルクソン、スピノザもいて喧々囂々《けんけんごうごう》、話は尽きることを知らなかった。ハイデガーは以前マルエンのド・イデ[*2]を原書で読んだことで周りから一目置かれていたし、寡黙な聞き役だったプラトンはその寡黙さゆえひとたび口を開けばその場の全員が沈黙した。――麗しき黄金時代《ベル・エポック》。（ちなみにフーコーとプラトンは双子の兄弟で、卒業後、僕は彼らと個人的同人誌「ナハト」を発行した。）

　卒業は僕らを散りぢりにした。ある者は教師に、ある者は公務員に、ある者は結婚して子をなし、ある者は孤独に埋没した。僕は師からの命もあり、名古屋に帰省・就職して、そのごく普通の生活に慣れようとした。ときに詩篇を書き海外を旅し、この無味乾燥な永劫に反復される日々の泡を嚥《の》み下そうと様々な薬味を自らに与えた。子もなく、背に負うのは衰えゆく父母で、父は人生に対する絶望から精神を病んで自殺未遂を繰り返し、郊外の癲狂院に幽閉された。僕は父を愛していたのでその苦しみは尋常でなかった。精神の牢獄に監禁されたのは僕自身のように思われた。硬質な「現実」の刃《やいば》は僕の軟弱なスノビズムの肉を裂き、顔から若者らしい軽薄な笑みを奪った。僕はいくらか真顔の、言葉少なな大人になった。

　遠ざかりゆくあの頃の陽気なスノッブたち。それぞれに苦しみ、肉を裂かれ、真顔を覚えた多くの孤独な心よ。再会の日、互いに別人の顔を持ち寄ることはかなしい。願わくば、自らの軽やかさを、自らのエスプリを、その掌《たなごころ》の上で溶けゆく氷塊の最後の一かけらを守り続けよ。いつの日か、それらは一つ場所に持ち寄られ、あの遠い夏の光を照り返し燦然と輝くだろう。そしてその時にこそ、若きスノビズムの炎は昇華され、そこから教養やたしなみでない、僕ら各人の本当の哲学が始まるだろう。

＊1　サド侯爵とバタイユ（ペンネーム「ロード・オーシュ」は便所の神の意）を指す。
＊2　マルクスとエンゲルスの著作「ドイツ・イデオロギー」のこと。

一筆書《ひとふでが》きツァラのこと

「すばる」二〇〇七年九月号

僕は、小説家になるずっと前から、少数の文学仲間や親しい友人に宛てた手紙の末尾などに、ある決まった署名をすることにしていました。それが現在の僕のサインです。

個人的にそのイラストのようなサインを、「一筆書《ひとふでが》きツァラ」、と親しみを込めて命名し、たまにこっそり練習もします。

ふざけ半分に描《か》いていた有名な詩人の顔のイラスト、暇つぶしの落書きが、ある日、おや、これは、ペンを一度も紙面から離さずに「一筆書き」できるんじゃないか、と、ふと思いたち、二三度試したら、案外簡単に描けてしまったのが始まりです。

ツァラというのはもちろん、文学ファンの方ならお馴染みの、あのルーマニア生まれのダダイスト、トリスタン・ツァラのことです。鬼面人を驚かす特異な詩をフランス語で書き、スイスのチューリッヒで一九一六年にフーゴー・バルやヒュルゼンベックらとダダ運動をおこした、ダダの最初期の領《りよう》袖《しゆう》です。

彼や彼の仲間たちのことは、大学時代に、種村季弘先生から、下谷や恵比寿で酒など飲みながら、面白おかしい話を何度となく聞いたものです。種村先生は自身「ナンセンス詩人の肖像」という著作や、ユリイカ臨時増刊「ダダイズム」総特集の編集を手掛けるなど、まあ、この方面の抽出《ひきだ》しには事欠かない、いいえ、事欠かないではいい足りません。恩師は本当に、桁外れな知識量、話を聞いている人間が、だんだん空恐ろしくなってくるほどの無限の抽出しを持った、本当の意味での博覧強記でした。

そんな先生の薫陶をうけ、初心《うぶ》だった僕は、あもすもなくダダにのめり込みました。（もちろん先生からの影響は、ダダのみにとどまりませんが……）

ヨーロッパ・ダダから興味は外へ広がり、気がつくと、辻潤や高橋新吉、吉行エイスケや武林夢想《たけばやしむそう》庵《あん》など、日本のダダまで覗き見するようになりました。比較的新しい赤瀬川原平さんらのネオダダ関係の資料も含めて、とにかくあの頃は夢中で読みまくったんです。

そのあげく、僕はこの、世界を席巻した文学運動であるダダの起爆剤、トリスタン・ツァラという詩人を、自身のなかで、知らず神格化していました。

僕は、彼のようになりたかった。そこで、遺された彼の数少ないポートレートを飽かず眺めて暮らし……、まず何より先に憧れたのは、彼の顔を特徴づけているあの「片眼鏡」でした。片眼鏡といえば、真っ先にアルセーヌ・ルパン、あの「怪盗ルパン」を想起せねばなりませんね。この点、どなたも異存はないでしょう。

でも、憧れの片眼鏡はどこにも売っていませんでした。それに、僕の目は、右も左も悪かったのです。いろいろ考えはしました。もし片眼鏡が見つかるとする。その後、コンタクトレンズを片目分だ

◀（上）著者のサイン「一筆書きツァラ」。（下）トリスタン・ツァラ。

け買いにゆく……。うーむ。どうも現実的ではありません。僕は、片眼鏡をあきらめざるをえませんでした。仕方なく、サッポロビールの王冠などにわざわざ手作りで耳から垂れ下がる紐をくっつけて、グイッと片目に当てがい、イテッと叫びながらも力を緩めず我慢して、いそいそと鏡を見にいき、一人でニンマリしたりしました。でも、後でその王冠を外してみると、僕の片目にはびっくりするようなおそろしいギザギザの円周が、ヘビメタバンドの隈取りさながらに縁どられていたりしました。

ツァラの顔の特徴は二つ。片眼鏡と七三分けです。それを戯画にして遊んでいたら、なんと一筆で描けてしまう。これだ！　何が「これ」なのか、その場では自分でもよく分かりませんでしたが、なんといいますか、要するにピーン！　と、パキーン！　ときました。

まあ、これが一筆書きツァラの由来、発端です。

一筆書きの書き方は簡単です。まず耳の横から左上へ三・七の順で髪を分けてゆき、同様に頭をホーイホイと戻って耳を小さくクルッ、その後、頬から顎をゆるやかに周って、こめかみに至るや、数字の9（筆記体）の鏡文字で片眼鏡を一回転、あとは思いきり下方へズイッと一直線に眼鏡の紐をぶら下げる……。

馬鹿丁寧に解説はしましたが、これは特許許可局へ申請済の僕のオリジナルサインゆえ（嘘ですが）、みだりな模倣、複写はご遠慮願います。

もちろんトリスタン・ツァラは世界みんなのカリスマです。でも、「一筆書きツァラ」は、僕個人だけの、大切な、愛着の深い、固有のトレードマークである旨、右から左まで、ずずずいーと、何卒く、各位くれぐれもご銘記願いたく。

あがた森魚《もりお》詩集『モリオ・アガタ1972〜1989』

「産経新聞」二〇〇七年八月二十七日

あがたさんの詩を読み始めた、いや、聴き始めたのは、大学の二年生くらいだったか。アルバム「永遠の遠国《えんごく》」に収められた「いとしの第六惑星」という詩《うた》をテープが擦り切れるほど聴き、詩集の文字を目で追い、幻想世界にひたった。「かえりたくない　かえりたくない／同じことばをしゃべるとこへは……」。

弟に紹介したら、彼は僕より深くハマッたらしく、九州への電車旅から戻るや、実際に乗車した阿蘇までの鉄道支線の駅名、実はこれらは本当にあがたさんが作中に印象的に羅列しているのだが……を、緩慢な節回しで幾度も歌った。

「三里木《さんりぎ》原水《はらみず》　肥後大津　瀬田　立野駅《たてのえき》乗り換え　長陽《ちょうよう》　阿蘇下田　あとは夜峰《よみね》の岳《たけ》」。

弟がウォークマンでこの詩を聴いていたのも夜の車中だったらしく、「夜峰の岳」という現実の地名が、この世のものならぬ冥界の頂といった幻想風景としても想像される。

「地名」という固有名詞の持つ強大なイメージ喚起力というものは、そこらのヘナチョコ詩人の弄する抽象名詞などより遥か遠くへ人を拉致し去る。身近な例を挙げれば、たとえば高倉健の「網走番外地」の「はるか　はるか彼方にゃ　オホーツク……」と唄う、あの「オホーツク」。また、僕の敬愛する『軍艦茉莉《まり》』の幻想詩人安西冬衛《ふゆえ》の「春」という一行詩、「てふてふが一匹　韃靼《だつたん》海峡を渡つて行つた」も、蝶々という吹けば飛ぶような存在と、韃靼海峡という雄大な風景との対比が、計り知れぬ詩的効果をあげている。あがたさんの詩とほぼ同時期に稲川方人《まさと》詩集『われらを生かしめる者はどこか』が上梓され、ここにも地名の言及がふんだんになされているし、そもそも西脇順三郎がそれらを多用したことは詩史の上での一常識でもある。

諸々の後付けは全て、あがたさんの詩から始まった。そしてその詩はやがて僕自身が詩を書き始める際の指標となっていった。

落ちた偶像　十六年ぶりのボブ・ディラン

「en-taxi」二〇一〇年春号

いまからちょうど二十年ほど前、大学二年生だった僕は、遅ればせながら、ボブ・ディランの音楽、その存在に震撼させられ、完全に圧倒された。そして、それ以降の二十年、僕は同じボブ・ディラン本人によって、あの頃の震撼、圧倒を乗り越えられたと感じたことは、残念ながら、一度もない。

はじめ、僕は、若い時期の彼を追ったモノクロのドキュメンタリー映画『ドント・ルック・バック』を観て、強烈に魅了された。どこで観たのか、よく覚えていない。テレビの深夜放送か、場末の映画館であろう。

冒頭の、有名な「単語紙芝居」のシーンだけで、いや、その背景に詩人のアレン・ギンズバーグが映っていたとのちに知り、もう一度観返してまた……と、そう、とにかく、その尋常でない煙草の消費量やら、口論での悪態やら……、映画のなかのそんなもろもろから垣間見えるまごうかたなきカリスマ性に、僕は完全にイカレてしまったのである。

もう一つの要因は、大学時代にのめり込んで聴いていたフォークシンガーのあがた森魚《もりお》さんの詩の影響も少なからずある。

『日本少年（ヂパングボーイ）』収録の、あがたさんの高校時代をモチーフにした自伝的作品「函館ハーバーセンチメント」のなかに、こんな歌詞が出てくる。

——俺と奴とさ　奴の彼女と　矢車草の咲き出す頃に　不良にもなれず　タバコふかして　辻潤の唄う　ユーモレスクに　死んだ詩人の　さびしさ想い　ボブ・ディランの歌　口ずさんではさすらいの果てに　死を夢見てた　……

現在、あるきっかけから、僕はあがた森魚さんと個人的に親しくさせていただいているが、団塊の世代、一九四八年生まれのあがたさんは、実は、当のボブ・ディランと七つしか違わない。ということは、あがたさんの青春、函館の高校時代には、ボブ・ディランはすでに、若者たちにとって理想の生き様、カリスマといっていいような激烈な影響力を持っていたということになる。

あがたさんの歌のなかのボブ・ディランは、ダダイストの辻潤と並べられ、いかにも虚無的な、青年期特有のアナーキスティックな偶像として描かれている。少なくとも大学時代の僕にはそう見えた、いや、そう聴こえたものである。

ことほど左様に、僕自身のボブ・ディラン受容にも、この無頼の翳が大きく作用していることは否めないし、それが大きく間違っていたとはいまでも思わない。ボブ・ディランは青年の不良性を象徴し、社会を弾劾し、傲慢で美しかった。それがボブ・ディランであり、それ以外のものはボブ・ディランではありえなかった。

二十歳での僕のボブ・ディラン熱とは、しかし、いま思えば、かなりありふれた、古典的な路線の踏襲であった。「雨の日の女」「風に吹かれて」「時代は変わる」「ライク・ア・ローリング・ストーン」「ミスター・タンブリン・マン」……。最初に好きになった曲はこれらスタンダードな、誰もが知っているものだった。

六二年のデビューアルバム『ボブ・ディラン』から、八八年の『ダウン・イン・ザ・グルーヴ』までを、僕は当時、一気に聴いた。『ダウン・イン・ザ・グルーヴ』は、なけなしの金をはたいてＬＰを買ったが、その他のアルバムは、ＬＰをレンタル店で借り、自宅で四十六分のカセットテープに一本一本両面ダビングし、何度も聴いた。

レコード店では、ＣＤ、コンパクトディスクが、そろそろＬＰ盤を駆逐しようとしていた。僕と同時期にボブ・ディランを聴き、おそらく僕以上に彼の曲にまいっていた弟は、有り金をもって、アルバム『欲望』を、ＣＤで買ってきた。

七六年の『欲望』は、僕と弟が、数あるボブ・ディランのアルバムのうちで、もっとも素晴らしいと認めていたものだった。ために、永久に音が鮮明です、と当時喧伝されていたＣＤで、一生モノとして所有したかったのであろう。僕も弟に借りて、そのＣＤを何度も聴いた。「ハリケーン」、それ以上に「コーヒーもう一杯」が、いまでもボブ・ディランの最高傑作だと僕は信じている。映画のために作られたこのアルバムには、スカーレット・リヴェラのヴァイオリンが、一曲目から急流のように耳のなかで氾濫する。僕らは何度も何度も興奮して聴いた。

けれども、僕らにとって、この頃までが、神としてのボブ・ディランの在位であった。

九二年に大学を出て、僕は就職した。

たしか、会社に入って三年目だから、九四年だったと思う。僕は弟と二人で、名古屋センチュリーホールで行われたボブ・ディランのコンサートを聴きに行った。何か月も前からチケットを予約して、幸運にもステージのかぶりつきを取り、満を持して行ったのだ。そのとき僕らは、おそらく圧倒された、はずだ。そういう感触がいまだに心に残っているし、弟に聞いても、やはりあの晩は、良かった、と、話す。良かった、そうだ、良かった、……そうに違いない。

だが、いま冷静に考えてみると、僕らは僕ら自身を煽動し、自ら努めて興奮するように仕向けていた……、なんだか、そんな気がしてくるのである。書くことも辛い、それが現実だった。

今回、僕はふたたび彼のライヴを聴きに行った。回顧からではなく、既存の詩性・音楽性の、暴力的な、奇跡の凌駕を、彼が行なう現場の証人となれると頑なに信じて出かけたのだ。

僕より上の世代の客も、下の世代の客も、ライヴがはねてのち、口にしていたのは、ほとんど口ずさめなかった、という本音だった。仕方のない話だ。彼はスタンダード曲をほとんど入れなかったし、彼のダミ声は、もはやメロディアスな韻律を奏でられなかった。彼の声は、ほとんど打楽器と変わらなかった。十六年前よりも彼の魅力は色褪せていた。乗り越えはなされなかった。それが僕の正直な感想である。

彼のギター、ハーモニカは、以前より鳴りをひそめた。与しやすい鍵盤の前に、すぐ彼は立ちたがった。それが、神の現実だった。あの『ドント・ルック・バック』の神聖な悪童の面影は、ステージ上のどこにもなかったのである。

あがた森魚、もしくは詩《うた》の伝来

異邦からの二つの航路

『あがた森魚読本』音楽出版社・二〇一二年五月

不可思議な詩篇の数々、狂おしい調べ……その旋律《をののき》の数々が、四十年前、わが国に、あたかも古拙《こせつ》微笑《びしょう》を浮かべた異国の神仏のごとく「伝来」したのだった。かの人はしかし半跏思惟《はんかしゆい》の態《てい》ならず、両の肢《あし》で舞台を踏まえ、ときに踏み鳴らした。腕には一本の神器《ギター》をかかえて。

私見によれば、あがた森魚という異能の詩才、異邦のうたは、西の果てより、主に二つの路、北航路と南航路とをたどって伝道された。この突飛な思いつきを、牽強付会・我田引水のことわりで叙述してみたい。

僕があがた森魚の歌を聴き始めたのは今から二十三年前、大学二年の時だった。熱烈なあがた信者だった親友が、究極の選曲として作ってきてくれた四本のカセットテープ。すべてはそこから始まった。

一本目のカセットの劈頭には「洋蔵爺《ようぞうじい》のこと」（『日本少年《ヂパングボーイ》』所収）が入っていた。あがた森魚の独特の〝語り〟、その不思議な声の魅力が発揮された「朗読曲」だ。彼の語りには、固有の味わい、ときに舌足らずな〃口ごもり〃の混じった、どこか内向的で、はじらう少年のように瑞々しいつぶやきの妙がある。近年の朗読作品、宮沢賢治の「よだかの星」朗読CD付絵本（リブロポート発行）や稲垣足穂の「雪ケ谷《ゆきがや》日記」（『タルホロジー』所収）等の語りでもそれは健在だ。

当時、病的な文学少年だった僕らは、この低い語り声の〃おぼつかなさ〃を愛し、密かに真似たものだった。僕は、四本のカセットの要所要所に巧妙に挿入されていた朗読曲、「春の調べ」と「秋の調べ」（『乙女の儚夢《ろまん》』所収）の令嬢言葉までも真似た。それらの聴きなれぬ古雅な「語り」、「文語的口語」の異様さは、現代的・同時代的な日常の語りを強く反省させる力を持った、いわば異化された「反時代的言語」、本来的な意味での「前衛《アヴァンギャルド》音楽」たりえたのだ。

それにしても、親友のこのカセットは、十代の若者が並べたにしては考え抜かれた選曲だった。今でも僕は、聴き方を変えたい時など、この四本の古いカセットの給仕する特上の献立に耳を順わせる。二十三年前のあのころ、読書に疲れた寝床の僕の耳朶《じだ》に、毎夜、あがた森魚の声が囁きかけた。眠りと覚醒のあわいで、それはシェヘラザードもかくやとばかり僕を恍惚とさせ、自在な夢の世界へと導いた。

つまり当時山脈の中にあった鉱山の残影《まぼろし》だと
なるほどあの一刻《ひととき》に胸を襲った淋しさは
ただ折ふし夢の中でのみ覗《うかが》い得るものです

（「スターカッスル　星の夜の爆発」——『永遠の遠国《えんごく》』所収）

目蓋さえ痙攣する、気も遠のくような夢の宇宙谷への落差。足穂の短編「星澄《す》む郷《さと》」の一断片をあがた森魚独自の感覚で切り取った傑作曲。語りから唄への過渡的中間態を、固体でも液体でもない形状のまま、かたり、かつうたう神がかりの曲。あの「まぼろしの機関車」の、宙空への引力は、本当にこの世のものなのだろうか――。

音楽家あがた森魚は、一面において、過剰に「文学者」である。先行する作家、稲垣足穂やジュール・ヴェルヌはいわずもがな、萩原朔太郎、中原中也、ランボー、金子光晴、立原道造ら多くの詩人の声が交錯する。また、これは本邦の足穂（「キタ・マキニカリス」）や乱歩（「パノラマ島奇談」）も該当するが、海外のヴェルヌやポオ、リラダン、アポリネール、ルーセル、カフカ、ロートレアモンらの持つ機械愛的性向を、ミシェル・カルージュはいみじくも「独身者の機械」と呼んである種の文学の潜在的共通項とした（足穂と乱歩にかんしては私見だが、二者は機械愛と少年愛との文学的合金である点で一致する）。これら少年性への、幼児的な機械愛への「固執」、もしくは「とどまり」、モーリス・ブランショ風に「滞留」というべきか、が、ことほど左様、あがた森魚においても中核をなす不可欠の霊源であることは疑うべくもない。

この真珠飾りの庭の都市
百合を飾った蓄音器　黒い悪魔の音の函
（「パール・デコレーションの庭」――『バンドネオンの豹』所収）

都市を天空の高みから俯瞰し、ママゴト的な真珠のミニアチュールへと変貌せしめる魔術、これこそは独身者機械の発動をもってなされる奇跡である。そして、あがた森魚は、なぜか少年性のみならず、デコレーションという名の奇妙な少女性をも併せ持つのだった。
往年の『日本少年』と『乙女の儚夢』、近年の『裕也』と『エリカ』の対が、グリコのおまけ的性差、男女の一対に映るのは決して偶然ではない。ユング心理学のアニムス／アニマ（無意識における男性性／女性性）が、あがた作品に避けがたく顕在化しているのである。

海鳴りの止まぬ夜は裏の山でも　夜猫づく子なくよ一晩一杯
海がこわいとね　僕の耳も中耳炎いたくて一晩ねむれない
母さん泣いてる受話器の向うで　父さん黙ってる
（「ヂパング・ボーイ」―『日本少年』所収）

窓縦つ若き二人、もどかしい春の日
風に揺れる、痩せたリラの樹、愛してる
　リラ、幻しか、この時、素敵だ！
淋し氣な瞳の中、緑い庭が萌ている
（「リラのホテル」―『日本少年』所収）

俺と奴とさ、奴の彼女と、矢車草の咲き出す頃に、不良にもなれず、
煙草ふかして、辻潤の謳うふもれすくに、死んだ詩人の寂しさ偲い、

ボブ・ディランの歌口吟んでは、放浪の涯に死を夢見てた。
（「函館ハーバーセンチメント」――『日本少年』所収）

大作「日本少年」は、谷内六郎の絵日記や、海野十三・山川惣治の活劇を髣髴させる「少年」の日常的または非日常的世界から、成長して愛に破れ、彷徨の果てで懊悩する「青年」の世界へ、己の身柄を放逐される、その輝かしくも忌わしい流刑の記念碑に他ならない。

引用のうち、とりわけ「函館ハーバーセンチメント」は僕の、青春の無頼への強い憬れを象徴する曲として看過することはできない。この曲を聴いたために、僕は二十歳の時、函館をはじめ道内各地へ無宿に近い旅をした。同じころボブ・ディランにも傾倒し、またダダイスト辻潤と伊藤野枝、及びアナーキスト大杉栄らの著書・訳書を読み耽り、三者三様の凄絶な生き様に想いを馳せた。辻潤との出会いは僕に、ダダ詩との、また禅的風狂との、そして虚無の思想家マックス・シュティルナー（スチルネル）のニヒリズム・ペシミズムとの出会いを用意した（『唯一者とその所有』＝辻潤訳『自我経』）。愛弟子であり愛妻だったうつくしき女性活動家伊藤野枝が自分の元を去り、親友だった過激な無政府主義者の大杉栄とともに、関東大震災のどさくさ、甘粕大尉らに虐殺された事件の後、辻は哀切な妻への挽歌「ふもれすく」をしたためた。僕は辻潤選集を入手し、そのふみを、くりかえしくりかえし読んだ。あがた森魚には同名のオリジナル曲もある。

打ち上げられた　酔いどれ破《やぶ》れ船の夢の様に
明日《あした》の磯部に　真砂《まさご》と砕ける様に

この僕のこのふたつの手で　あなたをどんなに強く抱きしめても
あなたもいつか死んで行くだろうか

（「ふもれすく」――『君のことすきなんだ』所収）

この曲の、うねるように切実なメロディ・ラインを知る者なら、抱きしめた自分の腕のなかにさえ、愛する人の死の幻を投影する詩人（辻潤＝あがた森魚）のかなしみを否応なく共有するに違いない。

Kと云ふイニシャルだったね　想えば哀し　はつ恋のひと
キネマの銀の絹の嵐をくぐりぬけて
今日からバルセローナへ　翔んで行くのよって
哀しく微笑み仄かに消えたよ

（「永遠のマドンナK」――『噫無情』所収）

ほんの少しだけれど　陽が射し始めた
雪明り　誘蛾灯　誰が来るもんか　独人
十九歳十月　窓からたびたち
壁でザビエルも　ベッドで千代紙も　涕泣いた

（「冬のサナトリウム」――『乙女の儚夢』所収）

この二作品は詩としても音楽としても、あがた森魚の仕事の中での最高峰に数えられよう。後者はトーマス・マンや横光利一、堀辰雄や福永武彦など、文学史の一角を築いた「サナトリウム文学」の系譜に連なる。個々の単語がそれぞれに奥行きを持ち、数行にすぎない詩のなかに作者あがた森魚は、冬の高原の寂寞と、その病棟の一室で人知れず世を去る者の鎮魂を、あくまでも静謐に看取っている。けだし、あがた森魚の詩はいずれも、言葉をじかに鑑賞者の耳、あるいは口に、無造作に、ごろりと含み込ませてくる。それゆえ僕らは、言葉の一個一個、それら多面体のクリスタルの、さらに一角一角を凝視し、ためつすがめつ慈《いつく》しむことができる。十全な語りの時間幅、詠いの拍子幅を持つがゆえに、彼の詩の言葉たちは、そのあるべき重量のすべてを、読者・鑑賞者にゆだねることができるのだ。あがた森魚の詩が、一面で文学でありながら、同時に音楽であることの僥倖がここにある。視覚的な、紙面上の活字の配置によってのみ言葉一個の重量の生殺与奪が左右される「小説」の書き手(つまりそれは僕自身のことであるが……)たちにとってみれば、あがた森魚の詩、そのまぎれもない「文学」は、時間芸術としての側面において、あまりに大きな優越性を備えた、嫉妬の対象なのである。

現在のように小説を書き始めるずっと前、二十代の僕は詩を書いていた。それまで言葉を受容する悦楽で充分だった僕が、言葉を自分の筆先からしたたりおとし始めたのだ。その折に僕を大きく「表出」の衝動へ駆り立てた驚異の「詩」、その一つが他でもない、あがた森魚の「いとしの第六惑星」だった。確かにこれはまずもって音楽であるかもしれない。だが、少なくとも当時の僕には紛れもなく「詩」であり、しかもそれは当代随一の、先鋭的な「詩」であった。

もう忘れかけた霜降る月まてば　今船が沈む刻の胸に
遥か地の星　海にうかぶ　今宵ぼうし　かしげ　少し
おもいけむり　はいて船は　くろい森を　阿蘇へ

（「いとしの第六惑星」——『永遠の遠国』所収）

詩人は九州の阿蘇、その「夜峰の岳」から、はるかな夢路をたどり、「かえりたくない」、とリフレインされる「ネオン　トオキョオ」へ至りつく。日本の西の彼方から、いじけた現実の都会まで、僕はあがた森魚とともに、幻想の銀河鉄道のレールを旅してきた感情がこみ上げる。この詩を愛しすぎて、ややもすれば僕は、あがた森魚が北国（留萌《るもい》）で生まれた人だという事実を失念しかけるほどであった。

でもあなたは僕の北国に帰って来てくれました
スズランとエス様の港の国に
街という街はあなたを抱きあげました　港という港は
夜中くちづけ　あなたのほおにほんのりうすべにが差しました

（「淋しいエスキモウの様に」——『永遠の遠国』所収）

留萌・函館の少年時代については、『佐藤敬子先生』を始め、あがた森魚の多くの作品にその反映がある。ゆえにあがた森魚という「詩性」は遥か北方の地からもたらされた、そうひとまずは断定されるだろう。自伝的事実としてでなく、彼の北方的感性、エス様（北方系カトリック、日本ではクリスマス訳詞等で用いられるキリストの別称、イエス様）の飛来する白銀の道、異教の言葉が、東方ビザンチンから景教（ネストリウス派）、ニコ・ピロスマニの東欧・ロシアの正教会を経て、間宮海峡・樺太を渡り、北海道のハリストスまで、〝北廻りの航路〟を通ってそれは来た。だが、同時に、エス様とはイェズス様であり、スペイン・ポルトガルの南欧カトリックの一会派が、大航海時代に貿易船を使い、「K」の去ったバルセローナの地、サナトリウムの壁のザビエルが伝えた九州天草の「きりしたん」の言葉は、まさに南蛮渡来、〝南廻りの航路〟でやってきたのだった。

つまり、あがた森魚の詩性は、遠望すれば、ちょうど異邦の言葉・教えが日本に伝えられた北と南の各径路、その長大な二つの放物線に沿うように遠路を超え来たり、南北の先端をとらえてキリキリと列島を弓なりにしならせ引き絞っているのだ。そして、その絃につがえられた矢の先は、太平洋を越え遥か南米アルゼンチンのタンゴの都ブエノスアイレスを狙って、今まさに放たれんとしている！

……これらすべては、僕個人の他愛もない、夢想海図の、紙芝居。

五反《ごたん》　五嚬《ごとん》　五反　五嚬　五反　五嚬　五反　五嚬
ゆっくり揺れている　街並みも揺らいでる（中略）
秋の野分けをさまよい歩いて　夏の終わりを見つめてる
いつか御室や落柿舎の細道　虚霧のまにまに　消えてゆく
（「霧のブロッケン」――『俺の知らない内田裕也は……』所収）

去年発表された新盤には、あがた森魚四十年の、いや、彼の生きてきた六十余年の「詩の路」の、最高の達成を見ることができる。現代に生きる芸術家のいったい誰が、列車の振動を漢音化し、ひろさ（五反）・おもさ（五噸）・ひろさ・おもさと、空間・質量のさなかにゆらぎ、唄えるだろう。不意に出現する古都の地名。それはまさに霧のまにまに現れては消えてゆく、純粋な「詩」の言葉なのである。

あがた森魚という一個の奇蹟、その四十周年を、ファンたちとともに、しずかに言祝《ことほ》ぎたい。

友部正人「誰もぼくの絵を描けないだろう」

「群像」特集〈美しい日本語〉・二〇一七年一月号

誰もぼくの絵を描けないだろう
あの娘はついにやっては来ないだろう
ぼくの失敗はぼくのひき出しの中にしかない
この砂のような夜を君に見せてあげたいんだ
だからもう5時間もこの丸テーブルの前にすわりこんでいる

心臓をかすめて通るはビルディングの直線
直線の嵐の中で人は気が狂うだろう
大女のスカートに男がまる飲みされるのを見たんだ
女は最後まで男を愛せないだろう
ぼくは死ぬまで道路になれないだろう

ぼくは北国からやって来た
南国育ちの君のからだに歯型をつけるため
長い長い旅暮らし
夜には寝袋にもぐりこみ
ボーッボーッて淋しい息をする

うんとうんと重たいくつをはくんだ
歩いているのがぼくによくわかるように
一度始まればもう終りはない
地球の胸板に顔を埋め
ゆうべロバになった夢を見た

扉を開けばそこは北国
ぼくの吹雪の中を彷徨うのは誰だ
またいつか君のところへ帰って行く日が来たら
ぼくが渡った河やもぎ取った季節の名前を
地図のようにひろげて君に見せてあげるよ

大きな飛行機に乗ってる夢でも見てるのかな
記憶と酒を取り替えたまま
地下街でまたひとり労務者が死んだ
法律よりも死の方が慈悲深いこの国で
死んで殺人者たちと愉快な船旅に出る

「美しい日本語」という難しいお題です。円谷の遺書や野口英世の母の手紙など、さすがにそういうことではないとだけは解りましたが、僕は危うく、漱石・鷗外、硯友社、川端・三島など、世にいう美文・名文、つまり美しい文章の規範を例示し、その内側で何事かを語る仕事だと思い込みかけていました。冷静に見渡せば、映画の脚本から憲法の条文まで、何でもある、そう、日本語は広かったのです。

世に「歌詞」と呼ばれているもの、それは音楽の附随物ではなく、音楽そのものだと僕は思います。詞、そしてすべての言語芸術は、一面、文字という空間的要素も持つものの、その本質は、折口の言語情調論などを引くまでもなく、節や拍子の連なりから成る「持続」、つまり時間芸術であって、言葉を用いたあらゆる芸術は、極端な話、ドローイングや書道をも含め、まずは音楽に等しいものだと僕は考えています。

すべての言葉が音楽であるからには、そうした音楽らしい音楽を破壊する音楽もまた音楽で、とすれば、言葉を毀す言葉もまた言葉であり、僕はこうした自壊と内破の力を孕んだ「言葉の正統から斥けられた鬼子としての言葉」のなかに、言葉の「美」もまたあるように思います。今回取り上げた言葉、本来リリカルな旋律を伴った詞であるこの作品は、僕にとって、その意味で、まさに美しい日本語です。友部正人さんは僕と同じ名古屋という街で青春を過ごした、いわば地元の先輩にあたる詩人・音楽家で、かねてから尊敬する人です。

僕はこの歌を、初め、本人である友部バージョンでなく、やはり僕の好きな詩人で音楽家のあがた森魚《もりお》さんのバージョン、今では名盤といわれるアルバム『永遠の遠国《えんごく》』に収められたカヴァー曲を聴いて知りました。大学二年の頃でした。

両バージョンそれぞれに魅力がありますが、いずれもいわゆる意識的な「字余り字足らず」、その拍子なき拍子を踏もうとしていて、言葉や音楽の時間軸の上に、まるで虚数のような危うい空《くう》の断面を垣間見せようとしているかのようです。

例えば、「だからもう5時間もこの丸テーブルの前にすわりこんでいる」などは、曲調を知る前に詞を詠もうとしたとして、いったいどのような節をつければ、ワンフレーズのなかにこの、本体でありながら末節でもあるような蛇の尻尾めく音列を収められるのだろうと、聴き手は首を傾げると思います。

けれど、友部さんもあがたさんも、この積載超過の困った音列を、曲中にいささか強引ではありますが、載せるともなく載せ、言葉の交通法を意図的に犯しながら、それによって言語芸術そのもの、ひいては音楽そのものを試しています。

この作品を、その前衛的・シュルレアリスム的な「内容」や「メロディー」から評価することももちろん必要かもしれません。でも、音楽であり文学であるこの「詞」が、両者いずれの側面においても剣呑な踏みはずしを体現していることに、僕は今回もっとも評言を費やすべき、と思ったのです。

マリエンバートに囚われて

「新潮」二〇〇八年五月号

四年前の夏、チェコの温泉保養地マリアンスケー・ラーズニェを訪なった。そこから出した一枚の絵葉書が、種村季弘先生への、僕からの今生《こんじょう》最後の便りとなった。葉書じたいは、並外れた温泉研究家でもあった恩師のために、当地での見聞や個人的な所感をつづった他愛のないものだったが、実は僕の旅にはまた別の思惑、あの永年の憧憬だったマリエンバートの幻影を求めるという密かな目的があった。

冒頭のチェコ名に対するドイツ語名マリエンバートは、アラン・レネの映画でつとに名高いが、実際の保養地はこぢんまりした静かなボヘミアの森の町といった風情、近隣のカルロヴィ・ヴァリ等に比べると小規模で、あのめくるめく夢幻世界などむろん、どこにもありはしなかった。映画ロケ地がドイツのニンフェンブルク城であることは前から知っていたし、昔ミュンヘンへも訪れてはいたが、僕はなぜだかずっと現実のマリエンバートにこだわっていた。

かつて僕は映画狂の学生だった。銀座並木座で小津や溝口を、千石の三百人劇場でロッセリーニやパラジャーノフの特集をわざわざ通い詰めて観た。レネの映画はこの世の奇跡かと思わせる衝撃を当時の僕に及ぼし、翻訳脚本やビデオを入手、封切の頃の大判ポスターまで収集して部屋に掛けたり、常軌を逸する執念を傾けた。

レネを研究し、脚本のロブ＝グリエ（つい先ごろ鬼籍に入った）の諸作を読み漁り、原作者といわれるビオイ＝カサーレスをも渉猟し、彼の『モレルの発明』のそのまた霊源であるウェルズの作品を読み、ジャリやカフカやデュシャンとともに『モレル』にも一章を捧げたミシェル・カルージュの卓抜な独身者機械論を再読三読し、その永久運動・自律機械としての小説の在り方に魅せられ（……思えば拙作『アサッテの人』巻末の大便箋に書かれた日課、意味のない言動挙動の反復は、こうした独身者の機械を個人的な解釈で具現化したものだともいえる）、ちょうどその頃影響されていたフーコーのラス・メニーナス分析の、観る者が観られ、観られる者が観てもいること（が奥の鏡で判る）、そして彼ら全ての被写体が、一枚のタブローに同時に描き込まれ、つまり原理的には実際の観賞者さえ必要としない（観る者も初めから作品のなかに棲んでいる）絶対的自律機械としての、閉ざされた函《ハコ》のなかの人々の営みを、彼ら相互の自意識の摩擦力だけで駆動させること、これを自身の創作の宗《むね》として僕は今まで書いてきた。だから、拙作には作者も読者も予め内在しているのだ。

だが僕の登場人物たちは、被造物でありながら造物主＝作者と同じ小説への自意識に囚われており、素直には函に安住せず、常に外を目指して小説に抗い、枠を破ろうともがく。が、結局はことごとくそれに敗れ、決して函から出られることはない。同様に、古今東西の小説に書かれたいかなる存在者も、作者の自意識の函から生きて外へ出たためしはない。（いうまでもなく自意識とはそのままで小説の謂《い》たりうる。）ここで肝要なのは、作者さえもが函から出られないという点だ。これが小説的理性なるものの業《ごう》である。さらにいえば、世に、語る作者と語られる作品とがある以上、世に入れ子でない語りの構造もまた存在せず、つまりはメタでない小説など世に存在しない。作家がいくらメタではないと頑迷にポーカーフェイスを繕ったところで、彼の身振りは単なる欺瞞にしか見えない。逆に枠《メタ》への敵意を明言しつつ書かれた確信犯的な反《アンチ》メタ小説を、言下に古典的なメタだと断ずる安直さは畢竟、小説を指して単に小説だと述べるトートロジーに等しいのであって、僕の二作がこの粗忽な同語反復を遠ざけるため、自ら入れ子、否、作為の壁の触感を積極的に顕在化させて書いた、いわば飽くなき地下抵抗の試みであることは、多少注意深い読者なら一目瞭然のはずだ。

それはさておき、果たして自分が痺れたのはレネの演出か、ロブ＝グリエの語りか、ビオイ＝カサーレスの小説世界か、カルージュの構造分析か、これら様々なパラテクスト全体と、あの独特の、幽霊のように廊下を歩む非人称的カメラの視点移動か、そこに映し出される城館内の重厚華美な装飾なのか……、もはや、僕自身にさえ判別がつかなくなってしまった。

時宜を得た稿とすべく、訃報を聞いたばかりのロブ＝グリエに特に焦点を絞るなら、言語表現の場において、僕が彼からうけた最大の啓示は、言葉の自在性を踏まえた上で故意に表現の不自由にとどまること、である。ロブ＝グリエ体験以降、僕の小説への考え方は、或ることをいかに書くか、ではなく、反対に、或ることをいかに書かず耐えるか、または、或る書き方をいかに禁ずるか、というものに変わった。執筆に先立って何らかの不自由（禁止事項）を自身に課すこと。あえて筆に枷《かせ》をつけ、小説の鉄格子を、予め自らの手で幾重にも張り巡らした、観念の独居房のなかで僕はものを書く。

新作『りすん』でも、僕は会話以外の説明描写的な地の文を一切入れないという不毛な律をあえて固守して書いてみた。それは安易な会話だらけの小説の無自覚に水を差す意図もあったが、逆に、徹頭徹尾会話のみで小説を成立させることがいかに難儀であるかを骨身に刻むために選んだ自発的な苦行でもあった。

初めのうち、発せられた声の主が誰なのかが何度も曖昧になり（四、五人の人物を一堂に会させ喋らせた部分など）、戯曲のように、声の主のいちいちの明示を、喉から手が出る程に書き付けたくなったりしたが、このとき僕を救ってくれたのは、以前読んだ谷崎源氏の述語の技法や、漱石の『二百十日』、またはヘミングウェイの技巧的な会話体などだった。

日本語の文末表現には、発話に用いる敬語の深度や、老若で異なる方言の濃度、伝法さ、接尾語の性差をも含め、とてつもなく豊饒な助詞の集積が今日まで受け継がれている。この文末終止法特有の発達を遂げた音韻の微妙な差異によって、伝達文の曰く言い難いニュアンスから発話主体までを自在に区別・決定づけるという日本語の特徴に、僕は今更ながら驚いた。言葉の海を漂流し、藻屑ともならず自分が生還し得たのは、ひとえに日本語の多様な語尾の助力に与ってのことであった。

筆は、ロブ゠グリエのマリエンバートへ繰り返し回帰する。その牢獄のように閉ざされた館では、毎夜のごとく気怠い宴が反復されている。「ホテル・カリフォルニア」の既視感にも似た「出られなかった者たち」の孤独な消閑。この反復される映像は、映像でありながら外からの観賞者を必要としない。館では観賞者（作者＝読者）さえもが影絵となって函の内に撮り込まれ、フィルムに映されながら、自分で自分の似姿を呆然として観つづけている。

生の「絶対値」を求めて　アキバ事件から考える

「朝日新聞」二〇〇八年六月十九日

今年もまた桜桃忌《おうとうき》の季節を迎えた。太宰治、享年三十八。ちょうど今の僕と同じ歳だ。かの人が『グッドバイ』を遺して作家の道を終えた歳に、僕は作家の道を歩み始めた。この事実、非凡な人間とそうでない自分との圧倒的な径庭《けいてい》を想うだけで、おぼつかない僕の筆など木《こ》っ端微塵《ぱみじん》に折れ砕ける。太宰も来年は生誕百年の節目を迎える。

太宰ら無頼派の人気はいつの世も揺るぎないが、昨今は小林多喜二の『蟹工船』などプロレタリア文学の読み直しの機運が高まってきているという。

前者が「人間とはなんと愚かで滑稽で惨めであるか」を書いたとすれば、後者は「我々はいかに理不尽な圧迫を被り、それと闘い破れたか」を書いた文学となるか。共通しているのは「個人が世界に敗北した軌跡をたどる」という極めて自虐的なスタンスだ。だがその自虐の果てに、敗者側の歪曲したヒロイズムが立ち現れ、その敗北は「負けるが勝ち」という驚くべき反転を遂げる。

平たくいえば、これが無頼および被圧制者の生の文学的な美的価値である。逆転したこれらの価値が現代風に軟弱化すると「ニート」や「ヘタレ」の文学に見られる「カッコ悪い」が「カッコ良い」に成り代わる機会が生じてくる。だが、それらも既にバラエティー番組の「貧乏自慢」や「貧乏耐久」などの乱作によって甚だしいマンネリと化しているのが実情だ。

先日起きたいわゆる「アキバ事件」も、このような時代背景から起こるべくして起こったウルトラ・マンネリ事件である。

被害者と遺族の悲しみは筆舌に尽くしがたい。その上で、かつての僕の引きこもり経験を踏まえながら、加藤智大《ともひろ》という一つの矮小な現象について考えてみる。

事件の第一報を聞いて最初に僕に浮かんだのは次の思いだ。「あわれ狂気の若者よ。残念ながら君のなしたことは、単にウンザリする二番煎じにすぎない」

とはいえ彼の心情は解らぬでもない。彼はすべての終わりを望んでいた。その上で、自分の生、自分の存在に、添えられるだけのセンセーションを添えて終わりたかったのだろう。自分独りが死ぬのも、世界中の人間が自分と共に死ぬのも、やぶれかぶれになって死ぬ存在にとってはどちらも変わらない。しかし、この想像力じたいがマンネリなのだ。

報道によれば、加藤は中学在校時、成績優良だったという。そんな彼の本来の目的は、テストではなく、人生における百点満点だったかもしれない。虚栄の最たるもの、たとえば金メダル、ノーベル賞、長者番付等々。だとすれば、彼のような人間にとっては九十九点でさえ不完全な、許すべからざる失敗であろう。

高校入学後、自分以上に優秀な他者たちのなかで加藤の存在は消され、成績も「中の下」という凡庸な、「どこにでもいる」人間になった。就職も不首尾で、人生の最初から一労働力以外の何物でもない派遣社員となった。人材派遣とは「アウトソーシング」などと体裁のいい名称に隠れた実質上の青頭巾《あおずきん》（人買い）であり、姿なき「現代版山椒太夫」とでもいうべき阿漕《あこぎ》な人身売買。そこに使われるわけだ。

加藤は自分の中途半端な存在に苦しんだろう。自分は一人《いちにん》という数字にすぎず、もはや百点満点の生はありえない。いてもいなくてもどっちでもいい人間、それが自分。死のうか。そうだ、百点はとれなかったが、どうせ死ぬなら悪行をしてマイナス百点をとって死のう。ただの自殺ではつまらない、プラスマイナスゼロでは面白くない……。

だが加藤よ。死を賭《と》したあの凶行でさえ、歴史上では甚だしい三番四番煎じなのだ。君は歴史の残虐性に遥かに劣る。君の逆転劇は半端な失敗に終わった。君を「世紀の殺人鬼」に祭り上げようと一時的にマスコミが騒ぐかもしれないが、それも七十五日までだ。君は敗北者としても敗北した。それも溜息しか出ない中途半端さで。ゆえに、ただ「あわれ」でしかない。

加藤を誅《ちゅう》する最も効果的な罰は、事件そのものの黙殺である。が、人が何人も殺されている。当然報道は熱をおびる。そこに加藤の目論見や、自らの冒険劇が驚愕をもって社会を脅かしている様を見て溜飲を下げ悦に入る彼の含み笑いが、苦々しくも想像できる。

誰の人生にも百点はない。ましてマイナス百点も今やヒトラーなど古典の出来事だ。だが、それでも、マンネリでも、現代のヘタレたちはやみくもに絶対値を求める。それが生の証しであるかのように。時代の歪んだ価値観がそうさせるのだ。早晩、加藤の更なる二番煎じが現れるのも、さほど予想し難いことではないだろう。

思い出の映画を、ひとつ

「小説現代」二〇〇八年十一月号

お好きな映画は？　アンゲロプロスの「霧の中の風景」、A・レネの「去年マリエンバートで」、V・エリセの「エル・スール」……。多すぎるので、いつも同じ回答をしている。たまには趣《おもむき》の違う回答を。いっそメロドラマなんかどうだろう。例えば、ちょっと古いけど、ピエール・グラニエ＝ドフェール監督作など……。「帰らざる夜明け」が好きだ。シモーヌ・シニョレとアラン・ドロン。あの緑濃き運河の情景。そして同じグラニエ＝ドフェールの「離愁《りしゅう》」。原題は「列車《ル・トラン》」。ジョルジュ・シムノンの原作で、いずれも僕の好きな男優と女優、ジャン・ルイ・トランティニャンとロミー・シュナイダーが共演している。今回は「離愁」について書こう。

北フランスのとある村でラジオ修理業を営むジュリアンは、ナチの侵攻により南方への転地を余儀なくされる。身重《みおも》の妻と娘を伴い長距離列車に乗ろうとするも、客車に乗れたのは妻と娘のみ。非常時ゆえ男は後接の家畜車に乗る掟だった。前後の車両はのちに運行の手違いから切り離され、家族は離れ離れになる。ジュリアンの乗り込んだ暗い家畜車では様々な人々が各々我身の境遇を呪い、あるいは嗤《わら》い、停車駅ごとに車内はいよいよすし詰めにされてゆく。ある駅でもうこれ以上は乗れない程に人間が押し込まれ、戸が閉められようとする間際、意を決して駆け込んできた一人の女の必死な表情に、ジュリアンは思わず手を差し伸べる。

彼女、アンナはこれまで永く過酷な逃亡を強いられてきたユダヤ人女性だった。ジュリアンは自分のわずかな居場所に隙間を作りアンナを座らせてやる。ドイツ軍の不意の空襲で、連射銃が車両を縦断して発射される。同乗者らが何人も落命する光景を眼前に直視しつつも、二人は強靭な意志で寡黙を守り続ける。お互い口らしい口もきかなかったが、停車時にアンナの水を汲んできてやったり、過去を少しずつ語り合ったりするうちに、抑えきれぬ愛情が芽生え、窮屈に寄り添い抱擁し合う二人の列車は終点さえ知らぬかのごとく旅路を急いだ。それは、束の間と知りつつも、なお抗し難く惹かれ合う二人の、激しくもせつない運命の炎《ほむら》だった。

三年が経った。ジュリアンは家族との生活に戻っていた。だがナチはフランス全土を制圧し、ユダヤ人とレジスタンスの取締りに躍起だった。ある日、ジュリアンは何故かナチの秘密警察から出頭命令を受け出かける。取調室で身元を確認され、最後にこの人間を知っているか、と引っ張ってこられたレジスタンス諜報員が、懐かしすぎるアンナその人だった。ラジオ修理という電波を扱うジュリアンの技術に警察はスパイの嫌疑をかけていたのだ。もしアンナと繋がっていれば疑いの余地なく協力者と見做される。見做されれば処刑だ。動揺しかけたジュリアンの視線をアンナは完璧な無関心でやり過ごした。その毅然とした表情からアンナの意を汲み取ったジュリアンは「知りません」と供述する。「逢ったこともない」

「そうですか。ご足労をおかけしましたな。どうぞお帰りを」

ジュリアンは立ち上がって歩き、しかし、ドアの前で止まった。彼はゆっくりと振り返った。「どうされました？」警部の問いには答えず、彼はアンナの椅子に近づき、一刹那、二人は見つめ合った。そして、ついにジュリアンはアンナに微笑む。その頬に触れ、今まで辛かっただろうね、とでもいうありったけの優しさを掌《たなごころ》に込める。その瞬間だ。それまで仮面のごとく頑なだったアンナの表情が堰《せき》を切ったように崩れ、震えながらジュリアンに身を預けかかる彼女の顔貌《かんばせ》が静止画となり、哀切な主題曲がかぶさってＦＩＮに至る。

観返すたび、映画終盤まで、こんな退屈な流れじゃなかったはずだが、と首を傾げる。幕切れも思いの外にあっけない。なのに観終えて数日、いや半日もすると、息苦しい刺すような痛みに襲われ出す。映画は終幕《ラスト》の二人のあの自殺的な抱擁へ向かって総てが収斂《しゅうれん》し、逆にそこから、観た側のあらゆる残像が後発的に生じてくる。この映画を観るそばから泣く者はいない。だがこうした、あえて劇的さを抑えた冷やかな映画こそが劇薬であり、最も深く永く、人の臓腑を抉《えぐ》り続けるのである。

四谷シモン

もしくは暴かれた「芸術の人形性」

『四谷シモンとエコール・ド・シモン展カタログ』弥栄《やさか》画廊・二〇一一年四月

二十世紀後半、ふらり極東の地にあらわれたシモンなる痩身の魔術師がひとり、ただ木片と土くれとを言祝《ことほ》ぎ、娶《めあ》わせてヒトガタと成し、そのうつろなる額の下に不可視のまじないを刻印するや、くだんのヒトガタに、「ひたすら木偶《でく》の振りせよ」とあえて五体の所作《しよさ》を禁じ、屍体のごとく厳かに、衆目の前へこれを立たせせた。

一体また一体と、シモン師の術のもとに生まれゆく木片と土くれの結合物は、人心を波立たせ、おびやかしつつも、虜にしていった。やがて、長らく伝統工藝《ぶ》の分とされてきた人形師の秘技は、広義の芸術として世に賞《め》でられ、不可思議な静物、不安なオブジェ、硬質な物体に固有の、ただならぬ死の香りをたちのぼらせて、雅人《がじん》らの眼を容易には看過させおかぬ異様な存在感を放ちはじめたのである。

シモン師の造物を、人は何の迷いもなく「人形」と呼ぶ。師自身、これを人形と称し、彼らはつまり造物主の意中のままに人形と呼ばれ、それを平然とした面持ちで「自覚」している。僕たち、私たちは、人形である――と。そんな彼らの達観した、冷徹な自覚を見おろすように、壇上から我こそはとアートの称号を授けたがるお節介やきの権威者がある。まるで芸術の名を与えれば、人形たちが、魂を得るごとく瞳を輝かせ、「生気」をみなぎらせるとでも思い込んでいるみたいに。……しかし、シモン人形たちを形容すべき言葉のなかには、「生気」などという徒《いたずら》に生き生きとした、あたかも人形たちが生身の人間のありように憧れてでもいるかのような情緒的な要素など存在しえず、そこにはただ人形たちの冷たい自覚、すなわち――僕たち人形は、単に人形である以上のものではなく、主の、師の、思惑どおりの、「人形の振りをした人形」であるほかに望むべき自己同一《アイデンティティ》などありはしない――といった、即物的な頑なさに満ちている。

四谷シモンの人形たちは、芸術であることよりも、まず人形であること、端的に「玩具」であることを自覚し、標傍している。これらの自覚は、シモン師の造り出す少年・少女らが本来的に有する「玩具性」「客体性」を保証し、玩具としての人形、その物象性のただなかにこそ、形而下ならぬ形而上の「人形の観念」が潜んでいることをおのずから体現するものである。

「人形の観念」そのものを地上の元素を用いて顕した冷たい物象、それが四谷シモンの人形である。彼らは虚無的《ニヒル》で、まるで永遠に人間の子供になりたがろうとしない不健全なピノキオ（！）といった佇《たたず》まいだ。有限な生身の人間、その生気にあふれた歓喜も懊悩も、彼らに何らの羨望さえ抱かせるには足りない。

シモン人形が稀有なる「芸術」であるとき――、そのとき、それまで芸術であることを疑われなかった既存のすべての芸術のうちに隠蔽されてきた「人形性」そして「玩具性」が露《あら》わにされる。逆に、芸術が自らのうちの人形性を自覚せぬとき、そこでいわれる芸術が、薄っぺらな幻想、幽霊にすぎず、近代人が信じ込んだ付加価値の臆見《ドクサ》にすぎぬことが露見する。作者（造物主）は作品（被造物）を徹底して客体化するが、実は同時に作品こそが、現に造りつつある作者を突き放し、作者本人を客体化する。これは文学など他分野の芸術にも敷衍しうる「作者」なる脆弱《ぜいじゃく》な存在の、避けがたい運命である。人の形が神の似姿であるように、作者の似姿は自己愛のうちに作品へ投影され、客体化され、つまりはいつしか作者の側が「作品化」されて、のち、そこに立ちあがった一個の被造物が、造物主《デミウルゴス》へと翻り、これを「造り返す」。人間の贋物であったはずの人形は、最も人間的な営為、「芸術」の隠喩となり、ついに人間が、人形の贋物として佇立《ちょりつ》する、魔術的な世界が到来したのだ。

人形が芸術であるのは、ひとえに芸術こそが究極的にはある種の屈折した無表情の「玩具」であり、物言わぬ「人形」であるからだ。つまり、四谷シモンの人形とは、その存在が逆に「芸術」を定義しなおし、軽薄な「アート」の現代性を、澁澤龍彥のいう「玩具の形而上学」の根源的な遠い郷愁へと誘《いざな》うところの、一本のめくるめく導線に他ならなかったのである。

夢のなかの書店

「日販通信」二〇一三年二月号

ぼくの書いた小説集『領土』(二〇一一年、新潮社)のなかに、「中央駅地底街」という短編があります。

この小品は、あるふしぎな真夜中の駅の構内、駅上のホテルや隣接する雑居ビル、その下から始まる広大な地下街の光景を描いたものです。その雑居ビルの二階と三階に、「女神書房」と呼ばれる書店が登場します。

この本屋さんに、ぼくはこれまで何度も訪れています。もっぱら、夢の中で。みなさんも、おそらくはこんな本屋さんをご自分の夢のなかでひそやかに経営されていると思うのですが。……床から天井までぎゅうぎゅう詰めの書棚、足元の床やら棚と天井の間やら、書棚に入りきらない未整理の新刊が山積みになっている……それらはすべて、きわめて官能的な、淫猥な本たちで……棚をたどってゆけば、いつのまにか成人玩具店の品ぞろえになっている……と。男性読者なら、そんな本屋さんを夢でみたことはありませんか。

フロイトの願望充足の原理に拠るまでもなく、世の少年少女たちならみな、こうした自らの願望の具現化したような書棚、あるいは書店そのもの、もちろん本屋さんではなく、ケーキ屋さんや雑貨屋さんかもしれませんが、そういうお店をきっと、夢のなかに持っていらっしゃるはずです。ぼくの場合、それはどういうわけか、必ず本屋さんなのです。「書店」という小宇宙、そのなかの数えきれない「紙の本」というさらなる小宇宙、でも実は広大な無限の宇宙を、子供のころから愛してやまないぼくの、これは必然かもしれません。

たとえばぼくの地元の名古屋には、名古屋駅のサンロード地下街や、栄のサカエチカなどで、小さな小さな、狭っくるしい店舗にぎっしりと本や雑誌を詰めて営業している鎌倉文庫という本屋さんがあります。ここは特に棚と棚が面し合った間の、細い通路部分がたいへん狭いのです。ぼくの夢のなかの女神書房の窮屈さ、とりわけ棚と棚の間の通路の狭さは、たぶんこの鎌倉文庫の店舗構造に影響されている気がします。不意に現れる書店という、場所の利便性も同じです。

書店全体の構造としては、複数階に分かれていることが女神書房の特徴です。どこの書店の影響なのか、いろいろ思いをめぐらしてみますと、大学時代によく行った渋谷の大盛堂書店や、岐阜の自由書房にあるようなエスカレーターでなく「階段」の記憶、それがあるのかもしれません。昔ながらの大型書店には階段のようなポカーンとした無人の空間があって、そこに味があります。

書棚は、名古屋のちくさ正文館の壁固定の文学棚の、梯子を必要とするほどの「高さと大きさ」が影を落としています。手が届かない本（価格的にもですが）、その羨望が「高さ」というイメージで表われています。

書棚のなかの圧縮度、陳列の無理やりさ、という点は、たぶん京都の三月書房の影響があるでしょうし、玩具や雑貨やＣＤとの併売は、名古屋のヴィレッジ・ヴァンガードの雰囲気に似ています。本当に女神書房の雰囲気はいろいろな書店の折衷でなっているのです。

最後に、本の種類、傾向ですが、猥褻な文学、春本、成人向け雑誌といった背徳的な背表紙の記憶としては、神保町の芳賀書店、京都の信長書店、案外そのあたりが、わが「女神書房」と提携しているのかもしれません。

疲労の極致にあるとき、ぼくは夢で、いまでもたまに、そして偶然に、「女神書房」にたどりつくことがあります。常にざわざわと混んでいて、でも客たちはみな影のよう、なぜか店員の姿はどこにもありません。一刻者の狸親父のような店主が奥にいるはずなのですが、最近は見かけなくなりました。「女神書房」は、ぼくの歳とともに、現れる回数が減ってゆきます。いつか、二度と行けなくなる気がします。理想の書店との出会いは、理想の本との出会いをもたらします。かつてのぼくにとって手が届かなかった本、遠い本、それが遠い未知の世界への強いあこがれを象徴していたのでしょう。

エロティシズムと聖性　プーシキン美術館展

「朝日新聞　名古屋本社版」二〇一三年五月十四日

二十八歳だったから、もう十五年も昔になる。真冬の一月下旬に僕はウクライナとポーランドへの旅の途、モスクワを訪れた。マイナス二十度。暁闇の凍てつく寒さに震えながら、赤の広場、モスクワ川の対岸からクレムリン宮を見て、有名なプーシキン美術館の前を過ぎ、深い考えもなしに僕はそのまま賑やかなアルバート通りに歩み去ってしまった。寒い朝のこと、カフェ恋しさもあったが、それ以上に、異国の人の顔や街の雑踏を見るのが旅先での楽しみだったからだ。

こうして、プーシキン美術館は長い間、僕の「行けなかった美術館」のひとつになってしまった。そういうわけで、このほど、ついに対面の叶った「プーシキン美術館」の絵画たちは、ことのほか僕を興奮させた。強く印象に残ったのは、アングルの「聖杯の前の聖母」と、それ以上に、グルーズの「手紙を持つ少女」だった。

十九世紀前半、ドラクロワ（ロマン主義）とアングル（新古典主義）は、その動と静の対称のうちに妍《けん》を競った。運命劇の一刹那を画布に焼きつけるドラマティックな前者と異なり、後者アングルの

ドミニク・アングル▶
「聖杯の前の聖母」

◀ジャン＝バティスト・グルーズ
「手紙を持つ少女」

痛いほどの静謐《せいひつ》のさまには言葉を失う。本作は赤と青の様式通りの衣をまとった聖母の視線の下、聖杯の上に奇蹟の如く聖餅《せいへい》が完全な正面を向いて立っている。まるで聖母の冷厳な視線の力がこれを立たせているかのようだ。暗い背景の前に浮き上がるかのようにマリアの白磁のような肌がいともなまめかしく照らし出されている。顔《かんばせ》の彫りも殊更深いわけではないのに空気遠近法的なかすかなぼかしの技術がまるで化粧《けわい》を施すように聖母の眼元を造っている。思わず吸いつきたくなるくらい淫靡にすぎる膚《はだ》である。

厳格なカトリシズムの「抑制」が、アングルの内に蒼く燃えるエロティシズムを逆説的に発動させる。淫猥の許されぬ構図こそが画家の欲動《リビドー》を期せずして炙り出すのである。傍らの闇に男が二人控えている（ロシアの二聖人）。彼らと聖母との不謹慎とも思える距離感。立ちのぼる女の匂いを嗅ぐかのような押し殺した息遣いまでが聴こえてきそうだ。

ジャン＝バティスト・グルーズはアングルより前、十八世紀の画家だ。絵のなかの女は娼婦ではなくあどけない少女だという。赤すぎる唇と白すぎる肌、狂気を仄めかす視線の定まらない斜視の両眼。巻かれた髪、しどけない媚態《びたい》。彼女こそエロティシズム絵画においてうってつけの完全に受動的な被写体である。罪を知らぬ無防備なこの忘我の表情がよく十八世紀に許されたものだ。ヴァンセンヌの牢獄のなかでサド侯爵が社会風紀を蹂躙《じゅうりん》する悪徳の書をひたすら書き綴った革命前夜、グルーズは道徳的な「教訓画」を描き、のちにはその反動で少女の淫らな半裸身像ばかりを描き続けた。絵画のエロティシズムとはやはり画家の内部の聖性と俗性の確執、良心と邪心の相互否定が弁証法的に止揚され、両者が共々に倒れた寸隙《すんげき》を狙って立ちあがる「不可能の表現」であるに違いない。

この「手紙を持つ少女」は後のルイス・キャロルやナボコフにも通じるロリータ・コンプレックス

の具現化した作品である。X線調査でこの絵の下からは別の絵、酒神バッカスの巫女《みこ》(つまり乱交《オルギア》の同伴者)の頭に葡萄の葉の冠を飾った図が発見された。神話と聖書を主題《モチーフ》にしてしか許されなかった女体の表現が、タガの外れた革命の時代、ついに画家の意になびき、あろうことか一般家庭のありふれた少女の裸体で神の聖性を塗り込めたのである。

古代中世において文明とはエロティシズムの徹底的な隠蔽・抑圧だった。しかし近代における文明とはエロティシズムの禁止と容認の適度な配分、その芸術的な度量を意味する。フランス絵画の度量=精神を当時の厳格なロシア社会に移入はできなかったが、女帝エカテリーナ二世は理解していたであろう。しかしそのフランスとてかつてはイタリアに憧れ、多くのマエストロらを招聘《しょうへい》した。そのイタリアはギリシャ、さらにエジプトの黄金期を憧憬してやまなかった。不思議なものだ。わが国もロシアも、まだ当分は西欧の先進的な度量に憧れることになりそうである。そんなことを再認識した展覧会であった。

書肆孤島の思い出

『なごや古本屋案内』風媒社・二〇一三年十一月

もう八年ほど前に閉店してしまいましたが、名古屋の瑞穂区、ちょうど牛巻の交差点を東に折れて豊岡通のゆるやかな坂を下った道沿いに、「書肆《しょし》孤島」という、周囲の平凡な街並みとはおよそそぐわない、まるで西洋の骨董屋のようなふしぎな構えの、目立たない一軒の古書店がありました。

その「孤島」の名のとおり、名古屋の古書店街である鶴舞、上前津、本山などとは立地的に離れ、地下鉄「瑞穂運動場西」の駅からも少し坂を上らねばならない場所に、その古書店はお店を開いていたのです。沢田美江さんという、物静かで華奢な、上品なご婦人が、いつもたったお一人で店を営んでおられました。時間のある馴染み客には奥の部屋で紅茶を出されたりもしておられた様子でした。

僕がそこへ通っていたのも、やはり十年近く前です。まだ三十代の前半で、商社の営業マンとしてスーツを着て、会社のバンを運転して顧客を回る毎日でした。午後などに、瑞穂区にある得意先へ行く用事ができると、ほんの少しの時間でしたが、用件の後、僕はこのお店に立ち寄っては、高い書棚を見上げて、大学時代から親しんできた西洋文学の珍しい訳書や思想書などを物色し、余裕があればいそいそと購入し、営業カバンに入れて店を出たりしました。たえず営業実績が重視されるエコノミックなサラリーマンの日々からの、ささやかな逸脱（実情はサボタージュですが）というべき束の間の、僕には清涼な一服という時間でした。

いつも「孤島」には西洋アンティーク店にも似た、とてもゆったりとした時間が流れていました。ここにくると、古書とはつまり時間の形象化した墓碑のようなものであり、その安らかな墓碑の陳列の前で、人はいわば敬虔な、教会の伽藍のなかの静寂を思わせる空気に触れることができるのです。ジャン・グルニエに『孤島』というううつくしい自己省察の書物、カミュに決定的影響を与えた本があるのですが、いつだったか雑談の折、僕は沢田さんに店名の由来がこの本と関係があるのか否か、尋ねたことがありました。すると沢田さんは、微笑を浮かべながら、「たぶん、そんなところでしょう」とはぐらかされました。これはつまり、グルニエ的「内省の時間」と、古書肆のある立地的「孤絶の空間」という二重のニュアンスをおそらくははらむものなのでしょう。

カラン、とドアベルを鳴らし、店にひとたび足を踏み入れると、「孤島」にはたしかに周囲とは隔絶した時間と空間が支配していました。

これらは古書というイマージュがもともと有する存在感、時空の広がりなのですが、古書店によっては、それら書物に備わった時間性を十全に挽き出さず、整理されすぎた収納棚然と、完全にマテリアルな「商品」にしてしまっているところが多い昨今、「孤島」のような空間と時間、つまり古書という「時間そのもののような場所」を、僕はふたたび持ちたいと思うのです。

顔剃ぎ横丁　七ツ寺共同スタジオ四十周年に寄す

『空間の祝杯Ⅱ』七ツ寺共同スタジオ・二〇一四年八月

〈名古屋大須観音のそばにあるアングラ小劇場「七ツ寺共同スタジオ」に通いつめた思い出を戯文にしてみる。〉

かなかながなくなつのななつにも
なかなくなったなつのおわりにも
ゆうぐれ
なじみの
顔剃ぎ小僧の　申すには
シジュウネンのあいだ
客どものかおを　これ　このとおり
追い剃ぎさながら

かはたれ　たそかれ　だれがだれ
えらばず　みな剝いでまいりました
ツツシンデ
観音さまにご奉納いたします

上演中　ケイタイデンワは
かならず　かならず
ねもとから　ちょんぎりください

ああ　もういちど　ころされてえな
舞台から
あの啞のようにせりふのない
まっしろしろの　端役の娘に
自分のほうがよけい観られるなんて

ああ　うばわれてえな　かおを
もういちど　剝がされてえな
あの　まっしろしろの白い子に

リンリテキな　時空の略奪
つまり
おてらが　ななつあったと?

今日もまた五十円の古本ばかり買う
檸檬なら何冊あっても多すぎないが
文盲のおまわり野郎
交番から　ものほしげに見てやがる
果物ぐれえ　てめえでかいやがれ

あと十センチ
十センチだけ　横へお詰め下さい
せーのっ

顔剝ぎ小僧
追儺《ついな》の鬼
河原乞食
それら　マツロワヌものたちの
絶体絶命の　轢死の歴史が伏流する

シジュウネンもの　場末の星霜

スミマセン！
車がとおります

まっしろしろ子に
あちらがわから　逆さに観劇され
剝がされて　カンゲキした面たち

かつて　まさに黒いテントのごとく
地上の常識空間を切り裂いて
治外法権の
芸術の真空を出現させた　その
ひと夜かぎりの　まぼろしの宇宙が
気づけば
シジュウネンもの馬齢を
けみしおおせたのだ
叛骨のタマシイの　かくも長き歴史

路を　おあけ下さい　あけて下さい
車がとおります
とおり　ぬけられます
横へ　横丁の　ほう　へ

恋する高丘親王に　謁見せんと
ななつのてらの　二階の事務所
ふたつのむらの　ムジナのような
仏頂面のおやじから　切符をかった
それが夜ごとの　ななつのはじまり

さても　天の野にあるときく
フカシギな　めくるめく幻燈の街に
ひとり　あそびはじめて幾年月
いまでは　すっかりかおをなくして
もう家路すら　おぼつかなくなった

かなかなのなくなつのななつにも
なかなくなったあきのななつにも

ねもとから　ちょんぎられ
かおをはがれた　ジブンジシンが
観音さまの　うらみち
暗いロジックで　ゆきまどっている

路をあけて下さい！
横へ　横へと　猫っ飛びに
ほら　その横丁まで　もうすこし
キサマらころされたくなかったら
十センチだけケツ詰メヤガレ

まったくもって
おまわり野郎のいいぐさときたらば

それ　そこの
まっしろしろに　かお　はぎとられ
ねもとから　ちょんぎられ
詰めすぎで　ドブまではみだした
あわれな　お客さまがた

もしや
アンゼンな日常でもおさがしですか
それなら　おあいにくさま
もうシジュウネンもむかしから
この小屋には　おいてございません

民話「とうせん坊」のこと

「季刊文科」二〇一五年四月号

一九六九年生まれの僕は、六歳だった一九七五年から二十年の長きにわたり放映された、あの伝説のアニメ番組『まんが日本昔ばなし』のおそらく九割がたを、リアルタイムで見ることができた、いとも幸福な世代である。

番組は毎週土曜日の七時から三十分で二話ずつ放送された。累計で千話にも届かんとするその膨大なアーカイヴのうち、僕が忘れようにも忘れられないいくつかの昔話、たとえば「不思議なコマ犬」、「十六人谷」、「猫岳の猫」、「火ともし山」、「母の面と鬼の面」、「鬼婆の糸つむぎ」などいろいろあるが（読者よ、これらの傑作をいつかご覧あれ）、そのなかでも選りすぐり中の選りすぐりは？　と、もし問われれば、やはり福井の民話「とうせん坊」ということになろう。

「とうせん坊」は、いわば一種の悪の物語、日本におけるピカレスク・ロマンである。

幼いころ親と死に別れ、図体は大きいが弱虫小僧だったとうせん坊。子供らにはいじめられ、和尚からも寺を追われ、鉄の鍋ひとつを背負って宿無し児となる。あるお堂で野宿した晩、本尊の観音様がついておられた毬を拾って食べる夢を見る。その日から不思議な百人力を得たとうせん坊は、村の相撲大会で期せずして人を死なせてしまう。とうせん坊は石で追われ、山へ逃げるが、村人らは集団で彼の隠れ住む洞穴を暴き、留守中のひとつ鍋の中に糞をひって、嘲り笑いながら帰る。これ以降、怒りに我を忘れたとうせん坊は村々に火を放ち、人を襲ってまわるようになる。春、途方に暮れ、名代の絶壁である東尋坊の突端へたどりついたとうせん坊は、花見をしていた人々から酒や料理を奨められ、思わずその親切に甘え、酔ってその場で安楽に寝る。しかし、起きた時、彼の全身は何重にも縄で縛られていた。人からの初めての優しさと思われた花見の酒は周到な計略だった。大勢の村人に担ぎ上げられ、とうせん坊は断崖から海へ真っ逆さまに投げ落とされ、殺されるのだった――。

そもそも、本当の民話、すなわち後世の近代人が体裁よく改変するより前の「野生」の民話には、現代人側の一方的な「善い悪い」の判断はいっさい無力で、その話が古人によって厳然と伝承されてきた事実にただ驚き、その矛盾や理不尽を、自分と相入れない「理解不能性」もしくは「不条理」として黙して受け入れ、味わうしかない。「昔」とは、つまり僕たちから遠くかけはなれた「外部」だ。ゆえに、現代社会の既成の類型に置き換え、理解したことにする受容には何らの意味もない。

『まんが日本昔ばなし』における「とうせん坊」は、民話研究家である瀬川拓男の監修のもと制作されている。だがおそらく、ほとんどこの話には、瀬川による作為的な付け足しや削除、改変等は施されていない。「とうせん坊」の理不尽を、理不尽のまま児童用のアニメ作品にした。この無作為のさまに民潭研究家としての瀬川の強い意志が感じられる。これにより、観た者の心に永く残り続ける昔話となったのである。

人間の自分勝手な倫理観に翻弄され、悪となり、抹殺される孤独な人間の、郷愁、愛と憎の、その確執の物語。それがこの「とうせん坊」だ。この話においては、人間の生の理不尽さが、軽薄な倫理的寓話性を圧倒的な力で踏み潰している。死が目前に迫る最後の瞬間、母の背中の記憶、まぼろしの子守歌を想起し、熱い涙を風に吹き切られながら、海へ投げ落とされるとうせん坊。この痛ましいラストには、当然だ、とか、自業自得だ、とか、因果応報だ、とかいった、甘っちょろい外野からの批評を許さない真の強さがある。

とうせん坊の話は「最後に正義が勝つ」などといった物語的収束＝オチをつけることで現代の聴き手に紋切型のカタルシスを与えるのでなく、結論を不可能にしたまま永久に宙吊りにすることで、異様な割り切れなさを僕たち観る者に与える。ここに「リアル」が生起する。母の子守歌という「かつてあったかもしれない世界との合一感」から遠く離れ、とうせん坊は人々との確執によって己の孤独を極めてしまうがゆえに、終幕の彼の壮絶なやりきれなさに、生きることの重さが宿る。とうせん坊は流浪の途、他者と自己とを宿命的にこすり合わせつづける。彼のような凄まじい自己彫刻の運命を「孤独者」という。そして、孤独者の孤独は、同様に自己を彫刻した孤独者にのみ、理解されうる。「孤独者」は、数知れない他者や外部と自らをこすり合わせてきた結果、その単独性を強靭にし、それによって、いたずらに同盟をつくり群れなすことなしに、苦痛をこしらえながら己を鑿で彫刻するようになった達観者である。だが、この達観者は、甚だしく不幸だ。不幸こそが孤独者である証だとでもいわんばかりに。

創作者という人間の、本来あるべき求道《ぐどう》の姿、それがこの孤独者の生ではないかと僕は思う。言語化しがたい理不尽のなか、無言で自己彫琢する魂に僕は魅せられる。

夜ごとの幻燈　山下陽子と闇のなかの光源

『未踏の星空』エディシオン・アクネ・二〇一五年十二月

いまだ踏み入ったことのない、遠い世界。さんざめく星空のかなた。

ひとつの夜から、もうひとつの夜へと。明けることのない、永劫にめぐる暁闇の夜々。わだかまる、うす明かりの地平。その、予感のみが。

おとうさん、この幻燈絵は、いつまで続くのですか。

坊やがねむるまで……。ねむりのなかで、夜ごと坊やが休みなれた、あのチッペンデール式の寝台の、天蓋の支柱を、そのちいさな手が探り触れるまで――。


未踏の地。未踏の星空。――銅版コラージュ画家、山下陽子の仰ぎ見る世界に、眼を射るような白い真昼の光はない。本来の宇宙空間がいずこも名前のない夜であるように、山下陽子の夜も、まるで遠くから古めかしい角燈《ランタン》の光をかざしたほどの、蒼褪めた星影、おぼろな、ほのあかりが、うすく漂っているにすぎない。

けれども、その闇のなか、刹那々々、交差し消えるいくつもの幻影の鮮烈さは、世界が永遠の夜であることを忘れさせる。出逢うはずのないものが出逢う夜。山下陽子の芸術は、途方もない遠景を途方もない近景と不意に出逢わせることで強力な閃光を放つ。その「光源」が、闇の世界に不可思議な幻燈を映し出す。

たとえばコラージュ作品「聖夜インファンティア」では、正面の、子供たちにとって巨大な窓のかなたに広大な「外」が見え、その外を本来小さな「内」であるべき室内が囲い込み、まさに外を窓の枠内に閉じ込めて、逆に室内を額縁のこちら側＝外と見えるように配している。だが、窓枠のなかの宇宙、鉱物質の植物が自生する無機質の世界があまりに遠大なため、こちら側があちら側に乗っ取られて、結果、外は内を、内は外を侵し、さしずめカメラ・オブスキューラの暗箱的逆転を観る者に強いてくる。この窓面における内と外との接触はしかし、なんという落差だろう。この落差こそが閃光を生み出し、夜ごとの幻燈は上演されるのである。

とりわけ「白い使者たちⅡ」「内なる貴石」「無辺の跳躍」「アンスピラシオン」等における夜空には、魅惑と畏怖とのアンビヴァレンスがある。筆者個人は、なかでも「内なる貴石」の宇宙に、何度観ても強い陶酔を覚え、時間を忘れ恍惚とさせられる。ここに表現された「空恐ろしさ」に、ふしぎに魅せられるのである。

本人に訊ねたところ、山下陽子は幼少時、就眠の際の暗闇に対する強迫観念（オブセッション）や、ガラスのような硬質で透明なものへの憧れ、そしてそれら（背反する世界のすべて）を蔵しておくためのオルゴール箱や小さな宝箱を大切にしていたという。

星形のオブジェ作品群はみな「箱」として作家自身の手で時間をかけて愛でながら作られ、たとえ

▲「内なる貴石」

◀「聖夜インファンティア」

なかに何物も蔵さずとも、すでに某《なにがし》かの世界が蔵されている手品の箱のようなものである。その摩訶不思議さは、揚羽模様の青い時間を蔵する「フォスフォロスⅳ」や、狭小な箱に大海を蔵するかとみえる「フォスフォロスⅹⅱ」等にもっとも顕著だ。そもそも空箱の蓋を閉じることで、我々は好むと好まざるとにかかわらず、そのなかに一握の闇を収納することになる。だがその闇は、上下に閉じ合わされる内壁どうしの暗中の対面と対話、その図像的落差と擦り合わせが起こす火花・光源によって、現実の鑑賞者の不在時においても、いつまでも静かに照らされており、内部は極小でありながら極大である外部となる。

かつて筆者は、十の短編小説を蔵した『領土』という書物（もとより本とはひとつの「箱」である）の表紙・裏表紙・挿画を、彼女のコラージュ作品で飾ってもらった。いまでもあの閉じられた箱のなかは、画と画、文字と文字、そしてそれら文学と美術との相互の擦り合わせが生み出す光源で、静かに照らされている。常にあらゆる芸術は、永久なる自動発光機械としての暗箱を目指すものらしい。

古代密儀的美術批評

相馬俊樹『アナムネシスの光芒へ』跋

『アナムネシスの光芒へ――幻景綺論』芸術新聞社・二〇一六年九月

今ではとうに失われた、神秘思想的、古代密儀的な暗黒の想像力、それがかつて相馬俊樹の美術批評を読んだ際の僕の印象だった。

芸術作品という、ほんらい科学的実証性や史実考証だけではいい当てられぬ批評対象には、評者の資質や自由なセンス、劇的直観に依拠した論理展開が待望されてしかるべきだが、かような呪術的思考をたちどころに荒唐無稽と一蹴するのが近代以降の科学主義的な評論作法である。相馬俊樹の本書は、それらアカデミズムの眉を顰めさせる不遜な挑発に満ちた、スリリングな評論である。

古代宗教がふんだんに有していた、残酷でエロティックなまさに前近代的、しかし根源的な精神宇宙と、神の猿もしくは神のけだものとしての人間の野生の欲動を、相馬俊樹は各々の美術家の作品にことよせ、甦らせ、読者のうちに発現させようと煽動する。

相馬俊樹は、僕と同じく、かつて独文学者の種村季弘に学んだ同志であり畏友である。本書は、彼の長年にわたる緻密な現代アートの渉猟が彼自身の偏愛領域の古代神秘思想、その神話的想像力と幸福な「化学の結婚」をなした、優れて画期的な美術評論となった。

多彩な十五人の美術家を独自の切り口から紹介する第一章の「アール・エゾテリック」では現代日本を代表する幻想美術家たち、とりわけ多賀新や山下陽子ら僕もかねてより昵懇の画家たちや、幻想文学ファンにはすでに大家の印象もある建石修志、夭折した天才銅版画家清原啓子、少女たちの被監禁願望のエロティシズムを妖艶な筆致で追及する成田朱希や、少女のエロスがその恥じらいの狂的重層性を陰唇から衣裳襞へのおびただしい増殖で捉えようとする藤田典子など、若手から中堅、ベテランまでを取り上げ、まさに圧巻である。

幕間的な「エゾテリズム・ノート」も神秘学講義の趣のある気の利いた紙幅で興味深いが、後半の第二章の全てを費やして語られる現代のイコン画家マサミ・テラオカにかんする論考こそ、相馬俊樹の真骨頂といえる。

聖性に過度に抑圧されるがゆえに、人間の原始の野生は極端な屈折をともない、思わぬ場所から噴出する。テラオカのなかでは西と東、聖と俗、理性と欲動、現代と古代の激しい相克があり、ついにはクザーヌス的な反対物の一致としての未知なるイコンが出来する。

これら現代の幻想美術の枠を、エロティック・アートの祭司、相馬俊樹が語り尽くした贅沢な一冊。本物の芸術の力がここにある。

村上芳正さんの『コクトー詩集』

『岩塩の女王』あとがきのあとがき

「新潮」二〇一七年十一月号

作家生活十周年の節目の今年、六年ぶりの小説集『岩塩の女王』を上梓した。この本の表紙・裏表紙に飾られた絵は、昭和の出版文化を象徴する数々のうつくしい装画で知られる、今年で御年九十五歳の伝説の画家、村上芳正氏の緻密な筆になるものである。

それにしても、九十五歳とは僕など想像も及ばないお歳だ。僕がいま四十七歳だから、なんと村上さんは僕の倍以上の歴史を生きてこられたことになる。長い苦節のご生涯とのことだったが、かつての筆の強靭さが画家の肉体をも律しているかのようにご壮健で、施設でお会いした時、車椅子もなしに矍鑠《かくしやく》として廊下を歩いてこられ……これには本当に驚いた。失礼ながら、てっきりお身体の不自由なご生活だと思っていたのである。

『岩塩の女王』のあとがきにも書いたが、僕は偏った愛書狂で、村上さんが装幀に携わった書物を特に愛し、これまで何年もかかって主要な装幀本やポスターを蒐集してきた。

こんなにもうつくしい装画を描かれる村上さんの画が、しかし昨今の本の表紙からことごとくといっていいほど消え去ってしまった。淋しいことだ。現在でも新刊で入手可能な氏の装画本は、先年出された初の画集（『薔薇の鉄索』国書刊行会）を別にすれば、新潮文庫のジャン・ジュネ『泥棒日記』や、同じくオルコット『若草物語』くらいだろうか。ただ、中古書をほんの少し渉猟するだけで、同じ新潮文庫の生島訳フローベール『ボヴァリー夫人』（貴婦人の羽付き扇と薔薇が描かれている）や二見書房の『バタイユ著作集』などは今でも容易に入手可能のはずだ。

僕が今回、今もご健在と聞いた村上さんに直談判も辞さぬ覚悟で、かつて描かれた作品を新著に使わせていただこうと思い立ったのは、ここ二年ほどかけて主要な文芸誌に順繰りに発表していった短編群を、新潮社の担当編集者が特に気に入って下さり、ぜひ本にしましょうと手を挙げて下さったからだ。新潮社からは六年前にも小説集『領土』を出してもらったご縁がある。そして……ここで僕の胸の裡には、「同社には膨大な村上芳正氏のアーカイヴがある。叶わないと思っていた長年の夢を果たす千載一遇の好機だ」という気持ちが俄かに湧き起こってきたのである。

新潮社で作品集にまとめることが決まったのが去年の夏の終わりだった。僕は五つ目の短編「蝸牛《かぎゆう》邸《てい》」を書きながら、村上さんの画の世界を独り想い返していた。そうしたら、いつのまにか伊藤若《じやく》冲《ちゆう》ふうな日本古典的マニエリスムの、いささか偏奇な幻想小説が出来上がった。

最後に書いた六つ目の短編、単行本の表題作ともなった「岩塩の女王」においては、構想段階から、村上さんの硬質な筆致の細密画が念頭にあった。その画が、新刊の表紙に飾られた、女性の横顔が印象的な作品である。これはもともと新潮社の倉橋由美子『聖少女』の、外箱から出した本のカバーにあしらわれた画で、往年の文学ファンにはつとに有名な画である。僕は倉橋さんの『聖少女』じたいも好きな作品だが、この女性の顔を見つめれば見つめるほどに、どこか少女などとは思えぬ、崇高・

峻厳にして無慈悲な、太母・大女神・大地母神といった、すぐれて超越的な未知の存在の面影を見てしまうのであった。

僕は「岩塩の女王」で、野辺の町に暮らす若き青年が、死せる鉱物である岩塩の山の女王に恋い焦がれ、かの人との合一を夢み、ある晩思い立って登攀するが、霧におおわれた夢幻のイマージュのなかで、ついに望みを果たせず終わる物語を、朗々と謡うように書いた。

六篇を書き上げてしまってから、おずおずと、しかし志強く、僕は村上さんの画を希望した。ご本人にお会いしてご了解をいただきに参上する気持ちであることも申し上げた。

こうして、先だっての七月七日、七夕の日に、僕は村上さんが過ごしておられる東京郊外の静かな施設で、村上さんの代理人である写真家の本多正一さんに仲介していただいて、新潮社の編集者北村暁子さんとともに、憧れの村上芳正画伯に対面したのであった。

本多さんを伴って廊下を歩いてこられた村上さんは物腰も上品に笑顔でご挨拶され、真っ先に「忘れないうちに肝心なことを」とでも心づもりされていたように、僕に付き添っていた編集者の北村さんに、「新潮社さんにはかつて数えきれないほどお世話になりました」とお礼をおっしゃった。その途端、多くの装画がいちどきに僕の脳裏を過ぎ、村上さんと新潮社との幾星霜にもわたる共同作業を想い、部外者ながら、僕はぐっと胸を塞がれるような、熱いものが込み上げるような気がした。

およそ一時間半ほどだったと思うが、村上さんの三島由紀夫との出会いやジャン・ジュネ全集の装幀を任せてもらった時の話、ほか数々の海外文学の文庫の表紙を描かれた話を聞いた。村上さんはとにかく昔からジュネの文学が好きで、そんな憧れの作家の全集も文庫の装画もすべて任せてもらえた嬉しさを繰り返しおっしゃった。僕もジュネの小説は、村上さんの画と表裏一体の文学空間であるように昔から条件反射的にイメージしてしまっている。

装画を使わせていただく了解も快くいただき、写真を撮ったり、僕を傍らにして手を握り、小声のお話しをしながら村上さんはいつしか涙ぐんでおられた。芸術家の孤独な魂を見た。

何の拍子だったか、村上さんが屈んだ際、羽織られていた袖なしのウールのカーディガンのポケット、それは対面した時から何か四角いものの重みでたわんでいるように見えていたが、そこから古い、かなり読みつぶされた新潮文庫の『コクトー詩集』が、カバーもなく裸のまま床に落ちた。その文庫本は、おそらく読むときに、いちいち左手側にページを巻き込んで持つために出来たロールケーキの断面ような「のの字」の反り跡が認められた。拾って差し上げると、「ああ、ああ」といって、毎日、それをどんな時も肌身離さずにいるのです、と打ち明けられた。「コクトーはね、ジュネと同じくらい大事な人なんです、詩も絵も映画も」。いわれて僕は村上さんが昔描かれたジャン・マレーやコクトーの似顔絵を想い出した。

あれから二カ月。僕は村上さんのポケットをたわませていた裸のコクトー詩集がどうしても忘れられない。あの施設には、村上さんの芸術への執念、夢の理解者はいないだろう。孤独な魂のひそかな息遣いが、あの左巻きに折り曲げられ反り返った、絵巻の筒のような古いコクトー詩集から聴こえてくる気がするのである。

村上芳正　美に身を捧げた装画家

西日本新聞・二〇一七年十月三日

一九二二年（大正一一年）長崎市生まれ。今年で九十五歳を迎えた画家、村上芳正。

昭和の文学、その華やかな出版文化を彩る瀟洒な、ときに被虐的で偏執的ともいえる細密な筆致の装画作品を発表しつづけ、平成に入って以降はしだいに第一線からしりぞいて、もう何十年もの間、おおやけには姿を見せることのなくなった伝説的な画家である。

僕はそんな、もう今生でお会いすることは叶わないと思ってきた憧れの村上画伯に先の七月にお会いし、拙著『岩塩の女王』（新潮社）の装画に氏の作品を使わせていただきたいと懇願し、快諾をいただいた。今、完成した美しい新刊が全国の書店に並んでいる。

気高い女性の圧倒的な美、その無慈悲な、残酷なまでの美しさに組みひしがれ、暗い苦悶の表情を浮かべるおびただしい数の男たち。しかし、彼らはまるで君臨する女王蜂に献身的に尽くす無名のしもべのように、実は自ら被虐的な悦楽の虜になっているのである。

男たちはその若い裸体を美しい薔薇の蔓で痛々しく縛められ、ある者は身をのけぞらせ、ある者は地に這いつくばって呻吟する。その苦しみと悦びのないまぜになった祈禱の声が、鎮魂歌《レクイエム》のごとく世界に鳴り響く。

村上さんから直接お聞きした話によると、かつて手掛けた装画本の中で最も苦労したのは、稀代の怪作として名高い沼正三の『家畜人ヤプー』だったという。この被虐性愛《マゾヒズム》と糞尿嗜食《スカトロジー》の聖書ともいうべきおぞましい小説に装画を描く。それは確かに余人には想像もできない忍耐を要する仕事であったろう。

でも、世紀を跨いだ今、恐らくどんな愛書家をつかまえて訊ねても、『ヤプー』の文学世界には村上芳正の装画が表裏一体としてあり、村上氏以上にあの異常な狂気世界を十全に画にできる画家はおそらく挙げられないだろう。

画伯との今回のお仕事が叶うまで、僕は単に一蒐集家に過ぎなかった。村上さんの装画はかつて多くの文庫の表紙を飾った。僕が好きなのは新潮文庫のジュネの四冊や、生島訳の『ボヴァリー夫人』だ。単行本の古書なら『ヤプー』はどの版も素晴らしいが、それ以外では多田智満子『四面道』（思潮社）、吉田知子『蒼穹と伽藍』（角川書店）、レチフ・ド・ラ・ブルトンヌ『最後の恋――サラ』（二見書房）、シャルル・ペロー『よいこの名作館1　シンデレラ』（暁教育図書）が出色である。

ヴィスコンティ監督の『ルートヴィヒ』の映画ポスターを入手した際も散財したし、ゴロンの大河小説『アンジェリク』全十九巻（講談社）はただ村上装画というだけで揃えた。

村上さんは長崎の青年期に戦争も焼け跡も体験し、家族の愛を味わうことも叶わぬ悲惨な境遇の生涯を、独りぼっちで生きて来られた。

その極限の孤独が、薔薇の棘となって肉を刺し、遂げられぬ愛を求め、画家は昭和という過酷な時代を人知れず彷徨したのである。芸術家の孤独の魂、その途方もない執念を、僕らは今、彼の画の上に見ることができる。

Ⅳ　自作について

いま小説を書くということ

「新刊ニュース」二〇〇七年十月号

僕は幼い頃から吃音《きつおん》で悩み、普通の言葉に対して羨望と憎悪とを二つながら抱いて生きてきました。昔から極端な読書の虫で、大学で哲学や文学を学び、卒業後も同級生らと同人誌を発行して、そこに詩などを書いていました。僕は自身が自らの発する音声言語を統御できない、言葉からみれば声の被差別者であるかわりに、書かれた文字、つまり視覚言語に対しては、逆に徹底的にわがままな専制君主でありたかった。「読み・書くこと」が、「話すこと」では得られない自在性を、僕にもたらしてくれていたんです。

詩は一行に世界を凝縮させる作業ですが、小説も本当は同じで、僕は詩を読むような心持で小説を読んできました。今回芥川賞をいただいた『アサッテの人』は二十代の終わり頃、詩ではなく小説を書くんだ、と意識して書いた初めての小説ですが、群像新人文学賞選考委員の多和田葉子さんからビデオレターで「小説は批評であると同時に、詩でもなければなりません。この作品はそれを満足させてくれました」という言葉をいただき、とても嬉しかった。僕自身、詩も批評も小説も、文章・文体を「彫刻する」という点では同じだと思っていたので、この嬉しさはまたひとしおでした。

僕は本当をいうと、個人的には長編より短編のほうが好きで、たとえば日本では、露伴・鏡花・百《ひゃっ》閒《けん》・志賀・嘉村・島尾・深沢・小実《コミ》さん・藤枝・長太郎・吉田知子・山尾悠子、海外ではメリメ・ホフマン・チェーホフ・ラヴクラフト・カフカ・ビアス・フィッツジェラルド・ボルヘス・ボウルズ・シンガーなんかの短編をよく読みました。

文学にとって現代という時代は、足を踏みしめて立とうとしても、豆腐にカスガイというか、しっかり立てない。地盤が緩い、寄りかかるものがない、と感じます。過去には戦争、焼け跡、全共闘があり、善くも悪くも文学はそれらに寄りかかりえた。でも、それら正・反・合の一連の弁証法が完結したのちの静寂は、今日まで、あまりにも永く続いています。僕らは自分に寄りかかるしか手がない。自身の観念のなかで、戦争・焼け跡・全共闘を生きる。俺たちに明日はないという時代はとうに去り、向こうから否応なくやってきてしまう明日を、いかにやり過ごすか、これがこの僕らの時代です。僕は以前閉じこもって創作しましたが、オタク的な、外の媒体を端末に取り込んで独り遊びする「受け身のひきこもり」にはなりたくありませんでした。自分の内にいる他者なる言語に寄りかかり、それを極限まで煮詰め、その果てに結晶化した作品を書き上げたかった。つまり、言語的に孤絶した人間の、内部言語との見えざる格闘を、小説に書きたかったんです。

『アサッテの人』と『りすん』

「本」二〇〇八年五月号

自由にお好きなテーマで、と昨年末、読売新聞さんが、僕に文学コラムを書かせて下さいました（本書収録「六つの文学批評」）。二ヵ月にまたがる全六回連載の紙上で、僕は、現代文学シーンにいまだ恥ずかしげもなくはびこるところの三つの紋切型に対して、正直な違和感を述べさせてもらいました。

紋切型①　異常さの濫用（暴力・殺人・ドラッグ・セックスなど）。
紋切型②　愛する者の死（不治の病・死別と号泣・記憶の美化）。
紋切型③　入れ子形式《メタフィクション》は前衛小説の一手法である、という固定観念。

①と②については、いずれもあまりに繰り返し文学の世界で反復、消費され、映画にもドラマにもされすぎたため、観ている人間の感覚の方が、いいかげん麻痺しきってしまっています。ですから、例えば小説で、どれだけ人が虐殺され、マリファナでラリッた少年らに私刑《リンチ》・強姦・輪姦などをさせ、

された少女がたとえ死んでしまったりしたところで、過剰描写に麻痺させられた今の僕らには別段、そのことでこれっぽっちの感慨も湧きませんし、同様に、どれだけ愛する恋人が難病で命を奪われ、遺された者がとめどなく何リットルもの涙を流そうが、やはり今となってはもう、その悲しみに僕らはなんの同情も抱けなくなってしまっているのです。

うぶな大衆に、暴力と涙とをここぞとばかりに大量消費させ、売って売って売りまくったマスメディアと、その商業的戦略のカモになった善良な消費者らとは、お互いが、そのような共通の紋切型の強化に貢献し、自分らの感受性を最大限、摩耗・鈍化させて果てました。そして、そのことに誰も気を払うことなく、いっときの幻覚が醒めるや、泣いたカラスが……もう、とでもいうように、すぐまたケロッとして、まるで麻薬中毒患者のごとく、もっとおくれ、もっとおくれ、もっと殺して、もっと犯して、もっと人が号泣するところを観せておくれ、と、同じ紋切型の餌食になりたがる人が後を絶たないのです。もはや、正気の沙汰ではありません。

もうそろそろ終わりにしましょう、そういう稚拙な感興のデモ行進は。メディアの戦略の「匂い」に、少しは敏感になるべきです。あっ、これは例の紋切型誘導戦略だな、あぶないあぶない、もうそんな安易な手口には騙されないぞ、と。

閑話休題。本当は、こんな①②のような枝葉なんてどうでもよかったのでした。

今回は、特に③に関連して書こうと思っていたのです。この稿はそもそも僕の新作について何か書いてくれという依頼でした。そして、この小説『りすん』は、実はかれこれ八年ほど前、僕の処女作である『アサッテの人』と同時期に、後追いというか、いや、ほとんどそれと併走して、抱き合わせの格好で書かれた作品なのです。

以前、「文學界」のエッセイに、僕はこう書きました。「二十代の終わりに自宅留学と称して、小説「アサッテの人」と、他にもう一編アサッテものを書いたのち……」（本書収録「神々との里程」）。ここに書いた「もう一編（の）アサッテもの」というのが、今回の新作『りすん』の原型にあたるものです。同人誌「ナハト」に発表した初出時は「アサッテ問答」というタイトルでした。まさに抱き合わせの、双生児らしい題名でしょう。

ただ、「ナハト」掲載時、それは、ほんの百枚程度の中編でした。それを今回、いったん五百枚まで新たに加筆し、推敲・削除により四百枚、さらに削って三百枚を切る分量に絞り込みました。考え方によってはこの小説は、削ろうと思えば限りなくゼロになるまで削ることも可能な、あえて冗長な話し言葉「のみ」で書かれており、このまま削除を続けていけば、小説そのものがなくなってしまう（！）と気が付いて、三百枚弱のところで止めたのです。つまり、『りすん』とは、当のその「冗長な会話」を、読者に（または作者に、或いは登場人物自身に？）「聴かせる」のがねらいの小説であって、冗長さじたいを否定するやいなや、作品として成立しなくなってしまうという、まったくもって厄介で、変テコなシロモノなのです。

同時期に書かれた双子のような二作ではありますが、これらは内容的にはかなり違う小説です。初め、僕のなかでは便宜上、『アサッテの人』を理論編、『りすん』を実践編と考えていました。でも、書き上げてから比較してみると、両者は、主題も考え方にもだいぶ異同があり、ほとんど相互連動などしていないように思えます。

最大の相違はもちろん文体です。これはまあ、いわずもがなでしょう。難解で思弁的といわれた前作の反動からか、新作では平易な言い回しをわざと多用し、「無用さ」のみを徹底して書いたことで、僕は自分の文体の平衡を、ようやく元に戻せたような気がしました。

次に重要なことは「アサッテ」という概念の差異です。この点、前作では、孤絶した叔父の内部言語としてアサッテを書いているのに対し、新作では兄妹二人だけに通ずる一種の秘教的言語であるとしていいます。僕は当初、この差異を無理やりにでも一致させ、前作との一貫性を持たせるため根本的に改稿すべきか、とても悩みました。実際、その懊悩の表れとして『りすん』の第十五章では、「彼らの言葉は個人的言語であるか」といった考察まで、作中の《創作ノート》で書いたりしています。そして、結果的に僕は、『りすん』におけるアサッテと、『アサッテの人』におけるそれとが、必ずしも一致・一貫していなくてはならない、という硬直した思い込みから脱却することで、『りすん』を書き終えられたのだと思います。

でも、この異なる二作を通して訴えたつもりの一致点がひとつあります。それは小説というものの持つ「枠」・「形式」・「作為」、そして「小説らしさ」といった「制度」に対する生理的嫌悪感です。こうした小説的な「枠」が、書く者、或いは書かれる者たちにとって、いかに強権的で嫌ったらしいか。その不快感の延長上に出来《しゅったい》してきた考えが、他でもない、書いているこの自分の意識こそ、作品にとっての圧制者であり、「枠」であり、「作為」そのものなのではないか、という自己批判でした。この、書く作者と書かれる作品との二重性・三重性は、すべての小説形式が持つ入れ子体質を、否が応にも浮かび上がらせます。その入れ子枠、多重性自体への違和感を、小説の形式によって伝えることは、入れ子への反逆であると同時に、入れ子への荷担・奉仕でもありえます。ですから、このジレンマごと、僕は当の入れ子の渦中へ自らを投げ入れて書くしかなかったのです。

入れ子の渦中にいれば、それは入れ子小説《メタフィクション》だと人はいうでしょう。でも枠を道具立てに利用する本来の入れ子小説《メタフィクション》と、その同じ枠を憎悪する僕の二作とは、創作の動機・衝動が正反対なのです。確かに、いくら枠を嫌う小説であれ、枠の無限連鎖・無限増殖からは出られない。メタを糾弾する当の「小説」の本質がメタだからです。ただ、顕在潜在を問わず、全ての小説が入れ子《メタ》を不可避的に持っている、書く者と書かれる者とで成り立つ創作行為そのものが入れ子《メタ》構造に他ならないという点に、文学はもっと自覚的であるべきです。拙作のような、いわば「小説の枠《メタ》構造」批判を標榜した小説がどう位置づけられるのか、いや、こうした「小説による小説の嫌悪」じたいが果たして嫌悪たりうるのか。あとは賢明な読者の判断に委ねるしかありません。

先日座談会でお会いした中原昌也さんの、「書きたくないということを伝えるために書く（けど、書いてる以上それが伝わらない）」という言葉、深く心に残りました。メタ形式の嫌悪をメタでやっていれば当然それは矛盾して見えやすい。なんだか複雑な時代ですね。

かなしい、のはなし

「群像」二〇〇八年六月号

ぼくらの方の、かなしい、のはなしです。

と、いっても、実はそれは、かなしい、ではなく、より正しくは、かなあーしー、のはなしです。

節なんか、つけてみたりして。あのユーミンの『卒業写真』みたいな、スローな節を。「あー」で
「かなあーしー」と、僕はいう。

顎を上げ、「しー」で顎をぐっと下げる。

「何が、かなあーしー、なの?」

横ざまに差し込む夕陽の光量に、影まで消されそうな妻の立ち姿が、台所の方からそう問いかける。

共働きの疲れをとろうと、二人でつい午後まで寝込んでしまい、なんだかもったいない、どうにも気怠い、そんな日曜の夕餉《ゆうげ》どきとか。

「なにか、悲しいの?」

「ううん。べつに」と、僕はいう。

悲しい、のではない。この場合、どうしたって、かなあーしー、でないと、いけない。……うまく説明できない。

「なにか、悲しいの？　なにが、悲しいの？」

大皿に盛ったサラダを運んできて、僕の顔をのぞきこんだ妻が、なおも訊いてくる。

「べつに、悲しくは、ない」

僕は、憮然として、そう答える。

「小皿とお箸、出てないじゃない」

妻にいわれ、僕は、あ、はい、と、とっさに座を立ちかける。

「もういい。持ってくるから。座ってて」

あーあ。妻がそれらを取りにいっている間、僕はまた、いいたくなる。少しだけ、かなあーしー、く、なっちゃおうかな。……またいっちゃおうかな。やめよっかな。……まごまご逡巡していると、

「ねえ、今、なにが、あーあ、なの？」

といいながら、左手に小皿二枚をつまみ、右手に箸を四本、わしづかみにした妻が戻ってくる。

「うん」

「なにが、うん、なの」

「ハハハハ。アハハハハハハ。ハハハハハ」

あー、おもしろすぎる。おもしろくておもしろくて、涙が出る。

「アーハハハハハハハハハ。だめだ」

「なにがだめなの」

「ハ、ハ、ハアーッハハハハハハハハハハハハハ」

「天気予報、終わっちゃったかな」

「ハア、ハア、あ……、うん」

「うん……？　だから、なにが、うん、なの。テレビつけなきゃわかんないじゃない。ちょっと、いいから、そこ、どいて」

「うん。ハア、ハア、ハ、ハアーッハッハッハハハハハハハハハハ」

「バカなんじゃない」

「ハア、ハア、あーあ、もう完全に、かんぜんに、かなしい」

「ねえ。やっぱそれ、悲しい、の？」

「や、ちがう。これは、かなあーしー、だ。うん。大丈夫。ぜったいに間違いない」

そう。寸分の狂いもなく、それは、かなしい。

「ふうん……。ヘンなの」

こんなのが、かなあーしー、です。


それからまた、こういうのです。

すきやきの焼き豆腐が、夫の箸からこぼれて、ぽちゃん、と卵をといた受け皿に落ちました。それを見て、また、

「かなあーしー」と、彼。

私はその日うちに遊びに来ていた夫の妹とすぐ目を合わせ、そら来た、と互いに合図をしました。

「ことおーがー」とすかさず夫の妹。

「あるうーとー」だよね？　それ。と私。「ね？」

「そうだそうだ。ぜったい」と妹。

「や、や、ちがちが……」

夫はちょっぴり慌てます。

卓袱台のうえ、しばし静寂。お鍋のなかだけ、くつくつくつ。

「じゃあさ。ひらあーくー」とまた妹。

「かわあーのー」と私。すると、

「ひょおーしー」と、これ、夫。

「やーっぱりー」同時に妹と私。「ほぉらね」

「ちがちがちが」

また夫が慌てます。「ほんと、申し訳ないけど、厳密にはそういうことじゃないんだ」

「でも、元は荒井由実だよね」珍しく妹が力説します。

「だってさ、もしユーミンがこの世にいなかったら、お兄ちゃんのそれもありえなかった。つまり、悲しく、は、なっても、決して、かなあーしー、くは、ならなかったよね」

「いや、いや、でもな、それでも、どうしても、ここは、これだけは、譲れないんだ。本当、二人には悪いと思うんだけどね」

こんなのが、かなあーしー、です。

ふと見ると、靴紐がとれていた。

……これも、うーん、まあ、かなあーしー、でいいです。

ヴィットリオ・デ・シーカ監督の『ひまわり』のラスト、ソフィア・ローレンとマルチェロ・マストロヤンニが駅のホームで言葉なく別れてゆくシーンはどうでしょうか。これは、胸をふさぐような、悲しい、ですね。

『冬のソナタ』で、高校生のチュンサンが事故で亡くなるのもまた、悲しい、場面なのでしょう。

『ライフ・イズ・ビューティフル』。ロベルト・ベニーニが、かくれんぼ遊びだと言い聞かせ、自分は妻を追ってナチスの収容所へ連行され、我が子だけを救うシーン。あのとき、ベニーニは確かに笑いながら、おどけて、トラックに押し込まれ去ってゆきます。でも残念ながらこれも、やはり、曰く言い難く、悲しい、のであって、かなあーしー、とは違います。

『タイタニック』で、レオナルド・ディカプリオが最後、凍えて力尽き、夜の氷海の底に音もなく沈んでゆきます。もちろんこれは耐えられないほど悲しいところなのですが、さて、いいですか。仮に、このシーンで、こんなふうに、ぽつり、つぶやいてみます。

「あーあ、ディカプリオ。とうとう、なーんかしらん、すうーって、いっ・ちゃっ・たー……」

はい。

すると、このつぶやきの瞬間、悲しい、は、突如、劇的に、かなあーしー、に、変わります。ね、変わったでしょう。どうですか。まだ少し、わかりませんか。

わかるわかる、という人。ありがとう。ぼくはあなたに会いたい。……いえ、もちろん本当に会いたいわけじゃありませんよ。嬉しくて、ちょっといってみたんです。そんなこわい顔をしないで下さい。

こんなのも、ちょっぴり、かなあーしー、です。


もしも、これでもまだ駄目だ、いっている意味が解らないという方は……、うー、致し方ありません。居残り補習に出ていただきます。

基本教科書『アサッテの人』と実践問題集『りすん』で予習されたのち、一時限目『アサッテ補《ほ》遺《い》』、二時限目『アサッテ補遺《ホイ》補遺《ホイ》』、さらに三時限目『アサッテ補遺《ホイ》補遺《ホイ》補遺《ホイ》!』までテンポよく受講すれば、今度の今度こそ、力ずくでも、必ずやあなたの腑に落としてみせます。首尾よく腑に落ちましたら、これにてアサッテも、いい加減、打ち止めにしたいのです……。……腑に落とす、か……。けれど、何ゆえぼくは、ここまでしなければならないのでしょう。……


こんなのが、かなあーしー、です。

『ロンバルディア遠景』への個人的所見

「ナハト」同人からの手紙

「本」二〇〇九年七月号

（昔一緒に同人誌を作っていた友人に冗談で拙著『ロンバルディア遠景』についてのエッセーの代筆を頼んだら、本当に書いて来た。せっかくの玉稿ゆえ、そのまま転載する。*1）

諏訪君、新作拝読。実は昨晩、谷川先生と久し振りに電話で話した。もちろん諏訪君の新作についてね。先生、照れてたよ。だってあれは実質……「谷川渥への私信」だもの。そりゃ君が公然と主人公を篤《アツシ》と名づけ、彼に本名をサンズイにオクのアツシと名乗らせ、ましてやその名字が長谷川となれば、僕ら身内のなかで気づかない者はない。すでにモチーフからして先生へのリスペクトに満ちている。皮膚、表面、視覚、等々……。ただ、君は以前からいっていた。表面や視覚への拘泥は君自身の幼少時からの主要な関心事だったと。大学で谷川先生の授業と出会い、君の性向に初めて或る明確な座標軸が与えられたのだね……。

うつくしき、僕らの学生時代。あれからいったい何年が経つのだろう。その間、君は君のなかで密かに温め続けていたのだ、この呪われた小説の胎児を。この作品は君の病の底の底から吐き出された排泄物、毒の文字たちだ。これを引き受けられる読者はおそらく限られていよう。でも諏訪君、それは書きながらすでに君のなかで自覚されていたことだ。君は昔から僕らに口癖のように繰り返していた。小説は或る特定の人物への私信たるべきだ、その人物はまず最初に他者なる自分自身であり、次に二人称的な師や友や家族らに他ならないと。

本作の構造、その大枠が、ある長大な一つの「私信」になっているね。それはイサキからアツシへの、又はアツシからイサキへの、つまり書く者から書かれる者への愛の私信だ。唯一この点のみが、これまでの諏訪作品における公約数といっていいだろう。だが、その他すべての要素は前二作を確信犯的に裏切っている。ただ、僕らのように君と長い間ともに詩を書いてきた者にとってそれは当然のように思われるし、逆にこれまで諏訪君はどうして自分のなかの核心的な性質をずっと表に出さずに、どちらかといえば口当たりの良い作品と穏やかなコメントだけを発し続けていたのかが不思議であり、また物足りなくもあった。君は……、僕ら旧い友人が知っている諏訪哲史は……、もっと冷酷で非情な文学的狂人の貌《かお》を持っていたはずだ。君は、君のなかから最初に『アサッテの人』を世に問うた。次に正反対の反アサッテの貌《かお》をした疑似紋切型小説『りすん』を上梓はしたが、この形式上・文体上のアンチテーゼは、書き上げられてみればアサッテ的な「双生児」の相を顕し、結果、陰陽一対の二作として認知されるに至った。あの二作において見出だされた共通項は、実は当初の君の思惑とは違ったのじゃないか？　そう。君は痛切に反省した。そして今度こそ反アサッテでなく「非」アサッテに至るために、自分を圧倒的な力で押し流してしまう剣呑な病、君自身の先天的な宿痾に、ついに身を委ねることを決めたのだ。それがこの、表面・視覚恐怖という「メドゥーサの眼」、危険な地獄の病魔に他ならなかった。……間違ってはいないはずだ。実際、僕ら同人はみな『ロンバルディア遠景』をそのように読んだ。

　批判というわけじゃないが、友人・同人として君に質したいことがある。僕だから敢えていうんだ。臍を曲げないでくれ。つまり、君の新作は読者に対して要らぬ配慮がされすぎている。その手厚さは、少々鬱陶しいほどだ。これは僕ら同人からみれば君らしくもない大衆へのへつらいだ。一例が篤のこの台詞、「ミザントロープっつうんか。人間嫌いなんだ」。三島がかつて随筆で普通名詞「舞良戸《まいらど》」について書いた一家言を巡ってむかし僕らは大いに共鳴し合ったじゃないか。舞良戸はルビもなく、ただ舞良戸と書けば足り、「まいらど、というのか、横桟の沢山ついた戸」などと書く俗衆の下僕は断罪されるべきという主意のくだりだ。諏訪君には酷なようだけど、この作品にはそれと同じ無用の老婆心が顔を出しすぎている。冒頭近くの篤の最後の手紙。主人公と語り手がランボーとヴェルレーヌの関係を踏襲していることは一目瞭然なのだから、いちいち見者の詩句にだけ鉤括弧を付ける必要はない。砂漠や「新しい花《アジスアベバ》」でアビシニアを匂わすのも作為の罪に値しよう。二人の関係はただ彼らが年齢差のある詩人どうしというだけで十分に尽くされている。離別の直前、手に傷を負わせる挿話も（立場が違いこそすれ）余計な駄目押しだ。また、シャルル（C神父）を「総ての詩人にとっての神の名」とか「或る小説の題名を想起させずにおかない」などと書かずとも、読者はとうにボードレール、バタイユの名くらい脳裏に浮かべている。巻末にあるささやかな種明かし、「種」に鉤括弧などなくても何の種かは誰にだって解る。でも最も余計だったのは、娼館のあるスイスの町を、高名なかつての芸術家コロニー、アスコーナだと思い至らせるのに手を替え品を替えしすぎたことだ。これにはいささか閉口した。気持ちは分かる。大学で種村先生からエラノス年報を苦手なドイツ語で読まされていると、大学時代、君がこぼしていたのを覚えているからね。でも、あそこはただ「ロカルノの手前の町」と書くにとどめるべきだった。真理の山《モンテ・ヴェリタ》を「突兀《とっこつ》たる丘陵」と仄めかしたり、大地母神やフォンターナ、ラーバンにシュタイナー、まして「円卓の会議」などと神父にいわせたのは藪蛇だった。この小説はもともと君と谷川先生にさえ解ればその任を果たすはずのものだろう。君の処女作が君と種村先生にだけ解れば事足りた例とそれは全く同じ構図であるはずだ。つまりは舞良戸。作家としての非情な潔さが君には欠けていた。それがこの新作に対する僕の、同人そして友人としての、少々辛辣だが忌憚のない感想だ。

　とはいえ首肯できる点がないわけじゃない。ここからは仲間の贔屓目を差し引いて読んで欲しい。主人公アッシは「世界の果て」を志向する。世界の果てとは「もっとも遠いもの」であると同時に「もっとも近いもの」でもある、彼はそう神父から教えられるね。ここが巻頭のヴァレリーの引用「人間においてもっとも深いもの、それは皮膚である」に呼応することは僕にも判った。もっとも深いものがもっとも浅いはずの表面＝皮膚だというヴァレリーの巧みな逆説を変奏してなのか、この後アッシは、「僕自身にとってもっとも遠いもの、それは僕の背中である」という、冗談とも本気ともつかない不気味な結論に至り着く。そして彼にとって他者となった彼の背中の皮膚への凝視＝近景が、遥かなロンバルディアの遠景へと翻る狂気の頂こそが、君のこの小説、いや正しく長編詩と呼ぶべきだろう、そこにおける幾多の問題系の共通の落とし処なのだ。少なくとも僕はそう読みたい。

　この作品中の娼館の一挿話だけに引っ張られて、あろうことか「暴力」や「露骨な性描写」等、およそ的はずれな評言が横行していることは僕も知っている。だからこそ、君が「そのまま」講談社のPR誌『本』に転載してくれるということの手紙の上で最後に僕はいおう。この作品は極めてナイーヴな、儚《はかな》い一編の愛の詩であり、それ以上の何物でもない。

さあ、これで友人として書くべきことは書いたと思う。ただ懸念が一つある。作中、よりによって、イサキに彼の「本編発表時の筆名」へと降格されてしまった君の本名、アッシの音《おん》に近い「テッシ」の名のように、君の作者としての存在の信憑性は冗談じゃなく本当にぐらついているように僕には見えるのだ。そして、それとちょうど逆の作用で、これ、この手紙が、実は諏訪哲史本人の手で書かれたものと決め込む読者がもし現れたなら、僕、君の旧友でありナハト同人であるこの僕自身の真実性が、まやかしのごとく揺らいでくるのじゃなかろうか？　僕はいったいどうすればこの手紙を「真に僕が書いた」と読む者に得心させることができるだろう？　これも諏訪君、君の作品における作者存在の脆弱さ、曖昧さがもたらす迷惑極まりない弊害の一つだ。……君の罪悪は、君が思うよりずっと重い。

＊1　註の必要はないと思われるが、念のためいえば、もちろんここに記されたのは「同人からの手紙」を擬した諏訪哲史本人の手になる文章である。

『アサッテの人』文庫版あとがき

『アサッテの人』講談社文庫・二〇一〇年五月
本作の文庫化に際し、少々筆を執《と》る。

三年前の発表時から今日まで、僕はこの処女作について、さまざまな方面から質問を受けてきた。それらの声を反芻《はんすう》しながら、作者として陳《の》べておくべきと思われる点をいくつか、新たな読者への註として記すことにした。

僕がこれを書いたのは二十代の終わり、一九九八年から九九年にかけての二年間、もはや、はるかに遠い前世紀の末《すえ》のことであり、『群像』に発表される二〇〇七年までの永い間、稿は僕の古い抽斗《ひきだし》のなかで死後の眠りを眠っていた。

末尾の献辞にあるとおり、この小説はただ、僕の大学の恩師であった独文学者、種村季弘を振り向かせるためにのみ、その一心によって書かれた。初めから師のほかに読者を想定せず、また必要とせずに書かれた。それがこの小説の、あくまで作者本位な出生の理由である。僕は学生時代から卒業後まで振り返って、恩師に何かの成果で褒められるという体験を持たなかった。このまま死ぬわけにはどうしてもゆかぬ、と思い悩んだ。僕は六年間勤めた会社を辞め、無収入で、何の益もない執筆に明け暮れた。

僕はこの作品に、自分の生のすべて、その実存、懐疑、絶望、精神的・言語的病のすべてを刻印したいと強く祈った。完成し、送った稿を読み、恩師は手紙で、初めて褒めてくれた。こうして僕は、いつでも死ねる身になった。

その後、小説「アサッテの人」は、僕が二人の友人と主宰する三人だけの小さな個人的同人誌「ナハト」十三号（二〇〇一年二月二十日発行。発行部数＝十五部）に、人知れず掲載された。すでに創作への情熱は冷えていた。

二〇〇四年に種村先生が逝《ゆ》かれた。次いで二〇〇六年、重度の躁鬱《そううつ》病を患い、長く精神病棟に幽閉されていた父も逝った。父の死と同時に僕が同じ躁鬱病を発症、享《う》け継ぎ、毎食後にリチウム成分の抑制剤の摂取が一生涯欠かせぬ身となった。本物の絶望が訪れ、僕は廃人のようになって、薬で自らを延命しながら余生を送った。三十六才になっていた。

そんな折、僕がかつて文学・哲学を志し十八才で上京したことを知る高校の担任の先生に、同窓会で近況を訊かれ、叱咤されたように感じた僕は、埃をかぶった古原稿を出して、『群像』に投稿した。投稿の際、巻末の「平面図」だけを手作りで書いて裏に貼り付けた。それ以外の本文の加筆はほとんどなされていない。

発表後、この作品を説明するのに、「メタフィクション」なる概念が手軽な標語のように乱れ飛んだことにたいへん驚いた。本作は確かにメタフィクションには違いないが、落ち着いて読めばわかるように、僕自身はこの小説のなかで入れ子構造《メタフィクション》を称揚するどころか、逆に「批判」し、あわよくば「破壊」できぬものかと躍起《やっき》になっている。この入れ子の函《はこ》の底板を破ろうとする衝動こそが、作中で「アサッテ」と呼ばれているものの正体であり、つまり僕はメタフィクションに対する「嫌悪」ともいうべき感情を主動力にして本作を書いたのだといえる。

そもそも、すべての小説が不可避的に、作品と作者という二重の函、つまり入れ子の構造を有する以上、世にメタフィクションでない小説など存在しえず、逆に、「函《メタ》」への意識を欠く作品は小説ではない。作品と作者の対峙、その批評的自意識に欠けるものは、いずれ神話か伝承、お伽噺《とぎばなし》の類いにすぎないのだ。従って、ある小説を指してこれはメタフィクションだと断定することは、単に小説を指してこれは小説だと断定する体《てい》の、稚拙な同語反復《トートロジー》を犯しているのに等しい。この現代においてメタフィクションとは、あえて指摘するのも恥ずかしい、世界の構造の単なる言い換えでしかない。

僕の嫌悪とは、小説が強いる「構造化」、「様式化」、否応なき「定式化」への嫌悪であり、書き手を緊縛する様式（定式）の如何《いかん》ともしがたい堅牢さへの嫌悪である。そして、作者としての僕の自我は、その、破っても破っても閉じ込められる輪廻《りんね》に似た多重の函構造から、真の「外部」へ解脱《げだつ》することをひたすらに欲する。ゆえに、当のメタを破るため、やむをえずメタへの加担を余儀なくされ、結果、皮肉なことに、僕の小説は、メタによるメタ批判小説、または、小説による「小説批判小説」とならざるをえないのである。

書かれた作品＝登場人物（叔父）の手記が、それを読む第一読者＝作者（私）の「書くこと」の作為・欺瞞《ぎまん》を告発し、「書くことの不可能（書けないという事態）について書く」といった奇怪な矛盾律が出来《しゅったい》する。だが換言すれば、こうしたジレンマを払拭することが無理だと解っているからこそ、僕はいまだに筆を折らず書き続けていられるのであって、こうした呪わしい不如意が僕をますますやりきれなくさせる。

右に叙《の》べたメビウス的な無限反復は、僕の第二作『りすん』、第三作『ロンバルディア遠景』の各編においても、文体・趣向を変えながら、避けがたく繰り返されている。これは、すべての「書く人間」の宿痾《しゅくあ》であり、相対化され続ける曖昧な作者存在（僕自身の存在）を自らの筆により力ずくで同定させるための、言語による言語との闘い、果てしのない、自己および世界との闘いである。僕はそう考えている。

『アサッテの人』中国語版刊行に際して

「なごや文化情報」二〇一一年五月号

『アサッテの人』の中国語訳が大陸で近日出版の運びとなり（ハングル訳はすでにあり、こののちノルウェー語版も出版された）、中国の評論家から下記のような質問を受けた。

Q：諏訪さんは名古屋生まれ、名古屋在住の作家とのことですが、日本の他の都市に比べたときの、名古屋の特徴とは何ですか？　ご紹介下さい。

A：都会の顔をした田舎です。文化的な取り柄はあまりありません。ただ、マニアックで常軌を逸したモノづくり、モノ集めの執念が、他の都市の人間以上に強いことは確かです。

Q：『アサッテの人』は亡き師に捧げた小説ですが、種村季弘先生とはどんな人物ですか？

A：僕が三度生まれ変わって勉強しても追いつけないくらいの博識です。西洋東洋を問わず、文化の裏にひそむ無意識の領域、錬金術や怪物、エロティシズムなどの研究で知られます。著書や訳書は二百冊ほどあります。いま僕が大学で子供たちに教えていることの大半は、かつて僕が先生に教わったことです。もしも種村先生がいなかったら、現在の僕も、この小説も、この中国語訳もなかったのです。

Q：本書に登場する「チューリップ男」は面白い存在ですが、彼は実在する人物ですか？

A：全世界に一億人は実在すると思われます。

Q：日本の大衆文化、アニメなどは近年、中国で大人気です。これをどう思われますか？

A：すべてマニアックな執念の生んだ文化です。僕自身は二十世紀までの日本のアニメ作品を評価しています。今世紀に量産されているアニメは同好会的な内輪のマンネリに陥っています。粗悪な量産品とはいえ、ああいった仮想現実の偶像を幼い頃から子供に刷り込んでおくと、思想や趣味がいっそう画一化され、それを利用してより都合のよい国民統制が可能になるでしょう。悪くすれば行く末は、悲しいことですが、衰弱か戦争、いずれかになるでしょう。

Q：中国文学も読みますか？　好きな作家は？

A：魯迅、老舎、莫言。それから日本ではほとんど知られていませんが、葉蔚林《イエ・ウエイリン》の短編「五個女子和一根縄子」。かつてオムニバス本で読んで驚嘆しました。莫言さんとは個人的な面識もあり、一緒に蒲郡の温泉に一泊して露天風呂で背中を流したこともあります。中国の昔のフォークロアやマジック・リアリズムは破格に面白い。はるか昔、唐詩の李賀なども大好きです。

Q：今後、新作刊行の計画などはありますか？

A：今年の秋ごろ、少々風変わりな短編小説集（『領土』）を新潮社から上梓する予定でいます。既存作とはまたおもむきを異にしたものです。いつもの通り、毀誉褒貶にさらされると思います。

『りすん』文庫版あとがき

本作『りすん』の原形は、前作である『アサッテの人』の書かれた一九九八年から九九年ごろ、先行作を追いかけるように、否、むしろこれに併走するようにして書かれた。

当時脱稿した原形は、四百字詰原稿用紙で百枚程度の中編に過ぎず、原題も先行作との抱き合わせに見えるよう、「アサッテ問答」となっている。他に「兄妹問答《オトトイ》」という言外の含み（前作との対称）を持たせる題名も考えたが、かように自慰的な言語遊戯よりも何よりも、いまとなっては、その小説としての拙《つたな》さ、力不足、構造のほころび、若い野心の空転と焦慮が、僕自身を赤面させずにはおかない。

この原『りすん』＝「アサッテ問答」において少なくとも僕が標榜《ひょうぼう》したのは、「完全会話体」とでもいうべき文体への厳格な自己緊縛と、物語の紋切型に対する無自覚への批判であり、またそれ以上に、既存のすべての小説様式が不可避に持つ構造、僕の文学的懊悩《おうのう》の最大の怨敵である「入れ子構造《メタフィクション》」に対する無自覚」への、果敢で無謀な批判であった。

『りすん』講談社文庫・二〇一一年五月

あれから何年もの時間がたった。三十代になった僕はいっさいの小説試作をやめて再就職し、無意思な機械のようにただ働いて過ごした。さらに七年がたち、静かな読書人として余生を送っていた僕は、思わぬ偶然から作家になった。なって早々、依然として会社員を続けながら、僕は「第二作」を待たれる時期にあった。まったく新しい主題・モチーフを案出しようとあれこれ逡巡しつつも、あの『りすん』の原形、未熟児のまま生を中絶させられた小説の存在、その不達成の悔恨が、僕にどうしようもない重さでのしかかっていた。小説はその成仏を、あるいは新生を、烈《はげ》しくうったえていた。それは二人の人影、兄と妹の姿をして、たびたび僕の思考のドアをたたいた。……いま、わたしたち、函《はこ》のなかにいるの？　それとも、おもてに？

実際、二人は、暗い函のなか、僕の抽斗《ひきだし》のなかにいた。僕は抽斗を開け、その本を開いて、彼らの声を聴いた。そして、できることなら他の多くの読者にも「彼らの小説」を聴いてほしい……、僕はそう思いはじめた。彼らのうったえこそ、当時の僕の文学への糾弾を、そっくりそのまま代弁しうるものだったからである。

僕らが函を開いているとき、彼らは開かれ、生きられる。読後、ふたが閉じられても、二人はそのなかで相変わらず彼らだけの私語を続けるだろう。だが、一度開かれた本という函の「中」はすでに「外」となり、彼らは気づかぬうちに「おもて」へ出、代わりに僕ら読者や作者が、反転した函の「内側」にいつのまにか棲《す》んでいる……。本作とは、そういう小説である。

かつて、『ドン・キホーテ』が騎士道物語の流行を当時の紋切型として批評することで成立し、『ボヴァリー夫人』が姦通《かんつう》物語の流行をやはり紋切型として批評することで成立したように、小説という言語芸術はこれまで、既存の様式・既存の文学史を、外部から批評する視点を持つことで、都度、乗り越えられて来た。

前作『アサッテの人』でも、個々の言葉における紋切型予定調和への徹底した嫌悪が主題となったが、本作『りすん』の原形「アサッテ問答」を書く際にも、僕には批評すべき紋切型が存在した。それは「物語」、中でも近代文学史において厭《あ》きもせず執拗に繰り返されてきた紋切型、すなわち「愛と死の物語」である。

愛する人を失くして悲しむ話。はるか万葉の過去にさえ「挽歌」の伝統が存在した。柿本人麻呂の「妻の死にしのち泣血哀慟《きゅうけつあいどう》して作る歌」など、あまりに有名である。二十世紀、このジャンルはさらに反復され、伊藤左千夫『野菊の墓』や横光利一『春は馬車に乗って』、堀辰雄『風立ちぬ』、武者小路実篤『愛と死』などが書かれた。戦後になっても、野坂昭如『火垂《ほた》るの墓』、村上春樹『ノルウェイの森』など、どういうわけか愛する者は、「物語」においてたいてい死ぬのだった。もちろん、十代でこれらの作品にふれた際、うぶだった僕はてきめんに「胸を打たれ」「号泣した」。それは若い読者としては自然な反応だったかもしれないが、この現代で文学や哲学を修める現役の学徒としては、あまりに迂闊《うかつ》で、無批判な、あどけない反応といわざるをえなかった。

その後、僕はアメリカの映画『ある愛の詩』に恋人の病死・その悲恋を観《み》、本邦のドラマ『赤い疑惑』でも山口百恵が白血病のヒロインの悲劇の死を演じたことを知るに及んで、にわかに妙な違和感に襲われ出した。自分にはもうこれらの反復物語に流すべき涙はない、そう悟った。大学二年（一九九〇年）の頃、僕は勝手に、ある基準を設けた。これ以降、小説であれば『風立ちぬ』か『ノルウェイの森』、映画であれば『ある愛の詩』、それらのレヴェルを超えることなくただ愛と死の物語を反復し、商業主義に媚びる作品が現れたなら、それは創作ではなく盗作にすぎない、と。そんな折、ちょうど僕が大学を出た二年後に、香港映画『つきせぬ想い』で、またしてもヒロインが骨髄の癌、白血病で死んだ。遺された青年はまたしても号泣した。僕はまたしてもうすら寒いものを感じた。おそらく、こうした感情の蓄積が、僕のうちに紋切型物語への何らかの批判を育んだにちがいない。僕は九九年に原『りすん』＝「アサッテ問答」を書き、あくまで自慰的に予定調和を回避し、ひとり、アサッテの方角を目指した。

脱稿後、いつしか世紀も変わった。数年がたち、信じられないことに、またしても、まったく同型の紋切型が無自覚・無批判に書かれ、またしても少女の主人公が白血病で死んだ。遺された少年はオーストラリアの岩山の上で、またしても恥ずかしげもなく号泣していた。「壮絶死＋号泣＝純愛」の定番レシピだった。なんというか、僕はもはや呆れてものもいえなかった。しかも、その紋切型はうぶな受容者を号泣させ、思わぬ金になった。そうと見るや、メディアはまた類似品を量産し売りまくった。1リットルやらタイヨウやら余命1ヶ月やら恋空（男が死ぬ）やら。みなバタバタ商品化され、主人公はバタバタ死んでいった。それでもまだ号泣して銭を投げるうぶな金づるがいるからには、みな、殺すのをやめられないのだった。ヒロインを殺せば殺すだけ金になった。ボロい商売だった。

文学も小説も、これをじっと看過していた。そういう状況下で二〇〇八年、大幅改稿された本作『りすん』は世に出た。当然ながら、この「受賞後第一作」はすさまじい毀誉《きよ》褒貶《ほうへん》にさらされた。既存の物語類型への批判、小説的様式と文体への批判、なにより本作が提示した「書く行為そのものへの疑義」に関して、辛辣《しんらつ》な中傷が飛び交った。「文学的テロ」という、悪罵《あくば》とも讃辞ともとれる文言が、いくつかの記事で用いられているのを僕は見た。

本作の登場人物である兄《あに》妹《いもうと》、隆志と朝子は、作品のなかで、自分たちの「小説」、自分たちの「生」を書いている。「決して小説化されることのない実存的な固有の生、それをつかみとろうとする兄妹の小説」を。二人が交わす言葉がそのままこの小説の言葉となり、彼らを小説に書きつけようとする「作者」さえをも「書き返し」、いち登場人物に貶《おとし》めてしまう。

これまで何度も書いたが、もう一度書く。

そこに、書く作者と書かれる作品との相克がある以上、すべての「小説」なるものは例外なく入れ子構造《メタフィクション》を持ち、入れ子《メタ》でない小説など存在しない。そしてまた、小説がメタであることを意識せず書かれたすべてのものは小説ではない。常に小説は、作者が作品と対峙し、対話し、その二重性を痛いほど自覚しつつ書かれる。『ドン・キホーテ』のいにしえより現代まで、本質的な小説はそのようにして書かれてきた。

ところがこの「小説の本来的な二重性《メタ》」とは別の概念として、「メタフィクション」という用語を、常套句《クリシエ》のように無自覚に使用する者が後を絶たない。僕のいうメタは、これとはまったく異なるものである。彼らのいう狭義のメタフィクションとは一種の文学ゲームに過ぎず、遊戯者は嬉々《きき》としてそれにうち興じ、コマとしての登場人物を作者の高みから神さながらに操作し、次元の垂直な多層構造をメタ支配していると信じ込んでいる。書く自分さえもが、さらに外側の多重函に囲繞《いにょう》されていることを自覚せぬままに。

こうした無自覚が小説を物語に、単なる紙面上のＲ　Ｐ　Ｇ《ロールプレイングゲーム》に引きずり降ろす。自分が多重函《メタ》の渦中にあり、その、書く者と書かれる者による際限のない内向と外向との間隙《かんげき》に、否応なく監禁されているという自覚。こうした自覚こそが「小説」である。また、すでに自覚してしまったその、のっぴきならぬ膠着《こうちゃく》の状態こそが、「小説」と称されるところの、ある「生」の様相である。

この、僕にとっての「小説」、無限の多重函とは、端的に、無間《むげん》の地獄を意味する。僕は僕自身を閉じ込め、また僕に登場人物たちを「閉じ込めさせる」この多重函を呪い、つまりは小説それ自体を呪う。小説とは、書く者と書かれる者とが有する本来的な「生」を、その構造においてたちまちにして「生」なからしむる地獄である。

本作『りすん』で、僕は隆志と朝子を書き、また彼らから書かれ、主体性を相互に打ち消し合いながら、同時に彼らと共闘して、この「小説」という出口なき地獄に挑んだ。そして、おそらくはいまも、僕ら三人は地獄のなかを生きている。地獄のおもては決して天国ではない。僕がおもてにいるのか、彼らがおもてにいるのか、いまもって判らない。この「あとがき」が単に小説の「あと」に置かれているので、僕のほうが彼らに比べてより外にいるという単純な話ではない。書く・書かれる、読む・読まれるの反転は繰り返され続けるのであって、この「あとがき」もきっと二人に読まれ、内化されるだろう。主従の、主客の、そのいずれもの牢獄。

好むと好まざるとにかかわらず、僕の生はいま、「小説」という牢獄の渦中にある。いつか、この呪われた生こそが、人間の普遍の生であると気づかされる日が来る。僕はそう確信する。

〔追記〕

本作は二〇一〇年十月、優れた演出家であり我が盟友である天野天街《てんがい》の脚色・演出によって舞台化された。天野氏は、僕が小説に対して抱く問題意識を、そのまま自身の問題意識として演劇に対して問い、僕らはそれぞれがそれぞれの敵《かたき》とするもの、芸術の「枠」あるいは「函」と闘った。後日会って話をした際、僕らはそれらの形式・構造を乗り越えることは何人《なんぴと》たりともなしえないとあらためて敗北を認め、戦友として杯を乾《ほ》した。僕らはいずれもが負け、また負けることこそが芸術家の生であると知っていた。いずれかがいずれかに、もしくはいずれもが勝つ、などという考えが幼稚な幻想だと自覚した者どうしの、果敢で、無謀な、自らの生への抗い、それがこの舞台だったのである。

主演した朝子役の黒宮万理、隆志役の時田和典は素晴らしかった。演じながら、演じることの作為と彼らは闘っていた。関係各位、観て下さった方々へ、あらためて感謝申し上げたい。

『領土』あとがき

『領土』新潮社・二〇一一年十一月

ここにまとめた十の短編は、いずれもが「小説」である。一編〳〵を草し終えるたびに、これは「小説」だ、それ以外のものではない、そう確信できるまで僕は読者として作品を読み返し、疑念がなくなるまで推敲した。このようにして、僕はこれらの「小説」を書いた。

「新潮」編集長の矢野優氏は、僕を直接に担当してくれ、幾度となくお互いの小説観を語り合い、もしくは（より実際的な言い方をすれば）試し合ってきた果ての、もはや戦友と呼べるような得がたい存在である。この「小説集」は彼との対話によって鍛えられ、「小説」としてのあり方をたえず疑われ、熟考され、同定されながら、二年以上の歳月を費やして書かれた。本来、末尾に記すべきだが、この場を借りて、数年来の氏の友情に感謝申し上げる。

二〇〇九年春、「群像」に発表されたばかりの僕の三作目の長編『ロンバルディア遠景』の中の、語り手による一見なんでもないような叙述を引き合いに出し、矢野氏は僕に詰め寄った。その日彼は、僕の住む名古屋までリュックを背負い、一人でやってきた。作中、僕の語り手の、詩人であるイサキは、慣れない小説を書き始めるにあたって、「果たして小説とは、やむをえず詩が弛緩した形式か……。」とひとりごちるが、これは諏訪さんの本心か否か、というのだ。もちろん本心ではない。僕自身はもとより、語り手の本心かどうかも怪しいと当然心得たうえでの、それでもそう質さずにはいられなかった矢野氏のその小説愛に、かねてより小説狂を自認する僕はなかばあっけにとられつつも、うれしくて仕方がなかった。そして、この日の対話から僕は次のような持論を明確にするに至った。……小説は、小説以外のすべての外部を包摂しようと望むがゆえに、たえず自身の「形式」「様式」の枠を疑い、すでに定義され終えた「小説の内部」なる無変化の平穏を軽蔑し、外へ展《ひら》こうとする形式、いわば「形式を脱しつづける形式」にほかならない。安穏への侮蔑、その野蛮な自省は、小説の持つ「批評性」によって煽動され続ける。小説に批評があるかぎり、それは小説であることをやめない。すなわち「非小説」を標榜せんとする本来的な意味での「小説」であることを。

同じ二〇〇九年の夏、あの日の対話から三ヶ月後に、僕は四編の草稿を矢野氏に渡した。のちに「百貨店残影」「聖家族学園」「甘露経」「先カンブリア」となる草稿を。四編の最後、「先カンブリア」に関し、氏は僕に、「これは小説だろうか、詩ではないのか」と問い質した。僕は譲らず、彼も譲らなかった。僕らは物別れを回避するため、双方が未解決の問題を留保したまま、「先カンブリア」を短編集の末尾に置くイメージのみを共有し、相対的に従来の小説形式と隔たりの少ない穏便な作品から発表を始め、次第にグラデーションを描くように、外縁へ外縁へと漸進する戦略をとることまでを決めた。当時の氏の憂慮は、僕のいう外縁の先が、つまりは「詩」にほかならず、小説はつきつめれば「詩」になり、やはり小説とは「詩」が弛緩した形式であるというあの結論に、漸進的に導かれはしないかということだった。

僕は、小説や詩や童話や戯曲や俳句や落語や……といったジャンルの境界を見究めるために小説を書いてはいない。だがそれは、単に境界を無化して文学的普遍言語のはかない夢を紡ごうとしているのでもない。「あれかこれか」にも「あれもこれも」にも興味はない。あえていえば、「あれでもなくこれでもない」ものを僕は見たい。僕はただ、端的に「言語芸術」の使徒でありたいだけだ。言語芸術には本来、言語を用いて行なう芸術、というほかに特別な定めはない。ノー・ルールの余白を包摂すべき芸術こそ小説でなければならないし、ノー・ルールの空隙に至るためには、必要以上に深く「内部《ルール》」を熟知していなければならない。

たとえばここに、小説でも詩でも童話でも戯曲でも俳句でも落語でもない、言語芸術の鬼子、「その他の分類項」が現れたなら、その作品は「小説」である。そう呼ばれねばならない。それをあえて小説だと強く指呼することによってのみ、小説は自らの生を繋ぐことができる。

僕はこれまでの作品で、小説の「外皮」としての〝文字〟と〝音〟、つまり言語の二つの「表面」に浮かび出ることを試行してきた。が、それらはまだ僕にとっては深すぎ、鈍重だった。水面に顔を出し、思うさま外気を吸い込む、ただその渇望によってこの小説集は書かれた。三編目の「市民薄暮」に頻出する会話と独言に、文字間の二字空け・三字空けをすでに読者は見られるだろう。こうした空白や改行の多用は、有体にいえば、読者の脳裏で無意識に吟詠朗唱される文章の〝音〟や〝拍子《テンポ》〟に指示譜＝楽譜の働きを付加するための苦肉の策だ。従来の句読点では、拍子の「溜め」の長短を読者まかせにせざるをえないうらみがつきまとった。私見によれば、「文体」の要素の大半は律動・抑揚等の音楽性であり、ゆえに僕はどうしても「譜面」を試みたかった。四つ目の「真珠譚」以降、一切の句読点が消され、一見すると詩のような外見の「小説」が姿を現してくる。「否、どうあってもこれは詩である、なぜなら句読点がなく、空白と改行が多いからだ」と言う形式主義者は、小説を明解にこう定義するに違いない。「小説とは、句読点があり、空白がなく、改行の少ない文学様式を指す」と。

厳密にいえば、僕自身にとってこの書に収められたすべての作品は、詩ではなく、同時に、小説でもない。ゆえに、これらは小説である。小説でなければならない。これが現時点における小説狂としての僕の、「外部」への、「境界」への、「表皮」への渇望の限界、そして、微分法的無限にも似た「内縁」の、「皮下」の、「未然」の、「近傍」の彼方、その、最果てだ。

二〇一一年八月二十九日　恩師の命日にこれをしるす

点点点《てんてんてん》丸《まる》転転《てんてん》丸《まる》

♪・・・《てんてんてん》●《まる》・・《てんてん》●《まる》。・・・《てんてんてん》●《まる》のてがそれて……。ああ、こわいこわい。こわい唄です。

いえ、よくあるこわい童歌《わらべうた》でも毬《まり》つき唄でもありません。もっとこわい。私《わたくし》、校正係として数十年、一度のミスもなく誤字脱字を正し、実績を残してきた私の、先年犯したたった一つのしくじりを、いとも冷笑的、いとも愉しげなる調子で指摘し、さいなむ唄です。

ある書物の、とある頁の、とある行の途中に打たれていた「・」、全角中央に碁石よろしくぽんと置かれた、私どもが日頃「中黒《なかぐろ》」と呼ぶこんな点が一つ、校正時には確かにあったのが、出版された本を開くと、オヤ、その頁上からきれいになくなっていたのです。

皆さん、一度これを読むのをやめ、お手元の、国書刊行会二〇一四年発行『偏愛蔵書室』、聞きなれぬ名の著者が書いた怪しげな本の、十二頁冒頭の行をご覧下さい。もとは「会見・聴取」と立派に打たれていた中黒が「会見　聴取」とどこにもない。どこへ行ったか中黒さんよ！　どこからどこまでとんでった！　垣根をこえて屋根こえて……ああ、この点々…、三点リーダーも読点もこわい。

「図書設計」二〇一六年五月

中黒消失事件以後の、夜ごとの私の悩ましい輾転反側《てんてんはんそく》七転八倒《しちてんばっとう》をご想像下さい。私は狂おしい一点の魂となりました。点ガナイ点ガナイと家中を這って歩き、床にこぼれていた正露丸を発見、雄叫びあげて呑み下し、そうだ、あの点は同じ本のなかのどこか別の頁に過って打たれているのだと、隅から隅まで朗誦し線引きもし、てんてこ舞いを演じました。

　三千部刷られた本からてんでんばらばら失踪した点々どもが三千個。あれから一年。私費をはたき、全国津々浦々の書店、図書館を転々と周り、版元倉庫にもこもり、少なくとも千個の点は私が打ち終えました。あとは皆さんがお持ちの同書同頁同箇所に「てん！」とやっていただけば、私の見落としは帳消しになるのです。目指せ点々三千点。点点点丸転転丸。ソレ、とーんーでーったとんでった。

〈著者のことば〉（二〇一七年「年間日本ＳＦ傑作選」掲載時の付記）

　この掌編はもともと装幀デザイン専門誌「図書設計」の依頼で十人の作家が順に執筆しのちに『本迷宮』という少部数限定の掌編小説集にまとめられたものの一編です。僕の日常に出来した、自著の中の一カ所の脱字、そのページ上からの中黒の消失という現実の事態を、言葉の悪戯、そのふざけた戯《ざ》れ唄のような文字と音の逸脱によって「実」を「虚」へ吹き流し韜晦《とうかい》させ、事実伝達が本意である文字列を、果てには童子が毬をつくような単なる声、音、拍子へと、点も丸も小説も、何もかもが散逸し去ってゆく、それが企図であり目論見であったと、まあ、もとは半ばふざけて書いた戯文に無理に半分嘘の理屈をつけるとすれば、そんなところです。

『岩塩の女王』あとがき

作家になって十年が過ぎた。十年目に出す本書は僕の、実に六年ぶりの小説集だ。

六年前に小説集『領土』（新潮社）を上梓してのち、言葉が、小説の言葉が、なくなってしまった。そのあとの数年、文学批評を新聞に百篇書き連ね、のちに『偏愛蔵書室』（国書刊行会）にまとめたが、僕はこの仕事にあえてかかりきりになることで、実は小説の言葉がもう自分になくなってしまったことをはっきりと自覚せずとも済むよう、いわば留保期間《モラトリアム》の欺瞞を生きていた。

言葉の音も形状もとうに瓦解し去った失語症的・分裂症的荒野としての日常をまるで魚拓にとるように虚心坦懐に語ってみたのが巻頭の「無声抄」だ。僕は覚束ない植字工さながら眼を近づけ、こわごわ文字を置いていった。そして数年ぶりの一作が書き上がった。

この時点で僕はあと五つ、短篇が書けるだろうと算段しえた。しかし「無声抄」を含めたそれら六篇は、およそバラバラな世界観と文体を作品自体が要求してくると想像された。ゆえに六篇は、互いにいわば「乱数的」な無関係にありながら、なおどこか幾何学的であるような不可視の六芒星《ヘキサグラム》を予感

『岩塩の女王』新潮社・二〇一七年八月

させる、そんな果敢《はか》なげな矛盾律を夢みて書かれた。

失語症の予後に似た病的な精神状態で書かれた「無声抄」を別にすれば、僕が最も書き悩んだ作品は二掌編で構成される「ある平衡」である。この作品は僕がこれまで一度も試みたことのなかった文学的オーソドキシーとでもいうべき規範的文体とミニマルな生活世界を、不慣れながらも標榜し書いたものだ。けれども、どうしても非現実の裂け目が出来《しゅったい》してしまい（特に「珈琲豆」）、僕は「普通の文章」で「普通の小説」を書くことの難しさをあらためて思い知ることになった。僕にとって「普通」とは、かつて自分の中に存在したはずの架空の均衡であり、呪わしい憧憬、おそらくそういっていいものである。

ほか四篇にはくだくだしい言葉は必要あるまい。前作『領土』の読者であればなおさらだ。「岩塩の女王」、「修那羅《しょなら》」、「幻聴譜」、「蝸牛邸《かぎゅうてい》」、それぞれにおいてまったく性質の異なる言葉の並べ方を僕は選び、その非統一をもとめる純粋に生理的な衝動こそが、結果的に本書を成立させたというしかない。いずれにせよ、これが今の僕の「身体」である。

僕自身にも、この非統一への意志がなにゆえ生じるのか、うまく説明できない。作家の「身体」、否「文体」とは、本来、ある種の持続――人格的・時間的「統一」のはずである。ところが、その統一されるべき人格や時間の「延長」に耐えられない衝動、刻々に分裂をもとめる病的な衝動がなぜか避けがたく湧き起こり、言葉同士の不埒なハレーション、もしくは耳をつんざく相姦的な言葉のハウリングが、僕の「洞内」に響きわたる。――

また、表題作を始め本書の作品のいくつかは、僕がもうかれこれ三十年以上の長い間、敬愛し続けてきた画家、村上芳正画伯の線描世界とのマリアージュを静かに心に秘めながら書かれ、この度、画伯本人から愛情ある快諾を得て、画伯が過去に描かれた作品のなかから画を選ばせてもらい、本書全体を飾って頂けることになった。

僕はこれまで画伯の装画本を心から愛し、ジュネやバタイユ、沼正三など、多くを蒐集してきた。今年九十五歳になられる画伯に直接お目にかかる貴重な機会も今回頂くことが叶い、真に胸に迫る、味わったことのない大きな無量の感に僕はとらえられた。

表紙の一枚は往年の読者ならご存じであろう、かつて倉橋由美子『聖少女』に用いられた画であり、裏表紙の一枚は河野多恵子『美少女・蟹』に使われた作品である。

前者の装画は奇《く》しくも左側の有機的植物世界（麓の野辺）と右側の無機的結晶世界（岩塩の山）とが対照的に棲み分かれ、表題作のイメージ通りで、また後者、カタツムリ状の大小の渦巻、螺旋殻が描かれている画は、末篇の「蝸牛邸」を偶然ながら暗示する。実はこの後者の画こそは、かつて画伯が生まれて初めて手掛けられた装画であり、格別の思い入れがおありの作品であるとうかがった。

この度、画伯ご本人にお会いでき、お話の間、幾度か僕に涙さえお見せになりながら、ゆっくり歓談をして頂き、両手を握って頂き、この上なくうつくしい贅沢な本を作って頂けた僥倖に感謝して、ここにあらためて画伯へ深い尊敬の念を捧げ、筆を擱きたい。

二〇一七年七月七日　村上芳正画伯とお会いできた七夕の日にしるす

「アサッテの人」執筆前夜

対談・谷川渥×諏訪哲史

「群像」二〇〇七年九月号

谷川　諏訪君はなぜ國學院大學を選んだんですか。

諏訪　それは種村季弘先生がいらっしゃったからなんです。

谷川　國學院の哲学科を受けたときは、種村季弘先生の存在はあらかじめ知っていたわけですね。

諏訪　はい。最初に衝撃を受けたのは『怪物の解剖学』という本です。僕は高校生でしたから、お金がないので文庫本しか買えなかったですが。澁澤龍彦さんをまず知って、澁澤さんはフランス文学からですが、同様な暗黒の世界をドイツ文学のほうから見ている方がいらっしゃると。種村季弘さんという方に興味を持って読み出すと、澁澤さんは僕らのような高校生でも読める平易な文章で書かれているのに対して、種村先生はもう少しアカデミックで硬質な文体で書かれていて、そこに魅せられました。澁澤さんは自分で書かれるばかりで教えない方なんですけれども、種村先生の文庫本の折りかえしを見ると、大学で教授として教えていらっしゃるということを知って。名古屋の高校生が、東京の渋谷にある國學院という一種のカレッジを志望するというのは結構珍しいんですね。種村季弘先生の存在というのは僕の胸の中にしまいながら、高校の進路指導の先生にも志望動機をいわずに、「どうして國學院なんだ。早稲田もあるし、学習院もあるし、何でもあるじゃないか」といわれながらも、「國學院と、あと数校滑り止めを受けたらもういいです。あとは受けません」ということで、ほとんどここに絞って受けて、もくろみどおり入りました。

谷川　種村先生は外国語研究室の所属で、哲学科の所属ではなかったですよね。

諏訪　そうなんです。

谷川　入るときは学科を選ばなきゃいけないから、それで哲学科を選んで入ったわけですね。

諏訪　そうですね。『源氏物語』をゆっくりゆっくり読んでいくような授業よりは、ある程度刺激的な哲学というものに惹かれていたこともあったので、それをやりながら、あとは、種村先生は外国語の先生だったものですから、何学科に入ってもおつき合いする距離というのは変わらないと思ったもので……。

谷川　入ったとき、すぐ種村先生のところに挨拶に行ったんですか。

諏訪　いや、行っていないです。畏れ多くて。

谷川　三年生ぐらいになってから?

諏訪　二年の後期だったと思います。

谷川　その当時、種村先生は何を教えていましたか。語学以外に何かやっていましたか。

諏訪　西洋文学概論というのを二、三年ほど、僕が三年のころまで受け持っていらっしゃいました。

谷川　いかがでした?

諏訪　ものすごくおもしろかったです。僕はB４判ぐらいの大きいノートを自分で買ってきまして、それこそ速記さながらに、先生の話す一言一句を漏らさず書こうというぐらいに、教壇の目の前の席、最前列に座って書き書き書き書き、多分、先生も、変なやつがいるなとは目の隅にはとどめていらっしゃったと思います。

谷川　その西洋文学概論というのは時代的にはどこら辺から入る話なんですか。

諏訪　その都度先生が文学潮流を思いつきでやっているようなところがあって、時系列で、例えば、ギリシャから始まりラテン文学というわけではなく、ある日はダダイスム、ある日はシュルレアリスムだというような感じで、本当にポンポンポンポンポン思いつくまま講義されていらっしゃいました。最初にテーマがあっても、あの方の授業ですから、野を越え山越え、話題が逸れて、知らないうちに日本文学を話していたりと、そういうようなルール無用の授業でした。

谷川　なるほど。哲学科に入ったときは、僕の本はまだ出ていなかったかもしれませんが、僕の存在は知らなかった……。

諏訪　これは、失礼ながらそうなんです。

谷川　入学後は、僕のところによく来てくれて話しましたね。

諏訪　谷川先生の『形象と時間』が出た直後でした。一九八八年頃のことです。

谷川　大学を卒業して何年になりますか。

諏訪　卒業が二十二歳で、今三十七歳ですから、十五年ですね。

哲学科の先生は四、五人いらっしゃったんですけれども、一年の頃にほとんどの方の授業を受けさせていただいた中で、この本を最初に読んで、僕が好きな世界に一番近いと感じました。どう考えてもこれは澁澤さん、種村さんの世界に近そうだなと思って、よくよくお聞きしたら、谷川先生はまさにそういったバックボーンから出てこられたという経歴をお持ちでした。

谷川　僕は若いときから、澁澤龍彥、種村季弘を荒野を疾走する車の「両輪」と呼んできました。つまりフランス文学を素養とした澁澤龍彥とドイツ文学を背景にした種村季弘。

諏訪　そうですね。異端文学。

谷川　たまたま僕も國學院に就職することになって、種村さんと同僚になりました。ちょうどピエール＝マクシム・シュールというフランスの哲学者が書いた『想像力と驚異』という本を翻訳したときで、僕は種村さんのところにそれを持っていって初めて話したんです。あれは『形象と時間』を出す前です。

諏訪　そうですか。

谷川　それで、僕も種村さんに非常に親しくしていただきましたけれども、今の学生に「澁澤龍彥、種村季弘を知っているか」というと、澁澤龍彥を知っている学生は何人かいるんだけど、種村季弘の名前はほとんどだれも知らないのね。読まないんだ、学生が。

諏訪　そうでしょうね。

谷川　いまは國學院の学生も、種村季弘というのは國學院の先生だったというのはだれも知らない。

諏訪　ああ、もうそんな時代ですか。

谷川　だから、君みたいに種村さんの名前を知って大学を受けてくる学生なんていうのは非常に珍しい存在で、それがこういう形で開花したということで、きょうこの場に種村さんがいらしたらね、どんなに喜ばれたことかと。

諏訪　最初からお茶じゃなくて、お酒になっていましたでしょうけど（笑）。

＊

谷川　それで、一つ聞きたいのは、君は種村さんの弟子というか師事したというか……。

諏訪　「私淑」といいたいところなんです。

谷川　自分では種村季弘から何を学んだと思いますか。小説を書く上でも、あるいはその世界に対する姿勢でも、具体的にどういうふうに学んだと思っているの。

諏訪　「世界の読み方」を学ばせていただきました。江戸文化なんかで出てくる本音と建前という日本人の両面性みたいなものを、種村先生はもっとアカデミックに西洋まで広げて、正統の裏には異端がある、表の反対には裏がある、あべこべの世界というんでしょうか、そういったものがこの世にはあって、みんな当たり前の表の顔でコミュニケーションをとっているけれども、それをベロリとめくり返すと、人間だれしも裏があるというような世界を緻密におもしろおかしく、しかも、学術的に表現されているという、そこにまず魅せられた。

　僕の身辺にいる人間、親、きょうだい、それから友達、高校の先生だとかいろんな方々を見ていて、みんな普通の世界に普通に楽しく生きているけれども、ベロリと裏返せば、またこの人たちには全く別人格の存在というのがあらわれてくる。だから、すべての世界に裏があって、それを知らずに生きていくよりも、世界が倍になる、しかも裏のほうがおもしろい。古典主義よりマニエリスムのほうがおもしろいというか、そういったところも含めて、両面あるということにまず気づかされた。

谷川　なるほどね。今、君のいった「表と裏」という言葉が的確なのかどうかわからないけれども、種村さんの仕事を改めて振り返ってみると、贋作者だとか偽書作家だとかペテン師、詐欺師、それから、山師ね。

諏訪　香具師とか。

谷川　さらに怪物……。全部、正統なものに対して裏側なんです。正統と異端という二元論は必ずしも的確な表現じゃないと思うけれども。

諏訪　そうですね。

谷川　何かあってずれていく、齟齬を来すというかね。今振り返ってみれば、種村さんはひたすらそういう問題をやってきた人だということに改めて気づかされたんですよ。だから、今回の『アサッテの人』も、そういう意味では、種村さんの問題意識を君なりにとらえて、それを言語の問題として扱ったのかなということを改めて僕は感じたんだけれども、そこら辺は自覚がありましたか。

諏訪　自分の小説のモチーフとして自覚的にということまではなかったですが、書き終えた後、読み返した段階でようやく「あ、これはいろんなところに種村先生の足跡が僕の文章の中に知らないうちについていたな」という振り返り方をしたことはあります。

谷川　直接的にいえば、クライストを引用していますよね。

諏訪　はい、そうですね。

谷川　あれは種村さんの訳した『チリの地震』という本の中のマリオネット論だね。

諏訪　そのとおりです。

谷川　だから、これは種村さんへの一つのオマージュかなと思って僕は読んでいたんだけど。

諏訪　おっしゃるとおりです。

谷川　それが一つあるし、それから、ホッケの『文学におけるマニエリスム』でもいいし『ナンセンス詩人の肖像』でもいいけれども、ある意味でその系列を諏訪君は書いたという感じだね。

諏訪　そうですね。種村先生は、今おっしゃった『ナンセンス詩人の肖像』から「ユリイカ」の増刊の「ダダイズム」の編集もされていました。とにかく既成の文学概念というものを破壊するということは、今はよくあるのですが、当時のダダイストたちは、第一次世界大戦、第二次世界大戦の戦争と戦争の間あたりに、ヨーロッパのアナーキストだとかシュタイナーなんかの神秘主義思想の連中と一緒に、かなり無茶苦茶なことをやっていた。そういうあのころの新鮮な、生まれたてのダダというか、生まれたての無意味文学というか、そういったものを先生から嫌というほど植えつけられましたから、それを意識、無意識、自分の中ではなかったけれども、どうしてもにじみ出てきているのではないかと思います。

谷川　それは、僕も種村さんと前にちょっとお話ししたことがあるけれども、戦中から戦後にかけての、今まで鬼畜米英だとか、アメリカ軍が上陸してきたら竹槍で最後までやるんだとかいっていた連中が、突然、進歩主義者の顔をして批判なんかし始めた。あのあたりのことを種村さんは心の中にいつまでも持っていて、いかにいいかげんな連中で、言葉というものがそういうふうに突然回転してしまうというかな……。

諏訪　転向というか転回ですね。

谷川　何かの本のあとがきにそのことを書いているんだけれども、やっぱり種村さんの問題意識には、戦争体験ということがすごくあったと思うんですよ。

諏訪　そうなんですよね。焼け跡ですね。

＊

谷川　それで、話はもとに戻るけれども、君は哲学科に所属していながら、哲学の教師が僕も含めて何人かいる一方で、ほかの研究室に所属している先生に卒論を預けてもよいというシステムを知って種村さんを選んだわけですけれども、卒論のテーマは何でしたっけ。ユーゲントシュティールだったっけ。

諏訪　ラファエル前派ですね。

谷川　ラファエル前派を選んだというのはどういうことなんですか。

諏訪　大学に入って谷川先生の本も愛読し始めていたんですね。もちろん、入る前までは種村ファンでしたけれども、谷川ファンにもなっておりまして……。『形象と時間』を初めとして、だんだん本を出されていた時期だった。

谷川　ちょうど今の君と同じぐらいの年なんですよ。

諏訪　そうですか。

谷川　三十代の終わりで本を出して、十年間ぐらい猛烈に書いていた。

諏訪　そうですね。一気に名作の三部作を出された。

谷川　何ですか、名作の三部作って。

諏訪　僕が思うのは、まずは『鏡と皮膚』ですね。それと『幻想の地誌学』、もう一つは、モンス・デジデリオの表紙の『表象の迷宮』。あの三作は、僕は一気読みしたんです。とにかく線を引いて、自分でルーズリーフに大事な文章だけを一まとめに書いたこともあるぐらい精読しました。
在学中、自分の中で卒論を絞る段階になっていろんなものを読み散らしましたけれども、「アサッテの人」の作中にも出てくるショーペンハウアーとか厭世思想……。

谷川　シェストフとか。

諏訪　そうですね。先生なら全部ご存じのシェストフ、シオラン、シュティルナー、ヨブ記とか、それこそ華厳の滝に飛び込んだ明治期の学生、ホレーショのことを遺言にして死んだ藤村操《みさお》とか。若いですし、すぐ死ぬか生きるかということに直結してしまう危うさを若者は持っていて、死を意識しながらという時期もあったぐらいの僕もそういう文学青年だったんですけれども、そういったものにかぶれたり、仏教の唯識論にかぶれたり、いろんなことをやっていったんですけれども、最終的に……。

谷川　唯識論は三島が『暁の寺』で。

諏訪　そのとおりです。三島の『暁の寺』を読んで、自分なりにそれをレポートにまとめたことがあって。ただの趣味でですが。それを『暁の寺』から始まって、まさに龍樹というかナーガールジュナを岩波文庫で読んだり……。

谷川　それを松山俊太郎さんに聞いたことはありますか。

諏訪　私は『インドを語る』という本を白順社から買って読んでいますけれども、松山俊太郎さんは、恐ろしくて近寄れなかったですね。同じ外文の……。

谷川　教えていましたよね。今はもうやめられたけど。

諏訪　そうです。ポオの英語のテキストを訳すという英語の授業の先生としてやっていらっしゃいました。何でもできる方なので。

谷川　それで、ラファエル前派を選んだというのはどういう理由なんですか。ラファエル前派のだれをやったんですか。

諏訪　もっと細かくいえば、ダンテ・ゲイブリエル・ロセッティですね。工芸家のモリスとか画家バーン＝ジョーンズとか、もちろんさかのぼればウィリアム・ブレイクとかいろいろ読んだ中で絞ったんですけれども、これは正直いうと、先ほどの澁澤龍彦じゃないですけれども、谷川先生の『形象と時間』にかなりのインスパイアを受けて……。

谷川　ロセッティは関係あったかな。

諏訪　いや、ロセッティは関係ないんですけれども、時間論というのが大好きだったんです。アリストテレス的な時間というものとベルクソン的な時間というもの、物理的な時間と観念的な時間というんですかね、本当にこれ、済みません、釈迦に説法のお話で、谷川先生は時間論、もちろんベルクソンあたりから始められた哲学者でいらっしゃるわけですが、僕はそのあたりの初期の著作を読ませていただいて、芸術における時間論みたいなものに魅せられていたんです。

谷川　それがラファエル前派と何か関係が？

諏訪　ロセッティの著作とか伝記とかいろんなものを読んでいくと、「ア・モーメンツ・モニュメント a moment's monument」という言葉が出てくるんです。要するに、谷川先生の言葉でいうと、その瞬間を刻むという特権的時間みたいな。ということがあって、象徴主義とか象徴＝サンボルというものをロセッティの概念にするとそういう英語になるらしくて、そこがおもしろくて、アリストテレス的な物理的な時間というのが現にもちろんあって、それは数字ではかることができるんだけれども、それとは別の考え方、角砂糖が水に溶けていくさまを待ち遠しいと思う心的な時間論がありますね。

僕は、種村先生がルネ・ホッケで訳されたマニエリスムの考え方で、古典主義とマニエリスムというのが、今いったアリストテレス的な時間とベルクソン的な時間というものに対応するんじゃないかと考えたことがあるんです。僕が突っ込んで考えたかったのは、一瞬一瞬の時間というのは、アリストテレス的な時間論も必要であり、ベルクソン的な時間論も必要であって、これの折衷というか、アマルガムで、僕がいいたい本当の時間論というのが書けるんじゃないかと思ったんです。「ア・モーメンツ・モニュメント」というのは、例えば、一枚の絵がある。それは物理的な動かない絵だけれども、そのアリストテレス的な時間から始まったものが、一回目を閉じたりすることで、ふわふわとだんだん幻想的に揺らぎ始めて、まさに象徴ですね。一瞬のうちに刻まれたものが心的な中で動き始めて、それが時間の動きとして、移動の力として出てくるんじゃないかと思ったんです。

だから、唯識論とさっきいったのは、アーラヤ識の中で時間というものを考えたときに、かなり唯識は科学的にすぎて、時間の移動と時の「あいだ」ということをかなり強引にこじつけている感があった。アウグスティヌスがいうには「過去というものは存在しない。なぜなら、もうそれは去ってしまったから。未来は存在しない。それはなぜなら、まだ来ないから。現在も存在しない。それは幅がないから」、だから時間というのはどうして考えられるのかと、よく引き合いに出される有名な時間論がありますけれども、時間を本当に説明したいときに、古典主義とマニエリスムという考え方が、僕には非常に新鮮だった。古典主義的理性でとらえた物理的時間の一刹那の象徴を、マニエリスム的空想の心的時間の中でイマージュに引きのばすのが芸術における時間であると。

谷川　ロセッティの作品を素材に卒論でそういう話を展開したんですか。

諏訪　そうなんです。

谷川　いや、僕は読んでいないから、何でラファエル前派をやったのかなと思っていた。
諏訪　非常に稚拙な論文で、種村先生からは、確かに単位はAをもらったんですが、コメントは一切もらっていないんですよ。これが僕の中では非常につらくてですね。だから、そのあたりから、一回先生をぎゃふんといわせたいという欲望があったんです。
谷川　今回、泉下でぎゃふんといっているかもしれないけど（笑）。種村さんはホッケ以外にホーフシュテッターを訳していますよね。『象徴主義と世紀末芸術』とか『ユーゲントシュティール絵画史』を。
諏訪　二作、訳されています。
谷川　それは、君が卒論を書いたときはまだ訳されていなかった？
諏訪　訳されていました。美術出版社と河出書房新社からそれぞれ出ていまして、両方読みました。

*

谷川　種村さんは、北陸を旅行しているときに金沢で倒れられて……。
諏訪　そうですね。鏡花の取材をやっていらっしゃった。
谷川　そうそう。金沢の病院に入院しているというんでね。だけど、命には別状ないという話を聞いていたものだから、すぐお見舞いに行ったわけじゃないんだけど。僕の知り合いの和栗由紀夫という、土方巽の弟子ですけれども……。
諏訪　舞踏家ですね。

谷川　ええ。富山で舞踏公演があって、それから、金沢の文学館か何かで澁澤龍彦の展覧会をやっていたんですね。その舞踏公演を見て、澁澤の文学展を見て、そして病院の名前を聞いて種村さんのお見舞いに行ったことがあるんですよ。軽い脳梗塞だということだったんだけれども、病室に入るとき、どういう状態でおられるのかなと思ってちょっとドキドキして戸をあけたらね、寝巻きを着たままベッドの上に座って、原稿の山に赤入れているの。

諏訪　うわあ。

谷川　それで、僕は思わず「先生、大丈夫ですか」と叫んだわけ。そうしたら、「大丈夫だよ」とかいってね、まだ口がもつれているんですよ。うちの母も脳梗塞をやったものだから、同じ状態だなというのはそのときわかったんですが、口をもつれさせながら、ものすごい量のゲラの手入れをされている。そのゲラがヴィルヘルム・イエンゼンの『グラディーヴァ』なんですよ。フロイトの論文も一緒に翻訳していたものだから……。

諏訪　W・イェンゼンとフロイトの『グラディーヴァ／妄想と夢』ですね。

谷川　それが後に出ましたけどね。そういう意味で、あの本はちょっと思い出の本なんです。『グラディーヴァ』というのは好きではあるんだけど。

諏訪　もちろん。先生が一年旅行された大ギリシャ（イタリア南部地方）ですよね。

谷川　そうそう。それは『グラディーヴァ』もそうだし、ホッケの『マグナ・グラエキア』という本があるでしょう。

諏訪　ええ、あります。

谷川　僕は一年間ローマに行っていたというのは、実はホッケの足跡というか、そこをたどってみようかなと思って行ったんです。だけど、南イタリアを旅行するというのは大変なことなんだ。車を運転できないから。

諏訪　ああ、なるほど。田舎ですからね。

谷川　「電車はきょうはお休みです」とかいって、一日来ないの。それで、ホテルを探して泊まったりとか、それから、タクシーを雇って、電車がないものだから、日本円でいうと何万円払って次の町に行ったりとかね。僕も五つぐらいの町は旅行しましたけれども、とてもホッケ風に全部は回れなかった。

　でも、もとをただせば種村さんが訳したホッケの本なんですよ。ピラネージとマグナ・グラエキアの研究。あまり関係ないと言えば関係ないんだけど、それで行った。

諏訪　僕はピラネージ大好きなんですよ。あの監獄シリーズが大好きです。

谷川　一応ピラネージの研究ということで、大学から休暇をもらって行ったんですよ。ピラネージが版画にしたところは大体全部見てきました。

諏訪　そうですか。ちょっと脱線しますけれども、一回、谷川先生から、僕らが小さくやっているただの同人誌ですけれども、「ナハト」をお送りしたときに、たまたま僕はそのとき、短詩というか、短い詩を四、五作入れていたのかな。先生の評言の中に「ピラネージ風な文章だ」みたいなことが書いてあったのを非常にうれしく思った覚えがありますね。

谷川　そうですか。

諏訪　ピラネージ風かつマックス・エルンスト風だとか書かれていて、僕は種村先生からはそういう色のいいお言葉を余りいただいたことがなかったうぶな人間でしたから、専門家からの貴重なお言葉と思って拝読しました。

谷川　エルンスト風という言葉で、そろそろ君の作品の中に入っていきたいと思うんだけれども、何回か読み直してみて、『アサッテの人』は今のはやりの言葉でいうと、完璧なメタフィクションの試みだと思うんです。エルンストも、デカルコマニーとかフロッタージュの発見者だと称しているけれども、種村さんとの対談で「それはないだろう」と。前にもそういうことをやっている人がいるんだけど、要するに、断片を集めてコラージュにして一つの物語世界みたいなものをつくり上げるでしょう。それで、写しというかな、僕の言葉でいうと「版」なんですよね。デカルコマニーも、フロッタージュも版だけれども、今回の作品は、文章の断片と、それから、断片でも、自分の書いたものをもう一回解釈して、自己引用しているようなつくり方ですよね。

諏訪　はい。

谷川　そういう意味では、美術の世界ではいろんな問題があって、自己言及性というのはまさにモダニズムの一番基本的なタームだと思うんだけれども、そこら辺はどうなんですか。意識的に自分で全部計算して、メタフィクションだとか、自己言及性だとか、それから、断片の集積というのかな、そういう形でつくってやろうと思ってこれを書いたんですか。

諏訪　いや、これは余りそこらは深く考えず、メタフィクションなり自己言及性なりという戦略としては立てなかったんです。ただ、「小説による小説批判」をしたいという意識はありまして、叔父が発する「アサッテ」という無意味な言葉をより際立たせるために、一人称でアサッテ言葉について書かせるよりも、アサッテを発する人間を、もう一度外から眺める視点をつくりたかったというだけなんです。それを、確かにメタフィクションととらえるとそのとおりで。

ですので、戦略的に自分で計算し尽くして初めから終わりまで書いたというわけではなく、結局、この小説に書かれるとおりの過程を踏んで、まず断片を「私」は書き、それをどう並べるかというのを、語り手の「私」と一緒に考えながら並べていった。ですから、さっきの先生のおっしゃるような、並べ方とかパッチワークというか持ち出し方がシュルレアリスム的といえばそうなんです。

谷川 要するに、小説を書くことの小説でもあるわけですね。

諏訪 はい。

谷川 小説を書くという小説というのは、メタフィクションの歴史、例えば……。

諏訪 ジイドなんかは。

谷川 ジイドもそうだし、もっとさかのぼるとセルバンテスのあれも……。

諏訪 『ドン・キホーテ』はそうですね。

谷川 『ドン・キホーテ』あたりまでみんなさかのぼるんだけれども、サルトルの『嘔吐』もそうですよね。あれはロカンタンが小説を書くということをずっとテーマにしながらずるずるといくという話だしね。それから、最近では、ウンベルト・エーコの『フーコーの振り子』も十七世紀のバロック時代の神秘主義だとかいろんな思想が出てくるけれども、結局、追いながら何もなかったという小説を書くための小説みたいなものです。最後に、先ほどの話じゃないけれども、「美しい瞬間」というような言葉が出てきて、あれは『ファウスト』の「時よとまれ、おまえはかくも美しい」という有名なせりふのパロディとも言えるわけでしょう。だから、まさに君のいった時間論の問題に関係してくるんだけれども、今回『アサッテの人』を書くときは、そういうさまざまなことは余り意識しませんでしたか。

諏訪　そうですね。意識せず書いても、やっぱり出てきてしまうというようなでき上がり方でしたね。
谷川　つかぬことを伺いますけれども、君自身は吃音者だったんですか。
諏訪　はい。僕は吃音者で、今でも調子が悪かったり、持病の躁鬱病の薬を飲み忘れたりするとどもり始めますので。
谷川　この「キツツキ」という言葉の一節が実におもしろくてね。これは自分が体験していないとここまでは書けないだろうと思って。君は吃音だったかなと思った。
諏訪　吃音教室にも、実際、小学校のとき通っていまして、全くこのとおりです。
谷川　なるほど、なるほど。
諏訪　録音もされましたから、これは僕にとっては非常に屈辱的なつらい時期でした。
谷川　ここで僕が感じたのは、叔父の明さんの文章にある種の自己分析が非常に入り込んでいますよね。
諏訪　ええ。
谷川　そして、語り手の甥も、その自己分析の叔父さんの文章を受けながら分析していくでしょう。
諏訪　そうです。
谷川　つまり、メタフィクションというのはちょっと視点を変えるのが普通だと思うんだけれども、これは自己分析という形で、読んでいると何となくまじってしまうというかな、そういう印象を受けたんだけれども、そこら辺は君も自覚的にそういうことを書いているよね。
諏訪　そのとおりです。結局、自分の運筆の軌道が引用文に絡めとられる。
谷川　これはなかなかおもしろい、今までと違う断片の集積の仕方だなというふうに読んでいて思ったんだけれども。

諏訪　すべての俯瞰者である「私」というものがすべてを自覚していたい、でもできないというメテフィクションの臨界、そういうところまで書きたかったんです。

谷川　なるほど。だから、その意味で朋子さんの文章が違うでしょう。

諏訪　違います。

谷川　叔父さんと甥が何となく合体していく、読んでいるとね。朋子さんだけが全然別の視点から書いていていて、非常に生き生きしているんだけれども、そこら辺は自分でちゃんと意識して書いていたわけですか。

諏訪　そうですね。朋子さんという存在があるというか、それを信じるというか、なりきって書いていました。語り手の「私」と叔父さんというのは、もとは僕自身の中にあるものが主観、客観に分裂して動いているものなので、どうしても思考の筋道というのが似てくるものですから、読んでいるとだんだん、文章までも似てくる。ただ、それを何とか解消するために、幼いころ長く一緒に育ったという設定にしてあるんです。

谷川　なるほどね。確かに、非常に自覚的な文章が時々入り込んでくるので、不思議な小説だなと思った。

諏訪　いったん小説を書く手をとめるという感じの断片を少しずつ入れているんです。

＊

谷川　それで、僕がとてもおもしろいと思ったのは、叔父さんの吃音が治るきっかけが、赤い郵便ポストでしょう。
諏訪　はい。
谷川　これはどういう体験というか、発想ですか。
諏訪　たまに、世界がガラッと変わって見える瞬間が、どういう状況で訪れるのか僕もわかりませんけれども、そういう瞬間があって、そういうとき、たまにしゃっくりが起こったりしゃっくりがとまったりすることが、これは僕だけなのかな、よくあって。
谷川　これね、まさに哲学的な問題ですね。サルトルだったら、例えば『嘔吐』の中のマロニエの木の根っこに当たるのが、ここではさりげなく書かれていますけれども、赤い郵便ポストなんですよ。これは哲学的にいえば、アリストテレスのトデティという概念なんだな。トデティというのは、「これだ」という概念。つまり、あらゆる言語を排除したときにあらわれてくる実相のことをトデティというんですよ。
諏訪　ああ、なるほど。
谷川　だから、僕はそこら辺の哲学的な問題意識を赤い郵便ポストに仮託したのかなと思って読んでいたんだけど。
諏訪　いや、それはさすが深読みというか、完全にこれは分析されてしまいましたね。そうかもしれません。僕はこれを自分で考えたときには、意識はしなかったですが、後から自分で分析するには、また仏教になってしまいますけれども、禅の悟りの瞬間というのがあって、いろんな悟りの形がありますよね。例えば、かわら屋根がずれて落ちてきた音で、その瞬間に悟ったとか。そうやって悟るぞ、悟るぞと半眼で印を結んで結跏趺坐してずっとやっていても悟れない。
でも、音であるとか色であるとか、何かほんの少しの作用が別次元に自分をドーンと引っ張り込む、そういったことがこの叔父さんに起こって、そのショックで吃音がなくなってしまう。僕はこれを吃音が治るというんじゃなくて、叔父にとっては喪失するという逆のネガティブなイメージで書いているんですけれども。
谷川　突然、言葉が流暢になるんですよね。
諏訪　そうです。これは叔父にとって、最初はいいことだと思えたんですが、結果、後から考えると不都合なことであったというふうになっていくんです。
谷川　そこがおもしろいね。これが治ったという形で小説に出しちゃうと何だかしらけてしまうけれども、そこからもう一回、物語が始まるところがなかなかおもしろいと思ったんです。
あまり意識しなかったかもしれないけれども、言葉と言葉が指し示すものとのずれとか、ソシュールだったら、シニフィアンとシニフィエという言い方をするだろうけれども、これは十九世紀から二十世紀にかけてのパースとかヴィトゲンシュタインだとかソシュールもそうだし、それから、フレーゲだとか、全部、記号と記号によって指示されるもののずれを問題にした学者たちが輩出したんだと思うんです。パノフスキーの図像解釈学（イコノロジー）も結局そういう問題から出てきたので、画家でいえば、例えば言葉と表象のずれにこだわったマグリットがやったのもそういうことでしょう。
諏訪　なるほど。
谷川　僕はそういう真正のモダニズムの持っているもっとも根本的な問題を、君みたいな若い人がこういう形で小説化したのかなと思って読んだんですよ。考え過ぎですか。

諏訪　いえいえ、私が意識せずに書いたものをそこまで読んでいただけるというのはうれしい深読みで、無意識に書いたものであっても、そこまで知的な遊戯が広がるんだなというのを逆に僕がきょう教えていただいたという気がしています。

谷川　言葉をテーマにした小説というふうに考えていいと思うんだけれども、最近ではあまりなかったと思うので、そういう意味ではこの小説は日本の文学世界にちょっとした波紋を呼ぶ作品だと思っているんです。

日常生活をちょっと切り取ってうまく書けているとか、そういうリアリズムというのかな、感慨とか心情とかがうまく書けているとか、そういう小説はもう読みたくないんです。久々に硬派の小説というのかな、骨っぽい構造の小説があらわれたと思っている。ただ、今後これをどういう形で展開していくかというのはなかなか難しいと思うんだけれども。

諏訪　そうですね。

谷川　今まで送られた、君たちがやっていた同人誌をざっともう一回、改めて見てみると、何か大丈夫だなという気がしました。

やっぱり言葉使いですね。言葉を使うことが君は好きだし、言葉を巧みに使う人だということが改めてわかりました。だから、僕は、最初にこれが賞をとったときに、第二作目はどうなるかなとちょっと心配したんだけれども、余り心配する必要はないんじゃないかという気がしているんです。

諏訪　僕は大変心配しているんですけどね。

谷川　だから、この一作目にとらわれずに、自己言及性だとかメタフィクションということで、自分で拘束するような形でやっていくとよくないと思うので、好きなように書いていけばいいなという気がします。

諏訪　そうですね。言葉に対するこだわりは、どういう書き方をしても僕の場合は出てくるのであって、ジャンルを変えようが、モチーフを変えようが、これは諏訪哲史の文章だということで認知されたいなとは思う。ただ、文体は殊さらに戦略的に変えていきたいという考えはあって、今回はがっちりかたい硬派な感じで書きましたけれども、今度はもっとポップで軽いものを逆に書こうと考えています。ただ、ひねりは絶対に加えます。諏訪が書くものですから、通り一遍にはしません。

谷川　読んで感心するのは、朋子さんの存在がとてもよく書けているんですよ。

諏訪　ありがとうございます。

谷川　非常に硬派な骨っぽい作品なんだけれども、朋子さんは実にうまいね。

諏訪　これは、うちの女房をモデルにしなかったから成功したというか（笑）。でも、ここを書かれると、かみさんに読ませられない対談になっちゃうんですけどね。

谷川　なかなかこの微妙なところがうまく書けている。

諏訪　ある程度、自分の理想の女性として書きましたしね。

＊

谷川　「群像」を選んだというのはやっぱりあったんですか。ここだったらという感じが。

諏訪　まず一つはこれ、八年も前に書いたもので、新人賞というのを特に気にせず書いた小説なんです。種村先生から「おもしろい」といってもらうのが僕にとっての賞でした。今までいろんな詩や雑文を見せてきましたけれども、あの卒論でさえ、何のコメントもくれなかった。これは振り向かせてやらないと気が済まないという意地から、僕は会社をやめて二年間こもって書いたものがこれなんです。二年間かかったんです。それで、書き上がって、先生から「おもしろい」と初めていわれた小説なんです。

谷川　なるほど。そのときね、種村さんから僕のところに電話があったんだよ。

諏訪　えっ、僕それ知らないです。

谷川　やっと思い出したんだ、それ。

諏訪　そんなこと、初めて聞きました。ちょっと大ニュースですよ。

谷川　「君のところに送られてきているだろう。彼の読んでいる?」というから、「パラパラ見ていますけど」といったらね、「今度のおもしろいから読んでやってくれ」といって。

諏訪　おお、ちょっと待ってください。絶対載っけて下さいよ、ここ（笑）。

谷川　それを思い出したんだ。

諏訪　うれしい。涙が出てきます。本当ですか。

谷川　種村さん、時々ね、ポロッと電話してきてたからね。

諏訪　僕には電話してこないんですよ。あの方はポーカーフェイスなんですよ。自分の教え子には甘くないというか、厳しい。

谷川　それをね、僕、今ごろ思い出したんだ。そういえばそうだなと思って。

諏訪　何だ、直接いってくれればいいのに。そうなんですか。

谷川　ああ。

諏訪　僕には、一言、手紙か何かで「今回のはおもしろい」って、ただそれだけでしたよ。
谷川　いや、君の人生について、僕らは電話でしゃべったこともあるんだよ。種村さんと。
諏訪　そうなんですか。
谷川　「どうなりますかね」って。
諏訪　じっくり今日は聞きたいな。そうですか。
谷川　話題の人なんだ、やっぱり。ずっとね、我々の間では。
諏訪　うれしいな、種村先生は本当に。僕は、こういう種村季弘先生、谷川渥先生というかけがえのない恩師に恵まれて今まで来られたんです。本当にこれは感謝し切れるものじゃないということはぜひともいいたいです。
谷川　会社をやめたときに心配して話していたんですよ。
諏訪　ああ、なるほど。
谷川　会社をやめてひたすら小説を書いているんだろうなと思って。「彼は大丈夫ですかね」と僕がいったら、「大丈夫、大丈夫」って、ずっとしゃべっていた（笑）。
諏訪　恥ずかしいな。
谷川　心配というかね、彼の小説を書き続けるその姿勢が大丈夫かということが一つです。人生どうなるんだって。だけど、「今度、書いたのはおもしろいから読んでやってくれ」と。
諏訪　うれしいな。本当の先生だな。
谷川　それで、「群像」に送ったというのはどういう経緯だったんですか。
諏訪　すみません、脱線しましたけれども、要するに、種村先生をそうやってぎゃふんといわせるために書いたんですが、たまたま書いた量が二百四十枚くらいあったんです。それをあとから自分でB4の紙に二段組みにして「ナハト」という同人誌に……。

谷川　「ナハト」というのは種村さんの命名じゃなくて、自分で考えたの？

諏訪　これは僕が考えました。ドイツ語で「夜」という意味で、昼ではない裏側でというような意味もあって、ちょっと幻想趣味もあって、そういったものを全部あらわして、しかも、簡潔だから考えたんですけれども。それで「アサッテの人」の用は済んだのですが、七年後に、これはほかの方が読んだらどうなのか。要は、この小説には普遍性があるのか。こんな特殊なこと、無意味なことを書いた小説をほかの方は読んでおもしろいのか。僕とか種村先生とか一部の方だけがおもしろいんだろうかどうなのか、それを試すために、ちょっと欲を出して、ある新人賞の何かに応募しようと思ったんです。

その中で、群像新人文学賞というのは二百五十枚までだった。ほかに「文學界」とかいろいろありますけれども、百枚であったり三百、四百枚だったり、いろいろなわけです。枚数が合うのと、たまたま思いついたときの時期が合ったのと。それともう一つは、村上春樹さんと村上龍さんを輩出されているというのが大きくて、僕の高校時代は、村上春樹さんが『ノルウェイの森』を出される直前だったんです。羊の三部作を書き終えられて、『回転木馬のデッド・ヒート』あたりだったんです。

その後、僕が高校三年生で受験勉強しているときに、予備校の隣にあった本屋で赤と緑のハードカバーが並べられて、僕はそれに飛びついて、受験勉強を忘れてそれに読みふけり、そうやって受験勉強をサボってまで読んでいた作家だったんです。大学に入ってももちろん読んでいましたけれども、その方の略歴には、必ず真っ先に「群像新人文学賞」と書いてある。群像新人文学賞というのを認知し始めたのはそのあたりからで、講談社の文庫本をよく高校の鞄に入れて、村上龍さんも村上春樹さんも、黄色い背表紙だったものですから、「いいな、黄色い背表紙の文庫本は」というぐらいのフェティシズムさえ持っていたんです。

だから、今回もし『アサッテの人』が数年後、文庫化されるのであれば、絶対に黄色にして欲しいというのは、文庫の方と約束ができていますから、これは裏切られないと信じています（笑）。

谷川　「群像」を意識して、ちゃんとそういうふうになったということだね。

諏訪　ええ。

谷川　それはよかったですね。

諏訪　本当に理想が叶ったというか、「群像」に出せた、「群像」で賞がとれた。

谷川　おまけに芥川賞ももらった。

諏訪　さらに芥川賞をいただけたというご評価はいただいたので、大変ありがたいことなんですが、まだ一作しか出していない未知の作家であることは間違いなく……。

谷川　本当はこれからだよね、問題は。

諏訪　そうです。今後の実績が問われるところだと思います。

谷川　さっきも言ったように、今までの文章をいろいろ見てみると、余り心配しなくてもいいかなと。

諏訪　ありがとうございます。

谷川　いろいろありそうな気がする。可能性がいろんな方向に展開しそうな予感がするので楽しみにしていますよ。

諏訪　先生のような方にそうやっておっしゃっていただけると、かなり安心できますね。うちのかみさんにそうやっていわれても全然安心できないんですけれども。

*

谷川　もとの僕の教え子というかな、学生とこういう形で対談できるなんていうのは考えてもいなかったことでね。
諏訪　非常に光栄なお話です。
谷川　人生、何が起きるかわからないですね。
諏訪　本当にわかりません。僕も今三十七ですけれども……。
谷川　これは教師冥利に尽きるといってもいいことなんですよ。
諏訪　本当にありがとうございます。種村先生、谷川先生に仕込んでいただいた……。
谷川　いや、何も仕込んでもいないけどね。
諏訪　自分から私淑して、外からじーっと眺めてきて自分の中に取り入れていったものが、たまたま使えるときが来た。カネになるときがやってきたというか（笑）。無駄じゃなかったというのが……。
谷川　そうだね。
諏訪　僕、旅行も好きなんですけどね。旅行も行って見聞を広めたり、本の世界に沈潜したり、要するに、外的な世界、内的な世界をいろいろ渉猟して、それまで自分はそれを趣味で、好きでやってこのまま死んでいくんだと思っていたものが、これから少しずつ材料として使えるんだというのが、今までやってきたことが大変よかったことになったというか。

谷川　外国のモチーフがこれからいろいろ使えそうな気もするね。
諏訪　使えますね。
谷川　どういう形で展開するか、非常に楽しみですよ。
諏訪　これから何とかまた先生に読んでいただいて、いい評価がいただけるように頑張りたいと思います。
谷川　もうこうなったらしょうがないというのも変だけれども、ずっと読みますよ。
諏訪　もちろんですよ（笑）。しょうがないって、僕が作家になる前から読んでいただいていたんですから、ここでやめてもらっちゃ困りますよ。
　最後になりますが、これ（封筒を出しながら）、種村先生の奥さんが僕に、主人からこういったものを預かりましたたと。二〇〇四年、先生が亡くなる一週間ぐらい前に。八月二十九日に亡くなったんですけれども、日付が八月十二日だから、二週間ほど前ですね。お盆前に書かれたらしいんですが、「ぼくは入院中。ペンも面会もできそうにありません。何事も若いうちですね。ガンバッテください」。
谷川　種村さんが書いてくれたんだ。
諏訪　ええ。死の床で、ミミズがはったような壮絶な字です。
谷川　すばらしい言葉だね。これは君が幾つのときですか。
諏訪　三年前ですから三十四です。僕が一番苦しかった時期です。親父も病んでいて。
谷川　こんなすばらしい言葉をもらっていたんだ。
諏訪　本当に涙が出ました、この手紙のあとに亡くなられたときは。これはノートを切ったものなので、先生がノートを一冊分ぐらい、自分の知人にあてて、一言一言書いていったんだと思って、奥さんの薫さんに聞いたら、「これは諏訪さんのために一ページだけしか書いていないものなんです」とおっしゃって……。

谷川　やっぱりよほど気にかけていたんだね。

諏訪　それで先生が亡くなられたときは、本当につらくて。

谷川　種村さんも、君が芥川賞をとったおかげでこういうふうに話題になっているわけでね、本当にお喜びだと思いますよ。

諏訪　ジャンルは違いますけれども、何とか先生の遺された世界を僕が百万分の一でも、小説という表現方法でやってみたいんですよ。

谷川　問題意識を継承していると思いますよ。

諏訪　これだけ広いものを残されていて、僕がほとんど読んでいるわけですから、何かしら出てくるはずなんです。

谷川　久々に哲学的なおもしろさというかな。

諏訪　そうですね。哲学をやっていましたから。もちろん先生に教えてもらって。

谷川　大げさにいうと、同時代文学にちょっとしたパラダイム変化を起こす可能性がある。それから、この言葉ね。「タポンテュー」とか「ユジノサハリンスク」とか。

諏訪　「ひゃるけるひー」とか。

谷川　これはある種の人間にオブセッションになる可能性があるね。

諏訪　それはもくろみでもあるというか。

谷川　僕もね、よくこういう言葉を発していたんですよ。何か他人事《ひとごと》じゃないような気がしてね。そういうたぐいの人っているでしょう。

諏訪　自分を人と違う存在として少しはすに見るような方ですよね、多分そういう方は皆さん「アサッテの人」ですよ（笑）。

あとがき

本書は僕が作家を始めた二〇〇七年から二〇一七年までの十一年間にさまざまな媒体へ寄せた、文学・音楽・美術など諸芸術にかんする論考やエッセー、講演録などをまとめたものだ。作家になる前に母校國學院大学の哲学会誌へ卒業生として寄稿した文など例外もあるが、ほぼすべてが作家としての立場から述べた「言語芸術」についての批評集である。

序章においた八十枚の「言語芸術論」のみが本書のために書き下ろした未発表の論考で、その他は各時期、各誌からの都度の求めに応じて書いた稿である。デビュー当時の青臭い尖った発言もあれば、先の夏に上梓したばかりの小説集『岩塩の女王』にまつわる所感などもある。

僕は小説より多く批評や随筆を書いてきたので、批評のみに絞っても全稿の収録はできなかったが、それでも「ほぼ全稿」を収めようと、文体の不統一なども承知で網羅に努めた。どの稿も、講演も対談もインタビューも、こうして読み返してみると一つとして本気で臨んでいないものはない。自分でも痛々しくなるほどに必死だ。ざれたようにみえる雑文の類いにも、そのとき充塡できるありったけの力が入っている。当時の苦しみを思い出す。

私的な日常や幼少期を拾い上げる随筆集とは異なり、文体はさまざまに変わろうとも「芸術」を主題とする以上、しぜんと襟を正したものになる。僕は時代錯誤な芸術至上主義者だ。

本書は、序章のほか四つの章で構成されている。先述した書き下ろし論考を序章におき、第一章には僕の文学・芸術に対する基本姿勢の表明となるような稿を集めた。第二章は個別の作家・作品にかんする批評を、また第三章には詩や小説以外の分野、美術や音楽などを扱った稿を、第四章には自作にまつわる稿を集めた。各章のなかの個々の稿は原則、発表順に並べたが、第二章では、同じ作家にかんする複数の稿は、かためて隣接させてある。

タイトルの『紋章と時間』。ハイデガーの主著や恩師谷川渥先生の『形象と時間』等へのリスペクトも含意されているが、主に巻頭稿「言語芸術論」における、我々に失われた「文字と声」の時間、「身振りの残像と謡いのたなびき」、その「象徴性と音楽性」を言い換えたものだ。谷川先生の『形象と時間』には学生時代、大きな影響を受けた。ここに改めて敬意を表す。今回も『偏愛蔵書室』に引き続き我が盟友、国書刊行会の礒崎純一さんのご助力を賜った。柳川貴代さんには瀟洒で高貴な装釘を施していただいた。お二人の時代錯誤な気高き唯美主義者に深く感謝申し上げる。

二〇一七年師走吉日　名古屋の寓居にて

諏訪哲史

日本音楽著作権協会（出）許諾第180214028-01号

著者略歴＊諏訪哲史（すわ　てつし）
1969年生まれ。作家。「アサッテの人」で第137回芥川賞と第50回群像新人文学賞を受賞。著書に『りすん』『領土』『ロンバルディア遠景』『岩塩の女王』『スワ氏文集』ほか。

紋章《もんしょう》と時間《じかん》——諏訪《すわ》哲史《てつし》文学芸術《ぶんがくげいじゅつ》論集《ろんしゅう》

二〇一八年三月二〇日初版第一刷印刷
二〇一八年三月二三日初版第一刷発行

著　者　諏訪哲史
発行者　佐藤今朝夫
発行所　株式会社国書刊行会
東京都板橋区志村一―一三―一五
電話〇三(五九七〇)七四二一　FAX〇三(五九七〇)七四二七
http://www.kokusho.co.jp
印　刷　三松堂株式会社
製　本　三松堂株式会社
ISBN 978-4-336-06249-9